PASSAGEIROS DA eternidade

CARLOS TORRES

© 2018 por Carlos Torres
© iStock.com/Cecilie_Arcurs

Coordenadora editorial: Tânia Lins
Coordenador de comunicação: Marcio Lipari
Capa e projeto gráfico: Equipe Vida & Consciência
Preparação: Janaina Calaça
Revisão: Equipe Vida & Consciência

1ª edição — 1ª impressão
2.000 exemplares — outubro 2018
Tiragem total: 2.000 exemplares

**CIP-BRASIL — CATALOGAÇÃO NA PUBLICAÇÃO
(SINDICATO NACIONAL DOS EDITORES DE LIVROS, RJ)**

T644p
    Torres, Carlos
    Passageiros da eternidade / Carlos Torres. - 1. ed. - São Paulo : Vida e Consciência, 2018.
    352 p. ; 23 cm.

    ISBN 978-85-7722-567-5

    1. Romance brasileiro. I. Título.

18-51278   CDD: 869.3
                           CDU: 82-31(81)

Todos os direitos reservados. Nenhuma parte desta edição pode ser utilizada ou reproduzida, por qualquer forma ou meio, seja ele mecânico ou eletrônico, fotocópia, gravação etc., tampouco apropriada ou estocada em sistema de banco de dados, sem a expressa autorização da editora (Lei nº 5.988, de 14/12/1973).

Este livro adota as regras do novo acordo ortográfico (2009).

Vida & Consciência Editora e Distribuidora Ltda.
Rua Agostinho Gomes, 2.312 — São Paulo — SP — Brasil
CEP 04206-001
editora@vidaeconsciencia.com.br
www.vidaeconsciencia.com.br

Dedico esta obra a todas as pessoas que estão à procura da pessoa amada.

Dedico este livro à minha esposa e companheira de jornada Sueli Zanquim. Obrigado por existir.

Agradecimentos
Gratidão à minha família e aos amigos por fazerem deste sonho realidade.

Sumário

Capítulo 1 — Vigo 6

Capítulo 2 — Madame T. 17

Capítulo 3 — Juan Cavallera 29

Capítulo 4 — O encontro 53

Capítulo 5 — O viajante solitário 73

Capítulo 6 — Linda Di Stéfano 123

Capítulo 7 — A Praia de Louro 136

Capítulo 8 — Da paixão à desilusão 154

Capítulo 9 — Encontro inesperado 162

Capítulo 10 — Em busca de um sonho 175

Capítulo 11 — Andrew e Rico 181

Capítulo 12 — Perdas 185

Capítulo 13 — Reencontro com Madame T. 187

Capítulo 14 — A partida 200

Capítulo 15 — Ilha da Madeira 206

Capítulo 16 — O artista de rua 212

Capítulo 17 — Andrew e Brito 218
Capítulo 18 — Andrew e Morgan 232
Capítulo 19 — A doença 240
Capítulo 20 — A hipnose 249
Capítulo 21 — A decisão 259
Capítulo 22 — O retorno a Vigo 264
Capítulo 23 — A magia do encontro 270
Capítulo 24 — Os mensageiros 282
Capítulo 25 — A ascensão 287
Capítulo 26 — Quatro anos depois 292
Capítulo 27 — A ganância 295
Capítulo 28 — O despejo 304
Capítulo 29 — A catedral 309
Capítulo 30 — O retorno 323
Capítulo 31 — A visita 325
Capítulo 32 — A revelação 328
Capítulo 33 — Valhalla 348

Capítulo 1
Vigo

1976

Quando chegou à cidade de Vigo na península Ibérica, divisa ao norte de Portugal e Espanha, Andrew Fernandez, um rapaz de 15 anos de idade, prestes a completar 16, ficou assustado ao se deparar com uma cidade malcheirosa, repleta de embarcações pesqueiras, navios mercantes e pessoas estranhas andando pelas ruas. O jovem não acreditava que seus pais estavam trocando a aconchegante cidade de Tramore, no litoral sul da Irlanda, por uma cidade repleta de pescadores mal-encarados.

Assim que desembarcou no porto, a família O'Brain Fernandez logo percebeu pelos olhares de inveja dos mercadores locais que não fora bem-recebida. Margareth, mãe de Andrew, sentiu a gélida recepção enquanto caminhava em meio à população, que a observava com semblante de desprezo.

Certamente, os nativos de Vigo estavam se perguntando que família era aquela que chegava de longe, bem-vestida, e tinha pele clara e lindos olhos azuis. De onde eram aquelas pessoas esnobes que carregavam modernas malas de couro?

No final da década de 1960 e início de 1970, somente as famílias ricas podiam comprar malas modernas e caras como as que a família O'Brain Fernandez carregava, ao descer de uma embarcação extremamente luxuosa, porém, alugada.

Muitos dos pescadores que viviam próximos ao porto de Vigo eram originários do norte da Galícia espanhola, mais especificamente da região de Corunha e Pontevedra. Alguns vinham do Sul, da cidade do

Porto, em Portugal; outros vinham do Norte da Noruega e de outros países escandinavos.

Todos que ali trabalhavam costumavam atracar suas embarcações ao redor do antigo porto, justamente para descarregarem em alto-mar o bacalhau pescado, que era vendido aos atacadistas da região e aos requintados restaurantes da capital Madri.

Rico Fernandez, pai de Andrew, era um catalão nascido em Mataró, uma cidade situada a menos de 30 quilômetros de Barcelona, local onde ele, durante a infância e a adolescência, aprendeu tudo sobre o comércio de pescados ao lado do pai, o senhor Silva Fernandez. Devido à dura disciplina de trabalho imposta pelo pai, Rico não teve uma infância normal como a das outras crianças.

Quando Rico completou sete anos de idade, o senhor Silva Fernandez, um homem extremamente rígido e autoritário, decidiu colocá-lo para trabalhar nas docas de Mataró, com o objetivo de mostrar-lhe como a vida era difícil. Sem dúvida, essa atitude "educacional" foi pouco saudável para Rico e seus irmãos.

Infelizmente, a mãe de Rico e a avó de Andrew, a senhora Rita Fernandez nunca teve autoridade perante os filhos. Era uma mulher medrosa e incapaz de se opor ao marido, um homem muito severo e que, quando contrariado, às vezes, se tornava violento.

Com o passar do tempo, esse contexto acabou transformando Rita em uma mulher submissa e melancólica. No entanto, para o velho Silva Fernandez, tudo sempre correu conforme seus planos e desejos egoicos. Ele determinou que seus filhos deveriam trabalhar duro desde cedo e considerava que frequentar a escola era algo totalmente dispensável. Acreditava ainda que estudar era apenas um pretexto para crianças desocupadas e preguiçosas matarem o tempo em vez de gastarem sua energia em trabalhos árduos e recompensadores.

A filosofia de vida de Silva Fernandez consistia em trabalhar, ganhar dinheiro e conquistar uma boa posição econômica, deixando a parte intelectual dos filhos em terceiro ou quarto plano.

Silva Fernandez costumava dizer aos quatro filhos que estudar era uma grande perda de tempo, pois para ele o importante era trabalhar pesado e mostrar aos garotos da escola que todos eles estavam fadados ao fracasso, pois perdiam tempo aprendendo coisas inúteis. O homem dizia também que, assim que os garotos terminassem os estudos, sairiam desesperados à procura de trabalho e que quem lhes daria o tão sonhado e necessitado emprego seriam justamente seus filhos, os mesmos que não estudaram, mas trabalharam desde crianças e construíram grandes negócios antes mesmo de se tornarem adultos. Ou seja, Silva acreditava que, em vez de perderem tempo na escola, seus filhos deveriam se tornar empresários bem-sucedidos o mais rápido possível.

Rico era o mais novo dos quatro filhos e fora o último a trabalhar na companhia de pesca do pai, a famosa Spaña Pescados, onde ele e os irmãos passavam o dia inteiro trabalhando entre os limpadores de peixes e estivadores, como se fossem meros funcionários sem qualquer regalia ou compensações extras.

Exatamente como os três irmãos, Rico começou a trabalhar bem cedo, aos sete anos de idade, no setor de congelamento de peixes, triturando o gelo que era fabricado todas as manhãs nas arcaicas máquinas que seu pai mandara construir.

Uma cena de dar pena. Rico era um menino mirrado, que mal conseguia segurar o equipamento com as mãos. Todavia, o velho Silva Fernandez nunca se apiedava dos filhos.

Passados alguns anos, Rico aperfeiçoou-se no setor de empacotamento e despacho e, junto a outros funcionários que o monitoravam, tornou-se uma pessoa mais responsável. Quando começou a conferir os pedidos que partiam diariamente para a França e para Istambul pelo Mar Mediterrâneo, ele passou a se sentir importante e essencial para a empresa.

Todos os dias, o menino seguia a mesma rotina. Rico trabalhava arduamente, mesmo tendo o íntimo desejo de, como todas as crianças, um dia frequentar a escola. Coitado! É claro que era apenas um desejo, pois seu pai nunca permitiria que um filho seu deixasse de trabalhar para estudar.

Nessa época, a companhia do senhor Silva era a maior empresa de comercialização de pescados da região de Barcelona, com quase cem funcionários. Poucos sabiam, contudo, que ele não agia honestamente nos negócios. Além de sonegar impostos, tinha o péssimo hábito de provocar a derrocada de seus concorrentes com técnicas pouco ortodoxas, como a prática ilegal de preços abaixo do mercado e o envenenamento de lotes de pescados, ou promovendo atos violentos contra os trabalhadores das empresas concorrentes.

Todos o temiam, pois, além de ser rico, Silva Fernandez tinha como braço direito um homem que o protegia o tempo todo. Era uma espécie de guarda-costas, que não media esforços para manter o patrimônio do patrão em constante crescimento.

Obviamente, Silva tinha motivos pessoais para fazer tudo isso. Seu objetivo era comandar sozinho o comércio de peixes do Mediterrâneo num período de cinco anos, porém, para que seu desejo se tornasse realidade, precisava utilizar todas as ferramentas possíveis. Uma dessas ferramentas era seus quatro filhos. A ideia era fazê-los crescerem dentro da empresa e se acostumarem com o funcionamento dos negócios, transformando-os em eminentes homens de negócios. Pelo menos era assim que o senhor Silva enxergava a vida e planejava o futuro.

As negociações na companhia eram sempre realizadas em dinheiro vivo, justamente para esconder as movimentações financeiras do fisco espanhol.

Todas as sextas-feiras, no final do expediente, o velho Silva chamava os quatro filhos em seu escritório e incentivava-os a tornarem-se grandes empreendedores. Sua tática era simples: ele pedia aos garotos que se sentassem nas cadeiras ao redor de sua mesa e colocava sobre o colo do mais velho um pesado embrulho de papel marrom, com aproximadamente dois quilos.

Um a um, os meninos seguravam o pacote durante alguns segundos e passavam-no até chegar ao filho mais novo, Rico. Assim que o pacote chegava às suas mãos, o velho Silva indagava a todos:

— Sentiram o peso do pacote, meninos?

Todos respondiam que sim, e Silva continuava:

— Pois bem! Esse é o preço de um trabalho duro! Quero que segurem esse pacote de dinheiro todas as semanas, para se acostumarem com o peso de meio milhão de dólares em suas mãos. É exatamente isso que vocês estão segurando: meio milhão de dólares. Muito dinheiro, não? Entendem agora o valor de um trabalho árduo e compensador? Conseguem sentir como é ser uma pessoa rica e afortunada, enquanto seguram tanto dinheiro nas mãos?

Todos balançavam a cabeça afirmativamente, no entanto, não abriam a boca com medo de levarem uma bofetada como acontecia quando algum dos irmãos dizia algo que Silva desaprovava, como, por exemplo, afirmar que gostariam de ter amigos, brincar e estudar na escola, como todas as crianças comuns costumavam fazer.

Era exatamente esse tipo de conversa que o velho Silva Fernandez considerava um insulto. Para ele, o trabalho era a única coisa que realmente importava na vida. Silva, contudo, não era apaixonado por trabalho digno, mas por *status* e riqueza. Além disso, os métodos que usava para ganhar seu rico dinheiro não eram lícitos. Os meninos nem sequer imaginavam as falcatruas que o pai utilizava para alcançar seus objetivos.

Assim que Rico devolvia o pesado pacote de dinheiro, Silva olhava no fundo dos olhos dos quatro filhos e falava sarcasticamente:

— Agora que sentiram a satisfação de carregar quinhentos mil dólares nas mãos, levantem-se e consigam suas próprias fortunas, pois este dinheiro é meu. Saiam daqui e comecem a pensar como ganharão sua própria fortuna. Mexam-se!

Sua técnica de persuasão era muito cruel, principalmente para Rico, que na época tinha apenas sete anos de idade. Max era o mais velho dos irmãos, com 14 anos. Em seguida, vinha Silva Júnior, com 12; e Pablo, com nove.

O que nenhum dos meninos podia imaginar é que dentro daquele pacote não havia dinheiro algum, mas sim alguns blocos de papel cortados em formato de dinheiro. O velho Silva nunca chegara a ter tanto dinheiro assim, pois estava sempre mergulhado em imensas dívidas com bancos e mercadores da região. Todavia, seu imenso orgulho não deixava transparecer que seu patrimônio estava atrelado a dívidas intermináveis e negócios obscuros.

Logo após a encenação com o falso pacote de dinheiro, Silva Fernandez pedia aos filhos que saíssem e voltassem para casa para descansar, pois no dia seguinte teriam uma nova jornada de trabalho e precisavam estar prontos.

O método de educação de Silva tinha como principal objetivo criar homens sedentos por dinheiro, apenas isso. E logicamente não era uma estratégia de educação, mas sim de pura persuasão.

Mesmo utilizando métodos nada ortodoxos, Silva era um homem inteligente e sabia que, agindo daquela maneira, criaria filhos gananciosos como ele. Ou seja, em pouco tempo, eles se tornariam empresários audaciosos e exímios comerciantes.

A estratégia de Silva era estimular a perspicácia dos filhos para que, em poucos anos, se tornassem homens capazes de gerenciar as novas filiais que pretendia abrir ao redor da Europa, tornando-se, assim, o maior comerciante de peixes do Mediterrâneo.

E foi o que aconteceu. Apesar de suas empresas estarem vinculadas a imensas dívidas, o negócio cresceu rapidamente e, em poucos anos, Silva Fernandez inaugurou filiais na França, em Portugal, na Irlanda do Norte e na Inglaterra.

Max, o filho mais velho de Silva, ficou com o pai na matriz espanhola, em Mataró. À medida que os outros atingiam a maioridade, eram enviados para outros países para gerenciar as filiais que cresciam vertiginosamente.

Nem tudo, porém, era perfeito como parecia. Mesmo com tantas empresas abertas, todo o dinheiro continuava centralizado nas mãos do velho Silva, pois dessa maneira ele conseguia manter os filhos sob controle.

Silva era um homem ganancioso e mantinha o controle total dos negócios. Se alguém o contrariava, pagava um preço alto, e por esse motivo nenhum dos filhos tinha coragem de enfrentá-lo.

Silva nunca comunicava aos filhos os lucros obtidos nas empresas e sempre lhes dizia que as coisas estavam difíceis. O homem frisava que era preciso guardar o dinheiro conquistado para adquirirem no futuro as empresas concorrentes e fortalecerem, cada vez mais, seu grande império da pesca.

Entretanto, não era exatamente isso que Silva fazia com o dinheiro que ganhava. Além de pagar as dívidas e os empréstimos bancários e cobrir rombos gigantescos provocados pelos prejuízos dos negócios ilícitos, ele gastava quantias absurdas em boemia, bebidas, mulheres e festas luxuosas nas principais capitais da Europa, principalmente em Paris e Milão.

Quando Rico completou 18 anos de idade, em meados de 1957, Silva o enviou para a Irlanda do Norte com a missão de comandar a nova distribuidora de pescados, a Companhia Mares do Norte. Seu objetivo com essa filial era abastecer toda a parte sul da Irlanda e a porção oeste da Inglaterra.

Foi exatamente nesse período que Rico Fernandez conheceu Margareth O'Brain, uma bela irlandesa de seios fartos, por quem ele se apaixonou logo à primeira vista, enquanto bebia algumas doses de uísque em um dos mais famosos restaurantes costeiros da cidade litorânea de Tramore, na Irlanda.

Dois anos depois, Rico casou-se com Margareth e no ano seguinte, em pleno inverno, nasceu o lindo filho do casal: Andrew O'Brain Fernandez.

Andrew nasceu na madrugada do dia 2 de fevereiro do ano de 1960, no hospital central da cidade de Waterford, ao norte de Tramore, com graves problemas respiratórios que o deixaram mais de dois meses internado na unidade de terapia intensiva. Entretanto, graças às incansáveis orações de sua mãe, ela recebeu um chamado do hospital em meados de abril, dizendo que o menino estava bem e que em poucos dias receberia alta médica.

Apesar dos graves problemas respiratórios observados após o nascimento, Andrew teve uma infância saudável, porém, reclusa, pois seu pai decidiu viver longe do centro da cidade, numa espécie de sítio.

Andrew tornou-se uma criança muito solitária, pois não havia ninguém na vizinhança com quem pudesse brincar, já que a residência mais próxima ficava a dois quilômetros de distância do sítio onde ele e os pais moravam.

Andrew acostumou-se com a ideia da solidão e até mesmo na escola vivia isolado das outras crianças. Ele sempre foi um menino de poucas palavras, não gostava de frequentar a igreja nos fins de semana ao lado dos pais e detestava participar das confraternizações religiosas da paróquia local.

Esse tipo de atitude deixava Rico muito nervoso, pois para ele Andrew fazia tudo isso de propósito para envergonhar a família perante o padre e os fiéis da paróquia.

Rico acreditava que Andrew era um garoto rebelde e que o único motivo de ele ter nascido foi para atrapalhar sua vida e seus negócios, afinal, todos os negócios da companhia de pesca estavam ligados aos membros da Igreja Católica local.

Rico Fernandez transformou-se no que seu pai sempre desejou: em um homem ganancioso, que não media esforços para avançar e conquistar o que desejava.

Para ele, a religião era apenas uma fonte de negócios e de boas oportunidades, ou seja, ir à igreja era uma conveniência para fazer conchavos e parcerias.

Rico era bajulado por todos, pois, durante as missas, costumava ofertar volumosas quantias de dinheiro à Igreja, o que deixava os padres da paróquia muito contentes com a presença da família nos encontros semanais.

Muitos boatos, contudo, começaram a correr pela arquidiocese de Tramore. As pessoas diziam que Andrew era herege e amaldiçoado, pois fora açoitado por espíritos malfeitores durante o nascimento e por isso enfrentara tantas complicações respiratórias após o parto.

As pessoas, no entanto, não sabiam o que realmente acontecia. Na verdade, todas as complicações eram parte da herança espiritual de Andrew, e ele estava tendo uma breve amostra do que viria pela frente durante sua vida. Isso, contudo, só se revelaria muito tempo depois, quando Andrew se tornasse adulto e adquirisse a consciência necessária para compreender todos os processos que o envolveram após o nascimento.

Os membros da paróquia insinuavam que Andrew não gostava de frequentar a igreja por ter sido dominado por espíritos do mal ao chegar a este mundo.

Margareth nunca dava atenção ao que as beatas diziam e não tinha dúvida sobre a lucidez do filho e a gratidão que sentira ao vê-lo nascer. Rico, no entanto, sempre se mostrava enraivecido quando o filho evitava participar das missas e das festividades da igreja.

Andrew brigava muito com o pai por causa disso, e os dois quase diariamente se enfrentavam com palavrões, gritos e discussões. Isso ainda aumentou durante a pré-adolescência de Andrew, transformando-o em um rapaz tímido, solitário e rebelde.

Quando Andrew completou 13 anos de idade, ele e o pai discutiram seriamente, pois Rico o obrigou a ir à missa e para isso o colocou à força dentro do carro.

Naquele dia, Andrew virou o corpo violentamente e gritou que nunca entraria naquele lugar, enquanto seu pai o segurava pelos braços na entrada da igreja. Graças a Deus não houve agressão física, mas por muito pouco algo pior não ocorreu.

A cena foi apavorante. Ambos disseram coisas horríveis um ao outro, palavras que jamais tinham sido proferidas por nenhum deles.

Infelizmente, após esse terrível episódio, pai e filho distanciaram-se completamente e passaram a conviver como se fossem dois estranhos dentro da mesma casa.

Rico sempre teve o sonho de ver seu filho trabalhando ao seu lado na companhia de pescados, no entanto, após a briga, seu sonho transformou-se em algo impossível de se realizar.

Andrew nunca se interessou pelos projetos de ampliação que seu pai tinha em mente, contudo, nunca foi também o garoto bobo que seu pai imaginou que ele fosse.

O garoto sabia que seu pai era um homem muito ambicioso como seu avô e sentia que havia algo errado na forma como Rico administrava sua companhia. Andrew sabia que nem tudo era feito de maneira lícita, porém, estava longe de descobrir que o pai trabalhava exatamente como seu avô lhe ensinara, ou seja, que Rico utilizava todas as ferramentas possíveis para atingir seus objetivos nos negócios — e isso incluía tudo, realmente tudo. Por essa razão, Andrew preferiu manter distância do pai e optou por levar uma vida solitária dentro de seu quarto. Seu único *hobby* quando criança era pintar quadros com tinta óleo. Era um autodidata.

No início, Andrew produzia pequenas telas com temas marítimos e velhas embarcações medievais, mas, com o passar do tempo, as telas foram aumentando de tamanho e as pinturas passaram a ganhar novas formas e temas surreais.

Com detalhes e extrema perfeição, Andrew costumava desenhar personagens medievais, *vikings* com armaduras de guerras e cenas repletas de conflitos armados. Em outros momentos, ele retratava cenas como campos de trigos coloridos, praias enigmáticas, cachoeiras maravilhosas em ilhas oceânicas imaginárias e vários temas relacionados às antigas culturas celtas.

Com a evolução da pintura, as imagens foram ficando cada vez mais fantásticas e remetiam o observador a lugares distantes, como se algo saltasse dos quadros e trouxesse à tona lembranças vividas em alto-mar. Sem dúvida, as pinturas de Andrew eram verdadeiras obras de arte.

Como sempre se sentiu solitário, Andrew pintava os quadros somente para si. As únicas pessoas que podiam ver as pinturas do garoto eram sua mãe, a empregada que trabalhava na casa e Aline, uma amiga da escola que, às vezes, ia estudar com o garoto.

Parecia que Andrew e Aline namoravam escondido, mas ninguém sabia se realmente acontecia algo entre eles. Aline dizia que gostava muito das pinturas, no entanto, o garoto acreditava que ela só dizia aquilo para agradá-lo.

Todas as pinturas eram feitas em telas de tecido cru de algodão e, depois de secas, eram enroladas em forma de pergaminho e guardadas embaixo da cama.

Não existiam motivos aparentes para Andrew pintar cenas que envolviam barcos antigos e violentas tormentas em alto-mar e personagens que pareciam sair de histórias em quadrinhos fantásticas. Tudo aquilo era uma grande incógnita. As únicas inspirações plausíveis para Andrew pintar aquelas cenas eram os velhos pescadores que viviam nas redondezas da cidade e as incríveis histórias que sua mãe contava, quando ele era criança, sobre os guerreiros celtas e os exímios navegadores *vikings*, que desbravavam os mares do Norte para conquistar os lugares mais distantes da Europa em suas fabulosas embarcações e armaduras de ferro.

Essas histórias extraordinárias certamente correram pelas veias de Andrew e de alguma forma acabaram fazendo parte de sua vida, como se ele tivesse algum tipo de ligação paranormal com os personagens e lugares que adorava retratar em suas gravuras.

Durante três anos, Andrew produziu mais de cinquenta telas e guardou todas embaixo de sua cama e protegidas por betume e uma grossa camada de verniz.

***

Semanas antes de completar 16 anos, Andrew recebeu uma notícia que o deixou novamente enraivecido com o pai. Margareth entrou no quarto do filho e não hesitou em dizer que dentro de alguns dias teriam de mudar para outro país, para a Espanha, pois Rico pressentia que o mercado de azeite estava voltando a ser um bom negócio e decidira transferir a empresa.

Transferindo a empresa para a Espanha, ele poderia agregar mais valor ao bacalhau salgado que trazia da Noruega, já que um bacalhau de alta qualidade deve ser distribuído com o melhor azeite do mundo, que é o azeite extravirgem espanhol, fabricado nas colinas de Andaluzia, no sul da Espanha. Rico acreditava que teria um lucro gigantesco e que sua companhia daria um salto de crescimento em poucos meses.

Em um primeiro instante, Andrew não aceitou a ideia de sair da Irlanda para viver na Espanha, mas percebeu, por fim, que seria uma chance de conhecer outros lugares e fazer novas amizades.

Rico Fernandez era um empreendedor e possuía ampla visão nos negócios, no entanto, como pai e educador deixava muito a desejar. Como, contudo, isso seria diferente, se ninguém lhe ensinara a amar? As únicas coisas que seu pai lhe ensinara fora ganhar dinheiro, trabalhar duro e lutar para sobreviver. E o maior problema era o fato de ele ter lhe ensinado a trabalhar de maneira obscura e incorreta, para não dizer ilegal.

No início, quando a empresa ainda funcionava na Irlanda, Margareth desconhecia as artimanhas que seu marido utilizava para abancar dinheiro e fazer a empresa prosperar. Logo nos primeiros meses, após se radicarem em Vigo e começarem a ver as coisas mais de perto, Margareth percebeu que os negócios não iam tão bem como na Irlanda. Além disso, ela notou que o marido viajava constantemente para o interior do país e que ele dizia que precisava buscar os melhores negócios em outras regiões. Margareth escutava Rico e sabia que ele não viajava somente a negócios, mas para fugir também dos mercadores, que vinham de todos os lugares do país à sua procura para cobrar as enormes dívidas que o perseguiam.

Em pouco tempo, as desconfianças de Margareth confirmaram-se. Algo de errado estava acontecendo, porém, mesmo sabendo das falcatruas do marido, ela preferiu continuar calada ao lado de Rico, com o intuito de manter a família unida. Até quando, porém, ela conseguiria viver apenas de aparências, sustentando um relacionamento vago, doloroso e irreal? Somente o tempo poderia responder essa pergunta.

Andrew desconfiava, mas não se importava com os negócios ilícitos do pai nem tampouco com seu paradeiro. Sua única preocupação era com o bem-es...

Quando co... ...ou 50 anos, Margareth entrou num estranho estado depressivo. Devido aos sintomas que surgiram sem explicação, todos imaginaram que era somente uma espécie de tristeza profunda ou um estado de melancolia passageiro, que se originara após a mudança repentina da Irlanda para a Espanha.

Todavia, não foi algo passageiro. A depressão que envolveu Margareth se tornou mais grave meses após sua família se mudar definitivamente para a cidade litorânea de Vigo.

Margareth praticamente não saía de casa e, quando o fazia, geralmente comprava alimentos no mercado municipal e logo retornava ao lar, obedecendo à incontrolável vontade de se isolar do mundo e das pessoas.

Capítulo 2
Madame T.

Às portas da Galícia, quando chegou ao porto de Vigo acompanhado dos pais, Andrew julgou a cidade feia e malcheirosa num primeiro instante, no entanto, quando saiu em busca de uma casa para morar ao sul da cidade, o jovem animou-se ao ver que Vigo, além de bonita, parecia envolvida em um ar místico e aconchegante, como a maioria das cidades galegas. Essa sensação familiar agradou-lhe bastante à primeira vista.

Andrew queria muito se tornar um artista famoso, mas, por ser jovem, não sabia ainda se realmente desejava ser um artista plástico. Sua mente vagava entre dúvidas, afinal, ele tinha apenas 16 anos de idade e estava vivendo a plenitude de uma adolescência nitidamente rebelde.

Apesar do talento nato para a pintura e de se sentir capaz de exercer a profissão no futuro, Andrew sentia que não era exatamente aquele caminho que preencheria o imenso vazio que invadia sua alma aflita e conturbada. O que o jovem realmente almejava era transmitir amor e gratidão por meio de sua arte. Apenas isso. Mas como?

Será que seus quadros seriam capazes de realizar esse estranho sonho? Será que seu sonho se realizaria por meio de outra forma artística? Será que Andrew era apenas mais um adolescente sonhador e romântico, que vivia no mundo das ilusões e utopias? Essa era a grande incógnita que desvanecia sua mente todos os dias, deixando-o confuso sobre seu futuro incerto.

A essa altura, Andrew não recebia qualquer orientação ou apoio dos pais. Rico estava sempre ausente, e Margareth estava deprimida, sem poder de decidir sobre o rumo de sua própria vida.

O jovem, então, começou a ficar cansado de viver isolado do mundo, como quando vivia na fazenda na Irlanda. Em Vigo, seus dias resumiam-se a ir à escola no período da manhã e cuidar dos afazeres de casa no período da tarde. Paralelamente a isso, Margareth não conseguia lhe dar a atenção devida porque passava o dia em uma espécie de montanha russa emocional.

Estranhamente, desde que partiram da Irlanda para viver na Espanha, Andrew nunca mais colocou as mãos nos pincéis e nas tintas. De alguma forma, sua criatividade se esgotou e sua vontade incontrolável de pintar desapareceu sem qualquer razão aparente.

Após seis meses vivendo em Vigo, Andrew começou a frequentar os bares e os restaurantes da orla marítima, localizados a apenas duas quadras da pequena praia de Canido, em frente à Ilha de Toralla.

O jovem desejava conhecer pessoas diferentes e tentar se socializar um pouco, afinal, estava em plena adolescência e sentia necessidade de conviver com pessoas de sua idade.

Andrew decidiu frequentar os bares da ponta sul da praia, pois era o local onde os jovens costumavam se reunir durante os fins de semana. Ele pensava que poderia conseguir um emprego como garçom ou até mesmo como ajudante de cozinha em algum restaurante da região, pois desejava muito trabalhar.

Mesmo o pai de Andrew sendo dono de uma empresa de médio porte, o rapaz nunca vira um tostão sequer passar por sua mão. Rico vivia dizendo para Margareth que o filho só veria a cor do dinheiro quando decidisse trabalhar ao seu lado na companhia de pesca, o que soava como uma espécie de chantagem financeira e emocional.

Talvez por orgulho e por não se sentir à vontade para trabalhar ao lado do pai, Andrew tomou a decisão de sair à procura de emprego para se libertar e levar uma nova vida longe das amarras e das chantagens do pai.

Andrew era um garoto bonito, esbelto, com 1,78 metro de altura, cabelos louros acastanhados e sobrancelhas grossas e, como todo descendente de espanhol, ele também trazia consigo um semblante carrancudo e indômito. No entanto, era somente impressão, pois seu semblante desconfiado funcionava como uma espécie de escudo, uma carapaça protetora que escondia o perfil de um rapaz tímido, mas sonhador e extremamente amoroso.

Com ombros largos e atléticos, o garoto tinha uma fisionomia que parecia amedrontadora em um primeiro instante, mas, assim que Andrew sorria para as pessoas, elas apaixonavam-se por sua simplicidade e simpatia, como se uma estranha energia imediatamente as envolvesse.

O rapaz tinha um porte físico invejável para uma pessoa que não costumava praticar esportes ou exercícios físicos. Seu corpo parecia o de um marinheiro: tinha braços e antebraços fortes, mãos pequenas, pernas torneadas, olhos castanhos e pele branca como a maioria dos irlandeses.

Andrew gostava de passear na praia nos fins de tarde, e no final da primavera, em meados do ano de 1976, algo estranho e intrigante aconteceu enquanto o jovem caminhava calmamente pela orla de Canido, após sair do restaurante Andaluz, onde fora pedir um emprego.

Andrew deparou-se com uma mulher que aparentava ter 40 anos ou um pouco mais. Ela estava sentada na calçada e olhava para o horizonte na direção da Ilha de Toralla.

O rapaz ficou curioso e aproximou-se para saber o que a senhora estava fazendo parada, contemplando o horizonte de maneira tão serena e misteriosa. Queria descobrir a função do pano vermelho e das conchas que a tal mulher colocara no chão da calçada.

A menos de um metro de distância da mulher, Andrew parou e ficou observando as pedras estranhas que haviam sido distribuídas sobre o pano vermelho. Sem se virar e mantendo o olhar fixo no horizonte, a mulher disse com a voz calma e suave:

— Boa tarde, garoto! Não precisa ter medo. Pode se aproximar. — Era como se estivesse enxergando-o pelas costas.

Andrew assustou-se e tentou disfarçar:

— Não se preocupe, senhora. Só estou observando o mar.

— Ouça, garoto, não sei nada sobre você, mas posso lhe dizer uma coisa...

— O quê?

— A primeira coisa que você precisa aprender na vida é que não deve mentir para si mesmo.

Enquanto falava, ela mantinha o olhar no horizonte. Andrew ficou parado sem entender o que a mulher estava querendo lhe dizer:

— Desculpe, não estou entendendo — ele respondeu.

— Sim. Você está entendendo, garoto, mas infelizmente seu orgulho quer que se engane.

Andrew sentou-se em uma mureta ao lado dos badulaques da estranha mulher, jogou as sandálias de couro na areia grossa e ficou descalço:

— Por que a senhora está dizendo essas coisas, se nunca me viu?

A mulher virou-se para Andrew, olhou-o no fundo dos seus olhos e sorriu discretamente:

— Garoto, você acha mesmo que eu acreditaria que estava apenas observando o mar? A praia está vazia e a pessoa mais próxima de nós é aquele senhor idoso sentado a mais de 50 metros de distância. Por qual motivo você pararia justamente aqui para apreciar a paisagem?

Andrew ficou sem graça:

— Tem razão. Eu queria saber o que são essas coisas que a senhora colocou em cima do pano vermelho.

— Que coisas?

— Essas pedras e conchas.

— Além de mentiroso, você é curioso, sabia? — ela respondeu sorrindo com ironia.

Tímido, Andrew ficou sem graça e levantou-se por sentir que fora invasivo e mal-educado com a mulher, afinal, ele ainda não compreendia direito as estranhas reações dos espanhóis. Em algumas situações, eles eram muito educados e prestativos; em outras eram reativos e pouco hospitaleiros.

Após quase oito meses de convivência com os galegos, Andrew já estava se acostumando com os altos e baixos dos moradores locais e as manias do povo da Galícia.

A mulher respondeu:

— Não precisa ir embora, garoto. Sente-se. Agora que você se aproximou, precisa ouvir algumas coisas.

— Que coisas?

— Primeiramente, muito prazer. Meu nome é Madame Tuseau, mas pode me chamar de Madame T.

— Muito prazer. Meu nome é Andrew Fernandez.

— É um prazer conhecê-lo, garoto!

— Que tipo de coisa a senhora quer me dizer?

Andrew não sabia, mas Madame T. era uma cigana vidente que costumava andar pela praia de Canido, fazendo consultas para os turistas e os visitantes. Ela nasceu em Coimbra, Portugal, e, ao completar dez anos de idade, foi morar num vilarejo próximo à cidade de Santiago de Compostela, capital da Galícia. Lá, Madame T. conheceu uma brasileira que dizia ser uma espécie de bruxa e exímia conhecedora dos segredos da vida e da morte e aprendeu com ela os segredos da magia das runas e dos búzios.

A vida de Madame T. sempre foi dura. A mãe da vidente morreu quando ela tinha apenas 14 anos e a única pessoa que a acolheu foi essa senhora brasileira chamada Maria das Graças, que vivia sozinha em completa comunhão com a natureza e com os animais. Uma mulher que emanava alegria por onde passava e sorria praticamente o dia todo. Para ela, as dores do mundo não existiam e somente o amor vibrava em seu coração.

Maria das Graças parecia ser imune a qualquer tipo de sofrimento e paixão mundana e sua única paixão era a natureza, as cachoeiras, os rios, as árvores e os animais silvestres. Ela dizia que a única pessoa que realmente amava na vida era São Tiago, o apóstolo de Jesus, o homem que chegou até os confins da península Ibérica para levar os ensinamentos do grande Mestre aos povos sofridos do oeste europeu. Por essa razão, Maria decidiu morar perto da cidade de Santiago de Compostela, pois, quanto mais próxima estivesse do corpo de São Tiago, mais feliz seria.

Maria das Graças chegou à Galícia na década de 1940, atraída pelo caminho de Santiago de Compostela, que, na época, era ainda pouco conhecido e difundido ao redor do mundo. Sua ideia era ir até a França, completar o caminho de Compostela — que somava aproximadamente 600 quilômetros —, chegar à catedral e depois voltar para sua terra natal, a cidade de Lençóis, localizada no interior da Bahia, no Brasil.

Quando concluiu sua peregrinação, Maria das Graças recebeu um chamado espiritual enquanto colhia algumas azeitonas e teve uma estranha visão. Um ancião surgiu bem na sua frente, iluminou sua mente e disse que ela deveria deixar a vida no Brasil para morar nas proximidades da cidade de Santiago de Compostela, pois ali ela atenderia os peregrinos que chegavam cansados dos mais distantes lugares da Europa.

Em um primeiro instante, Maria das Graças não entendeu o significado daquele chamado, mas, dias depois, um grupo de peregrinos veio lhe pedir abrigo e Maria, solidária como sempre, acolheu-os e, sem que percebesse, começou a proferir mensagens positivas e orientações pessoais para os turistas durante o singelo jantar, como se fosse uma mensageira a serviço do amado São Tiago.

Após o chamado espiritual, Maria das Graças decidiu arrendar um pequeno pedaço de terra nas proximidades da cidade de Santiago de

Compostela, a menos de dez quilômetros do centro, e ali construiu uma casa simples, feita de barro, que acabou transformando-se em uma parada obrigatória para os peregrinos que chegavam exaustos após caminharem centenas de quilômetros com seus cajados de madeira.

Além de vender água, doces e sucos naturais, Maria das Graças também jogava búzios, runas e abria cartas de tarô para quem desejasse conhecer o futuro.

Essa mulher cuidou de Madame T. e ensinou-lhe tudo o que sabia durante vinte anos até morrer no dia 22 de dezembro de 1972.

Após a morte de Maria das Graças, o proprietário das terras pediu a retirada de Madame T., o que a forçou a viver perambulando pelas ruas, sem dinheiro, sem parentes e sem perspectiva de vida. De casa em casa, ela foi descendo para o sul da Espanha até chegar à cidade de Vigo, na fronteira com Portugal, onde conheceu pessoas amigáveis e hospitaleiras que a acolheram e lhe deram um lugar para morar.

Madame T. tinha muita gratidão pelas pessoas que a ajudaram. Ela costumava dizer que em Vigo encontrara amigos de verdade e por isso decidira parar com a vida de nômade para se radicar na cidade.

— Como a senhora veio parar em Vigo? — Andrew perguntou.

— Decidi viver à beira do Oceano Atlântico até o fim dos meus dias e ficarei em Vigo, passando minhas mensagens e ensinando um pouco do que aprendi em minha vida. Não tenho grandes ambições. Meu sonho é apenas morrer em paz, fazendo meu humilde trabalho como mensageira que sou.

— O que a senhora faz?

— Vou lhe dizer apenas duas coisas, garoto. Você me permite?

— Sim.

— Quando o vi saindo do restaurante e vindo em minha direção, joguei os búzios e eles me disseram que você viria falar comigo.

— Como as conchas lhe disseram isso?

— Sou uma cigana e vejo o futuro e o passado das pessoas através das runas e dos búzios.

Andrew sorriu ironicamente, julgando que a mulher era uma charlatã pronta para pegar mais um turista idiota.

Andrew respondeu com seu inconfundível sotaque irlandês:

— Passado e futuro? Ah! Isso não me interessa. No momento, quero saber somente sobre o presente. Desculpe, mas não tenho dinheiro para lhe dar. Fui àquele restaurante justamente para pedir um emprego.

— Eu sei, garoto! O que isso significa?

— Significa que estou sem nenhum tostão no bolso. Se a senhora quer ler minha mão para ganhar alguns trocados, pode esquecer, pois não tenho dinheiro.

— Era exatamente isso que eu esperava ouvir de você, garoto. Quando joguei as conchas, elas me disseram que sua energia era muito orgulhosa e que você não aceitaria nenhum tipo de ajuda vinda dos mundos invisíveis.

— Mundos invisíveis? Que besteira é essa?

— Mundos que não conseguimos enxergar, mas que existem simultaneamente ao nosso lado.

— Existem ao nosso lado?

— Sim. Nós apenas não os enxergamos.

— Droga! O que isso tem a ver com o presente?

— Meu filho, aprenda uma coisa, o presente não é o que você imagina. Como você, a maioria das pessoas pensa que as únicas coisas que importam são o presente e o futuro, o lugar onde depositam seus sonhos. Todavia, elas esquecem que o passado, o presente e o futuro fazem parte de uma mesma coisa. Ignorar o passado é como apagar o que somos. Já pensou sobre isso alguma vez?

— Não, senhora.

— O futuro é algo que está passando na nossa frente neste exato momento. Sem que você perceba, ele está se transformando em passado enquanto conversamos. As pessoas chamam essa eterna transformação de presente, que é algo dinâmico, que nunca para de acontecer. Precisamos, então, nos manter sempre em movimento para que o futuro se alinhe ao presente, mas não podemos nos esquecer do passado, pois a nossa essência está lá. Foi no passado que as coisas aconteceram e é nele onde muitas respostas estão. Não importa se erramos ou acertamos lá; o que importa é sentirmos gratidão em nosso coração.

Sem perceber, Andrew começou a ficar intrigado com as explicações de Madame T. e perguntou ansioso:

— Quer dizer que o futuro é algo que não podemos prever e compreender? É isso que a senhora está me dizendo? Que estamos vagando pela vida fadados a viver o acaso? O destino não existe? É isso que a senhora está afirmando?

— Primeiro, fique sabendo que o acaso nunca acontece por acaso. Segundo, estou lhe dizendo que, para compreender o futuro, é preciso

23

compreender o passado, pois a vida é uma soma de vivências, algo acumulativo que vai evoluindo até chegar a um ponto onde a grande revelação se apresenta.

— Grande revelação?

— Sim. A grande revelação só se apresenta para aqueles que a buscam.

— Aqueles que buscam?

— Sim, aqueles que buscam respostas.

— Que respostas?

— As respostas que trarão novas perguntas.

— Que loucura isso tudo! Quer saber? Preciso ir embora, senhora. Essa conversa maluca já deu para mim!

— Calma, garoto! São as perguntas que nos movem, não as respostas.

— Desculpe-me, mas não estou entendendo o que a senhora está dizendo.

— Fique mais um pouco!

— Tudo bem! Eu a escutarei um pouco mais.

— Não se preocupe em querer compreender tudo agora, garoto. Um dia, você compreenderá um pouco mais essas coisas estranhas sobre as quais estou falando agora.

— É mesmo?

— Sim.

— E quando isso acontecerá?

— Isso dependerá somente de você.

— De mim?

— Sim. Quando receber a grande revelação, isso significará que você está pronto.

— Que revelação? Está falando sobre as respostas que tanto procuro?

— Não, estou falando sobre a resposta referente à sua própria existência. Cada pessoa deve ir ao encontro de sua verdade, pois somente ela tem o poder de libertar o ser humano da prisão do ego e preencher o vazio que corrói as entranhas da alma.

— Nossa! Agora fiquei interessado! Eu sinto esse vazio de que a senhora está falando. O que é isso, afinal? Por que isso acontece comigo?

— Não é somente com você que isso acontece, garoto. A maioria das pessoas também sente esse vazio. Todos estão buscando as respostas capazes de preencher o vazio de suas almas, entretanto, a maioria dos indivíduos passa a vida tentando preencher esse vazio existencial com dinheiro, prazeres momentâneos, festas e outras coisas.

— Todas as pessoas encontram o que procuram?

— Se permitem, sim. Do contrário, quando elas vendem suas almas ao egoísmo e ao orgulho, não.

— Por isso, a senhora falou sobre o orgulho?

— Sim. O orgulho é seu maior inimigo. Enquanto continuar lhe dando força, ele continuará o dominando e o prejudicando. Você precisa vencê-lo, garoto!

— Como faço para vencê-lo?

— Saindo em busca de sua própria verdade e praticando a gratidão.

— Gratidão?

— Sim. Já ouviu falar sobre gratidão?

— Mais ou menos!

— A vida lhe ensinará o que é gratidão. Não se preocupe.

— Se eu fizer isso, vencerei o orgulho?

— Talvez sim, talvez não. A resposta não está no presente, garoto, está no passado.

— Como assim no passado?

Andrew começou a ficar inquieto, tentando compreender o que Madame T. dizia. Ele olhou para o mar durante alguns segundos e percebeu em seguida que a mulher estava jogando novamente as conchas sobre o pano vermelho, tentando obter mais alguma informação sobre os registros espirituais do rapaz.

Antes que Andrew conseguisse perguntar qualquer coisa, Madame T. disse:

— Saiba de uma coisa, garoto... neste mundo, ninguém conquista nada sozinho. Precisamos das pessoas para compartilharmos e realizarmos nossos sonhos. Não precisamos de coisas; precisamos de pessoas, pois elas são os veículos de manifestação dos milagres. Se cultivar a gratidão, terá pessoas boas ao seu lado. E se tiver pessoas boas ao seu lado, vencerá na vida. Entende?

— O que isso significa, senhora?

— Significa que só existe um antídoto contra o orgulho: a gratidão.

Andrew ficou pensativo e decidiu não perguntar mais nada.

Madame T. olhou novamente para as conchas e completou:

— Garoto, você receberá uma boa notícia.

— Verdade?

— Sim. Dentro de alguns dias, você encontrará um homem que se tornará um grande amigo. Esse novo amigo o ajudará muito no futuro.
— Sério?
— Sim.
— Que bom! Muito obrigado pelas palavras, Madame T.!
— Eu que lhe agradeço, garoto de olhos brilhantes.
— Quanto lhe devo?
— Você não me deve nada. Não fiz isso por dinheiro. Desculpe, garoto, mas preciso ir embora, pois já está tarde. O sol está se pondo, e não quero chegar tarde à minha casa.
— Obrigado pela consulta gratuita, Madame T.

Enquanto Andrew agradecia, Madame T. escreveu algo em um pequeno pedaço de papel.

— Isso não foi uma consulta; foi um reencontro, Andrew. Venha na sexta-feira à noite ao restaurante Andaluz.
— Por quê?
— Quero apresentá-lo a um grande amigo. Ele é um músico talentoso e toca gaita de fole como ninguém.
— Tudo bem. Até sexta!
— Esta mensagem que escrevi é para você. Assim que eu for embora, leia-a.

Após entregar o papel a Andrew, Madame T. juntou suas coisas, pegou o lenço vermelho estendido na calçada, amarrou-o na cabeça e saiu caminhando pela praia com a saia esvoaçante e várias pulseiras e colares barulhentos pendurados ao redor do pescoço.

Andrew calçou as sandálias e caminhou no sentido contrário, mantendo a mensagem que acabara de receber entre as mãos. Enquanto caminhava, ele olhou para trás para ver se Madame T. distanciara-se e desdobrou o papel para ler o que estava escrito.

Ele não entendeu muito bem o que dizia a mensagem:

Muitas pessoas acreditam na existência de vida após a morte. Um dia, você compreenderá um pouco mais os segredos do invisível. Mesmo sendo um rapaz orgulhoso, você traz consigo a força dos antepassados. Andrew, o desconhecido é infinitamente maior que o conhecido. Creia e verá!

Andrew dobrou a mensagem, colocou-a no bolso da bermuda e balançou a cabeça negativamente, pensando que a tal cigana era um tanto estranha, para não dizer maluca.

De fato, Madame T. era uma pessoa incomum se comparada às pessoas consideradas "normais", no entanto, não era maluca; era uma grande vidente e acabara acessando questões profundas a respeito de Andrew. Ficara claro, contudo, que ela não quis revelar o que vira nos registros espirituais do jovem para não assustá-lo, já que ele ainda não estava preparado para compreender as respostas que o universo estava prestes a lhe apresentar.

Quando passou novamente próximo ao restaurante onde entrara para pedir um emprego, Andrew ouviu o gerente do estabelecimento gritar insistentemente:

— Hei, garoto! Não vá embora!

Andrew considerou que o homem não o chamava, então, olhou ao redor para ver se havia mais alguém ali.

O gerente respondeu ao longe:

— É com você que desejo falar, garoto! Venha até aqui. Estava esperando você voltar.

Andrew caminhou na direção do homem.

— Onde você estava, garoto?

— Na praia, conversando com uma senhora.

— Estava conversando com Madame Tuseau?

— Sim.

— Não dê atenção àquela maluca. Ela é uma cigana.

— O que isso significa, senhor?

— Significa que não deve dar atenção a ciganos. Sua mãe não lhe ensinou isso?

— Não, senhor!

— Então esqueça isso! Vamos entrar, pois preciso falar com você.

— O que o senhor deseja?

— Meu funcionário mais antigo acabou de pedir demissão, pois arrumou um emprego no Hotel Central da cidade. Não posso pagar a ele um salário igual ao que lhe ofereceram. Sabe como são as coisas...

— Quer dizer que o senhor está precisando de um garçom?

— Exatamente, garoto.

— Significa que estou contratado?

— Sim! Na sexta-feira, teremos o show de um rapaz que toca gaita de fole e precisarei de alguém para servir os clientes. Você está contratado. Volte aqui amanhã a partir das duas horas para aprender como se trabalha. Os outros garçons lhe ensinarão tudo o que precisa saber.

27

— Quanto vou ganhar, senhor?
— O salário de um aprendiz. Oras!
— Quanto é um salário de aprendiz?
— Um salário mínimo, além das gorjetas.
— Combinado. Eu aceito.
— Até amanhã, garoto.
— Até amanhã, senhor.

Andrew sorriu agradecendo o emprego e saiu pulando de alegria, pois logo teria seu próprio dinheiro e não dependeria mais do pai.

Inquieto, o rapaz dobrou a esquina e seguiu em direção à sua casa. No meio da rua, porém, ele lembrou-se do que a cigana lhe dissera minutos antes sobre receber uma boa notícia em breve.

Naquele momento, Andrew começou a pensar melhor nas coisas que a cigana lhe dissera e repentinamente questionou-se: "Será que foi mera coincidência encontrar aquela mulher? Ou será que foi tudo obra do acaso?".

A questão não seria respondida naquele momento, pois Andrew ainda não estava pronto para compreender o que a vida estava lhe preparando.

Capítulo 3
Juan Cavallera

— Boa tarde, senhor. Cheguei mais cedo, porque não tinha nada para fazer em casa. Como é meu primeiro dia de trabalho, preferi chegar antes do horário — Andrew justificou-se.

— Que bom que chegou mais cedo! Isso é um bom sinal.

— Obrigado, senhor!

— Desculpe, mas ainda não sei seu nome, garoto.

— Meu nome é Andrew Fernandez.

— Seja bem-vindo à nossa casa, Andrew.

— O que posso fazer, senhor? Basta dizer que eu faço.

— Como estamos muito atarefados na cozinha com os preparativos para o show, quero que vá até a calçada e pendure este cartaz na parede. Depois, volte aqui para falar com Santos, um dos meus garçons mais antigos. Ele lhe ensinará algumas técnicas de atendimento ao cliente.

— Tudo bem, senhor!

— Aqui está o cartaz. Coloque-o ao lado da placa do cardápio na parede externa do restaurante.

Andrew segurou o cartaz e foi à calçada. Conforme o gerente pedira, o rapaz desenrolou o material e pregou-o ao lado do cardápio. Antes de voltar ao salão, contudo, Andrew fixou o olhar em algo que lhe chamou a atenção.

O cartaz era simples, e as ilustrações eram feitas à mão e mostravam um homem magro e alto com cabelos louros e compridos. O cartaz dizia:

Próxima sexta-feira.

Show ao vivo de Juan Cavallera, o maior gaitista da Galícia, e sua banda.

O cartaz, apesar de simples, era convidativo e mostrava o próprio Juan de pé, tocando sua gaita de fole ao lado de um violinista, um percussionista e uma dançarina, que logo chamou a atenção de Andrew.

O jovem ficou entusiasmado e curioso para assistir ao show, mesmo sabendo que precisaria trabalhar duro durante a apresentação. Nunca vira nada parecido, nunca assistira a um show musical como aquele.

— Senhor, já coloquei o cartaz e estou pronto para aprender a servir os clientes.

— Muito bem, garoto! Vamos em frente.

Durante uma hora, Santos ensinou o novato a maneira correta de servir os clientes. Andrew aprendeu tudo rapidamente e, no final do dia, recebeu um avental verde e branco, usado nas sextas-feiras, quando aconteciam os shows de música celta e galega.

De início, Andrew não gostou do uniforme e sentiu-se ridículo ao usar o avental, mas não teve opção a não ser se acostumar. Se não aceitasse as condições, certamente seria despedido logo no primeiro dia de trabalho.

Seu plano era ir à escola de manhã e trabalhar o resto do dia como garçom.

***

No dia seguinte, mais ambientado ao restaurante e aos funcionários, Andrew já se sentia mais à vontade. A tarde passara rápido, e todos pareciam prontos para o show que aconteceria logo mais à noite.

Tudo corria conforme o desejo de Sílvio, o gerente. O show fora marcado para começar às oito horas da noite, sendo assim, por volta das sete, as pessoas começaram a chegar. Em poucos minutos, os pedidos dos clientes multiplicaram-se, fazendo os garçons correrem da cozinha para o salão para atender a clientela alvoroçada.

Era muito desconfortável para Andrew estar naquela posição, pois ele nunca servira alguém em sua vida. Como vinha de família rica, o garoto fora acostumado a ser servido. Entretanto, agora chegara o momento de deixar o orgulho de lado e trabalhar duro, se quisesse realmente conquistar um emprego e a desejada liberdade financeira.

Além de estar tenso por ser seu primeiro dia de trabalho, Andrew também estava nervoso porque o gerente não tirava os olhos dele, analisando com cuidado tudo o que o rapaz fazia.

Juan e sua banda chegaram por volta das sete e meia da noite e seguiram direto para o palco para preparar os equipamentos de som.

Juan Cavallera era um artista conhecido na região e, assim que entrou no restaurante, as pessoas começaram a aplaudir e gritar, principalmente as mulheres, que se mostravam enlouquecidas com os longos e bem cuidados cabelos de Juan.

Andrew tentou, mas não conseguiu vê-lo, pois estava atarefado atendendo a clientela.

Quando, repentinamente, o som da gaita de fole começou a ecoar pelo salão e as pessoas começaram a bater os pés no chão, acompanhando o ritmo da música, Andrew sentiu a energia da apresentação de Juan Cavallera e, por fim, conseguiu vê-lo no palco.

Além de bonita e harmoniosa, a música de Juan era envolvente e familiar para Andrew. Sem dúvida, havia uma imensa semelhança com as músicas que o garoto costumava ouvir em sua terra natal, a Irlanda do Norte, que contavam com o acompanhamento de tambores e de lindos arranjos de violino.

Além dos músicos que normalmente o acompanhavam, Juan decidira levar também um flautista e um acordeonista naquela noite.

A banda parecia completa, porém, a dançarina que Andrew vira no cartaz, por algum motivo, não estava presente. "Será que foi apenas um chamariz para atrair os turistas de fim de semana?", o jovem perguntava-se. "Afinal, onde está a moça bonita e sensual retratada no cartaz?".

A música exótica de Juan animava tanto as pessoas que a noite acabou se estendendo pela madrugada.

Assim que os músicos terminaram a apresentação, a casa esvaziou-se e Andrew percebeu que o tempo passara muito rápido enquanto ele trabalhava.

Em cima do palco, Juan era um verdadeiro *showman*. Todas as pessoas o adoravam, desde as crianças até o mais velhos. Ele vestia um colete de couro, calça jeans rasgada e sapatos de bico fino. Um autêntico estilo *folk* medieval.

Juan era um homem alto de cabelos longos e cacheados, um típico *hippie* americano dos anos 1970. Aparentava ter aproximadamente 30 anos de idade e media 1,85 metro de altura. Seu semblante sereno demonstrava que era um homem totalmente desprendido do mundo material.

Juan usava no pescoço um cordão de couro cru feito à mão com sementes de árvores nativas e uma pedra azul brilhante. Seu estilo era realmente diferente. Além de ser um homem muito atraente, era educado e atencioso com os fãs.

Enquanto Andrew arrumava as mesas para fechar o restaurante, Juan despedia-se do proprietário. Após acertar os detalhes financeiros, ele aproximou-se e perguntou:

— E então, garoto? Gostou do show?

Andrew olhou para trás e assustou-se ao ver o próprio Juan tentando puxar conversa.

— Sim, gostei muito da apresentação. Parabéns, Juan!

— Você deve ser o Andrew, o garoto de que Madame T. falou. Ela disse que eu o encontraria aqui essa noite.

— Sim. Meu nome é Andrew Fernandez. Muito prazer.

Andrew esticou a mão direita para cumprimentá-lo, mas Juan não correspondeu ao cumprimento.

O garoto ficou sem jeito e olhou com estranheza para o cantor, querendo perguntar o motivo de ele não responder ao cumprimento. De repente, um silêncio estabeleceu-se entre os dois. Juan, então, sorriu e estendeu-lhe a mão esquerda.

Constrangido, Andrew levantou a mão esquerda, imaginando tratar-se de algum tipo de brincadeira ou costume da região, todavia, não era nem uma coisa nem outra.

Juan disse:

— Muito prazer em conhecê-lo, Andrew. Por que estranhou o fato de eu o ter cumprimentado com a mão esquerda?

Andrew ficou calado, e Juan continuou:

— Você não percebeu enquanto eu tocava?

— Desculpe, Juan, não sei do que está falando!

Juan levantou o poncho de lã que acabara de vestir e mostrou a Andrew que ele não possuía a mão direita.

O rapaz assustou-se e imediatamente lhe pediu desculpas:

— Desculpe-me! Eu não havia notado, Juan. Estava tão concentrado tentando atender os clientes que não percebi.

— Não se preocupe, garoto. Não me importo mais com a reação das pessoas. Nasci assim e já me acostumei a isso.

— Isso não o atrapalha na hora de tocar a gaita de fole? Pelo que sei, é preciso usar as duas mãos para tocar.

— Tem razão, mas me viro bem com uma mão apenas. Deus é tão perfeito que deu às pessoas duas partes, justamente para sempre dar uma segunda chance a quem precisa.

— Não entendi, Juan.

— Perceba, garoto. Nós recebemos dois olhos na face. Se perdermos uma visão, temos a outra. Temos duas pernas, dois pés, dois braços, dois ouvidos e duas fossas nasais, justamente para termos uma segunda chance. Entende?

— Nunca pensei dessa maneira!

— Pois é. Deus nos deu tudo em pares, mas ninguém percebe.

— E quanto à boca? Recebemos apenas uma — Andrew contrapôs.

— Tem razão! Deus é tão perfeito que nos deu apenas uma boca, e não duas.

— Por quê? — Andrew mostrou-se interessado.

Juan sorriu e respondeu:

— Acho que Ele fez isso porque, quando abrimos a boca para dizer alguma besteira, não temos chance para consertar o que foi dito. Sendo assim, temos apenas uma chance de dizer a verdade. Por exemplo: se dissermos algo e magoarmos alguém, não terá volta. Estará dito e pronto! Dificilmente, teremos uma nova chance para consertar.

— Tem razão!

Juan continuou:

— "E do verbo se fez carne"[1], ou seja, o que for dito estará dito. Se elogiarmos, magoarmos, mentirmos, tudo estará feito. Se dissermos a verdade, a verdade se manifestará. Não é assim que funciona, Andrew?

— Acho que sim, Juan!

Andrew respondeu sem jeito, mas adorou o tom de voz místico e envolvente que jamais ouvira antes.

Juan era um homem distinto que costumava dizer coisas profundas, filosóficas e inteligentes, principalmente quando bebia algumas doses de áraque[2] com gelo e ficava mais descontraído que o normal.

---
1 João 1:14.
2 Áraque é uma bebida alcóolica conhecida também como leite de camelo. Uma bebida árabe semelhante à vodca que, quando misturada ao gelo, se torna leitosa e exala um leve aroma de anis.

Era solteiro, nunca tivera filhos e vivia sozinho em uma casa de pedra nas colinas do Parque Natural de Monte Aloia, a poucos quilômetros da praia.

Além de músico talentoso, Juan era misterioso e adorava assuntos místicos e transcendentais. Era profundo conhecedor da filosofia grega, um ávido leitor de livros raros de autores galegos e irlandeses e um entusiasta da antiga literatura celta e nórdica. Adorava *rock* progressivo e bandas como Led Zeppelin e Pink Floyd, afinal, estavam em plena década de 1970 e todos os jovens tinham o desejo de viver um mundo de paz, amor e *rock and roll*. Pelo menos era assim que acontecia com o grupo de jovens que acompanhava Juan, que era considerado um líder por muitos.

Para Andrew, o estilo *hippie* de Juan e de seus amigos parecia incompreensível num primeiro momento, mas havia algo estranho no músico que o agradava. Uma energia estranha, porém, atraente e familiar.

Juan falou:

— Gostei de conhecê-lo, Andrew.

— Eu também, Juan.

— Veja que coincidência! Você não esteve conversando com Madame T. na praia?

— Sim, estive.

— Pois bem. Ela me contou sobre o encontro que vocês tiveram e me disse que nos conheceríamos hoje após o show.

— O que mais ela lhe disse? — Andrew não gostava da intromissão de Madame T.

— Disse apenas que seríamos bons amigos.

— Ela disse isso?

— Sim. Sabe como é, bicho?! As coincidências da vida funcionam assim.

— Bicho? O que é isso? Não entendi o que quis dizer, Juan.

— É a gíria do momento, cara! De onde você veio, afinal? Da Groenlândia?

— Quase isso! — Andrew soltou uma gargalhada gostosa.

— Estou vendo que você está por fora, bicho! Mas tudo bem! Daremos um jeito nisso. Que tal irmos até minha casa? Todos costumam ir para lá depois do show.

— O que vocês fazem lá?

— Tocamos e bebemos ao redor da fogueira. Que tal?

— Não sei, Juan!

34

— Depois que o pessoal for embora, podemos conversar um pouco. A escolha é sua! O convite está feito.

— Pode ser. Não tenho aula amanhã. Bem, vou terminar de arrumar as mesas e aproveito para decidir. A propósito...

— Pode dizer, garoto — Juan tirou um maço de cigarros do bolso e colocou um na boca para fumar. — O que quer saber, garoto?

— Quem é a moça que estava no cartaz? Por que ela não se apresentou no show desta noite?

— Ela se chama Linda Di Stéfano. É a garota mais bonita da Galícia, bicho!

— Ela é bonita mesmo!

— Por que quer saber? — Juan soltou a fumaça do cigarro.

Estranhamente, o semblante de Juan fechou-se depois que Andrew indagou sobre a cantora.

Andrew respondeu:

— Só a achei bonita. Apenas isso!

— Ela é bonita, mas não é para seu bico, garoto. Linda não se apresentou hoje porque a mãe estava com febre e ela teve de ficar em casa cuidando dela.

Andrew baixou a cabeça e percebeu que podia existir algo entre os dois, no entanto, a dúvida persistiu em sua mente, pois a moça do cartaz era bem mais jovem que Juan. Ela deveria ter no máximo 19 ou 20 anos de idade.

Andrew foi até o vestiário e cinco minutos depois Juan começou a gritar seu nome do outro lado da rua:

— Vamos, Andrew! Estamos esperando você aqui na caminhonete.

— Já estou indo, droga! Calma! — Andrew sussurrou para si mesmo, enquanto tentava vestir a jaqueta.

Andrew não tinha a mínima ideia do lugar para onde o levariam. A caminhonete era uma Rural Ford ano 1956, azul e branca, com motor a diesel e tração nas quatro rodas, ideal para andar pelas estradas de terra esburacadas e lamacentas que levavam à longínqua casa de Juan, localizada no topo da montanha.

Assim que entraram na rodovia, já no alto da colina, Martin, o motorista e também violinista da banda, pegou uma estrada secundária de terra e mergulhou na escuridão da floresta. Andrew ficou com medo, pois ainda não conhecia ninguém da estranha turma de Juan.

Martin disse ironicamente para Juan, que estava sentado ao seu lado no banco da frente:

— Hoje é dia da iniciação de mais um novato, Juan?

De repente, Martin acelerou a caminhonete, desviando dos buracos em meio à escuridão da floresta.

— Cale a boca, Martin! Você não sabe o que está falando — Juan respondeu.

Andrew olhou assustado, e Juan logo se retratou:

— Não ouça esses babacas, Andrew. Eles só falam besteiras.

Andrew ficou aliviado e sentiu-se seguro na presença de Juan, seu mais novo amigo. Contudo, ainda se perguntou: "Por que Martin disse isso? O que significa essa tal iniciação? Será que é alguma brincadeira de mau gosto ou algum trote que aplicam nos novos funcionários do restaurante? Deve ser apenas isso. O que mais pode ser?".

Após dirigir cerca de vinte minutos na escuridão, uma casa de pedra muito antiga surgiu no meio da mata.

— Bem-vindo à minha casa, Andrew. Eu vivo aqui — Juan disse.

— Nossa! Que legal! Que lugar exótico!

Um a um, os ocupantes do veículo foram descendo da velha caminhonete e entrando na casa de pedra, que não possuía trancas nas janelas e fechaduras nas portas.

— Você mora no meio da floresta, Juan? Sem luz, sem vizinhança, sem nada?

— Sim.

— Não tem medo de morar aqui sozinho?

— Do que eu teria medo, garoto?

— Sei lá. De fantasmas, animais perigosos. Essas coisas.

— Bobagem. Não tenho medo de fantasmas e de animais; tenho medo dos humanos. O ser humano é a coisa mais perigosa que existe no planeta.

— E os fantasmas? Não tem medo deles?

— Não tenho medo dos mortos. Tenho medo dos vivos.

— Como consegue viver sem luz?

— Sem luz? Quem disse que não tenho luz aqui? — Juan sorriu ironicamente.

De repente, Martin e seus amigos acenderam várias tochas de querosene e alguns lampiões. Pietro, o mais quieto da turma, juntou alguns troncos de madeira e arrastou tudo até a clareira localizada a poucos metros de distância da casa, local onde eles costumavam acender uma grande fogueira e se reunir para cantar e dançar até o amanhecer.

— Nossa! Que lugar lindo e...
— E o quê, Andrew?
— Não consigo encontrar as palavras, Juan.
— Lugar misterioso! É isso que está tentando dizer, não é?
— Sim. Era exatamente isso que eu estava tentando dizer.
— Venha, garoto! Entre e conheça minha humilde casa.

A casa era pequena e tinha apenas três cômodos. Uma sala com uma cozinha conjugada, um fogão à lenha, um banheiro e apenas um quarto.

Ao entrar na residência, Andrew sentiu um bem-estar desconcertante, como se tivesse entrado num lugar familiar. De alguma forma, ele sentia-se protegido e entre amigos, mesmo tendo conhecido Juan e sua turma há menos de uma hora.

Andrew perguntou:

— O que são essas coisas penduradas na parede? Essas pedras violetas, os pêndulos de madeira e todos esses espelhos?
— São filtros dos sonhos, uma artefato indígena da América do Sul.
— Para que servem?
— Para filtrar as energias negativas e as más intenções. Um amigo trouxe do Peru. Essas pedras servem para limpar o ambiente e trazer boas vibrações. O resto é apenas decoração. Esses badulaques todos: os espelhos, os quadros, as cangas penduradas na parede são presentes que costumo receber de Madame T. Ela é uma grande amiga!

De repente, uma voz feminina surgiu enquanto Juan e Andrew conversavam:

— Que bom que já se conheceram e estão se tornando amigos!

Era a própria Madame T., em carne e osso, que entrava na casa de pedra.

— Seja bem-vinda, irmã! — Juan abraçou Madame T. com naturalidade.
— Olá, Andrew? Como está?
— Vou bem. E a senhora, Madame T.?
— Melhor do que isso seria impossível! Principalmente agora que estou na presença de amigos tão queridos. Vim participar da festa ao redor da fogueira, mas trouxe alguns amigos. Tudo bem eles participarem da festa, Juan?
— Sejam bem-vindos! Levem-nos até a fogueira, pois dentro de alguns minutos começarei a tocar nossas músicas preferidas.

— Obrigada, Juan! Toque as antigas músicas celtas e galegas, por favor.
— Claro, irmã! Mas antes quero mostrar minha humilde casa a Andrew.
— Fique à vontade — ela respondeu e saiu em direção à fogueira. Enquanto isso, Juan puxou o garoto até o quarto.
— Venha conhecer meu quarto, Andrew! O local onde guardo meus instrumentos e meus livros prediletos. Veja esta estante. São livros muito antigos. Tenho aqui contos nórdicos, lendas *vikings* e histórias sobre a antiga Galícia.
— Que legal!
— Alguns desses livros são únicos.

Andrew folheou algumas páginas rapidamente e percebeu que as ilustrações lembravam os quadros que ele costumava pintar quando era menino. O jovem ficou vidrado ao olhar tudo aquilo, mesmo tendo como fonte de luz apenas um pequeno lampião de querosene pendurado sobre suas cabeças.

— Está gostando, Andrew? — Juan perguntou.
— Estou adorando. Esses livros são muito antigos!
— Sim. Alguns deles têm mais de cem anos.
— Cem anos?
— Sim. Tenho um aqui que é muito especial. Vou lhe mostrar. Na verdade, ele é o meu favorito. É um livro único, que foi escrito por um autor aqui da cidade de Vigo, no ano de 1915. É uma linda história de amor. Não sei por que, mas algo neste livro me toca profundamente.
— O que é?
— Não sei. Nunca consegui compreender. Preciso lhe mostrar, mas não estou encontrando o livro.

De repente, alguém gritou do lado de fora:
— Juan, venha logo! O pessoal está pronto para dançar e cantar. Vamos!

Era Martin gritando com o violino no ombro e pronto para começar a festa ao redor da fogueira.

— Não estou encontrando o livro, Andrew, mas prometo que depois da festa eu procuro com calma. Vamos até a fogueira para alegrar aqueles malucos. Depois conversamos um pouco mais.
— Tudo bem, sem problema.

Ambos saíram da casa e foram até a clareira.

Andrew assustou-se ao sair da casa e deparar-se com mais de trinta pessoas reunidas ao redor da fogueira, sedentas para dançar ao som da gaita de Juan e dos tambores.

As pessoas estavam à vontade e abraçavam-se como se fossem velhas amigas. Todas vestiam roupas exóticas semelhantes às que Juan e Madame T. costumavam usar.

Os homens usavam sandálias de couro, calça jeans e camisas coloridas, e a maioria deles usava colares de pedras e eram cabeludos como Juan. Já as mulheres usavam saias coloridas e se vestiam como Madame T. Na verdade, aquela era a moda do momento na América do Norte, e todos ali estavam apenas seguindo a ideologia paz e amor dos *hippies* dos anos 1970.

Andrew, contudo, estava totalmente alheio aos modismos e não sabia como se portar perante os novos amigos.

Será que eram amigos de verdade ou existia algum interesse escondido em levar Andrew até a casa de Juan?

Naquele momento, contudo, nada parecia incomodar o jovem. A única coisa que realmente importava era se divertir ao redor da fogueira.

Apesar da alegria contagiante, Andrew sentia-se um peixe fora d'água, vestido como um *nerd* careta no meio daquela gente maluca. Ele usava uma calça de brim, camisa polo marrom, sapatos pretos e uma jaqueta de lã pendurada nos ombros. Totalmente fora do contexto.

O jovem sentia-se estranho, mas ninguém o recriminava. Muito pelo contrário, todos se aproximavam e lhe davam as boas-vindas, como se o conhecessem há muito tempo.

Madame T. aproximou-se:

— Andrew, sente-se neste tronco e curta a música. Relaxe e sinta o futuro se transformando em passado. Lembra-se?

Madame T. puxou Andrew para perto de si e ambos se sentaram perto da fogueira, ao som da gaita de Juan.

Naquele momento, uma garrafa de absinto[3] surgiu na roda de amigos e começou a ser passada de mão em mão. Não demorou muito, e a garrafa chegou às mãos de Andrew, que, meio sem graça, decidiu beber um pouco para não parecer tão deslocado perante o grupo.

Andrew tomou dois goles da bebida e alguns minutos depois já se sentiu relaxado.

---

3   Bebida forte e quase alucinógena, amplamente consumida em várias partes do mundo na década de 1970.

A música era inebriante. Violões, tambores, flautas e muitos instrumentos exóticos tocavam ao fundo; instrumentos que Andrew nunca vira na vida. Aliás, o ambiente, as pessoas se divertindo e a bebida rolando solta era algo totalmente inusitado para um garoto que passara a vida toda isolado dentro de um quarto.

Em poucos minutos, a alegria tomou conta do lugar, e Andrew sentiu como se tivesse retrocedido no tempo, à Era Medieval, a uma época na qual as pessoas se reuniam ao redor de fogueiras para beber e comemorar a vida sem pensar nos problemas cotidianos como as pessoas modernas costumavam fazer. Pelo menos as roupas, a música e o lugar eram sugestivos e para Andrew remetiam a um tempo longínquo e familiar.

Era curioso, mas o jovem parecia sentir-se bem no meio daquela gente estranha. Não à toa, pois bebera várias doses de absinto e estava bêbado e tendo algumas alucinações.

Sem perceber, Andrew começou a interagir com o grupo e a bater palmas para as mulheres que se levantavam e começavam a dançar e gargalhar ao redor da fogueira.

A música alegrava a todos, porém, o melhor ainda estava por vir. Juan aproximou-se da fogueira e começou a tocar sua gaita de fole com vontade e intensidade, levando o grupo ao delírio. Andrew não acreditava no que estava vendo. Ele olhou para Juan tocando seu instrumento exótico e, de repente, sua mente se projetou a um passado muito distante, como se entrasse numa fenda do tempo. Andrew teve a impressão de que vivenciara um *déjà-vu*.

Subitamente, Andrew ouviu uma voz feminina e sedutora em seu ouvido esquerdo:

— Hei, bonitinho! Quer dar um trago?

Assustado, Andrew olhou para o lado.

— Um trago de quê? O que é isso? — perguntou.

— Um baseado, oras! Não sabe o que é isso, garoto? De onde você vem, afinal? Da Groenlândia?

— Quase isso! — Andrew sorriu timidamente.

A moça de cabelos negros parecia mais velha que ele. Ela tinha no mínimo 28 anos de idade.

— Vamos, bonitinho! Não tenha medo. Dê um trago e sinta a energia da paz e do amor fluindo em seu corpo.

Sem jeito e meio embriagado, Andrew fez o que a moça sugeriu e deu uma tragada no baseado. Em seguida, ela levantou-se e começou a dançar ao redor da fogueira.

Andrew deu mais duas tragadas no baseado e passou-o para outra pessoa. Sem que ele percebesse, a moça bonita voltou e puxou-o para o meio do grupo, para que se divertisse ao redor da fogueira.

Andrew parecia flutuar de tão solto que estava, afinal, nunca participara de uma festa como aquela antes. O jovem sempre foi caseiro, pacato e nunca saíra à noite com os amigos. Todavia, agora era diferente. Estava se sentindo livre e querido por todos pela primeira vez em sua vida.

Será que tudo isso era verdadeiro ou estavam planejando uma armação para o novato?

Eram duas horas da madrugada, e o local continuava animado por música galega da melhor qualidade.

Juan e os integrantes da banda colocaram as mulheres e os novatos dentro de um círculo e cada um segurou um tambor como se fosse uma tribo ancestral preparando-se para um ritual de iniciação.

Praticamente em estado de transe, todos dançavam, cantavam e giravam ao redor da fogueira, acompanhando o ritmo marcante da gaita de Juan.

Por volta das três horas da manhã, repentinamente, o som parou e todos se abraçaram como amigos que se despediam em gratidão.

***

Após todos partirem, Juan aproximou-se de Andrew:

— Gostou da festa, Andrew?

— Adorei! — ele sorriu para Juan com a voz meio pastosa.

— Seja bem-vindo ao grupo, irmão! Somos uma irmandade aqui. Somos muito unidos.

— Eu percebi.

— Agora você faz parte do grupo e já foi iniciado.

— Iniciado em quê?

— Você não percebeu nada?

— Como assim iniciado?

— Todos que chegam ao grupo precisam tomar três doses de absinto, fumar um pouco de erva e...

— Essa era a iniciação sobre a qual Martin falou quando estávamos na estrada de terra?

— Sim. Você precisava dançar o ritual da revelação celta ao redor da fogueira com o ritmo dos tambores e da gaita. Somente assim, você se tornaria um clarividente como nós.

— Hei! Espere aí. Eu não pedi para ser nada disso! Clarividente? Que droga é essa?

— Calma, garoto! Não estou impondo nada a você. Se quiser, pode entrar na caminhonete do Martin e voltar para casa agora mesmo. Continuaremos amigos da mesma maneira. Não quero chateá-lo. Tenha calma, irmão.

Andrew respirou fundo e respondeu:

— Tudo bem, Juan. Não vou embora. Quero ficar mais um pouco aqui. Desculpe, fiquei nervoso. Não entendi esse lance de clarividência. O que é isso, afinal?

— Até logo, meninos! — Madame Tuseau gritou ao sair pela porteira do sítio.

— Até logo, irmã! — Juan respondeu.

— Madame T. é sua irmã? — Andrew indagou.

— Não exatamente. Costumo chamá-la de irmã, porque ela é a pessoa mais próxima que tenho como família. Não tenho irmãos, não tenho pai nem mãe. Sou um homem solitário.

— Que triste!

— Engano seu. Sou solitário, mas não sou uma pessoa triste. Tenho muitos amigos e isso me basta.

— Percebi que possui muitos amigos.

— Vamos entrar, garoto. Quero encontrar o livro que lhe prometi.

— Juan, você ainda não me explicou que poder é esse, o poder da clarividência.

— Na verdade, é um dom que você traz dentro do seu espírito, mas que não se manifestou ainda.

— Dom?

— Você acha que não vi seus olhos brilhando enquanto folheava meus livros? Você se deliciou com as ilustrações da antiga Irlanda, com as embarcações navegando pelos mares do Norte e tudo mais. Acha que não percebi sua feição de encanto?

— Tem razão. Você percebeu?

— É claro que percebi. Você é um dos nossos, Andrew. Na verdade, após o ritual na fogueira, acredito que você começará a sentir o poder da psicometria.

— Psico... o quê?

— Psicometria é quando a pessoa toca um objeto e se conecta com todas as memórias que ele traz. Tudo o que for relacionado ao objeto é revelado instantaneamente ao indivíduo clarividente. Somente as coisas que possuem uma forte energia conseguem transmitir alguma informação. Entendeu?

— Mais ou menos. Como recebo essas informações? Vendo? Sentindo? Ouvindo?

— Você apenas vê e sente.

— Como uma imagem que surge na minha frente?

— Não exatamente. Você vê como se fosse um filme passando dentro de sua mente. Não vê através dos olhos materiais; vê através de outro olho.

Juan encostou o dedo indicador no meio da testa de Andrew.

— Que olho?

— O terceiro olho. Aquele que tudo vê. O olho da consciência que registra tudo. Sua glândula pineal. A porta que leva ao mundo de Amém.

— Nossa! Agora fiquei curioso, Juan.

Todos os convidados já haviam partido, e Juan e Andrew ficaram sozinhos dentro da casa de pedra.

— Sente-se no sofá — Juan disse, jogando os longos cabelos louros para trás. Em seguida, tirou o casaco de couro cru e entrou no quarto para procurar o tal livro de que falara.

— Aqui está, Andrew.

— Encontrou o livro?

— Sim. Este é o livro que queria lhe mostrar.

— Que lindo!

— Ele se chama *ImmRam*. Na antiga língua irlandesa significa "viagem". É uma autobiografia, uma espécie de diário de bordo de um soldado inglês chamado Paul Ervin.

— Do que se trata exatamente?

— Ele relata a dura viagem de Paul Ervin rumo à Primeira Guerra, a paixão do soldado pela aventura e a vontade que ele tinha de cumprir seu destino. No meio da jornada, porém, ele acaba se apaixonando por uma bela moça da cidade de Vigo e, a partir daí, a história se desenrola.

Ele se casa com essa mulher, mas depois precisa fugir do exército inglês e passa algumas semanas escondido na Ilha de Torella.

— Aquela ilha que fica em frente ao restaurante onde trabalho?

— Exatamente.

— Interessante!

— É uma história incrível, Andrew!

— Como faço para chegar a essa ilha?

— Simples. Ela fica a menos de 500 metros da praia. Tem até uma passarela que você pode usar para caminhar até ela.

— Gostaria muito de ler esse livro.

— Você vai adorar. A história de Paul Ervin se tornou trágica assim que o comandante da esquadra real inglesa descobriu seu paradeiro e foi buscá-lo à força.

— Estranho! É um livro tão pequeno! Como tudo isso pode estar escrito aí?

— Na verdade, esse é apenas o volume I. A história é concluída no volume II, contudo, é praticamente impossível encontrar o segundo livro. Ninguém nunca o viu. Dizem que foi publicado, mas acho que é uma lenda. Pra mim, o segundo volume nunca foi publicado.

— Como conseguiu este exemplar, Juan?

— Faz quarenta anos que meu pai ganhou do dono da extinta Editora Impeta, o senhor Thomas Moore, um inglês que se radicou na Espanha e decidiu revisar o manuscrito perdido de Paul Ervin. Ele acabou imprimindo apenas cem exemplares manualmente. Como pode ver, o livro foi costurado à mão e o acabamento da capa foi feito com couro cru. Outra curiosidade é o título, que foi queimado com clichê de zinco em baixo--relevo. Veja você mesmo. Pode tocar.

— É muito bonito! Será que mais alguém tem uma cópia deste livro?

— Não sei. Dizem que todos os exemplares sumiram. Na verdade, acredito que se queimaram quando a editora foi incendiada em meados de 1923. Acho que todos foram perdidos e não chegaram a ser distribuídos.

— E o volume II?

— Como disse, ninguém sabe se ele foi realmente publicado.

— Que pena! Então nunca saberemos o final da história?

— Por isso, me apeguei tanto a este livro. Eu sei que existe um final para essa história, mas não imagino qual seja.

— Parece um enigma, Juan!

— Meu pai disse que o velho Thomas Moore costumava guardar um exemplar de cada livro que publicava em sua biblioteca particular. Além de ser muito apegado aos livros, ele dizia que este, em especial, se tratava de um exemplar único.

— Por que seu pai lhe deu este livro?

— Não sei. Na época, eu era muito novo e não me interessava por leitura. Só queria brincar em cima das árvores no meio da floresta, mas, quando completei 18 anos, ele me deu o livro de presente e disse que eu precisava guardá-lo com muito carinho, pois era uma obra rara.

— Uma obra cara?

— Rara, não cara!

— Desculpe, Juan.

— Seis meses depois, meu pai ficou muito doente e, infelizmente, faleceu.

— Sinto muito. E sua mãe?

— Minha mãe morreu um ano depois.

— De quê?

— Acho que morreu de saudades.

Juan ficou com os olhos marejados e tentou disfarçar a emoção, colocando a gaita de fole no colo e tocando discretamente algumas notas graves.

— Desculpe, não queria entristecê-lo, Juan.

— Está tudo bem, garoto. Essa fase da minha vida foi muito dura.

— Eu imagino...

— Mas agora estou bem. Tenho 38 anos de idade e já superei todas as dificuldades. Quando minha mãe se foi, eu fique completamente sozinho no mundo, então, vim morar nesta casa de pedra.

— Por que veio morar aqui?

— Eu não tinha lugar para morar, pois a casa onde morávamos era alugada. Costumava vir aqui quando criança para caçar passarinhos e, como sempre gostei desta velha casa, decidi ficar por aqui. Ela foi construída há mais de duzentos anos e estava abandonada. Acabei me instalando e estou aqui até hoje. Poucas pessoas sabem disso. Elas acham que moro aqui porque sou um maluco vagabundo, mas ninguém sabe o que passei na vida.

— Que pena que a vida fez isso com você, Juan!

— Isso não importa mais. Estou em paz.

— Desde essa época você mora sozinho nesta casa?

— Sim. Já faz quase vinte anos que moro aqui. Podem me chamar de muitas coisas por aí, mas minha consciência está leve e limpa. Eu me considero um artista e vivo da minha arte. Ninguém tem nada a ver com isso. Nunca pedi esmolas e dinheiro na rua. Sou um trabalhador e vivo honestamente da minha música. Não sou um trabalhador braçal, que atua nas fábricas e portos. Sou um artista. Entende?

— Sim, entendo.

— Sou muito grato por esse dom que os deuses me deram, pois tudo o que conquistei foi através da música. Meu alimento, minhas roupas e minhas amizades, tudo veio do meu talento musical.

— Por que você nasceu sem a mão direita, Juan?

O músico não esperava aquela pergunta repentina.

— Não sei, garoto. Madame T. disse que foi por causa da cobiça.

— Cobiça?

— Sim, ela disse que se trata de um resgate de vida passada. Não entendo muito essas coisas. É muito complicado e fantasioso. Eu vivo bem sem essas explicações místicas.

Andrew preferiu ficar quieto e não tocar mais no assunto, pois percebeu que Juan não gostara muito de falar sobre o passado e sobre sua deficiência física.

— E então? Não quer segurar o livro um pouco? Até agora você só olhou para ele. Vamos! Dê uma folheada!

Andrew segurou o livro e folheou-o calmamente. A obra media 12 centímetros de largura por 15 centímetros de altura e tinha aproximadamente 120 páginas. Era mais pesado que um livro normal, a capa era feita com couro cru envelhecido e betumado, que lhe dava um aspecto antigo e rústico.

O rapaz olhou bem para a capa com o título *ImmRam* e continuou folheando o livro aleatoriamente. Juan acendeu outro lampião e deu o último gole na garrafa de absinto. Em seguida, deitou-se na cama para descansar um pouco.

Enquanto olhava atentamente as páginas do livro, Andrew, de repente, sentiu algo estranho. Um calafrio subiu-lhe pela nuca e o rapaz teve uma forte vertigem. Juan percebeu que Andrew estava esquisito e levantou-se rapidamente da cama:

— O que foi, garoto? Não está se sentindo bem?

— Não sei. Estou sentindo um pouco de tontura.

— Tenha calma, irmão! Você está prestes a ter uma visão. Já aconteceu comigo antes.

— Visão? Que visão? É a tal clarividência? — Andrew perguntou com a voz lenta.

— Sim, ela mesma. Deixe a coisa fluir naturalmente e não resista. Feche os olhos, e as imagens surgirão em sua mente. Não tenha medo. Você só verá o que lhe for permitido ver. Fique tranquilo.

Andrew fez o que Juan disse e fechou os olhos. Naquele momento, o corpo do rapaz começou a tremer, e Juan preferiu ficar parado em vez de interferir.

Após um minuto tremendo e sussurrando palavras estranhas e em um idioma parecido com o inglês, Andrew começou a falar com os olhos fechados:

— Oh, meu Deus! Isso é muito forte, Juan!

— O que você está vendo, irmão?

— Não sei exatamente.

— Tente descrever.

— Sinto como se estivesse vivenciando tudo o que está sendo mostrado. Sinto que foi neste lugar. É muito real, Juan. O que é isso, meu Deus?!

— O que você está vendo? — Juan perguntou, tentando acalmá-lo.

— Ainda estou vendo. A imagem e a sensação ainda estão vivas em minha mente.

— Tente descrever o que está vendo, Andrew!

— Eu vejo nitidamente um líquido vermelho, que parece sangue, escorrendo num pano branco, mas não sinto dor em nenhum lugar do meu corpo. O pano está sobre um túmulo, e o líquido está pingando no chão de terra batida.

— O que mais está vendo?

De repente, Andrew começou a chorar sem qualquer motivo.

— Por que está chorando?

— Não sei.

— É tristeza?

— Não é choro de tristeza, mas sim de alegria. Não sei o que é. Estou sentindo algo muito forte apertando meu peito agora. Estou vendo um homem de cabelos brancos ao meu lado e uma senhora mais velha. Estamos todos sob a sombra de uma árvore.

— Quem é o homem que você está vendo? Você o conhece?

— Acho que não.

— Quem é a mulher?

— Não sei, Juan. O senhor tem cabelos brancos e aparenta ter aproximadamente 60 anos. A mulher é mais velha e deve ter pouco mais de 70 anos.

— Não consegue dizer quem são essas pessoas?

— Não, mas ambos me parecem familiares.

— O que mais está vendo?

— Não consigo ver mais nada. A visão está sumindo agora.

Andrew começou a estremecer e abriu os olhos. Colocou o livro sobre a cama, tentando acalmar-se.

— Como você está, garoto? — Juan perguntou.

— Não precisa se preocupar. Estou bem.

Juan sentou-se ao lado de Andrew e olhou fixamente nos olhos do rapaz:

— Você teve uma visão, cara!

— O que foi isso?

— Ao segurar o livro, você teve uma revelação! Foi forte, não foi? Não pensei que seu dom de clarividência se manifestaria tão rapidamente.

— Então é assim que funciona a tal da psicometria?

— Exatamente!

— Eu vi tudo como se fosse um filme passando dentro da minha mente. Que loucura!

— Incrível, não é?

— Sim! Você também teve visões quando segurou este livro pela primeira vez?

— Sim.

— Sério? Como foi sua experiência?

— Eu estava sem camisa, montado em um lindo cavalo branco sem arreios. Meus cabelos dançavam ao sabor do vento, enquanto eu cavalgava em uma praia deserta e gritava de alegria como se fosse uma criança.

— Onde você estava?

— Não faço a mínima ideia. Foi uma das melhores sensações que tive na vida. Melhor que qualquer droga alucinógena que já experimentei! — Juan sorriu. — Pode acreditar, bicho! Foi uma sensação de plenitude e felicidade, uma espécie de sensação de recompensa e paz. Parecia que eu estava cavalgando no mundo perdido de Valhalla.

— Valhalla. Onde fica isso?

— Valhalla é o mundo perdido dos deuses nórdicos. Alguns o chamam de O Outro Mundo, outros chamam de O Mundo Invisível. Um lugar em que a doença e a morte não existem, em que a juventude é eterna e a felicidade dura para sempre. Lá, as pessoas não precisam comer nem beber e compartilham tudo o que possuem. É o equivalente aos Campos Elísios dos gregos ou os Jardins do Éden do livro do Gênesis.

— Este é o lugar para onde iremos depois que morrermos?

— Acredito que não seja o lugar para onde todos vão. Para mim é o lugar onde somente as pessoas que conseguem cumprir suas missões na Terra podem ir.

— Está dizendo que é um lugar especial para onde os escolhidos da *Bíblia* vão? Minha mãe falou sobre isso certa vez.

— Não sei, Andrew. Pelo conhecimento dos antigos nórdicos, Valhalla é o lugar que recebe aqueles que venceram seus maiores medos e superaram as dores do mundo. Um lugar que recebe aqueles que se redimiram perante os deuses e se perdoaram. É a casa dos verdadeiros guerreiros.

— Você acha que estava cavalgando nesse lugar quando teve a visão?

— Acho que sim, pois a sensação foi inesquecível.

— Que interessante!

— Nunca me esquecerei do que vi. Foi tão real quanto a visão que você me descreveu. É uma sensação de vivência lúcida, não é?

— Sim. Foi muito real o que senti minutos atrás.

— Você nunca se esquecerá da cena que viu. Tive essa visão aos 18 anos de idade e até hoje consigo descrevê-la com perfeição.

— Que loucura, Juan!

— Não é loucura, Andrew! É lucidez. Você teve uma revelação. Se todos tivessem esse privilégio, talvez o mundo materialista e hipócrita em que vivemos fosse um pouco melhor.

— Tem razão.

— Quer saber? Não vou começar a reclamar como um velho ranzinza em plena madrugada. Já está tarde, e precisamos dormir.

— Dormirei aqui na sua casa?

— Lógico que você vai dormir aqui, garoto. Não tem ninguém para levá-lo embora.

— Oh, meu Deus!

— Fique tranquilo. Martin passa aqui em frente com a caminhonete todas as manhãs. Ele trabalha bem cedo na serralharia do avô, no centro da cidade, e costuma passar por aqui às sete horas da manhã. Você pode pegar uma carona com ele. Se quiser, peço a ele para deixá-lo na praia do Canido, perto do restaurante. É caminho para o trabalho dele. Fique tranquilo.

— Não avisei à minha mãe que dormiria fora de casa hoje. E agora?

— Você nunca dormiu fora de casa, garoto?

49

— Não.
— Seja bem-vindo ao mundo da liberdade. Esqueça sua querida mãezinha agora. Amanhã cedo, você explica tudo para ela. Aqui não tem telefone nem luz elétrica, então, relaxe e tente dormir um pouco.
— Mas...
Juan sorriu:
— Mas o quê, garoto? Deite-se no sofá e durma. Até amanhã — Juan bateu a porta do quarto e deixou Andrew falando sozinho na sala.
— Até amanhã, Juan! — Andrew sussurrou para si mesmo.
O rapaz demorou a dormir, pois as imagens da visão que tivera não saíam de sua mente. "O que foi isso, afinal? Qual é o significado dessa vivência momentânea que tive ao tocar o livro? Será que terei outras visões? Se eu segurar o livro novamente, sentirei tudo outra vez?".
Enquanto Andrew refletia sobre o ocorrido, seus olhos fecharam-se lentamente e ele adormeceu.

***

Na manhã seguinte, Juan tentou acordar Andrew.
— Hei, garoto! Acorde! Precisa partir conosco agora mesmo. Vamos! Levante-se!
Coberto até a cabeça por um velho cobertor amarelo, Andrew mal conseguia abrir os olhos.
— Quem é você? — ele indagou.
— Sou Rui, amigo do Martin. Trabalho com ele na serralharia. Levante-se! Estamos atrasados para o trabalho. Juan nos pediu para deixá-lo na praia de Canido, perto do restaurante Andaluz.
— Posso ao menos lavar o rosto? Que horas são?
— Sete e meia da manhã!
— Droga!
— Hoje, nós temos serviço extra e precisamos terminar tudo antes do almoço. Vou esperá-lo na caminhonete.
— Tudo bem. Já vou.
Andrew lavou o rosto e começou a ouvir uma música alta que vinha do lado de fora da casa. Ele não sabia, mas era uma composição da banda Led Zeppelin, que tocava no volume máximo na caminhonete. Olhou rapidamente para o quarto de Juan e percebeu que ele não estava mais dormindo. Saiu da casa sonolento e avistou Juan sem camisa no meio da mata, cortando troncos de pinheiro com uma machadinha a cerca de 50 metros de distância da casa.

Era estranho vê-lo segurando o machado apenas com um braço. Andrew gritou:

— Juan! Estou indo embora. Obrigado por tudo.

— Vá em paz, garoto! Na paz e no amor! Esse será o seu lema a partir de hoje.

— Obrigado, Juan.

— Que os deuses de Valhalla o protejam, Andrew. Encontro você na próxima semana no restaurante Andaluz. Faremos um show completo na sexta-feira à noite. — Juan levantou o machado sobre a cabeça.

— Até a semana que vem, bicho!

— É assim que se fala, garoto! Até mais! — Juan respondeu soltando uma gostosa gargalhada.

Andrew parecia já ter personificado a filosofia *hippie* de Juan e estava tentando dizer algumas gírias para se entrosar com os novos amigos.

— Vamos, garoto! Estamos atrasados — Martin gritou e buzinou da caminhonete, que continuava parada na beira da estrada.

— Calma, Martin. Já estou indo.

Sentindo muito frio, Andrew sentou-se no banco de trás e agradeceu:

— Obrigado pela carona. Minha mãe deve estar morrendo de preocupação.

— Fique tranquilo, Andrew. Sua mãezinha vai sobreviver sem você por perto. Não é, Martin?

Rui deu um tapa no braço do companheiro, caçoando de Andrew sem que ele percebesse.

Martin disse:

— Andrew, antes que me esqueça, Madame T. pediu para lhe entregar uma mensagem. Está dentro deste envelope. Pegue.

— Uma mensagem? Para mim?

— Sim. Juro que não li. Ela me entregou hoje pela manhã quando eu estava saindo de casa para trabalhar. Na verdade, tenho muito medo daquela mulher. Sabia?

— Eu também — Rui completou.

Sem entender o que estava acontecendo, Andrew agradeceu e perguntou:

— Obrigado, Martin. Mas o que será que está escrito?

— Nem imagino. Essa mulher é meio maluca, cara! Ela tem essa estranha mania de escrever mensagens e entregar para as pessoas. Sei lá o que está escrito! Abra e leia você mesmo.

No caminho de volta pelas estreitas estradas, descendo a colina na bruma da floresta, Andrew decidiu abrir o envelope para ler a mensagem de Madame T.:

A vida sempre lutará pelo amor. Você não precisa sair desesperado à procura da pessoa que foi destinada a viver ao seu lado durante esta vida.

Se não a encontrar, não se preocupe, pois um dia ela o encontrará. Essa pessoa também está à sua procura.

O amor tem um poder inimaginável. Você pode até fugir dele, mas de nada adianta, pois nada neste mundo é mais forte que o implacável poder do amor.

Andrew, não adianta lutar contra o amor. No final, ele sempre vence.

P.S.: Esta mensagem é só para você. Por favor, não mostre aos curiosos.

Andrew não entendeu o significado da mensagem, mas dobrou o papel e guardou-o com cuidado no bolso da calça.

Martin olhou pelo retrovisor morrendo de curiosidade:

— E então? O que diz a mensagem da velha maluca?

— Acho que você morrerá com essa curiosidade, Martin. Nunca saberá o que está escrito neste pedaço de papel.

Ao ouvir a resposta ríspida de Andrew, Rui caiu na gargalhada e começou a debochar de Martin:

— O garoto não é tão frouxo como você imaginava, Martin. Ele tem personalidade, cara! Você viu?

— Cale a boca, seu idiota! Não perguntei sua opinião.

Martin e Rui tinham 29 anos de idade, mas quando estavam juntos pareciam dois adolescentes. Rui era alegre, divertido e sempre brincalhão. Uma espécie de bobo da corte, que alegrava a todos com suas brincadeiras e piadas. Na verdade, ele passava praticamente o dia inteiro falando bobagens. Já Martin possuía um semblante misterioso e sempre desconfiado para pessoas estranhas e recém-chegadas como Andrew. Ele respeitava muito Juan Cavallera, por ser o mais velho da turma e líder da banda, entretanto, além de ser uma pessoa muito fechada e invejosa, era ciumento e vingativo.

Capítulo 4
O encontro

— Faça exatamente como na semana passada, Andrew. Pregue o cartaz do show que acontecerá hoje à noite do lado de fora do restaurante.

— Sim, senhor!

— Por favor, cole um papel sobre a data passada e escreva por cima a nova data e o novo horário. Hoje, o show começará mais tarde, às nove horas da noite.

— Deixe comigo, senhor Sílvio.

Com apenas uma semana de trabalho, Andrew já se mostrava confortável em sua função. Sílvio, o gerente, estava satisfeito com o desempenho do rapaz, mas, como bom espanhol, nunca elogiava um funcionário com pouco tempo de casa.

A noite chegou. Desta vez, parecia que o show seria mais animado e envolvente, pois as mesas haviam sido retiradas da frente do palco.

Por volta das oito horas, a casa já estava cheia, e Andrew começou a ter dificuldades para atender tantos pedidos. O jovem estava tão ocupado que nem sequer percebeu que os músicos acabavam de entrar pela porta da frente do restaurante.

Somente após uma hora, Andrew olhou pela janela do restaurante e viu a caminhonete de Martin estacionada do outro lado da rua, o que significava que Juan e seus amigos já estavam no camarim preparando-se para a grande apresentação.

Aquela noite seria a prova de fogo para Andrew. O restaurante estava lotado e havia apenas seis garçons para atender mais de duzentas pessoas ao mesmo tempo, algo inusitado para Andrew, mas rotineiro para os funcionários acostumados com as apresentações de Juan.

Trinta minutos depois, Andrew surpreendeu-se ao ver seu novo amigo no palco, desejando boas-vindas à plateia, que outra vez entrava em delírio com o músico.

Juan não perdeu tempo e sinalizou para a banda que começasse o show. O som estava mais alto que o normal, mas era envolvente e as pessoas animaram-se rapidamente.

Enquanto isso, Andrew irritava-se ao atender um exigente casal francês que não sabia falar inglês nem espanhol. De repente, algo chamou a atenção do jovem, que acabou deixando o casal de franceses falando sozinho. Uma linda voz feminina juntara-se às notas suaves da gaita de fole de Juan, e, em poucos segundos, o ambiente foi tomado pela voz melodiosa e sensual da moça, que arrancou aplausos e sussurros no salão.

Andrew espantou-se com a reação das pessoas e olhou para o palco, tentando compreender o que estava acontecendo.

Sim, era a bela e sedutora cantora do cartaz.

Inquieto, Andrew tentou vê-la mais de perto. Segurando um bloco de papel em uma mão e a bandeja em outra, ele parou próximo ao palco e começou a admirar a garota mais bonita que já vira na vida.

Ao lado de Juan, a moça cantava uma linda canção de amor de sua própria autoria. Ela não era apenas linda, mas também talentosa. Sem dúvida, era uma verdadeira artista, mas aparentava ser tão jovem! Como podia ter uma voz tão envolvente e possuir tanto carisma sendo tão nova?

A moça não devia ter mais de 18 anos de idade e tinha uma beleza singular. A jovem tinha cabelos louros cacheados, a pele queimada de sol e olhos tão esverdeados que deixaram Andrew completamente hipnotizado no meio da plateia.

Ela vestia roupas estranhas. Uma calça jeans rasgada nos joelhos, camiseta regata verde-musgo com bordados dourados, um sapato plataforma típico dos anos 1970 e uma tiara dourada que lhe prendia os cabelos. Nada disso, contudo, importava. O corpo da moça era escultural e seu semblante sereno deixava tudo perfeito.

Andrew não tinha dúvidas de que a moça no palco era a mesma do cartaz de apresentação. A mesma que, segundo Juan, não comparecera ao show da semana anterior por estar cuidando da mãe doente.

Ele estava a menos de cinco metros de distância do palco, em pé, parado e completamente dominado pela energia sedutora da garota. Em segundos, sua mente fez inúmeras perguntas: "Como ela se chama?", "De onde ela vem?", "Essa garota é de Vigo ou mora em outra cidade?", "Preciso conhecê-la de qualquer maneira!".

Enquanto o show acontecia, os clientes continuavam gritando e pedindo para serem atendidos.

Sílvio percebeu a inquietação da freguesia e seguiu em direção a Andrew, esbravejando:

— Hei, garoto! O que está acontecendo aqui, afinal? Você está viajando ou o quê? Acorde! Tem pessoas querendo ser atendidas. Preciso faturar!

— Desculpe, senhor! Eu estava prestando atenção na música.

— Na música ou na cantora?

Andrew baixou a cabeça e não respondeu.

— Não adianta me enganar, garoto. Sei o que está passando nessa cabecinha de adolescente. Volte ao trabalho agora mesmo. Não lhe pago para ficar flertando com as garotas. Eu lhe pago para atender os clientes. Mexa-se! A casa está cheia!

— Tudo bem, senhor Sílvio. Me desculpe.

Andrew ficou irritado com a abordagem do gerente e, assim que o homem virou de costas, sussurrou:

— Idiota! Quem ele pensa que é?

Sílvio olhou para trás, e Andrew começou a estremecer, imaginando que ele ouvira seus sussurros.

O patrão olhou fixamente com raiva e retornou à sua mesa.

Após esse episódio, Sílvio passou a noite toda de olho em Andrew, tentando flagrá-lo em algum deslize. Andrew, por sua vez, percebeu que estava sendo vigiado e, entre um atendimento e outro, tentou se aproximar da garota para chamar sua atenção.

As tentativas de Andrew de chamar a atenção da cantora foram vãs, pois, vestido como um mero garçom, ele estava praticamente invisível na multidão. As únicas pessoas que o enxergavam eram os clientes sedentos por vinho tinto e por porções de mexilhões e lulas fritas, regadas por um delicioso molho *rosé* típico da casa.

A noite foi longa e exaustiva, mas o show foi um sucesso.

No início da madrugada, Andrew sentou-se para descansar em uma cadeira no fundo do salão, enquanto os músicos arrumavam os instrumentos antes de partirem.

No restaurante sobraram somente alguns empresários bêbados, que gargalhavam em uma mesa perto da janela, Juan e os músicos com suas respectivas namoradas, que comemoravam o sucesso de mais um show.

A bela cantora também estava na mesa, todavia, algo estranho pairava no ar. Parecia que alguma energia protegia a garota, como se ela fosse especial e intocável.

Ao ver Andrew descansando sozinho do outro lado do salão, Juan chamou:

— Hei, irmão! Venha se sentar conosco! Vamos beber alguma coisa juntos! Você merece, afinal, trabalhou demais essa noite, não?

Andrew não perderia uma oportunidade daquelas por nada na vida. Era a grande chance de se aproximar da linda garota e de descobrir ao menos seu nome. Talvez até conseguisse conversar um pouco com ela.

Andrew aproximou-se da mesa, e, sem hesitar, Juan encheu um copo de cerveja para ele:

— Um brinde ao nosso amigo Andrew! O garçom mais eficiente de Vigo!

Andrew ficou sem graça e percebeu que ninguém dera a mínima importância ao brinde que Juan propusera, pois estavam entusiasmados, conversando e bebendo entre eles.

"Tudo bem. Não importam os amigos de Juan, muito menos as suas namoradas escandalosas e mal-educadas. Meu foco é a cantora, cujo delicioso perfume já posso sentir daqui", pensou. Ele queria aproximar-se um pouco mais e conversar com ela. Mas como? Como Andrew faria tal proeza, se a moça estava entretida conversando com seus amigos? Como ele faria para chamar a atenção da cantora, se ela nem sequer notava sua presença?

Além de linda e talentosa, ela parecia ser muito inteligente, pois conseguia atrair a atenção de todos enquanto falava. Todos ao redor da mesa estavam fascinados com sua desenvoltura e não por acaso. Quando a cantora falava, seus braços gesticulavam e seus olhos brilhavam além do normal. Quando sorria, desconcertava a todos com sua simpatia natural.

Era incrível! Somente ela falava à mesa. Certamente, devia ser descendente de italianos com a ótima dicção e uma linda harmonia de sons que se misturavam entre gestos graciosos e sorrisos envolventes.

Andrew estava apaixonado, mas ainda não sabia. Não tirava os olhos dela e estava completamente entorpecido pela linda garota.

Afinal, que moça era aquela que surgira repentinamente? Que sentimento era aquele que estava invadindo sua mente e fazendo seu coração bater mais rápido?

O misto de desconforto e curiosidade era algo novo para Andrew, algo que ele nunca sentira antes, afinal, o rapaz nunca estivera perto de uma garota tão atraente em sua vida.

A única menina que Andrew beijara fora Aline, sua amiga do oitavo ano do colégio, quando ainda morava na Irlanda do Norte. Porém, Aline era uma menina comum, tímida, ruiva e extremamente recatada. Uma menina estudiosa que adorava Física e Botânica.

Talvez fosse exatamente aquele o motivo pelo qual Andrew se impressionara com a garota extrovertida, quase uma mulher.

Juan percebeu o semblante abobado de Andrew e não hesitou em dizer:

— Hei, Andrew! Acorde, cara! Por acaso está tendo outra visão?

Jogando o cabelo comprido para trás, Juan sorriu ironicamente e colocou a mão nas costas de Andrew.

— Só estou cansado — Andrew respondeu, tentando disfarçar o nítido interesse pela cantora.

— Parece meio abobado, amigo.

— Está tudo bem, Juan. Vou até o vestiário tirar esse uniforme ridículo e já volto. Não vá embora sem se despedir de mim.

— Não se preocupe, bicho! Estarei aqui quando voltar. Troque essa roupa. Vamos todos até minha casa continuar a noite. Hoje tocaremos até o amanhecer, irmão! Você precisa vir conosco. Você vem, não é?

— Acho que sim.

— Sim ou não, Andrew? Precisa ser mais decidido, cara!

Na verdade, Andrew queria saber se a linda cantora também iria até a casa de Juan. Ele não perdeu a oportunidade e fez uma pergunta, tentando obter a resposta que realmente o interessava:

— Todos irão para sua casa, Juan?

— Claro que sim! Iremos todos!

— Tudo bem. Neste caso, eu irei também!

Pronto! Era a grande oportunidade de Andrew conhecer a bela garota. Ele disse:

— Esperem aqui. Voltarei em poucos minutos, Juan. Vou tirar o uniforme.

— Tudo bem.

Andrew correu para trocar de roupa e acertou os detalhes financeiros com o gerente. No entanto, ao retornar, não viu ninguém sentado à mesa. Frustrado, o jovem pegou as gorjetas da noite e admitiu que seus novos amigos o haviam deixado para trás.

De repente, alguém gritou do outro lado da rua:

— Andrew! Andrew!

Ele olhou para fora, mas não viu ninguém.

— Aqui fora, rapaz! Aqui!

Andrew olhou para o outro lado da rua e sorriu aliviado.

— Venha, cara! Pule na traseira da caminhonete. Só falta você! Corra! — sentado à direção, Martin gritava louco para sair acelerando sua velha caminhonete rural.

Andrew correu até eles.

— Que susto! Pensei que tinham me deixado para trás.

— Nunca faríamos isso, garoto! Agora você é um dos nossos, esqueceu? Nunca deixamos um amigo para trás. Esse é o nosso lema: "Juntos para sempre!" — Juan enfatizou.

Naquele momento, a bela cantora percebeu a presença de Andrew, afinal ele estava bem-vestido e não estava mais escondido atrás do seu uniforme esquisito.

Andrew foi até a janela e perguntou para Martin, o motorista:

— Onde devo me sentar?

Martin respondeu com ar de superioridade:

— Os novatos se sentam na parte de trás da caminhonete. Aqui dentro já está lotado.

Andrew não se importou com o comentário provocativo de Martin, pois era exatamente lá que estava a cantora misteriosa, acompanhada de mais três garotas, quatro rapazes, incluindo Rui, que estava em pé na cabine, fazendo suas gracinhas.

Andrew correu e subiu na parte de trás da caminhonete, mas Rui foi mais rápido e sentou-se ao lado da cantora. Andrew, então, não teve opção e acomodou-se ao lado das outras meninas. Ele estava satisfeito, pois, mesmo longe, estava de frente para a cantora.

Enquanto se ajeitava na caçamba da caminhonete, Rui levantou-se apressado:

— Hei, Andrew! Sente-se no meu lugar. Preciso retornar ao restaurante, pois me esqueci de comprar cigarros. Sente-se aí.

— Tudo bem! — Andrew ficou feliz, mas seu coração começou a bater mais rápido.

Rui estava apressado:

— Martin, espere um minuto! Preciso buscar cigarros. Não vá embora sem mim, hein?

— Tudo bem, Rui. Aproveite e pegue uma garrafa de absinto para bebermos ao redor da fogueira.

— Boa ideia, Martin! — Juan estava sentado no banco da frente, ao lado do motorista.

— Deixe comigo! Comprarei tudo, pessoal, mas colocarei na sua conta, Juan. Como sempre, estou sem dinheiro.

— Tudo bem, pode colocar na minha conta. Semana que vem, estaremos aqui outra vez, e acertarei tudo com o senhor Sílvio.

Juan Cavallera, além de ser o mais velho da turma, era também o líder, portanto, todos respeitavam e obedeciam o que ele dizia.

Rui foi até o restaurante, e Andrew ficou sem ação durante alguns segundos. Subitamente, o jovem levantou-se, imaginando que poderia perder a oportunidade de sentar-se ao lado da linda garota.

— Com licença! — Andrew fixou os olhos brilhantes e esverdeados da cantora.

— Pode se sentar! — ela respondeu sorrindo, por saber que Rui cedera seu lugar para Andrew.

Inconveniente e arrogante como sempre, Martin começou a andar com a picape, querendo deixar Rui para trás.

Rui percebeu o gesto e saiu correndo do restaurante como um louco até conseguir segurar com uma das mãos a tampa traseira da caminhonete.

Desesperado, ele tentou subir no veículo, mas não conseguiu, pois estava segurando uma garrafa de absinto em uma das mãos e cinco maços de cigarro em outra.

— Parem! Parem! Que droga! — Rui ficou nervoso.

Martin freou o carro, e todos começaram a gargalhar em tom de brincadeira.

— Que droga, Martin! Você é um filho da puta mesmo. Gosta de me zoar, não é?

Empolgado com a bagunça, Juan interveio:

— Cale a boca, Rui! Você zoa todo mundo, mas quando fazem o mesmo com você, aí fica bravo! Pule logo na caminhonete, e vamos nos divertir.

— Seus idiotas! Um dia vocês vão me pagar! — Rui disse.

Todos se apertaram na caçamba, e Martin seguiu em direção à estrada de terra batida, rumo à colina que os levaria até a casa de pedra de Juan.

Ao entrarem na escuridão da mata, todos se encolheram, tentando proteger-se do frio. Sem hesitarem, uns se agarraram aos outros.

De repente, Andrew viu-se ao lado da linda garota e ficou sem graça. Tímido e sentindo-se deslocado, ele não sabia o que dizer. Sua vontade era puxar algum assunto interessante e estabelecer um primeiro contato com a jovem, mas sua timidez e seu nervosismo o impediam.

Afinal, sobre o que ele conversaria com a garota, se não sabia praticamente nada sobre músicas galegas e bandas de *rock* dos anos 1970?

Pensando nisso, Andrew decidiu ficar calado em vez de cometer alguma gafe perante a garota que estava com os braços encostados nos seus.

Enquanto Andrew se perdia em pensamentos, a garota, para sua surpresa, entrelaçou naturalmente o braço com o dele e puxou-o para perto de si, tentando proteger-se do frio congelante.

De maneira serena, ela sussurrou para Andrew:

— Chegue mais perto, está frio!

Andrew olhou para a jovem e sorriu.

Embora o gesto da garota tenha dado certa confiança a Andrew, o rapaz ficou ainda mais ansioso, pois ficara evidente que algo muito forte estava começando a acontecer entre os dois, uma sintonia que não necessitava de palavras. Um estranho sentimento de reencontro fez-se presente. Uma espécie de aconchego surgiu, como se ambos já se conhecessem havia muito tempo.

Aos poucos, Andrew foi se acalmando e se entregando àquela sensação maravilhosa. Para ele, era tudo inesperado, pois algo assim nunca acontecera em sua vida.

Quieto, mas apreensivo, ele decidiu aproveitar todos os segundos ao lado da jovem, pois sabia que aquele momento podia ser único. Seu objetivo era sentir o calor da moça pelo menos até chegarem à casa de Juan.

Após trinta minutos na estrada de terra, em meio ao breu da madrugada, Martin parou a caminhonete em frente à entrada do sítio. Sem hesitar, Juan desceu, abriu a porteira e voltou para ajudar o pessoal a descer do veículo.

Ao fazer isso, Juan surpreendeu-se ao ver Andrew de braço cruzado com a cantora. De repente, um silêncio tomou conta do ambiente, e o semblante alegre e simpático do músico modificou-se drasticamente.

Sem hesitar, ele soltou com força a tampa da caminhonete, demonstrando estar com muita raiva.

Andrew notou a repentina alteração do amigo e, calmamente, soltou o braço da garota. O jovem, então, desceu do veículo e passou tranquilamente ao lado de Juan.

Juan, no entanto, não perdoou e bateu com força o ombro contra Andrew, derrubando-o violentamente no chão.

Andrew assustou-se com o ato brusco do amigo e olhou para Juan temeroso, tentando compreender o que estava acontecendo. Ele esperou que o amigo lhe pedisse desculpas ou explicasse por que havia feito aquilo, contudo, Juan, orgulhoso como sempre, virou o rosto, segurou sua gaita de fole e seguiu em direção à clareira, onde o pessoal preparava a lenha para acender a fogueira.

Após dar alguns passos adiante, mas ainda enraivecido, Juan olhou para trás e falou:

— Vamos, Linda. Desça agora mesmo dessa caminhonete. Vamos tocar e cantar até o dia amanhecer. Venha! Não fique aí parada olhando com essa cara de boba para mim.

Duas coisas ficaram bem claras para Andrew naquele momento: agora ele sabia que a bela garota se chamava Linda e que Juan não gostara de vê-lo com o braço entrelaçado ao dela.

Linda desceu vagarosamente da caminhonete, e Juan foi ao encontro do grupo.

Enquanto isso, Linda educadamente estendeu a mão para Andrew se levantar do chão:

— Muito prazer. Meu nome é Linda Di Stéfano.

— Obrigado. Eu me chamo Andrew.

— Levante-se, Andrew. Eu o ajudo.

— Obrigado, Linda.

61

— Juan o machucou?

— Na verdade, não. Mas fiquei assustado com a reação dele. Por acaso vocês são namorados?

Linda assustou-se com a pergunta.

— Não! Não tenho namorado! Juan age assim com todos os homens que se aproximam de mim. Sei lá o que acontece com ele. É um tipo de ciúme doentio que ele tem por mim. Às vezes, ele quer dar uma de paizão, mas, às vezes, parece querer ser meu namorado. Não sei o que se passa na cabeça dele.

— Complicado! Obrigado por me ajudar, Linda. Por acaso você é descendente de italianos?

— Por que a pergunta?

— Porque seu nome é diferente.

— Meu pai é italiano, mas minha mãe é argentina. Nasci em Buenos Aires e aos cinco anos de idade vim morar na Espanha. Meu pai é carpinteiro e trabalha restaurando igrejas ao redor do mundo. Sabe como é! Eles são muito católicos e fazem tudo em nome da Igreja. Não ganham praticamente nada fazendo isso, mas os padres dizem que o salário deles está sendo depositado no céu.

— Que interessante! Minha mãe tem um pouco disso também. Ela é muito católica.

— E seu pai?

— Meu pai também vai à igreja, mas seus objetivos são outros.

Enquanto conversavam, os dois jovens caminhavam em direção à casa de pedra. Linda direcionava os assuntos, e Andrew não se importava, pois era delicioso ouvir seu jeito de falar tranquilo e envolvente.

Andrew perguntou no meio do caminho:

— E sua mãe? O que ela faz?

— Minha mãe é dona de casa. Ela trabalha como voluntária nas quermesses e confraternizações da Igreja. Na maioria do tempo, cuida da casa e do meu pai, que é um preguiçoso!

— Como seus pais aceitam o que você faz?

— Você está falando do fato de eu cantar?

— Sim. Cantar, dançar. Essas coisas.

— Minha mãe sabe que sou cantora. Já contei a ela sobre o sonho de me tornar uma cantora famosa no futuro, mas meu pai não faz a mínima ideia do que faço. Se ele souber desse segredo, certamente me colocará para fora de casa.

— Nossa! Quantos anos você tem, Linda?
— Quantos anos você acha que eu tenho? — Linda indagou e sorriu.
De repente, Andrew parou de andar:
— E agora, Linda? O que devo fazer? Devo me sentar à fogueira perto de Juan depois do que ele me fez? Acho melhor ficar aqui. O que acha?
— Você foi convidado, não foi?
— Sim. Foi Juan quem me convidou.
— Neste caso, não se preocupe. Vamos nos sentar com o pessoal. Qual é o problema? Está com medo do Juan?
— Não é exatamente medo. Estou apenas me sentindo desconfortável com essa situação. Não quero criar problemas.
Linda ficou de frente para Andrew e olhou-o no fundo dos olhos:
— Escute, Andrew! Eu e Juan somos somente amigos!
— Tem certeza disso, Linda?
— Acha mesmo que eu namoraria um cara velho como ele?
— Não sei. Você ainda não disse sua idade.
— A resposta é nunca! Eu nunca namoraria Juan! Ele é meu professor de música, apenas isso. Juan me ensinou tudo o que sei sobre canto. Mas namorá-lo? Nem pensar! Ele é um homem charmoso e interessante, porém, há muitas mulheres atrás dele. E tem mais! Ainda não tenho idade para namorar sério.
— Está falando a verdade?
— Claro que sim! Basta olhar em volta e verá com seus próprios olhos o que acabei de dizer.
Andrew olhou em volta e viu Juan beijando uma das moças do grupo.
— Está vendo? A resposta de sua pergunta está aí. Eu não tenho nada com Juan. Entendeu?
— Entendi. Ufa!
Andrew sorriu, e Linda também.
— Mas quantos anos você tem?
— Bom, já que você não adivinhou, eu lhe direi: tenho 16 anos.
— O quê? Dezesseis?
— Sim. Por que se assustou?
— Como isso pode ser possível? Com esse corpão, essa voz maravilhosa e com toda essa desenvoltura? — Andrew ficou sem graça.
— É a pura verdade. Eu tenho apenas 16 anos! — Linda sorriu e jogou os cabelos para trás, demonstrando orgulho.
— Incrível! Nunca imaginei que tivesse somente 16 anos.

— Ninguém acredita. Juan costuma dizer para o Sílvio que eu tenho 19 anos. Se ele souber minha idade verdadeira, não poderei mais cantar no restaurante.

— Tem razão. Sílvio é uma pessoa muito responsável.

— E você? Quantos anos tem, Andrew?

— Dezesseis também — ele respondeu com timidez.

— Eu imaginei que tivesse 16 anos. Que coincidência!

— É verdade.

Linda segurou a mão de Andrew e puxou o rapaz até um varão, onde foram colocadas algumas tochas de querosene. Andrew segurou uma das tochas, e juntos foram até um *flamboyant* ao lado da casa de pedra. Os dois jovens sentaram-se no chão, encostaram-se no pé da árvore e continuaram a conversa, que se prolongou por horas a fio.

— Ótima ideia a sua, Linda. Assim deixamos o pessoal se divertindo ao redor da fogueira e conversamos um pouco mais. Gostei muito de sua companhia, sabia?

— Eu também, Andrew! Não saia daí. Vou pegar um cobertor na casa do Juan para gente se esquentar.

— Tudo bem! Eu não sairia daqui por nada neste mundo — ele sussurrou.

Com o passar das horas, Andrew foi se sentindo cada vez mais à vontade ao lado de Linda. Não era somente a beleza da jovem que o atraía, mas também uma estranha sintonia que o fascinava, algo mágico, mas ainda incompreensível.

Algo mais forte estava acontecendo, porém, Andrew não tinha a mínima ideia do que era. Talvez fosse somente a presença e simpatia de Linda.

A companhia da jovem parecia completá-lo. Aparentemente, os jovens tinham coisas em comum que precisavam ser ditas. Eram sentimentos de ansiedade misturados a uma vontade louca de querer falar tudo ao mesmo tempo.

Entre os jovens, somente Linda falava, mas Andrew não se importava com isso. Na verdade, ele estava totalmente hipnotizado pelos lábios carnudos da moça, que se moviam delicadamente enquanto ela falava um pouco sobre sua vida. Havia um desejo em comum pairando no ar: o de encostarem os lábios e experimentarem o sabor adocicado de um novo amor que começava a surgir.

Sentados ao pé do *flamboyant*, de braços entrelaçados e com o cobertor cobrindo-lhes as pernas, eles pareciam ter perdido completamente a noção do tempo. Se alguém os encontrasse ali, certamente pensaria que eram namorados de longa data, pois os carinhos e os afagos eram naturais e constantes.

Entre um carinho e outro, Linda perguntou:

— Qual é seu signo, Andrew?

— Aquário.

— Sério? Eu não acredito nisso!

— Por quê, Linda?

— Porque eu sou sagitário.

— O que isso tem a ver?

— Madame T. disse que aquarianos se dão bem com sagitarianos. Os aquarianos são introspectivos, sistemáticos e vivem a maior parte do tempo pensando no futuro. Costumam viver cinquenta anos à frente, e raramente suas mentes estão no presente. Geralmente são artistas, escritores, cientistas, fotógrafos, atores ou cineastas. Pessoas de aquário são visionárias e vivem no mundo da lua.

— Visionário? O que é isso?

— Pessoas que conseguem prever o futuro e criam coisas que as outras pessoas nunca imaginariam. É mais ou menos isso.

— Será que sou assim?

— Não sei. Você deve saber.

— E as sagitarianas? Como elas são?

— Nós, sagitarianos, somos diferentes. Sagitarianos são movidos por sonhos, amam aventuras e adoram viajar. Somos extrovertidos, expansivos e gostamos de viver o presente. Geralmente, somos perseverantes, não costumamos desistir facilmente daquilo que desejamos e cumprimos tudo o que nos propomos a fazer.

— Nossa! Não sabia nada sobre isso. O que mais Madame T. disse? — Andrew mostrou-se interessado.

— Disse que, quando um aquariano se apaixona por uma sagitariana, seus sonhos se unem e se completam.

— O que isso significa?

— Significa que os sonhos de ambos se transformam em apenas um.

— Verdade?

— Sim. E quando isso acontece, os dois caminham juntos pelo resto da vida.

— Você acredita realmente nessas previsões de Madame T.?

65

— Às vezes, eu acredito; às vezes, não. Gosto dela, mas ela parece meio...

— Meio o quê? Maluca?

— Você tirou a palavra da minha boca! Às vezes, ela parece meio maluquinha. Sei lá, não sei explicar. Gosto dela. Madame T. já me aconselhou e me ajudou a compreender melhor meus pais.

— Por quê?

— Eu costumava culpá-los por tudo. Depois que ela me explicou algumas coisas, passei a compreender que ninguém tem culpa e que precisamos superar os obstáculos da vida.

Naquele exato momento, a conversa foi interrompida pela empolgação do pessoal, que dançava sem parar ao redor da fogueira, embalado pelo som dos tambores e do violino de Martin.

De repente, Andrew viu Madame T. no meio do grupo, saltando alegremente. Intuitivamente, ela olhou para trás e sorriu para Andrew e Linda, que continuaram sentados embaixo da árvore. Era como se Madame T. já soubesse que o encontro entre eles estava previsto para acontecer.

Andrew olhou para Linda, e os dois jovens disseram praticamente ao mesmo tempo:

— Ela realmente é meio maluca! — os dois caíram na gargalhada.

Conforme o previsto, a noite alongou-se, e a cantoria seguiu até o amanhecer. Todos festejavam e se divertiam, enquanto Andrew e Linda, em um cenário lúdico e ouvindo as músicas galegas, selavam o início de uma história mágica.

A conversa correu solta, descontraída e sem qualquer tensão entre os dois jovens, que falaram sobre assuntos que Andrew nunca conversara com ninguém na vida. Até aquele dia, o jovem só conversava com os amigos da escola sobre futilidades e banalidades, mas agora era diferente. Ao lado de Linda, Andrew estava inteiro, sentindo-se à vontade para falar sobre os segredos que envolviam sua vida, sobre os sonhos do futuro e a angústia para encontrar um sentido na vida.

Sem dúvida, a conversa rendeu bastante, e os dois jovens sentiram-se à vontade, um ao lado do outro.

Linda disse:

— Andrew, já está quase amanhecendo. Preciso ir embora, pois meus pais devem estar preocupados. Não costumo passar a noite fora de casa.

— Eu também preciso ir embora. Vamos pegar uma carona com Martin?
— Não.
— Por quê?
— Moro do outro lado da cidade, perto da ponte Rande. Vou pegar o primeiro ônibus municipal na autoestrada e em poucos minutos estarei em casa.
— Em que lugar perto da ponte você mora?
— Embaixo do lado direito, pertinho do trilho do trem. Desculpe, Andrew, mas preciso ir embora! Já são quase quatro horas da manhã, e o ônibus passará daqui a uma hora. Se perder esse ônibus, o próximo passará após o almoço.
— Mas ainda está escuro! Você não tem medo de andar por aí na escuridão?
— Eu sei me virar sozinha!
— Espere um pouco mais. Ainda temos um tempinho até seu horário de partir. Por que não encosta a cabeça no meu colo e descansa um pouco antes de partir?

Linda sorriu e decidiu aceitar a sugestão do rapaz.

Calmamente, ela aninhou-se entre os braços de Andrew, que, com o rosto próximo ao da moça, começou a apreciar os olhos esverdeados de Linda.

Sem resistir, Andrew acariciou os cabelos de Linda. Ela segurou a mão do rapaz e colocou-a em seu rosto, pedindo-lhe carinho.

Quase hipnotizado, Andrew abraçou Linda com ternura e deu-lhe um beijo apaixonado. Naquele momento, a magia tomou conta dos dois jovens, e um singelo amor surgiu entre eles.

Foram duas horas de extrema paz. Os dois jovens ficaram sentados no chão gelado embaixo da árvore, cobertos apenas por uma velha manta quadriculada de lã vermelha e branca.

Nada disso importava para eles. O frio, o desconforto e as dores nas costas eram irrelevantes perante o calor da paixão que emanava. Ambos estavam entregues de corpo e alma a um momento íntegro, selado por beijos e carícias. Uma estranha sensação de eternidade completava o encontro. Como se não houvesse mais amanhãs, os dois sentiam a magia do presente eterno envolvendo suas almas.

Andrew mal sabia que todas aquelas sensações — o entusiasmo, a entrega, o envolvimento e a alegria — eram apenas amostras de um nobre sentimento que estava começando a eclodir dentro do seu coração.

A única coisa que o fez parar de beijar e acariciar a linda garota foi a voz de Madame T. dizendo:

— Olha os pombinhos juntos! O amor é lindo! Até logo, queridos! Tchau! Tchau!

— Tchau, querida Madame T. Acho que a senhora acertou de novo — Linda respondeu sem querer.

Madame T. já estava quase atravessando a porteira do sítio, quando respondeu:

— Os búzios e as cartas não costumam errar, Lindinha. As cartas me mostram os segredos do futuro e do passado. Eu só traduzo o que elas me dizem.

Madame T. despediu-se novamente, acenando.

— O que ela disse, Linda? — Andrew ficou intrigado.

— Nada, Andrew!

— Como nada? Agora fiquei curioso.

— Na verdade, ela me disse algo na semana passada que me fez pensar.

— O quê?

— Ela disse que o amor da minha vida estava chegando e que eu estava prestes a conhecê-lo.

— Como assim "o amor da sua vida"?

— Quando você se sentou ao meu lado na caçamba da caminhonete e olhou em meus olhos, senti algo diferente. Não sei explicar. Só sei que senti algo diferente.

— Verdade? Percebi que você sorriu assim que me sentei ao seu lado, mas achei que era somente alívio por ter se livrado do Rui, daquele pândego. Achei que não gostaria que um estranho se sentasse ao seu lado, mas não foi isso que aconteceu.

— Isso mesmo. Eu me senti à vontade ao seu lado e por isso segurei seu braço e o puxei para perto de mim. Fiz isso porque estava muito feliz de estar junto com você. Desculpe, mas é a pura verdade, Andrew. Não me peça para explicar o que é, pois não saberia responder.

— Acredito em você, Linda. Não se preocupe.

— Não se assuste comigo, Andrew. Sou assim mesmo. Quando gosto de alguém, vou logo dizendo. Porém, quando não gosto, é melhor sair de perto.

— Besteira. Você só está dizendo isso para me agradar. Sei como são essas coisas. Você é uma garota atraente e pode ter qualquer pessoa que desejar.

— Como assim, Andrew?

— Linda, tenho certeza de que amanhã você nem sequer se lembrará de mim.

— Assim você me ofende! Não sou uma garota de uma noite apenas. Senti algo realmente especial ao seu lado. Acredite em mim. Foi uma sensação de paz e reencontro. Quando você me olhou, algo mágico nos religou. Desculpe-me, mas não sei explicar o que aconteceu. Eu apenas senti.

— Eu que lhe peço desculpas, Linda! Não estou acostumado a ser notado pelas mulheres, ainda mais por uma moça tão bela como você! Diga-me: o que sentiu?

— Não sei se devo dizer.

— Dizer o quê?

Linda ficou quieta, mas depois resolveu falar:

— Quer saber mesmo?

— Claro!

— Eu senti que você é "a" pessoa.

— O quê?

— Pronto! Agora eu já disse. Não era para dizer, mas disse.

— Oh, meu Deus! Agora não estou entendendo mais nada! — Andrew exclamou.

— Andrew, tenho certeza de que é você. Não posso esconder meus sentimentos.

— Certeza de quê? Não estou entendendo nada.

A conversa desenrolava-se, e os dois continuavam abraçados embaixo do cobertor.

— Estou dizendo que você é o amor da minha vida — Linda sorriu.

— O amor da sua vida?

— Sim. Você é o amor da minha vida.

— Mas acabamos de nos conhecer! Como pode ter tanta certeza disso? Está ficando maluca? Deve estar ficando doida igual à Madame T.

Andrew sentiu-se ofendido, achando que Linda estava brincando com seus sentimentos.

— Calma, Andrew!

— Nós acabamos de nos conhecer!

— Você pensa que acabamos de nos conhecer, mas é aí que se engana. Tenho certeza de que nos conhecemos há muito tempo. Hoje foi apenas um reencontro. É isso que estou sentindo em meu coração neste momento.

— Reencontro e magia? Isso para mim é conversa de *hippie* maluco.

— Por que você acha que ficamos sentados neste chão gelado, conversando por horas? Onde acha que encontramos tantos assuntos em comum? Sei que sou tagarela, mas não saio falando sobre minha vida particular para pessoas estranhas, muito menos saio beijando qualquer um no primeiro encontro.

Andrew ficou intrigado com a conversa e decidiu levantar-se e ir embora.

— Não sei, Linda! Estou achando que você está forçando a barra. Ninguém pode negar que você é uma garota muito bonita e envolvente, mas dizer que sou o amor da sua vida no primeiro encontro? Desculpe, para mim é demais.

Linda ficou visivelmente decepcionada com a reação de Andrew, mas se manteve firme:

— Tudo bem, Andrew. No fundo, eu sabia que você reagiria dessa maneira. Isso é bom, porque agora tenho mais certeza do que Madame T. me disse. Sabe por quê?

— Por quê?

— Ela me alertou de que isso aconteceria. Ela disse que, assim que eu encontrasse o amor da minha vida, ele se mostraria desconfiado e receoso perante meus sentimentos. Disse também que eu teria certeza do meu amor, mas ele não, e que o homem por quem eu me apaixonaria ficaria com muitas dúvidas e confuso quando eu falasse sobre o amor que sentia por ele.

— Que besteira! O que mais essa maluca disse?

— Que o homem da minha vida teria muito medo.

— Medo de quê? Está dizendo que tenho medo de você? — Andrew ficou irritado.

— Não de mim. Você tem medo de demonstrar amor. Ela disse que seu orgulho lutaria com todas as forças para evitar que o amor fizesse parte de sua vida, no entanto, de nada adiantaria tanta resistência. No final, o amor venceria de qualquer maneira, pois o amor sempre vence. Sempre.

As palavras de Linda pareciam deixar Andrew desconcertado, pois sem querer ela estava ferindo o orgulho do rapaz ao expor seus sentimentos logo no primeiro encontro.

Irritado e chateado, Andrew respondeu com rispidez:

— Quer saber o que acho?

— Sim.

— Acho que essa Madame Tuseau é uma aproveitadora. Se fosse você, não cairia mais na conversa dela. Outro dia, ela também me disse algumas coisas na praia, mas não acreditei em nada. No fundo, acho que ela joga esses clichês para todas as pessoas. Para uma, ela fala sobre o amor; para outra, ela fala sobre profissão e dinheiro; para outra, sobre longevidade e saúde. O que ela faz não é vidência, é pura enganação. Essa mulher é uma charlatã!

Linda sorriu, segurou a mão de Andrew e lhe deu um beijo no rosto:

— Deixa pra lá, Andrew. O que importa é que estamos juntos neste momento. Deixe Madame T. em paz. Não quero mais falar dela.

Andrew rendeu-se a Linda e deu-lhe outro beijo apaixonado.

— Está na hora de ir embora, Andrew! Martin está buzinando. A gente se encontra na semana que vem no restaurante. Combinado?

— Combinado. Até a semana que vem, Linda.

De repente, Juan gritou para Andrew, enquanto se aproximava sem camisa e vestindo uma saia xadrez, botas e cinto de couro e uma fivela de metal em forma de dragão.

Andrew assustou-se ao ver Juan aproximar-se, pois tinha certeza de que ouviria argumentações raivosas por ter passado a noite ao lado de Linda.

Juan disse:

— Andrew, não vá embora. Preciso falar com você. Martin, pare de buzinar essa sucata velha! Preciso entregar algo importante para Andrew.

— Que droga, Juan! Quero ir embora logo! Estou cansado — Martin respondeu.

— Cansado? Você está caindo de bêbado!

Martin calou-se.

— O que foi, Juan? — Andrew indagou com receio.

— Primeiro, gostaria de lhe pedir desculpas pelo empurrão. Sou inconsequente, às vezes. Desculpe-me.

— Tudo bem. Está desculpado. É só isso, Juan?

— Não. Tem outra coisa.

— O quê?

— Quero que leve o livro *ImmRam* para ler. Quando terminar, você me devolve. Tudo bem?

— Claro que sim.

— Então, segure-o!

— Obrigado. Eu estava mesmo pensando em lhe pedir o livro emprestado, mas lhe confesso que fiquei com receio de segurá-lo outra vez e ter aquelas visões novamente. Foi assustador.

— Não se preocupe, Andrew. Não acontecerá mais.

Andrew segurou o livro e não sentiu nada ao tocá-lo.

— Obrigado! Vou ler durante a semana.

— É isso aí, garoto! Agora vá, pois Martin está irritado. A gente se cruza por aí. Desculpe-me pelo empurrão.

— Tudo bem!

Juan virou de costas e entrou em sua aconchegante casa feita de pedra.

Capítulo 5
O viajante solitário

Na semana seguinte, Andrew trabalhou dobrado. Não porque seu chefe pedira, mas por estar se sentindo entusiasmado. A ansiedade dominava-o tanto que o trabalho se tornou sua única válvula de escape.

O mês de julho chegava ao hemisfério norte e com ele o período de férias escolares. Andrew pensava no que fazer para matar o tempo livre fora do horário de trabalho.

Quando criança, Andrew costumava passar as férias trancado em seu quarto, pintando quadros. Agora, contudo, era diferente. Mesmo tentando esquecer os breves momentos ao lado de Linda, ele não conseguia, pois sua mente era invadida pela imagem da bela garota.

Durante a tarde, ele ocupava a mente trabalhando, no entanto, pela manhã, sua distração era caminhar e mergulhar nas ondas geladas da praia de Canido.

Andrew não via a hora de a sexta-feira chegar para encontrar Linda novamente durante a apresentação da banda de Juan.

Enquanto isso, o que ele podia fazer além de trabalhar?

Na quarta-feira, após tomar o café da manhã e dar bom-dia para a mãe, Andrew pegou sua bicicleta e decidiu ir até a ilha de Toralla, localizada a menos de 500 metros do restaurante Andaluz, para ler o livro que Juan lhe emprestara.

Margareth perguntou:

— Aonde vai, meu filho? Você está muito estranho esses dias! O que está acontecendo, afinal?

— Está tudo bem comigo, mamãe. Não se preocupe.

— Aconteceu alguma coisa no trabalho?

— Não, está tudo bem no trabalho. É difícil aguentar aquele gerente chato, mas sobreviverei. Não se preocupe.

— Que livro é esse que colocou na mochila?

— Um livro que me emprestaram.

— Quem lhe emprestou?

— Um amigo.

— Parece antigo. Não é mais um daqueles livros esquisitos de magia e esoterismo que esses malucos *hippies* costumam trazer de Compostela?

— Não, senhora. Pelo menos Juan disse que não é um livro de esoterismo e magia.

— Juan? Quem é Juan?

— Um rapaz que conheci no restaurante. Ele me emprestou o livro e me ensinou algumas coisas sobre...

— Sobre o quê?

— Sobre os mistérios da mente, psicometria e fenômenos extrassensoriais. Essas coisas, mamãe!

— Eu sabia que tinha algo misterioso no ar! Conheço muito bem o filho que tenho, mas conheço também a má intenção das pessoas.

— Calma, mamãe!

— Percebi que tinha gente estranha colocando minhoca na sua cabeça, pois você anda muito calado ultimamente! Cuidado com essa gente, meu filho. Há muitas pessoas traiçoeiras por aí. Em vez de ficar atrás dessas besteiras, deveria ir comigo à missa na próxima sexta-feira.

— Não vai dá, mamãe!

— Por quê não?

— Tenho de trabalhar!

Margareth era uma mulher cismada e acreditava que todo mundo tinha má índole. Ela era uma pessoa tímida, submissa, medrosa e, infelizmente, não conseguira realizar seu sonho de criança: se formar em Psicologia e conhecer tudo sobre o comportamento humano. Talvez essa frustração tenha a transformado em uma pessoa amargurada.

Andrew disse:

— Fique tranquila. Eu sei me virar, mamãe!

— Estou chegando à conclusão de que seu pai tinha razão. Era melhor você ter ido trabalhar na companhia de pesca do que ficar por aí se aventurando como garçom. Isso não vai acabar em boa coisa. Estou sentindo que não foi boa escolha você trabalhar nesse restaurante!

— O que a senhora está dizendo?

— Só quero o seu bem, Andrew!

— A senhora sempre me apoiou para conquistar minha independência. Vai me recriminar só porque conheci algumas pessoas legais? Não confia em mim?

— Eu confio em você, mas não confio nas pessoas que estão ao seu lado.

Naquele momento, Rico entrou na cozinha para tomar o café da manhã antes de sair para trabalhar.

De repente, Margareth e Andrew calaram-se com medo de Rico. Ela começou a lavar a louça, e Andrew tomou o último gole de café, evitando a todo custo conversar com o pai.

Rico já estava acostumado com a situação e percebeu que o filho tentava evitar contato.

— Até mais tarde, mamãe.

— Até logo, filho.

Enquanto Andrew saía pedalando em direção à ilha de Toralla, Rico comentou:

— Ele nem ao menos se despediu de mim. Onde Andrew foi?

— Foi passear um pouco. Ele está de férias da escola, Rico.

— Férias? Besteira! Para mim, esse menino é um vagabundo preguiçoso!

— Não fale assim do nosso filho! Ele está trabalhando duro para ganhar um pouco de dinheiro.

— Dinheiro? Você está querendo dizer migalhas e esmolas, não é? Acha mesmo que ele terá algum futuro trabalhando como garçom naquela espelunca? Ele é um mero aventureiro, Margareth. Um menino mimado que pensa ser artista. Um sonhador.

— Não fale assim dele!

— Queria ver se ele não tivesse uma casa para morar, comida quentinha na mesa todos os dias e roupa lavada. Queria ver se ele precisasse sair todas as manhãs para trabalhar duro e ganhar dinheiro para sustentar uma família com o próprio esforço. Ele não sabe nada sobre o mundo lá fora, Margareth! Ele precisa aprender muito sobre as dificuldades da vida.

— Ele é apenas um garoto, Rico. Por que você teima em dizer essas coisas sobre Andrew? Parece que não acredita no próprio filho!

— Com a idade dele, eu já estava conquistando muitas coisas. Eu trabalhei duro desde os sete anos de idade. Quando completei 16 anos, meu pai começou a me preparar para morar sozinho na Irlanda para comandar a filial da companhia no setor norte.

Margareth calou-se, e Rico continuou:

— Se seu filho fosse esperto, viria trabalhar comigo na empresa. Eu lhe ensinaria tudo o que ele ainda não sabe sobre os negócios. Em vez de ficar perdendo tempo naquele restaurante de terceira classe, Andrew deveria aprender a trabalhar de verdade. E digo mais! Você precisa dar menos liberdade para ele e parar de apoiá-lo a trabalhar como um mero funcionário. Ele tem de ser dono do próprio negócio e não um empregadinho. Está entendendo?

Rico tinha uma personalidade muito forte e não media palavras quando era contrariado. Sem hesitar e com raiva, ele tomou todo o café e empurrou a xícara na mesa. Em seguida, acendeu um cigarro, vestiu seu paletó marrom e deixou a cozinha, sem se despedir de Margareth.

Ela engoliu em seco, tentando suportar a atitude grosseira do marido, e voltou a lavar a louça, decepcionada por não ter conseguido responder à altura. Infelizmente, Margareth sempre foi uma esposa submissa e nunca conseguiu mostrar a mulher forte que era.

Rico abriu a porta da sala e, enquanto penteava os cabelos em frente ao espelho, disse em alto e bom som:

— Não tem problema, Margareth! Sei que ele não aguentará a cobrança do gerente do restaurante. Sou paciente! Sei que um dia ele virá até mim e se ajoelhará pedindo emprego em minha companhia.

— Como tem tanta certeza disso? — Margareth indagou.

— Ele não é um trabalhador como você imagina. Andrew está apenas tentando ser uma pessoa normal, mas não é. Um dia, a realidade virá à tona, e ele se redimirá. Quando esse dia chegar, ele virá até mim e implorará por emprego. Escute o que estou falando! Acontecerá exatamente assim.

Com raiva, Margareth tentou retrucar, mas permaneceu calada. No entanto, em seu íntimo, ela vibrava que seu filho conquistasse tudo o que desejasse sem a ajuda do pai.

Andrew não se dava bem com o pai, que, por sua vez, demonstrava ter muita inveja do filho. Rico o invejava porque o jovem tinha ideias libertárias, artísticas e altruístas.

Era plausível que Rico pensasse assim sobre o filho, pois seu pai, o velho Silva Fernandez, nunca lhe mostrara uma forma diferente de encarar a vida. Quando jovem, Rico aprendeu apenas a trabalhar para ganhar dinheiro, viver em função da ganância e buscar o luxo a qualquer custo. Tudo isso envolvido por uma atmosfera familiar falida e repleta de desamor.

Os bons costumes e a convivência com as pessoas, sem envolver interesses comerciais e financeiros, sempre foi uma utopia para Rico. Tudo ao seu redor estava ligado à ambição e ao poder e todo o resto ficava em segundo ou terceiro plano.

***

Andando de bicicleta na avenida beira-mar, Andrew parou um pouco:

— Bom dia, senhor Manoel. Como está?
— Bom dia, garoto. Estou ótimo e você?
— Estou bem, senhor.

Manoel era um senhor com mais de 70 anos de idade, nascido num vilarejo na região de Trás-os-Montes, ao norte de Portugal, e proprietário há mais de quarenta anos de uma pequena barraca de frutos do mar no canto da praia de Canido.

Andrew já se tornara conhecido na região por trabalhar no restaurante Andaluz. Mesmo sendo um rapaz tímido e introvertido, as pessoas gostavam de sua simpatia.

Após cumprimentar os comerciantes e os moradores que caminhavam pela orla, Andrew pedalou pela passarela até chegar à ilha de Toralla, onde havia uma pequena praia de areia fina. O rapaz considerou intimamente que aquele lugar era ideal para ler o livro que Juan lhe emprestara dias atrás.

Calmamente, ele encostou a bicicleta em uma pedra e admirou a magnífica paisagem da praia de Canido, vista agora por outro ponto.

Andrew sentou-se no chão e logo começou a folhear com cuidado o misterioso livro de título estranho *ImmRam – O viajante solitário*.

Antes de abrir o livro, Andrew passou os dedos sobre o título em baixo-relevo e percebeu o cuidado e a perfeição com que fora impresso e acabado. A obra fora escrita no ano de 1915 e impressa em 1917. Sua costura lateral era feita à mão, a capa fora prensada artesanalmente e as grossas letras do título foram queimadas com clichês de zinco.

Ao abrir a primeira página, Andrew viu a marcação 3/100. Isso significava que os exemplares haviam sido numerados e que aquele era o terceiro dos cem exemplares impressos. Logo abaixo dos números vinha o nome do editor, o senhor Thomas Moore, que era também o proprietário da editora na época.

Andrew sentiu receio ao segurar novamente o livro, pois, a qualquer momento, poderia ser tomado novamente pela estranha sensação que tivera na casa de Juan.

Será que Andrew teve a visão porque bebera algumas doses de absinto e deu umas tragadas no cigarro de maconha? Teria sido algum tipo de alucinação ou devaneio de sua parte?

O livro tinha apenas 120 páginas, e as letras, em tamanho médio, possuíam estilo celta antigo.

Já nas primeiras páginas, Andrew identificou-se com a história de Paul Ervin, o autor e personagem principal do livro, que se tratava de uma espécie de autobiografia. A obra narrava um breve período de sua vida, ocorrido em meados de 1915.

Paul Ervin era um rapaz de 19 anos, nascido no sul da Inglaterra no ano de 1896, que acabou servindo o exército britânico por vontade de seu pai Charles Ervin, que acreditava cegamente que todo homem deveria honrar seu país ao completar a maioridade.

O rapaz nunca se sentiu um soldado, mas, por motivos de força maior, decidiu seguir a carreira militar durante uma das piores épocas da história da humanidade: os dolorosos e sangrentos anos da Primeira Guerra Mundial.

Por algum motivo, já nas primeiras páginas do livro, Andrew se identificou com a linguagem simples e direta que Paul Ervin utilizou para demonstrar a dor e a angústia passadas durante um período extremamente difícil de sua vida.

A história desenrolava-se em um período de nove meses, suficientes para preencher todas as linhas do pequeno livro que estava em suas mãos.

Calmamente, Andrew começou a ler o livro e, logo nas primeiras páginas, mal conseguia se mexer de tão interessante que a história se mostrava.

Naqueles poucos minutos, o medo de novas visões havia desaparecido e nada de estranho acontecera.

Enquanto estava sentado na areia gelada e encostado numa enorme pedra, sua única vontade era aproveitar ao máximo a incrível paz e tranquilidade que, de repente, começara a vivenciar.

Andrew tinha apenas duas horas para se deliciar com a leitura antes que o horário do almoço se aproximasse e ele precisasse iniciar o trabalho no restaurante.

Como o livro tinha fácil leitura e o rapaz desenvolvera grande interesse pelo que lia, em dois ou três dias Andrew acreditava que terminaria a história de *ImmRam*.

Logo no primeiro capítulo, Andrew percebeu que, mesmo a capa sendo sugestiva ao tema, a obra não trazia nada de místico como ele imaginara.

Talvez *ImmRam* trouxesse em seu interior alguns ensinamentos ocultos, mas, no contexto geral, o livro baseava-se em uma linda história de superação, aventura e amor.

Qual seria o real motivo de o estranho livro ter parado nas mãos de Andrew? Por que Juan decidira mostrar o livro ao rapaz e fizera tanta questão de que ele lesse?

Sem dúvida, *ImmRam* não tinha poderes mágicos e paranormais, no entanto, algo especial vibrava ao seu redor. Algo intrigante envolvia Andrew em uma atmosfera de drama e emoção diferente de tudo o que ele sentira até aquele momento.

Além de ocupar a mente, Andrew conseguia parar de pensar um pouco em Linda, sua nova paixão, enquanto lia um trecho do primeiro capítulo de *ImmRam*.

O encouraçado

[...] pelas antigas rotas dos mares do Norte, fui forçado a passar três meses em alto-mar para os treinamentos a bordo de um encouraçado britânico de última geração, construído no ano de 1906 pela Companhia Portsmouth Dockyard. Eles o chamam de HMS Dreadnought, um imenso navio de guerra usado para cortar o oceano com sua gigantesca e imponente blindagem de aço. Uma maravilha da tecnologia moderna a serviço do belicismo doentio dos nossos governantes ingleses, que desejam superar os norte-americanos e derrotar definitivamente os alemães, que os meus superiores dizem ser nossos maiores inimigos.

O Grande Temido, como carinhosamente costumamos chamar esse navio, é a nossa mais nova morada marítima. Ele pesa pelo menos 18 mil toneladas e tem 160 metros de comprimento.

Não sei explicar como algo assim é possível. Somos mais de setecentos tripulantes dentro deste charuto de aço flutuante que, em poucos dias, partirá rumo ao Sul na direção do estreito de Gibraltar, as antigas colunas de Hércules para os gregos.

Acredito que o treinamento em alto-mar durará algumas semanas, mas, em seguida, partiremos em uma missão de ataque contra o exército alemão assim que adentrarmos o litoral sul da Itália.

Estão dizendo pelos corredores do navio que a Itália, por mero interesse na região de Tirol, decidiu participar da guerra para se juntar ao seleto grupo dos países aliados.

Sinceramente, nunca compreendi qual é o propósito de atacar a Alemanha e guerrear enlouquecidamente contra o país desde os primeiros anos deste século. Prometeram-nos que o século XX seria de glória e paz, mas certamente mentiram para nossas famílias, pois a paz é a única coisa que não temos atualmente em nossa nação.

Tenho certeza de que nos enganaram com essa história de paz mundial e de crescimento econômico, contudo, por vontade do meu querido pai Charles Ervin, estou dentro de um imenso navio de guerra representando sua tão sonhada glória patriótica e servindo seu amado exército britânico. Não queria isso para mim, mas a vida me colocou nesta situação.

Sou apenas um número perante tantos soldados, que não têm a mínima ideia se voltarão vivos para suas casas e suas famílias. E o mais estranho de tudo é que estou me sentindo bem agora. Conheci pessoas maravilhosas que nunca imaginaria conhecer e que estão me tratando muito bem aqui.

Confesso que é difícil ficar longe do continente e dos amigos de Londres, porém, o mais difícil de tudo foi deixar meu irmão John para trás. Ele está prestes a completar 18 anos de idade, e talvez eu nunca mais o veja. John é mais novo que eu, mas sua inteligência o transforma em uma pessoa mais madura e responsável.

É complicado olhar ao redor e ver a tristeza refletida no olhar dos soldados. Muitos parecem já ter perdido a esperança, sem nem chegarem às trincheiras da guerra. Às vezes, observo-os e sinto como se todos já estivessem mortos e conhecessem plenamente seus destinos.

Neste momento, estou deitado em meu beliche de número 9, na parte mais apertada de O Grande Temido. Estou escrevendo tudo o que me vem à mente. Aqui, os dias parecem ser eternos. É terrível! Não terminam nunca!

Os soldados mais antigos estão dizendo que nossa missão será longa e durará cerca de nove meses. Não quero imaginar quanto tempo isso pode demorar. Fico louco só de pensar que estou indo para um lugar inóspito para enfrentar pessoas que nunca vi na vida e para matá-las se for preciso.

Oh, meu Deus! Enquanto eu estiver congelando atrás das trincheiras, viverei rodeado de armas, bombas, tiros e granadas por todas as partes. Não sei o que me espera num futuro próximo, mas sei que coisas horríveis acontecem nos campos de batalha: violência e morte por todos os lados [...].

***

[...] Hoje é dia 14 de fevereiro de 1915, e o mar está bravio e com ondas acima de dez metros de altura estourando a bombordo de O Grande Temido. Estamos perto do litoral gelado da Irlanda, e a noite está se aproximando. Não tenho muito a fazer agora. Minha mente vaga sem rumo e me sinto preso dentro desse bloco de metal indo para lugar nenhum. Acho que indo para uma grande aventura, mas meu coração pulsa rápido e algumas lágrimas estão escorrendo no meu rosto agora. Não gostaria de escrever sobre isso, mas algo me diz que estou indo me encontrar com a morte.

Semanas atrás, vi algumas fotografias de batalha. Os soldados estavam alegres e festejavam como grandes vencedores, enquanto seguravam a bandeira da Inglaterra e dos Estados Unidos. Na verdade, não acredito que eles realmente estivessem felizes quando fizeram aquelas fotografias. Sempre que me lembro dessas imagens, sinto algo ruim pulsando em meu peito. Para mim, eles pareciam hipnotizados de tristeza após lutar durante seis longos meses longe da família e após ver seus amigos morrerem mutilados nos campos de batalha.

Aqueles soldados apenas sorriam porque estavam perante um renomado fotógrafo inglês e porque suas imagens seriam publicadas no maior jornal de Londres na semana seguinte. Não acredito que haja pessoas com um coração tão frio assim a ponto de conseguirem sorrir depois de assassinarem centenas de semelhantes a sangue frio.

Não sei o que está se passando na minha cabeça neste instante. Sinto muito medo, e meus pensamentos estão cada vez mais confusos. Vou confessar um segredo que não conto a ninguém: eu pretendo fugir.

Andrew fez uma breve pausa e iniciou a leitura do trecho do segundo capítulo de *ImmRam*

A fuga

[...] M. Mark, conforme descrito em seu uniforme, é meu melhor amigo no navio. Ele dorme na cama debaixo da minha, no beliche de número 10. Essa madrugada, ele me acordou dizendo que, dentro de cinco horas, estaremos atracando no litoral da Espanha, precisamente no porto de Vigo, próximo à divisa com

Portugal. Disse que teremos que abastecer O Grande Temido com alimentos, peixes frescos, cereais e medicamentos, pois será a última parada em terra firme antes de seguirmos em direção ao Mar Mediterrâneo, rumo ao sul da Itália.

Achei essa parada uma ótima ideia, pois não vejo a hora de pisar em terra firme e sentir o calor do sol outra vez. Logicamente, não direi ao M. Mark o que está se passando em minha mente, mas uma ideia maluca de fugir está se construindo em minha cabeça.

Sim! Preciso deixar essa droga de guerra para trás de uma vez por todas e esquecer as bombas, as trincheiras e os supostos inimigos alemães que nos esperam em algum lugar próximo à divisa da Itália.

Fugirei deste navio e levarei uma vida digna longe desses militares malucos cheios de ideias aterrorizantes. Sabe por que quero fugir? Porque sou músico, não um soldado. Nunca serei um soldado! Eu amo música e quero ser um homem livre, por isso, sinto que hoje será o dia da minha fuga.

Deixei meus estudos para trás para me tornar um soldado, mas quem disse que preciso ser um soldado pelo resto da vida? Quero ser músico ou um escritor famoso. Todos os dias, fico imaginando que um dia serei um romancista famoso, que inspirarei muitas pessoas ao redor do mundo com meus livros e o transformarei em um lugar melhor para viver. Quero fazer a diferença no mundo. Não vim para esta vida para guerrear e matar pessoas. A guerra não faz sentido para mim, por isso, fugirei deste navio mesmo que arrisque minha própria vida e a reputação de minha família.

Essa madrugada, conversei um pouco com meu amigo M. Mark, tentando conseguir algumas informações. Preciso saber quanto tempo ficaremos atracados em terra firme.

Ele disse que ficaremos duas ou três horas atracados no porto de Vigo e que partiremos antes do anoitecer. No entanto, minha dúvida é saber se todos os tripulantes poderão desembarcar.

M. Mark disse que todos poderão descer, pois lá será o último lugar onde o navio atracará antes de chegarmos ao litoral da Itália.

Quando ele disse que aquela seria a última parada, percebi que estava diante de minha última chance de reencontrar a liberdade.

Sei exatamente como agirei a partir de agora: assim que os tripulantes descerem, me infiltrarei entre os cozinheiros. Em vez de voltar para o navio com o pelotão, irei até o mercado de peixes e lá encontrarei uma forma de escapar e de nunca mais voltar para este navio congelante.

Acho que M. Mark notou minha curiosidade e me perguntou por que estou tão interessado em saber detalhes sobre a última parada. Preferi ficar calado e não explicar meu plano de fuga. Confio em M. Mark, mas não posso deixar nenhum rastro.

A verdade é uma só: eu não tenho plano. Será tudo improvisado. Neste momento, confio somente em Deus. E seja o que Ele quiser!

Sentado na areia da praia, Andrew continuava entusiasmado com a história, e uma frase de Paul Ervin chamou-lhe muito a atenção: "Tudo correu conforme o previsto. Sou um soldado obediente e nunca dei motivos para ser visado pelo comandante Harry".

Ao ler a frase, Andrew imaginou a aflição que Paul Ervin sentira antes de sua fuga. Perdido em vários pensamentos, o rapaz fez uma breve pausa para admirar a bela paisagem que o cercava.

Andrew não suportou a curiosidade e abriu novamente o livro na página que havia parado de ler. Naquele momento, sua mente transportou-o para a história, como se ele fosse uma espécie de espectador, que sentia toda a angústia de Paul Ervin.

[...] Em meio à bagunça de uma feira pública repleta de peixes por todos os lados, comerciantes e pescadores ficaram assustados ao ver mais de setecentos soldados avançando sobre as barracas para comprar tudo o que viam pela frente. Eles não sabiam que aquele seria um dos melhores dias de suas vidas, pois venderiam toda a produção da semana em apenas duas horas. Afinal, seria preciso muito suprimento para alimentar todos os soldados durante vários meses no navio.

Desde que descemos em terra firme, M. Mark não desgruda de mim. Acredito que ele pressente que estou me preparando para fugir. Mark não é um simples soldado como eu; ele trabalha como enfermeiro-chefe no navio e é muito bem-visto pelos superiores. Talvez isso possa me ajudar. Tenho receio, mas sinto que ele não me prejudicará. M. Mark é meu melhor amigo e não me trairá.

Ele fica o tempo todo ao meu lado. Sem hesitar, decidi seguir Willian, o cozinheiro nascido em Manchester, e seu ajudante de cozinha. Eu disse a Willian que gostaríamos de participar da compra dos pescados para conhecer um pouco mais sobre os suprimentos do navio. É lógico que ele desconfiou do meu interesse e perguntou por que eu queria fazer aquilo.

Olhei para Mark, e ele respondeu rapidamente ao cozinheiro que eu estava aprendendo sobre a saúde dos soldados e que gostaria de acompanhar a compra dos pescados para evitar que comprassem peixes estragados, pois, se isso ocorresse, a tropa inteira poderia se intoxicar.

Willian arregalou os olhos, ficou com medo e aceitou a ideia sem mais questionamentos. Mark olhou para mim e disse que eu era um maluco, pois, se o comandante Harry descobrisse algo sobre minha fuga, eu estaria fadado à corte marcial em Londres e à prisão. Durante vários meses, teria de fazer trabalhos forçados até cumprir a pena de desertor.

Nesse momento, fiquei com receio, pois já ouvira falar sobre a crueldade de Harry em relação aos desertores, ou melhor, aos "medrosos", como ele gosta de enfatizar sempre que reúne a tropa para os treinamentos.

Para Harry, um verdadeiro soldado não deve temer a morte, pois está preparado para enfrentar todos os horrores de uma guerra. Isso, contudo, é uma grande mentira. Ninguém dentro daquele navio está preparado para nada. Todos estão morrendo de medo e sem qualquer esperança.

Ninguém pensa em fugir de O Grande Temido, é claro! Quem seria louco de ficar à deriva, perdido em um país desconhecido, prestes a ser descoberto e deportado para a Inglaterra como prisioneiro e desertor?

O medo logo tomou conta do meu ser e respondi calmamente para M. Mark:

— Amigo Mark, irei com você até as docas. Quando começarmos a carregar os pescados, entraremos embaixo do píer para nos escondermos. Será rápido e fácil. Fugiremos e estaremos livres para sempre.

Assustado, Mark sinalizou negativamente com a cabeça, dizendo que eu era maluco. Não me importei e disse que precisava fugir, pois não poderia enfrentar a maldita guerra.

Mark mostrou-se indignado com minha decisão, mas concordou em me ajudar. Ele, contudo, frisou que jamais faria uma loucura como aquela.

Chamei-o de frouxo e disse que poderíamos ser livres. Mark não revidou, porém, manteve-se firme em sua decisão, pois sabia que o comandante Harry nunca o deixaria em paz.

M. Mark alertou-me sobre esse fato, mas nunca pensei que fugir do comandante Harry seria algo tão difícil. Meu amigo insistiu que ele me procuraria incansavelmente pelo resto da vida.

Essa possibilidade assustou-me muito, mas eu já tinha decidido que não voltaria atrás. Prefiro fugir e pagar o preço. O comandante Harry pode ser um homem esperto e audaz, mas sou um homem livre e tenho o direito de realizar meus sonhos e de construir minha vida.

Sei que Mark ficou tentado a fugir, mas ele deseja voltar para casa e reencontrar sua esposa e sua filha. Ele é muito apegado à sua filhinha.

Decidi, então, fazer um pacto com M. Mark. Eu buscaria meu sonho e ele retornaria aos braços de sua família. Foi dessa maneira que nos entendemos e ficamos quites.

Mark ainda tentou argumentar, dizendo que pessoas comuns, meros mortais como nós, não tinham o direito de sonhar e precisavam cumprir o dever patriótico perante o país.

Ele tentou me convencer a não cometer a loucura da fuga, mas suas argumentações não adiantaram nada. Decretei minha liberdade e pagarei o preço que for estipulado para isso.

Com todo respeito, ouvi tudo o que M. Mark me disse, pois ele é meu melhor amigo e sei que deseja o melhor para mim, mas Mark se altera muito quando digo que desejo ser músico ou escritor, para inspirar as pessoas no futuro.

Sei que é loucura ganhar a vida na Espanha apenas tocando flauta escocesa e que a vida pode se tornar difícil. Sei também que, se experimentar a derrota, posso me tornar um mendigo, mas acredito que é melhor fazer algo por mim do que morrer na guerra por uma causa que não é minha.

M. Mark deixou claro que partirá para guerra e acredita que dentro de sete meses estará de volta à Inglaterra para o lado de sua esposa e de sua filha. Compreendo sua escolha. Ele tem um real motivo para voltar, mas eu não tenho.

Talvez nunca mais nos encontremos, então, decidi lhe oferecer a insígnia de soldado com meu nome como gratidão por nossa amizade. Ele agradeceu, e eu pedi a Mark que desse a insígnia para sua filha e a guardasse para sempre, pois assim ele nunca se esqueceria de mim e poderia compartilhar as histórias de guerra com ela.

Mesmo sabendo que Mark partirá junto da tripulação, sinto em meu coração que, um dia, nos reencontraremos em algum lugar.

Emocionado, Mark aceitou meu presente e contou-me que, desde pequeno, tinha visões estranhas e sentimentos que ninguém conseguia explicar. Quando Mark completou dez anos de idade, a mãe do meu amigo, achando que ele estava louco ou endemoniado, quis interná-lo em um colégio de padres. É muito estranho! Mark sente coisas esquisitas quando está perto de outras pessoas. Não sei explicar. Na verdade, nem ele mesmo sabe explicar o que ocorre. Tomara que um dia Mark compreenda tudo isso e viva melhor. Ele diz que não é fácil conviver com essas sensações.

Achei estranho e perguntei a Mark o que aquilo tinha a ver comigo, e, para meu espanto, ele disse que éramos amigos de longa data, que já havíamos nos encontrado muitas vezes e que precisei muito de sua ajuda.

Mark é um homem diferente e possui algo além da simpatia e da serenidade. Gosto muito dele, mas, infelizmente, a vida vai nos separar a partir de hoje.

Ele aceitou meu presente com carinho e disse que diria para a filha que aquela insígnia fora dada por um grande amigo chamado Paul Ervin.

Apesar de não compreender o que Mark me relatou sobre sua infância e sobre termos nos reencontrado muitas vezes, confesso que fiquei tocado com suas palavras. Desejo sinceramente que ele volte vivo para casa e que entregue o humilde presente à sua filha.

A partir deste momento, meus segredos não são mais segredos. Agora, além de mim, outra pessoa sabe que não voltarei a O Grande Temido quando anoitecer.

Estou me sentindo seguro. Sei que M. Mark está sendo verdadeiro comigo e que nunca me entregará ao comandante Harry. Ele disse algo que me deixou muito feliz e confiante:

— Paul, tenho orgulho da sua coragem. Gostaria de ser como você e lutar pelos meus sonhos. Fique tranquilo, não contarei nada a ninguém e farei o que puder para ajudá-lo. Sinto que, um dia, você precisará de minha ajuda. Sinto isso muito forte dentro de mim, meu caro amigo.

Eu respondi emocionado:

— Gratidão eterna, Mark. Obrigado pelas palavras de apoio. Se Deus quiser, nos encontraremos um dia em algum lugar.

Mark pediu-me para esperar um pouco antes de desaparecer embaixo do píer e perguntou-me se eu tinha algum dinheiro. Acenei negativamente com a cabeça, dizendo que não tinha nada e que estava mais pobre que um mendigo. Ele ofereceu-me algumas libras para eu trocar pela moeda local. Eram poucas notas e um punhado de moedas, mas, para quem como eu não tinha nada, isso significava muito.

Dei-lhe um forte abraço como agradecimento por sua generosidade, e nos despedimos prometendo que nos encontraríamos no futuro.

Depois disso, tudo correu bem, sem qualquer contratempo. Minha fuga foi mais fácil do que imaginava.

***

Quando chegou à página 23 do livro, Andrew parou de ler durante alguns instantes e, enquanto ajeitava as costas na pedra, refletiu sobre a fuga de Paul. Após dar uma rápida olhada para a praia de Canido, ele viu uma mulher a mais de 400 metros de distância acenando em sua direção. Quem seria?

Andrew colocou a mão na testa para tampar a claridade do sol e apertou os olhos, tentando melhorar o foco para descobrir quem era a tal mulher que pulava como uma doida na praia. Era Madame T., que balançava os braços festivamente.

O que ela queria afinal? Não parecia preocupada. Na verdade, estava com um belo sorriso estampado no rosto.

Andrew fechou o livro, ficou de pé, mas decidiu que não acenaria de volta para Madame T. Ele ainda a considerava uma maluca inconveniente.

O rapaz olhou para o relógio e ficou desesperado, pois faltavam apenas quinze minutos para as onze horas da manhã, ou seja, estava na hora do trabalho.

Sem hesitar, Andrew colocou o livro na mochila e retornou ao continente, pedalando sua velha bicicleta com velocidade.

Ao chegar à avenida beira-mar, o rapaz deparou-se com Madame T. parada no meio do caminho. Ela disse:

— Hei, garoto! Estava se esquecendo da vida encostado naquela pedra lá na ilha de Toralla?

— O que a senhora tem a ver com isso?

— Nada. Só estava preocupada com você, garoto ranzinza!

— Preocupada com o quê?

— Com a hora do seu trabalho! Por isso eu estava acenando como uma maluca para você.

— Como a senhora sabia que eu estava lá? As pessoas não têm mais privacidade neste mundo? Que droga!

— Quem disse que você estava na ilha foi o senhor Manoel. Fui comprar umas ostras para o almoço, e ele me disse que você estava lá.

— Com licença, estou atrasado e preciso trabalhar.

— Não precisa se apressar tanto, Andrew. O gerente vai demorar um pouco mais para abrir o restaurante hoje. Pelo menos uns trinta minutos.

— Besteira! Ele sempre abre o restaurante na hora certa. Se os funcionários não estiverem presentes na hora marcada, ele os despede sem piedade. Ele nunca chega atrasado.

— Faça como achar melhor. Tenha um bom-dia e um bom trabalho. Foi bom revê-lo, Andrew.

— Tenha um bom dia também, Madame T.

Mesmo após a despedida, ela não saiu da frente da bicicleta, o que fez Andrew irritar-se.

— A senhora não vai me dar licença?
— Na verdade, não.
— Preciso passar, senhora!

Madame T. olhou fixamente para Andrew, mas não disse nada.

— Por que a senhora está fazendo isso comigo?
— Preciso lhe entregar algo.

Madame T. colocou a mão no bolso do vestido, enquanto Andrew descia da bicicleta. Teria ela notícias de Linda? Afinal, elas eram amigas.

— Tem alguma coisa a ver com Linda? — Andrew perguntou.
— Não exatamente.
— O que é, então?
— Somente uma mensagem que gostaria de lhe transmitir.

Andrew olhou para o relógio, que já marcava onze horas da manhã, e em seguida olhou para a entrada do restaurante. O rapaz, então, viu alguns garçons em frente à porta, esperando o gerente chegar.

— Olha, Madame T., se for somente uma mensagem, me entregue logo, pois preciso trabalhar.
— Decidi escrever enquanto você vinha pedalando da ilha. Aqui está a mensagem. Segure-a e leia depois. Não quero que se atrase.
— Tudo bem.
— Tenha um bom-dia, Andrew. Uma hora dessas a gente conversa com mais calma.

Andrew segurou o papel, colocou-o no bolso e pedalou até a porta do restaurante.

Estranhamente, tanto ele quanto os outros garçons ficaram embaixo do sol e em frente ao restaurante até as 11h40 horas, quando o gerente chegou esbaforido e apressado ao ver que alguns clientes já estavam à espera do lado de fora, aguardando para almoçar.

— O que foi, chefe? Por que o senhor está tão cansado? — um dos garçons perguntou.
— Minha mulher bateu o carro no centro da cidade. Tive que acompanhá-la até a delegacia para fazer o Boletim de Ocorrência e, por isso, me atrasei.
— Ela se machucou?
— Graças a Deus, está tudo bem. Apenas minha filha de cinco anos torceu o braço na pancada, e o carro amassou um pouco. Vamos entrar, pois temos clientes esperando.
— Tudo bem, patrão!

91

Andrew ficou parado, apenas ouvindo o relato do ocorrido. Assim que Sílvio abriu o restaurante, todos entraram com pressa para trocar de roupa no vestiário.

Andrew colocou a mochila no banco de madeira e tirou a roupa para vestir o uniforme de trabalho. De repente, o livro que estava lendo escorregou e caiu no chão junto do papel que Madame T. lhe entregara. Desesperado, ele abaixou-se rapidamente para evitar que a mensagem e o livro se molhassem.

O rapaz desdobrou o papel lentamente e leu a mensagem que Madame T. escrevera minutos atrás:

Andrew, nada estará acabado enquanto existir uma linda história para ser contada.

— Que droga! Essa velha é maluca! O que significa esta mensagem? Será que essa maluca não tem nada melhor para fazer?

Andrew ficou irritado ao ler o bilhete, mas preferiu guardá-lo na mochila.

— Que droga! Agora essa mulher vai me perseguir por aí escrevendo essas mensagens esotéricas sem pé nem cabeça — ele sussurrou com raiva, enquanto tentava colocar a calça do uniforme.

De repente, um dos garçons mais velhos do restaurante aproximou-se:

— Está falando sozinho, Andrew?

— Não, Philip. Estou pensando em voz alta. Está tudo bem.

— Está na hora de trabalhar e ocupar essa mente criativa, não acha? Vamos trabalhar, pois a casa está cheia de clientes.

— Sim, vamos trabalhar. Vou apenas terminar de me arrumar.

Andrew guardou o livro na mochila, mas passou o dia pensando nos primeiros capítulos que lera. Estava curioso para saber se Paul Ervin conseguira fugir de O Grande Temido e o que acontecera depois.

O mais intrigante sobre a história de Paul Ervin era o fato de ela ser verídica e ter acontecido ali mesmo, em Vigo, no ano de 1915.

***

No dia seguinte, no mesmo horário, Andrew pegou sua bicicleta e foi até a Ilha de Toralla para relaxar e continuar a leitura do terceiro capítulo de *ImmRam – O viajante solitário*.

O flautista

[...] O Grande Temido partiu com todos os tripulantes rumo a alto-mar, e eu fiquei escondido embaixo do píer, apenas olhando o casco de aço passar bem na minha frente.

Confesso que não acreditei no que estava acontecendo. O navio partiu, e ninguém percebeu que eu fugira. Foi muito fácil, mais fácil do que eu imaginara.

As únicas coisas que consegui trazer comigo foram meu diário de bordo, no qual estou escrevendo neste momento, e minha flauta doce que tanto amo. Sem ela, não conseguirei sobreviver nesta terra desconhecida chamada Galícia.

Nunca saio de casa sem minha flauta. Minha mãe sempre me diz que, com a flauta nas mãos, posso transformar a tristeza em alegria e assim conseguir um sustento. Ela me dizia que eu poderia ir a qualquer lugar no mundo com a flauta nas mãos. Hoje, sozinho neste lugar, vejo que minha querida mãe tinha toda razão. Quando eu era criança, ela me ensinava a tocar e me dizia: "O verdadeiro músico nunca abandona seu instrumento musical. Para ele, o instrumento é a coisa mais importante que existe. Muitas vezes, mais importante que a própria família".

Andrew sentiu-se desconfortável e mudou de posição para acomodar-se melhor na areia dura e gelada da ilha de Toralla.

A ansiedade do rapaz era tanta que ele não queria perder um segundo sequer da história. Estava curioso para saber como Paul Ervin sobreviveria em Vigo, agora que se transformara em um foragido de guerra e em um homem solitário.

O encontro com Marina

[...] é sexta-feira, e já faz dois dias que fugi. Admito que estou sentindo medo, mas ao mesmo tempo me sinto um homem livre.

93

Decidi não me distanciar da cidade e me manter próximo ao porto, pois tenho apenas algumas libras no bolso que Mark me deu.

Mark disse que sem dinheiro eu passaria fome e não teria chance de sobreviver na Espanha, a não ser que encontrasse rapidamente um trabalho. Mesmo assim, teria de buscar algo alternativo como um trabalho de mascate, faxineiro ou até mesmo como estivador no porto, pois ninguém daria um emprego formal para um desertor de guerra.

Todas as pessoas que vejo andando pela rua olham para mim com receio. Talvez seja por causa da guerra e dos soldados que vêm e vão por todos os lugares. As pessoas não podem ver um soldado carregando um fuzil que logo começam a tremer. É um ambiente horrível de pressão e angústia, difícil de descrever.

A noite chega, e eu não estou suportando mais dormir embaixo do píer, pois o frio durante a madrugada é terrível.

Notei que a poucos metros de onde estou existe um lugar que costuma ficar aberto até as dez horas da noite. Acho que é um ponto de encontro de pescadores e jogadores de carta. Estou com poucas libras no bolso, mas acredito que devo ir até lá e pedir duas doses de rum para me esquentar um pouco. Meu corpo está congelando.

***

[...] Preciso relatar o que aconteceu essa noite. Se porventura eu deixar para amanhã, certamente esquecerei muitos detalhes.

Assim que entrei no bar, os pescadores encararam-me dos pés a cabeça ao perceber que eu não era espanhol ou português. Eles ficaram me encarando, mas logo voltaram a jogar o carteado.

De repente, o dono do bar, que estava sentado atrás do balcão, levantou-se e perguntou-me em inglês:

— O que você quer, marujo?

Fiquei sem reação, mas logo me recompus dos olhares curiosos dos pescadores e percebi que a estranha recepção se devia ao uniforme militar que eu estava usando.

Calmamente, respondi ao dono do bar:

— Quero duas doses de rum, por favor.

De prontidão, ele respondeu:

— É para já, marujo!

Acenei positivamente com a cabeça em sinal de agradecimento e percebi que era melhor falar pouco. Contudo, acho que o senhor de rosto sofrido ficou sensibilizado com minha situação ao perceber que eu estava me sentindo totalmente perdido em uma terra estranha.

Com receio, ele sussurrou:

— Não sei seu nome, mas sei de onde você vem, rapaz. Todos aqui conhecem o uniforme da esquadra britânica. Recomendo que tire essa farda antes que alguém vá até a embaixada da Inglaterra e diga que há um fugitivo de guerra perambulando pela cidade. Não quero confusão no meu estabelecimento, mas também não quero que você seja preso.

Fiquei abismado com a sinceridade do homem, que continuou:

— Você fugiu do navio que atracou no porto há dois dias, não foi?

— Sim, senhor! — não imaginei que me reconheceriam tão rápido.

De repente, o homem surpreendeu-me com as seguintes palavras:

— Troque essas roupas, se não quiser ser preso ou morrer congelado embaixo daquele píer.

Sem graça, respondi que não tinha outra troca de roupas, e ele imediatamente me pediu que entrasse em um pequeno quarto nos fundos do bar e aguardasse.

Ao entrar no quarto, vi um biombo de madeira e, sem hesitar, fui logo tirando meu uniforme. Segundos depois, o homem abriu a porta e disse:

— Vou mandar uma pessoa trazer roupas velhas da minha casa. Espere um pouco, rapaz!

De repente, o dono do bar pediu que um homem chamado Louis fosse até sua casa, falasse com sua esposa e lhe pedisse para separar uma troca de roupas masculina e um chapéu velho. Louis aparentava ter aproximadamente 55 anos de idade e possuía um forte sotaque irlandês.

Ficara óbvio que a boa ação do dono do bar se devia ao fato de eu estar causando desconforto entre os pescadores que, enquanto bebiam suas bebidas e fumavam seus charutos, começavam a cochichar.

Perdido em meus pensamentos, permaneci no pequeno quarto até o tal Louis voltar perguntando:

— Já tirou o uniforme, garoto? Estamos em plena guerra. Como pode ficar perambulando pela rua e chamando a atenção das pessoas com esse uniforme sujo e amassado?

Rapidamente, respondi:

— Eu sei disso, mas precisava fugir, senhor.

— Tudo bem. Troque-se rapidamente.

De repente, uma linda moça de cabelos negros, que aparentava ter cerca de 20 anos de idade, entrou no quarto com uma sacola cheia de roupas. Para minha felicidade, ela foi em direção ao dono do bar:

— Papai, aqui está o que o senhor pediu. Mamãe não pôde vir, pois está preparando o jantar. Ela me pediu que trouxesse isso para o senhor.

O dono do bar agradeceu, e a moça ficou curiosa:

— Para quem o senhor dará essas roupas velhas, papai? Aposto que para algum mendigo.

Ela mal terminou de proferir seus julgamentos e um cliente entrou no estabelecimento.

— Espere um pouco. Preciso atender o cliente para não levantar suspeitas — disse o dono do bar.

Confesso que, mesmo sendo uma moça linda e graciosa, assim que ela disse a palavra "mendigo", eu me irritei e saí enraivecido de trás do biombo. Afinal, como alguém poderia falar assim de mim?

Em alto e bom tom retruquei em inglês:

— Essas roupas não são para um mendigo! São para um marinheiro!

— Marinheiro? — ela debochou de mim.

— Sim. Sou um marinheiro!

— Você não parece ser um marinheiro, meu caro! — ela respondeu gargalhando ao ver que eu estava com as calças arreadas e com as meias até os joelhos.

Fiquei sem jeito, mas me mantive altivo. Peguei as roupas da mão dela e vesti-me com pressa. Mesmo percebendo que eu estava sem graça, ela ficou parada e não tirou os olhos de mim, o que me deixou ainda mais irritado.

Não me contive e indaguei:

— O que foi, garota?

— Não foi nada. Só estou achando engraçado vê-lo desesperado tentando tirar a calça.

Ouvindo as gargalhadas da filha, o dono do bar voltou correndo para ver o que estava acontecendo. Ele colocou a cabeça na porta e averiguou rapidamente antes de chamar a atenção da filha:

— Marina, o que está fazendo?! Respeite o rapaz! Vá embora para casa! Já cansei de lhe dizer que aqui não é lugar de mulher. Somente bêbados fofoqueiros frequentam este estabelecimento.

— Está bem, papai! Já vou — a linda moça respondeu com ar sarcástico, enquanto continuava olhando para mim com ar sedutor.

O pai não deu ouvidos à moça e voltou ao caixa para receber o pagamento de dois barbudos.

A moça foi rápida e não perdeu tempo. Enquanto eu tentava trocar de roupa, ela sussurrou antes de sair:

— Marinheiro! Tente convencer meu pai a deixá-lo dormir em casa esta noite.

— Em sua casa?

— Sim!

— Será que é uma boa ideia?

— Claro que sim! A não ser que você queira dormir na rua!

Nesse momento, relevei o comentário, pois não aguentava mais passar frio embaixo do píer.

— Gostaria muito de dormir em uma cama quente e confortável.

— Que bom! Pensei que gostasse de dormir no chão gelado do píer. Apesar de parecer ser uma pessoa muito chata, gostei de você.

Além de extrovertida, a moça era bem atirada. Eu não resisti ao comentário dela e respondi que estava ao sabor do destino e não tinha para onde ir.

Com um olhar penetrante e um sorriso delicado, ela disse:

— Meu pai é um homem bom e não deixará que você durma na rua. Conheço meu pai. Ele vive abrigando pescadores e viajantes que se perdem aqui por causa das tormentas dos mares do Norte. Ele é uma espécie de salvaguarda marítima, um salva-vidas.

As palavras da moça foram um bálsamo para mim. Após dois dias jogado na rua, eu já estava visivelmente cansado e debilitado e tudo o que queria era um lugar para fugir do frio. Sendo assim, rendi-me ao convite.

Abrindo um largo sorriso, ela respondeu:

— Você está na Galícia! Os galegos são muito hospitaleiros. Seja bem-vindo, rapaz!

— Seu pai também é galego?

— Por quê pergunta?

— Porque o sotaque dele parece ser da Irlanda.

— Ele é galego. Nasceu numa fazenda perto de La Coruña, Mas viveu na Irlanda do Norte, quando era garoto.

Agradeci novamente o convite à linda moça de cabelos negros, mas notei que o dono do bar ficara nitidamente cismado com a situação. Mais uma vez, ele espiou pela porta e disse:

— Filha, o que está fazendo aí?! Vá para casa agora!

Sem querer enfrentar o pai, a moça foi logo se despedindo:

— Infelizmente, preciso ir. Faça o que lhe disse, marinheiro. Peça a meu pai que o deixe dormir em nossa casa.

— Farei isso.

— A propósito, qual é seu nome?

— Meu nome é Paul Ervin — respondi gaguejando.

— Até logo, Paul. Até amanhã.

A moça sorriu e mandou-me um beijo. Foi incrível! Aquilo me deixou completamente abobado. E foi assim que conheci a pessoa que se tornaria o grande amor da minha vida. De forma simples e pouco tradicional.

Enquanto meus amigos e parentes seguiam o costume e o protocolo britânico, no qual os compromissos eram arranjados entre as famílias por interesse social e financeiro, estou aqui no meio da Galícia, em uma terra desconhecida, longe de tudo e de todos, completamente apaixonado por uma moça de olhos castanhos e cabelos negros, que nem sequer sabe falar meu idioma direito.

Será que algo assim é possível? Será que esse é o tal amor à primeira vista de que falam por aí? Se for, estou pasmo, pois sinto que esse amor é realmente arrebatador.

Após esse dia, a linda moça nunca mais saiu da minha cabeça.

Andrew fez uma breve pausa na leitura para descansar seu corpo dolorido e verificou as horas. Ele estava adorando a escrita simples de

Paul. Definitivamente, *ImmRam* não era um livro esotérico como parecia e não tinha uma linguagem erudita e de difícil compreensão como era comum nos livros do início do século.

Cansado, Andrew ajeitou-se um pouco mais. Ainda faltavam quarenta e cinco minutos para sua entrada no restaurante, e ele decidiu ler um pouco mais do quinto capítulo, em que Paul Ervin descrevia sua paixão por Marina, o que lhe deixou muito interessado.

A paixão

[...] nosso encontro repentino no bar foi o estopim de uma grande paixão. Acabei me apaixonando por Marina e ela por mim.

Semanas passaram-se, e o pai de Marina aceitou a condição.

Ele não se importa com nosso relacionamento, afinal, estamos nos dando muito bem. O pai de Marina ainda me deu uma oportunidade. Disse que eu poderia tocar no bar nas noites de quinta, sexta e sábado para ganhar algum dinheiro. Incrível! Ele nunca imaginaria que uma pequena flauta doce e uma bela garota cantando ao meu lado atrairiam tantas pessoas para seu estabelecimento.

Em pouco tempo, o negócio do meu futuro sogro prosperou de forma tão rápida que foi preciso contratar garçons extras para ajudar no atendimento às mesas.

***

Já faz quase dois meses que fugi de O Grande Temido, aquele monstro de aço assustador, e, apesar de estar muito longe de meu país e de minha família, sinto-me feliz com a nova vida que estou levando na Galícia. No momento, estou morando de favor na casa dos pais de Marina. Eles me arrumaram um quarto confortável nos fundos da casa, e isso é o suficiente para mim. O importante é estar ao lado de minha amada Marina.

O único problema é que a família de Marina é muito católica e vai à missa todos os domingos. Como sou um homem educado e respeito as crenças alheias, prefiro agradar a família e tenho os acompanhado à igreja.

Faço de conta que estou rezando e acompanhando o padre, pois assim eles pensam que estão conseguindo me converter.

Minha mãe e meu pai são protestantes, mas até o momento ninguém sabe disso. É um segredo que escondo a sete chaves.

Definitivamente, não me importo com religiões. Para mim, o importante é viver e ganhar dinheiro para passear com minha amada Marina. No entanto, sei que indo à igreja eu me aproximo mais da família de minha namorada.

Sou muito grato por terem me ajudado a realizar meu grande sonho de ser músico. Ainda não é nada profissional, contudo, já é um começo.

A dupla musical que formei com Marina surgiu de forma inesperada. Ela adora as músicas clássicas que toco no quarto onde durmo e, certo dia, aproximou-se e pediu para me acompanhar, dizendo que queria compartilhar minha paixão pela música. Em poucos minutos, percebi que ela tinha uma voz incrível e senti que seria interessante se formássemos uma dupla musical.

Agora já estamos trabalhando juntos. Eu toco minha flauta doce, e Marina canta ao meu lado.

Nas últimas semanas o sucesso foi incrível. Pessoas chegam de todas as partes da cidade para assistir ao show de Paul e Marina. É um sonho se realizando. Tenho plena certeza de que fugir daquele navio foi a melhor coisa que fiz em minha vida, ainda que isso me traga algumas consequências indesejáveis.

***

[...] Faz três meses que não escrevo neste diário e confesso que minha vida está muito corrida ultimamente. Sabe por quê?

Dentro de três semanas, Marina e eu vamos nos casar na igreja. Ela convenceu seus pais a realizarem a celebração. Não será uma grande festa. Serão apenas cinquenta convidados da família dela, é claro. Infelizmente, não posso entrar em contato com minha família em Londres, pois, se o fizer, descobrirão o lugar onde estou vivendo e posso ser capturado pelo exército britânico.

Sinto que a família de Marina gosta de mim e que ela me ama de verdade. Nós temos um desejo, e por isso estamos nos casando. Nosso grande sonho é ter um filho, mas, infelizmente, a religião de Marina não permite que mulheres tenham filhos antes do matrimônio. É por esse motivo que estamos nos casando. Confesso que não vejo a hora de unirmos nossos corpos e perpetuarmos nosso amor, construindo uma família plena e feliz.

Esqueci-me de dizer que a lua de mel será aqui mesmo, em Vigo. Estou nervoso, não aguento mais esperar. Minha ansiedade chega a ser incontrolável, mas o importante é saber que um sonho em breve será realizado. Se Deus quiser, dará tudo certo. Neste momento, sinto que Deus deseja nossa união.

Andrew fez uma breve pausa e depois iniciou a leitura no sexto capítulo.

Nas trilhas de Canido

Conforme o previsto, nosso casamento foi algo simples, porém, verdadeiro e emocionante, principalmente para Marina e sua família.

Talvez ela não saiba o quanto a amo. Marina é a mulher da minha vida, e nunca a deixarei sozinha. Aconteça o que acontecer, eu a amarei para sempre.

A lua de mel aconteceu na praia de Canido, ao sul da cidade de Vigo. Ficamos hospedados em uma casa de veraneio onde o pai de Marina costuma pescar nos fins de semana e onde a família dela passa as férias de verão.

Não foi fácil chegar até o local por causa da chuva. Até certo ponto, conseguimos ir a cavalo pela antiga estrada de terra que liga o centro da cidade ao litoral sul.

Quando chegamos perto da praia deserta de Canido, em frente à ilha de Toralla, tivemos de deixar os cavalos amarrados às árvores e seguir a pé por uma estreita trilha de aproximadamente dois quilômetros para chegar até a casa de veraneio. A paisagem era exuberante.

Andando pela mata, avistamos algumas casas luxuosas que o nosso guia local disse pertencer a políticos importantes e empresários da cidade. Eram casas grandes e afastadas do centro, com uma arquitetura exuberante, que me fizeram lembrar as suntuosas casas de campo do interior da Inglaterra.

Nosso guia, o senhor João, levou-nos até uma das casas e disse que era de propriedade do dono do jornal da cidade e de uma pequena editora de livros, a única da Galícia.

Confesso que achei a história incrível e não deixei de perguntar o nome do rico proprietário. O guia respondeu-me que o nome do editor era Thomas Moore, um inglês que veio morar na Espanha antes da virada do século.

Interessado em publicar este diário futuramente, perguntei ao senhor João se era difícil falar com o tal homem. O guia respondeu que sim, pois Thomas Moore costumava passar o tempo todo trabalhando no jornal e só aparecia na casa de veraneio nos fins de semana para passear com os netos e bisnetos.

Pedi ao guia para pararmos em frente à entrada da casa, enquanto Marina se deliciava com a brisa que chegava do Sul refrescando seu rosto.

Pensativo, imaginei durante alguns instantes: "Um dia, esse homem publicará meu diário. Pode ser um sonho, mas se existe alguém capaz de transformar minhas memórias num livro esse alguém é o tal de Thomas Moore".

João chamou-me com seu inconfundível sotaque português e disse que precisávamos seguir adiante, pois ele tinha de retornar à cidade antes do anoitecer.

A trilha era muito fechada e tivemos de acelerar o passo para chegarmos ao nosso destino rapidamente.

Após quase uma hora, chegamos e fiquei surpreso com a paz e a tranquilidade que aquele lugar emanava. Não tinha luz elétrica e pessoas por perto. Só havia mar, areia dourada e um lindo pôr do sol, que iluminava o horizonte. O cenário perfeito para nossa tão esperada lua de mel.

João mostrou-nos a casa e entregou-me as chaves, dizendo que precisava retornar rapidamente à cidade.

Enquanto o guia tomava o caminho de volta, Marina não conteve a alegria, entrou na casa e começou a percorrer os cômodos para verificar se tudo estava conforme sua mãe prometera.

Vê-la alegre e feliz fez meu coração disparar de gratidão e foi neste exato momento que senti que Deus realmente existia e providenciava o melhor para nossas vidas.

Logo depois, Marina e eu fomos até a varanda para apreciar a noite que se aproximava e ali ficamos parados admirando a paisagem ao redor. Não estava acreditando que finalmente estávamos casados e que poderíamos viver livremente nosso amor.

Marina abraçou-me docemente, e, sem dizer uma só palavra, compreendi que o grande momento havia chegado. Olhei para o firmamento e vi que a lua estava resplandecente, como se quisesse brindar conosco uma noite tão especial.

Acariciei sua face e carreguei-a nos braços até a cama repleta de pétalas de flores, enquanto dois delicados castiçais iluminavam o quarto.

Certamente, fora João quem providenciara tudo aquilo, pois ele adorava Marina e a protegia como se fosse sua filha.

Tudo foi perfeito, para não dizer maravilhoso, e foi nessa atmosfera mágica que consumamos nosso amor.

Andrew finalmente chegou ao sétimo capítulo do livro e estava cada vez mais envolvido com a história.

O comandante Harry

[...] já se passaram algumas semanas, e a felicidade que senti ao lado da minha amada durante a lua de mel, infelizmente, ficou para trás. Parece inacreditável, mas é verdade. Estou novamente dentro daquele navio horrível e malcheiroso, O Grande Temido.

Sinto um fedor insuportável de carniça e não quero imaginar de onde está vindo esse terrível odor. Estou preso no porão da embarcação, sozinho, dentro de uma cela de apenas dois metros de largura. Está frio e sinto muitas saudades de minha Marina. Graças a Deus, permitiram que eu ficasse com meu diário e a partir de agora descreverei o que aconteceu dias atrás.

Pouco depois de voltarmos da lua de mel, fui arrancado à força dos braços da minha amada. O desgraçado do comandante Harry premeditou tudo. Ele ficou à espreita, como se fosse uma ave de rapina observando sua presa. Esperou que eu voltasse da lua de mel e, numa noite nublada, enquanto eu tocava ao lado de minha querida esposa, me capturou.

Não sei quem me dedurou, mas o desgraçado do comandante Harry jogou baixo dessa vez. Nunca imaginaria que isso pudesse acontecer.

Ele chegou à paisana no bar, sentou-se em uma cadeira, tomou duas cervejas e ficou olhando no fundo dos meus olhos. É lógico que eu sabia quem era, mas não podia fugir, pois ele estava acompanhado de três marinheiros muito fortes.

Os soldados ficaram do lado de fora do bar, encostados à porta, e seguravam com violência uma pessoa que eu jamais imaginaria encontrar em um momento crítico como aquele.

Eu não sabia se deveria jogar a flauta para o alto e avançar no pescoço do comandante Harry para matá-lo ou se deveria seguir em direção aos brutamontes que seguravam meu irmão John Ervin.

Droga! O que meu irmão tinha a ver com isso, meu Deus? Foi um choque vê-lo coagido por aqueles soldados.

O comandante Harry conseguira o queria: intimidar-me jogando baixo. É óbvio que aquele velho estrategista é um doente, um homem completamente louco, que não tem compaixão por ninguém. Ele sabia que me atingiria se fosse até a Inglaterra e capturasse meu irmão, transformando-o em uma espécie de refém.

Era perceptível que meu irmão John tinha sido espancado, pois estava machucado e com a roupa completamente rasgada. Sim! Eles espancaram John dentro do navio, e só Deus sabe o que esses desgraçados fizeram mais com meu irmão.

John estava completamente dominado pelos três brutamontes. O coitado olhou para mim, e imediatamente percebi o desespero em seu semblante. Mantive-me firme e fiquei quieto, mesmo me sentindo coagido diante da situação.

Após tomar as cervejas, o comandante Harry bateu com violência o punho na mesa e jogou as garrafas de conhaque que estavam sobre o balcão na parede, estilhaçando-as. Todos que estavam no bar se levantaram, mas ninguém teve coragem de encarar o comandante.

De repente, seus três leões protetores entraram no bar arrastando John em minha direção, o que me deixou enfurecido. A pobre Marina não entendia o que estava acontecendo.

O comandante Harry veio até mim e encostou seu rosto no meu. Ficamos cara a cara, e, enquanto os pescadores locais fugiam do bar com medo, ele disse em voz baixa:

— Preste atenção, garoto! Você achou que seria fácil fugir de mim e levar uma vida de fantasia ao lado dessa prostituta de bar?

Nesse momento, meu sogro, o senhor Manoel, não aguentou ouvir o comandante Harry agredir verbalmente sua filha e avançou sobre ele, gritando em inglês:

— Quem é você para entrar em meu estabelecimento e dizer esse tipo de coisa sobre minha filha? Quem você pensa que é?

Sem hesitar, o comandante Harry virou o braço com força e acertou uma cotovelada no nariz do senhor Manoel, derrubando-o no chão.

Sem reação, o senhor Manoel ficou estirado no chão, quase sem sentido.

Antes que ele conseguisse se levantar, comandante Harry continuou me provocando:

— E então, Paul Ervin? Está com dó do velhote e do seu irmãozinho querido? Deixe o velhote para lá! Quero que olhe para seu irmãozinho. Está vendo? Fui buscá-lo em sua casa, em Londres. Seu pai entregou-o em minhas mãos como se fosse um cachorrinho de estimação. Ele disse que estava muito orgulhoso de seu filho Paul Ervin, que estava lutando ao lado da esquadra britânica e ajudando a Inglaterra a vencer a guerra. Ele disse que gostaria muito de ver John, seu filho mais novo, protegendo também nossa querida pátria. Foi muito fácil convencer seu pai a trazer seu irmão até aqui. Muito fácil mesmo. Seu pai é um idiota como você!

Tudo fora premeditado. Comandante Harry traçara uma estratégia para me destruir. O desgraçado sabia que eu revidaria diante de tanta violência.

Cego de tanto ódio, voei para cima dele, mas, antes de atingi-lo, um dos grandalhões me pegou pelo pescoço e me sufocou até que eu quase desmaiasse.

Com arrogância, comandante Harry continuou falando impropérios sem que eu pudesse reagir. Nesse momento, meu irmão John cravou os olhos em Marina, como se quisesse dizer-lhe algo, e eu comecei a chorar em desespero. Sinceramente, não sei o que ele estava querendo dizer para ela com seu olhar estranho, mas intuí o perigo que minha amada estava correndo e gritei:

— Não toquem nela! Não toquem nela! — essas foram as únicas palavras que consegui pronunciar enquanto aquele brutamontes me sufocava.

Comandante Harry percebeu minha aflição e continuou me provocando. O desgraçado estava feliz em me ver acuado e sem reação. Eu via prazer em seus olhos, enquanto me causava dor e sofrimento. Ele planejara cada detalhe, cada palavra, cada ação.

Alguns segundos depois, um silêncio dominou o bar, e tudo parecia ter acabado. Comandante Harry, contudo, parecia ainda não estar satisfeito. Sua maldade não acabara.

Ele tivera a audácia de dizer ao meu pai, em Londres, que eu era um dos melhores soldados da tropa e que por isso voltara para a capital à procura de homens fortes, destemidos e corajosos como eu para lutar a seu lado.

O desgraçado convenceu meu pai de que seu filho mais novo era corajoso como eu. Minha família fora enganada.

Eu fugira da tropa justamente pelo fato de não querer participar daquela guerra descabida. Juro que mataria o comandante Harry sem piedade, mas, nas condições em que me encontrava, só me restava pedir clemência.

Enquanto eu agonizava quase sem ar nos braços daquele brutamontes, comandante Harry continuava descrevendo com riqueza de detalhes o que fizera para me deixar acuado, não medindo palavras para me ofender:

— Seu irmão é um idiota medroso e fracassado como você! Fiz questão de ir até Londres para buscá-lo para que você compreendesse que ninguém me engana. Minha vingança será em dobro, Paul Ervin! Além de levá-lo de volta a O Grande Temido, o deixarei preso até chegarmos ao nosso destino. Assim que atracarmos no litoral da Itália, você e seu irmãozinho fracote irão para a linha de frente de guerra e enfrentarão as tropas alemãs nas trincheiras. Você sentirá o que é ser um homem de verdade! Em vez de ficar aí sentado nesse banquinho de madeira, tocando essa flauta como se fosse um afeminado, você verá a realidade nua e crua! Prepare-se, pois ficará preso até aprender a não me enganar outra vez. Está ouvindo, Paul Ervin? Você pagará caro pelo que fez. Fique sabendo que precisei me retratar sobre sua fuga perante meus superiores. Deixei de receber muitas condecorações de guerra por sua causa, por isso você pagará caro pelo que fez!

Eu estava explodindo de raiva. Ao mesmo tempo, meus pulmões estavam explodindo devido à falta de ar.

As últimas palavras do comandante Harry ecoaram em meus ouvidos de tal maneira que baixei a cabeça simulando clemência e, em um instinto animal, levantei-a com raiva e cuspi em seu rosto.

Hoje, sei que fui inconsequente, mas não me arrependo do que fiz, pois acredito que aqueles grandalhões não me poupariam da violência que ocorreu posteriormente.

Após me levantarem com truculência e me jogarem no chão do bar, eles me arrastaram até o navio. O que mais me doeu não foram os cortes nos braços e nos joelhos, muito menos as feridas nas pernas causadas pelas pedras pontiagudas do cais. O que mais me doeu foi não ter tido a chance de me despedir de Marina.

A única imagem que ficou em minha mente foi a de Marina cantando graciosamente ao meu lado antes de o comandante Harry chegar. Talvez tenha sido melhor assim. Se eu tivesse olhado para minha esposa, certamente teria ficado com a imagem dela chorando em desespero, enquanto eu era levado como prisioneiro para o navio.

Pobre Marina. O que será dela? Meu destino agora é ir para a guerra e... não me atrevo a dizer, apenas clamo a Deus por você, meu único e eterno amor.

[...] meu irmão John não nasceu para ser um soldado. Diferente de mim, ele não tem porte físico atlético e jamais poderia estar nesta situação. Ele nunca pensou em ser um soldado. Seu grande sonho sempre foi cuidar de cavalos e ser veterinário, e eu destruí seu maior desejo. Ele acabou se tornando vítima de minha história. Agora estou preso e certamente ficarei nesta droga de cela até o navio atracar no litoral da Itália.

Como meu irmão John está neste momento? Não consigo imaginar o que estão fazendo com ele. Será que estão maltratando-o? Será que estão fazendo-o sofrer? O que estão fazendo com ele, afinal?

Falhei como irmão mais velho. Justamente eu, que sempre o protegi desde criança. Droga! A única coisa que me resta neste momento é rezar para Deus protegê-lo daqueles dementes sem escrúpulos.

Veja que estranho! Cá estou falando sobre Deus novamente. De tanto Marina rezar e pedir a Deus para abençoar nosso casamento, acabei me acostumando à ideia da existência de um Deus protetor e providente.

Confesso que ultimamente Deus é meu único refúgio. Se não fosse Ele, certamente já teria enlouquecido.

Será que todas essas orações servem para alguma coisa? É tão difícil crer na existência de uma força maior nos guiando. Se ela realmente existe, onde está? Sinceramente, não a sinto. Estou tão descrente do meu futuro que começo a acreditar que nem mesmo Deus pode me salvar.

O que fiz para merecer tanto sofrimento? Apenas quis seguir meus sonhos. Será que pequei por querer ser um homem feliz ao lado de Marina? Será que M. Mark tinha razão quando disse que meros mortais como nós não tínhamos direito de sonhar?

Oh, Deus! Por que está fazendo isso comigo? Queria apenas construir uma família ao lado de Marina, realizar nosso sonho de ter um filho e fazer as pessoas felizes com minha música. Será que é pedir demais?

Não consigo mais escrever neste momento, pois a tristeza me domina. As lágrimas que me inundam são por John, por mim, por Marina e, principalmente, por nosso grande sonho, que talvez nunca se realize.

Está escurecendo rápido lá fora. Acho que uma tempestade está se aproximando, pois o navio está chacoalhando demais.

Vou parar de escrever e orar, enquanto o terror da guerra me espera nas fronteiras da Itália.

Na trincheira com John

[...] apesar de John querer ser veterinário, desde criança ele sempre quis ser igual a mim. Nunca me importei com seu comportamento e achava que aquilo era coisa de irmão mais novo que tende a se espelhar no mais velho, contudo, confesso que, às vezes, o comportamento de John me irritava, pois ele sempre queria tudo o que era meu. No fim das contas, eu relevava mas, ao mesmo tempo, achava tudo aquilo muito estranho.

Certa vez, ocorreu um episódio engraçado na escola, quando me apaixonei por uma menina. John, sabendo do meu interesse por ela, foi se aproximando devagar e aos poucos acabou se tornando amigo da menina, imaginando que, agindo assim, ela se apaixonaria por ele.

Isso, contudo, não aconteceu, pois a menina gostava de mim e não dele. Eu notava as investidas de John em relação à garota, mas não entendia a atitude de meu irmão. Ele sempre foi mais bonito e mais inteligente que eu e teve muitos amigos na escola. No entanto, John possuía algumas manias estranhas que nunca consegui compreender, como se trancar vários dias no quarto sem nenhum motivo aparente.

Nunca compreendi por que ele tentava me imitar. Sinceramente, acredito que ele esteja feliz por estar neste navio agora, pois está fazendo exatamente o que estou fazendo. Parece incrível, mas John conseguiu o que queria outra vez: está novamente ao meu lado, tentando ser um soldado como eu.

Que perda de tempo, John! Você desejou tanto ser igual a mim, e agora a vida nos colocou juntos outra vez. Entretanto, não estamos nos divertindo como na infância; estamos, sim, passando a mais dura experiência das nossas vidas.

Se meu pai soubesse o sofrimento que significa estar nesta droga de guerra, ele nunca desejaria que seus filhos participassem de um conflito armado como esse. Ele não tem a mínima ideia do que é isso. Só porque é professor de história na Universidade de Oxford, pensa que sabe tudo sobre as guerras. Na verdade, ele não sabe nada.

O comandante Harry não hesitou em nos colocar na linha de frente e deu ordens ao capitão de que John e eu ficássemos juntos no mesmo pelotão e que só fôssemos separados em caso de morte.

Quando o capitão disse isso, John e eu estremecemos. A diferença, obviamente, é que John deixou transparecer o medo e eu não.

Nesse momento, percebi que, quando desembarcássemos de O Grande Temido em terras italianas rumo à fronteira sul da Alemanha, perto da região de Tirol, estaríamos à mercê da sorte e protegidos somente por Deus.

Nossa! Estou falando novamente de Deus! Será que acredito mesmo nEle? Não sei se Deus existe, mas, ao longo desta maldita viagem, notei que as pessoas só se lembram dEle quando estão em situações difíceis e correndo perigo de morte.

Será que Deus é tão cruel assim? Será que Ele realmente fica em cima de uma nuvem, sentado em seu trono de ouro, segurando um tridente na mão e aguardando as pessoas suplicarem por sua ajuda? Será que, somente quando as pessoas suplicam por sua ajuda, Ele se levanta de seu trono e, com seu bastão dourado, envia um milagre para ajudar as criaturas que criou? Será que Ele faz isso só para mostrar seu poder? Será que Ele é tão arrogante e presunçoso assim?

Não sei nada sobre essas coisas, mas Marina costumava dizer que Deus é providente e que, no momento certo, as providências chegam.

Tenho minhas dúvidas sobre isso. Tomara que Marina esteja certa, pois John e eu vamos precisar de muita ajuda daqui em diante.

***

[...] Hoje é 20 de setembro de 1915, e já faz duas semanas que estamos lutando dentro das trincheiras profundas e geladas que construímos com muito esforço. Somos mais de 150 soldados lutando pela sobrevivência em nosso pelotão.

Alguns homens não estão suportando o frio avassalador da madrugada e estão morrendo de hipotermia. É horrível vê-los agonizando com dores extremas e não poder fazer nada para ajudá-los. Não temos medicamentos, e os paramédicos mais próximos estão a 200 quilômetros de distância daqui socorrendo o pelotão sudeste. Os outros estão nos navios-hospitais atracados no litoral do Mediterrâneo.

Temo pela minha vida e pela vida de meu irmão John. Ele está muito debilitado e não dorme há mais de cinco dias. Está visivelmente apático e, a cada explosão de bomba que ocorre perto da trincheira, vejo o temor estampado em sua face. Não sei quanto tempo ele suportará a guerra. Nos poucos momentos em que consegue descansar, John delira e clama pela presença de nossa mãe. Não sei o que fazer. Estou esgotado e ficando cada vez mais fraco.

O estado físico de John é precário. Ele não come nada e está sem forças para carregar seu próprio fuzil. A única coisa que o acalma é quando fazemos uma fogueira para nos aquecer durante a noite e nos revezamos para nos alimentar. Sempre que posso, aproveito para tocar minha flauta doce e esquecer um pouco esta maldita guerra. Fecho os olhos e executo as mesmas músicas que tocava quando éramos crianças e nos reuníamos em família.

Ah! Minha flauta dourada e meu diário! As únicas coisas que consegui trazer de Vigo, depois que fui arrancado à força naquela noite fatídica.

O que mais desejo neste momento é ir embora para casa. Eu pagaria qualquer preço para deixar este inferno e reencontrar minha amada Marina. Talvez seja por isso que eu esteja superando tudo e não me entregando facilmente ao desespero, como está acontecendo com John.

Não posso morrer sem antes rever minha amada. Ainda tenho sonhos para realizar ao lado dela e sei que isso acontecerá um dia. Eu sei...

Meu Deus! Agora preciso parar de escrever! Perigo à vista. Bombas! Muitas bombas começam a cair no solo!

***

[...] Após duas horas de apuro e desespero, o ataque de bombas deu uma trégua. Infelizmente, tivemos duas baixas no pelotão. Uma bomba explodiu a menos de 50 metros de nós e estilhaçou a perna dos soldados, que não suportaram os ferimentos e acabaram morrendo.

Enquanto escrevo essas linhas, estou vendo os dois homens sendo carregados das trincheiras. Não consigo descrever como é difícil vivenciar essa cena. Ninguém merece estar em uma guerra sangrenta como essa. É incrível ver a frieza com que os homens tratam seus inimigos. Não relatarei o que meus olhos têm visto nos últimos dias, pois é extremamente chocante.

Devo confessar que nunca imaginei que o ser humano fosse capaz de fazer o que faz quando está em um ambiente hostil.

Se Deus existe, certamente o Diabo também, pois nenhum ser humano em sã consciência é capaz de fazer o que vi com meus olhos.

Farei o impossível para chegar até o fim desta batalha sem precisar matar um homem. Não estou aqui para matar, mas sim para sobreviver. Esses homens nunca foram meus inimigos e são apenas pessoas como eu. Fomos jogados no meio dessa matança sem sentido para servir a interesses políticos e financeiros, cujo real motivador nem sequer sabemos.

Se eu conseguir sobreviver a tudo isso sem precisar matar uma pessoa, me renderei e farei tudo o que Deus quiser de minha vida.

Meu Deus! Acho que estou me transformando em uma pessoa religiosa. Pelo menos, quando reencontrar

Marina, ela vai gostar disso! Que saudades da minha querida.

***

[...] após quatro semanas lutando bravamente, nosso capitão Roosevelt enviou-nos um comunicado dizendo que, dentro de algumas horas, devemos recuar o pelotão e voltar ao navio que nos aguarda no litoral italiano. É um navio-hospital, com médicos e enfermeiros, que acabou de chegar da Inglaterra.

Ele veio às pressas para cuidar das centenas de soldados que estão feridos, arrastando-se pelas trincheiras cheias de lama e sangue.

As tropas precisam recolher os corpos, porém, nem todos os mortos estão sendo levados. Somente aqueles que podem ser reconhecidos por seus familiares estão sendo recolhidos. É indescritível a tristeza.

Mantive-me firme até este momento, mas agora, no caminho de volta para o litoral italiano, estou me sentindo muito fraco e desidratado e mal consigo escrever em meu diário. Sem dúvidas, estou ficando doente. Meu irmão John recuperou-se milagrosamente e não me deixa sozinho nem um minuto sequer. Está sempre ao meu lado e não me deixa para trás, contudo, sei que estou adoecendo rapidamente e piorando dia após dia. Sinto febre alta, dores no corpo e tenho tossido muito.

Além de mim, muitos estão adoecendo no pelotão. São mais de 100 soldados doentes, e pelo menos 30 deles estão em estado grave como eu. Muitos estão agonizando e sendo carregados por outros soldados. Preciso chegar logo ao navio-hospital para ser tratado, caso contrário, não sei o que será de mim. Estou com medo! Não sei se suportarei o frio e a febre alta até lá. Preciso sobreviver e reencontrar minha Marina, minha única fonte de vida e esperança neste momento.

Andrew chegou ao último capítulo do livro.

A carta

[...] Inacreditavelmente, John superou as dores da guerra e transformou-se em um homem forte. Estou muito orgulhoso dele neste momento.

Graças a Deus, já estamos no navio-hospital. Mal consigo escrever em meu diário de tão doente que estou, mas não importa! Enquanto estiver com forças, continuarei escrevendo.

John carregou-me nos ombros por mais de 20 quilômetros. Não sei como ele fez isso, mesmo estando tão debilitado. Talvez seja a imensa vontade de ir embora para casa.

Se não fosse ele, eu certamente já estaria morto em algum lugar perto de Vicenza, cidade próxima a Tirol, uma região que o governo italiano deseja conquistar.

Devido à ânsia de conquistar essa região, a Itália aliou-se à Inglaterra e à França. O interesse do governo italiano é receber a região de Tirol assim que a guerra terminar. Esse é o motivo de abrirem as fronteiras e autorizarem o avanço das tropas britânicas contra nossos supostos inimigos, os alemães.

Que droga! Por causa de interesses políticos, estou aqui, deitado nesta maca, doente e agonizando em febre, sem saber se sobreviverei. Eu disse para John que nós, os soldados, além de sermos as maiores vítimas desta guerra, somos uns verdadeiros otários, pois nunca saberemos qual é o real motivo pelo qual estamos lutando.

***

[...] estou muito doente e não paro de tossir. Meu peito parece que vai estourar a qualquer momento. Estou com muita dificuldade para respirar esta manhã.

117

Hoje, um médico veio me visitar e disse que outros soldados também estão adoecendo devido à conhecida febre das trincheiras[4]. Não sei exatamente o que é isso, mas parece que é uma infecção grave que se alastrou por causa da alta umidade, da lama e do frio. Nossa imunidade corporal caiu muito e fomos infectados por uma bactéria que é transmitida por piolhos.

O médico disse que meu quadro de saúde pode avançar para uma pneumonia. Se isso acontecer, terei sérios problemas, pois não temos antibióticos suficientes a bordo.

Ele não falou, mas sei que já estou com pneumonia e que a doença já está avançada. Por isso, enquanto estiver nesta cama, destinarei meu tempo para escrever neste diário.

Deus, dê-me este presente, por favor! Quero concluir este diário para que ele seja publicado e para que as pessoas saibam o que realmente aconteceu durante a Grande Guerra. Quero que as pessoas saibam que nunca fui um soldado, mas sim um viajante solitário em busca de meus sonhos de infância, que foram interrompidos devido à ganância de poderosos.

Por meio de minha história, as pessoas compreenderão que a guerra só traz destruição, morte e dor. Por favor, Deus, conceda-me este humilde desejo!

Agora mais do que nunca me apego ao Deus de Marina, pois almejo reencontrá-la e viver nossa linda história de amor. Deitado nesta maca, mesmo estando sem forças para respirar e mesmo mal conseguindo escrever, esforço-me a cada palavra. Tenho fé de que conseguirei terminar este diário e sinto em meu coração que haverá uma continuação, um segundo volume, uma história que falará sobre nosso amor. Se Deus permitir, dedicarei este livro a ela, à minha amada Marina.

---

4   A febre das trincheiras é causada pela bactéria Bartonella quintana e transmitida pelo piolho humano ou por lesões de pele.

Nossa, acho que estou delirando! Mal consigo me manter em pé e estou aqui clamando por um milagre.

Como posso desejar escrever um livro sobre nosso amor, se nem sequer consigo me levantar desta maldita cama? Acredito que isso se deva aos efeitos colaterais dos fortes antibióticos que o médico me receitou. Sei que meu estado de saúde é grave, mas a minha alma clama por vida. Quero reencontrá-la, Marina!

***

[...] preciso contar algo que me deixou feliz essa manhã. Adivinhem quem está no navio, ajudando a cuidar dos feridos e dos doentes? Meu grande amigo M. Mark!

Ele veio me ver essa manhã e disse que cuidará de mim todos os dias, pois é o enfermeiro-chefe deste setor do hospital. Disse também que fará o possível para me ajudar. Mark, no entanto, pediu-me desculpas por não poder me dar mais atenção, pois não está sendo fácil cuidar de tantos doentes ao mesmo tempo. São mais de 70 pessoas infectadas pela tal bactéria.

É muita responsabilidade para uma pessoa só. Ele é incrível. Mark anda pelos corredores transmitindo força e entusiasmo para todos. Para mim, os enfermeiros e os médicos deste navio são os verdadeiros heróis desta guerra. São como anjos andando pelos corredores.

M. Mark é um verdadeiro herói. Eu amo esse cara! Sinto por ele o mesmo amor que sinto por John, um sentimento de irmandade indescritível. Não sei explicar que sentimento é esse. Um dia, ouvi o padre da igreja católica central de Vigo falar sobre o amor incondicional. Acredito que é isso que sinto por Mark: um amor sem condições e interesses.

Aproveitando o fato de ele estar aqui, pedi-lhe que chamasse meu irmão John, pois preciso que ele me faça um favor. Se eu não chegar vivo à Inglaterra, quero que ele entregue este diário para Marina ou para seu Manoel quando atracarmos em Vigo.

Mark comentou que o navio fará duas paradas antes de retornarmos à Inglaterra. Uma parada acontecerá no porto de Vigo e a outra ainda não foi informada pela tripulação.

O navio precisa parar em Vigo para ser abastecido com os suprimentos médicos, que chegarão da França.

Por incrível que pareça, mesmo com as altas doses de cortisona, ainda estou acordado. Neste momento, vou parar de escrever, pois John está chegando e preciso pedir-lhe que entregue este diário para Marina assim que o navio atracar no porto de Vigo.

***

[...] já faz alguns minutos que John saiu do meu quarto. Quase não consigo respirar de tanta emoção neste momento. Meu corpo está agonizando e desfalecendo. Meu coração pulsa como há muito tempo não acontecia. É o amor por Marina que me mantém vivo, só de imaginar que estarei perto dela quando atracarmos no porto de Vigo.

Sei de minha situação de saúde. Talvez, não sobreviva à batalha contra essa bactéria que está me consumindo de maneira voraz e impiedosa.

Além do diário, pedi a John que entregasse a Marina uma carta que escreverei em breve. Ele, contudo, precisa ter muita cautela para que ninguém saiba sobre a carta e o diário.

John concordou e disse que fará tudo por mim. Todavia, notei que ele não deu muita importância ao diário, que foi escrito em um caderno velho, manchado e sujo, ao qual me agarrei durante as noites frias nas trincheiras. Caderno que muitas vezes ele viu em minhas mãos. Infelizmente, parece que meu irmão não compreende o verdadeiro significado de este diário ser entregue a Marina. John certamente ainda não sabe o que é o amor e deve ser por isso que ele não está dando o devido valor ao meu sincero pedido.

Decidi, por fim, escrever a carta para minha amada. Transcreverei a missiva neste diário:

Vigo, 26 de novembro de 1915.

Querida Marina,

Eu a amo e não posso viver sem você. Sinto muito pelo que a fiz passar. Eu deveria imaginar que aquele monstro não me deixaria em paz e que me caçaria onde eu estivesse.

Perdoe-me por todo o mal que lhe causei e por não poder estar ao seu lado para construirmos nossa tão sonhada família.

Existe algo entre nós que não consigo explicar, mas logo estarei de volta e lhe darei todo o amor que não pude lhe dar após o casamento. Sei que fui embora sem me despedir, contudo, não foi culpa minha. Só quero que saiba que eu a amo.

Estou doente, mas dentro de poucas semanas estarei em Vigo para visitá-la e ficaremos juntos para sempre. Eu sempre a amarei! Nunca se esqueça disso, querida.

Com amor,
Paul Ervin

Dobrei a carta e pedi um envelope ao enfermeiro. Enquanto o aguardava, fiquei relendo as poucas palavras que escrevi para minha amada.

Para minha surpresa, quem veio em minha direção com o envelope nas mãos foi John, que, por sinal, estava muito estranho.

Dei-lhe um forte abraço em sinal de gratidão e lhe disse que só confiava nele para fazer isso por mim. Disse que era muito importante que Marina recebesse a carta,

121

pois somente assim ela saberia que estou vivo e que continuo amando-a.

Notando minha emoção, John abraçou-me e acalmou-me. Pedi-lhe que esperasse alguns minutos, pois precisava escrever as últimas palavras.

A noite já está caindo. Neste momento, vejo a lua surgindo pela fresta da escotilha que fica do meu lado esquerdo.

Que bela visão! Sinto Deus me dizendo: "Durma em paz, pois tudo dará certo". Espero acordar amanhã cedo e ver os raios do sol outra vez.

Estou com muito sono. Vou dizer boa noite para John e fechar meus olhos.

Capítulo 6
Linda Di Stéfano

Era quinta-feira quando Andrew acabou a leitura do livro.

O rapaz estava tão distraído com o sumiço de Linda que não deu a devida importância à história de Paul Ervin. Já haviam passado cinco dias desde o primeiro encontro que tivera com a moça na casa de Juan, e Andrew não tivera nenhuma notícia sobre Linda desde então.

A única pessoa que o jovem encontrava na rua era Madame T., que sempre andava calmamente na praia nas primeiras horas da manhã.

Madame T. tentara aproximar-se de Andrew para conversar, mas não obtivera muito sucesso. Ele sempre desviava o caminho, evitando que se cruzassem. Para Andrew, ela era uma charlatã aproveitadora.

Andrew ficara muito intrigado com a revelação de Linda e colocou na cabeça que Madame T. influenciara o encontro na casa de Juan, inventando previsões ridículas a seu respeito, o que o deixara furioso.

A história de que ele era o grande amor de Linda o deixara realmente desconfiado. Por outro lado, Andrew sabia que a única pessoa que podia dar-lhe notícias de Linda era Madame T.

O rapaz estava indeciso. Ou Andrew falava com Madame T. ou teria de aguardar até sexta-feira, quando Juan tocaria com sua banda no restaurante. Certamente, Linda estaria com eles na apresentação, então, Andrew preferiu segurar a ansiedade e esperar mais um dia.

***

A tão desejada sexta-feira chegou, e as coisas não aconteceram conforme o esperado.

Juan e sua banda chegaram no horário marcado para o show com todos os instrumentos e aparelhagens, mas, até os últimos minutos que antecederam a apresentação, as coisas pareciam meio tensas. Juan estava nervoso, pois Linda não aparecera, deixando a banda a ver navios.

O que acontecera daquela vez? Será que a mãe dela ficara doente novamente?

Mesmo com raiva e desanimado, Juan decidiu seguir com o show.

Após tocar a última música, Andrew foi ao encontro de Juan e cumprimentou o amigo, tentando descobrir o que acontecera com Linda.

— Parabéns pelo show, Juan!
— Obrigado, Andrew.
— Onde está Linda? Por que ela não veio?
— Não sei, Andrew. Depois da festa, não a vi mais. Estava tudo combinado para hoje, mas novamente ela deixou a banda a ver navios. Não sei o que está acontecendo com Linda. Ultimamente, ela tem estado muito estranha.
— Que estranho! Queria muito revê-la.
— Tome cuidado, Andrew.
— Cuidado com o quê?
— Com Linda. Ela é uma garota misteriosa e faz tudo para conseguir o que deseja. Vá com calma e veja onde está pisando, rapaz! Confie em mim. Palavra de amigo.
— O que está querendo dizer, Juan?
— Estou dizendo que mulheres como Linda, além de belas e inteligentes, não medem esforços para conseguir o que desejam. Se ela perceber que você é um obstáculo no caminho dela, ela passará por cima de você como um rolo compressor. Está me entendendo?
— Não. O que está querendo dizer com isso? Seja mais claro!

Juan calou-se, e, enquanto Andrew o indagava, alguém se aproximou.

— Aposto que estão falando de mim, Juan!

Linda aproximou-se, apoiou as mãos nos ombros de Andrew e sorriu ironicamente para Juan.

Andrew olhou para trás assustado e surpreendeu-se ao receber um beijo na boca.

Intimamente, ele ficou orgulhoso pela atitude inesperada de Linda, mas, ao mesmo tempo, teve medo da reação de Juan.

Linda não perdeu tempo e perguntou:

— Como está, Andrew?

— Estou bem. E você?

— Estava morrendo de saudades de você! Havia prometido que viria até aqui para nos encontrarmos outra vez, não foi?

— Sim, você prometeu. Fiquei a semana inteira esperando notícias suas. Para você, é muito fácil me encontrar, pois estou no restaurante todos os dias, mas para mim é muito difícil encontrá-la. Ninguém sabe por onde você anda!

Linda ficou sem graça, pois Andrew estava dizendo a verdade. Ninguém sabia onde ela morava e ninguém conhecia os pais da moça. A vida de Linda era um mistério. Ela costumava dizer que morava perto do trilho do trem, próximo ao mar, apenas isso. Será que era verdade o que dizia?

Ela continuou:

— Você tem razão, Andrew. Desculpe-me por não ter lhe dado notícias.

— Tudo bem — Andrew respondeu atravessado, e Linda deu-lhe um abraço, sussurrando sensualmente em seu ouvido:

— Não se preocupe, querido! Eu sempre cumpro o que prometo. Sempre!

Juan não gostou do cochicho entre os dois e revidou:

— Quer dizer que você veio até aqui somente para encontrar o garoto? É isso, Linda?

— Sim, Juan. Eu...

Juan não a deixou responder:

— E o show que combinamos? Como fica isso, Linda? Juro que gostaria de entender por que você está me evitando e deixando de comparecer aos shows, mas não consigo encontrar uma resposta. Será que poderia me dar uma explicaçao plausível?

Juan pegou o maço de cigarros no bolso e irritou-se por não encontrar o isqueiro de aço que costumava guardar no bolso direito da calça. Ele praguejou:

— Que droga de isqueiro! Sempre que preciso dele, ele desaparece.

Muito nervoso, Juan vasculhou o bolso novamente e encontrou-o. Acendeu um cigarro e continuou:

— Olhe, Linda, quer saber a verdade? Após o show na Praia de Louro, que acontecerá no próximo mês, quero que saia definitivamente da banda. Não preciso aguentar mais sua insolência e sua falta de profissionalismo. Está dito e pronto!

Juan não deixou Linda responder e virou de costas, saindo do restaurante em direção à caminhonete de Martin.

— Parece que ele falou sério desta vez, Linda! — Andrew sussurrou.

— É verdade. Ele nunca ficou tão bravo. Acho que desta vez fui longe demais.

— O que está acontecendo, afinal? Por que não compareceu ao show de hoje?

— Deixe pra lá, Andrew. Vamos até a praia dar uma volta? Estou morrendo de saudades de você.

Linda puxou Andrew pelo braço, que, sem dizer nada ao gerente do restaurante, seguiu correndo de mãos dadas com a moça até a ponta da praia.

Ela estava vestida com uma saia marrom rendada e com uma blusa branca e usava sandálias de couro e os cabelos soltos. Estava naturalmente linda, sem maquiagem e sem as roupas extravagantes que costumava usar durante as apresentações.

Estava estampado no semblante de Andrew todo seu encantamento por Linda, no entanto, ele não queria deixar transparecer seus sentimentos logo no segundo encontro.

Após percorrerem cerca de 200 metros até o canto da praia, Andrew e Linda sentaram-se exaustos na mureta de contenção da maré e ali se beijaram e se abraçaram sem notarem o tempo passar.

Ao contrário da primeira noite, quando se conheceram e conversaram durante a madrugada, desta vez o objetivo de ambos foi aproveitar o tempo juntos.

Sem dúvida, o sentimento que os envolvia era intenso e verdadeiro. Em nenhum momento, Linda duvidou do que sentia por Andrew. Podia até parecer precoce de sua parte, mas era um sentimento verdadeiro.

Mesmo tomado pela paixão avassaladora, Andrew refletia sobre as palavras que Juan lhe dissera minutos antes sobre Linda ser uma mulher misteriosa, persuasiva e pouco confiável.

Obviamente, Andrew não queria deixar transparecer qualquer sentimento de desconfiança. Ele queria acreditar em Linda, mas grandes dúvidas pairavam em sua mente: "Quem é essa garota, afinal?", "Qual é sua origem?", "Onde ela mora?", "Será que tudo o que ela diz é verdade?".

Andrew queria muito perguntar tudo para Linda, mas não foi necessário. Ela segurou a mão do rapaz e disse:

— Andrew, gostaria que fosse até a minha casa amanhã cedo. Quero apresentá-lo aos meus pais. Você aceita o convite?

Surpreso, Andrew ficou calado por alguns segundos, mas em seguida respondeu que sim, que gostaria muito, afinal, era a grande chance de o rapaz descobrir os segredos de Linda e um pouco mais sobre a vida da garota pela qual estava se apaixonando.

O convite pareceu um sinal de confiança por parte dela.

Andrew respondeu:

— Eu aceito seu convite, Linda! Como faço para chegar até sua casa? Como sabe, só tenho uma bicicleta.

— Podemos nos encontrar no mercado central, em frente à banca de frutas da senhora Mariana. Basta perguntar por mim. Todos me conhecem por lá. Depois de nos encontrarmos, partiremos para minha casa.

— Você costuma ir à feira com sua mãe? É por isso que todos a conhecem por lá?

— Na verdade, não.

— Então, o que é? Está me escondendo algo?

— A verdade é que eu trabalho na barraca da senhora Mariana desde os 14 anos de idade. Faço isso para ajudar minha mãe e para ganhar uns trocados. Como a feira funciona durante a noite, às vezes, preciso ficar no lugar da senhora Mariana para não deixar a barraca sozinha. Foi por isso que não pude ir ao show na semana retrasada e hoje também. Eu estava trabalhando, mas ninguém sabe disso. Só contei a você — Linda ficou constrangida.

— Quer dizer que sua mãe não está doente? Você mentiu para Juan?

— Sim, menti para ele.

— Por quê?

— Porque não quero que as pessoas saibam que sou uma feirante.

Andrew baixou a cabeça e sorriu sem graça. No fundo, ele não acreditava na história que Linda acabara de contar, depois de tudo o que Juan dissera no restaurante.

— Tudo bem. Você não prefere me passar o endereço da sua casa? Posso ir direto para lá em vez de ir até a feira?

— Acho melhor não, pois você não encontraria minha casa tão facilmente.

— Por quê? Fica muito longe?

— Não muito.

— Por que acredita que eu não encontraria sua casa?

Linda não respondeu e começou a mexer no cabelo, demonstrando inquietação.

— Bom, Andrew. Está combinado? Pode ser amanhã cedo?

— Sim. Está combinado.

— Meu Deus! Já são duas horas da manhã, e nem vi o tempo passar. Preciso ir embora.

— Tem certeza de que vai embora nesta escuridão?

— É verdade! Agora não tem mais ônibus. Estou ferrada!

Notando a aflição de Linda, Andrew fez uma proposta:

— Por que não dorme na minha casa? Fica pertinho daqui. Você dorme na minha cama, e eu durmo na sala. Que tal?

— Pode ser, Andrew. Desculpe... perdi a noção do horário.

— Não tem problema. Você pode dormir em minha casa esta noite.

— Tem certeza?

— Claro.

— Acordamos cedinho e vamos juntos até minha casa. Posso ir sentada na garupa de sua bicicleta?

— Claro que sim. Vamos indo. Não é bom ficarmos aqui dando sorte para o azar.

— Seus pais não ficarão bravos com minha presença?

— Minha mãe é meiga e adorável, não tem problema algum. Não se preocupe com ela. Meu pai, no entanto, é um cara chato e certamente ficará furioso se encontrá-la dormindo na minha cama. Mas graças a Deus ele está viajando a trabalho na França e só retornará na semana que vem. Na verdade, essa é a única coisa que ele sabe fazer: trabalhar.

— Que bom! — Linda sorriu de maneira sensual e perguntou: — Vai conseguir dormir longe de mim esta noite?

Andrew ficou surpreso e sua boca ficou seca repentinamente.

— O que está querendo dizer, Linda?

Desconfiado, Andrew começou a achar que Linda estava querendo aproveitar a ocasião e ter uma noite de prazer com ele.

— Estou querendo lhe dizer que gostaria de ficar com você esta noite, mas não quero parecer vulgar ou inoportuna. Não parece, mas sou uma moça de família e nunca tive relações sexuais com ninguém.

Andrew espantou-se com a forma liberal de Linda falar sobre sexualidade:

— Por que ficou assustado, Andrew? Eu sou virgem.

Ele ficou perplexo, pois era um rapaz tímido e antiquado quando o assunto era sexo e virgindade. Afinal, Andrew também nunca tivera uma relação sexual e o assunto "virgindade" o assustava muito.

Linda indagou:

— Já sei! Você não acredita em mim, não é? Não precisa me enganar! Sei que você não acredita. Tenho certeza de que aqueles amigos idiotas do Juan já falaram mal de mim para você. Eu os conheço muito bem! São invejosos e frouxos. Não conseguem namorar ninguém e não suportam ver duas pessoas juntas. Tome cuidado com eles, Andrew! Principalmente com Martin e Juan.

Andrew percebeu que entrara em uma enrascada. E agora? Em quem deveria acreditar, afinal? Em Linda ou em seus novos amigos?

Enquanto estava pensativo, ela insistiu:

— E então? Você acredita em mim ou não, Andrew?

— Não. Quero dizer, sim. Na verdade...

— Sim ou não?

— Na verdade, não sei, Linda.

A jovem baixou a cabeça angustiada por saber que nem mesmo Andrew acreditava em suas palavras.

— Tudo bem. Não precisa acreditar em mim. Compreendo perfeitamente suas dúvidas, mas saiba de uma coisa: o tempo lhe mostrará a verdade.

— O tempo?

— Quando nossos corpos se unirem e se transformarem em apenas um, você saberá a resposta. Não se preocupe. Vou me guardar para você.

Andrew engoliu em seco, mas sorriu, demonstrando carinho.

***

Na manhã do dia seguinte, Linda abordou Andrew.

— Andrew, queria lhe pedir uma coisa.

— O quê?

— Quando chegarmos à minha casa, não se assuste com meu pai.

— Por quê?

— Apresentarei você primeiro para minha mãe e depois para meu pai. Você vai adorar minha mãe, pois ela é um anjo. Meu pai é um italiano nascido na Sicília e raramente mostra os dentes para outras pessoas. É uma pessoa de coração bom, mas quem o vê pela primeira vez se assusta.

— Por quê?

— Fique tranquilo, ele não morde. Pode até rosnar, mas não morde.

— Por que seu pai é tão bravo?

— Não sei, acho que meus avós não lhe ensinaram nada sobre o amor. Deve ser isso.

— Interessante!

— Por quê, Andrew?

— Porque seu pai parece com o meu.

— Andrew, aprenda uma coisa: ninguém pode ensinar uma pessoa a amar. As pessoas só aprendem a amar amando.

Andrew sorriu e continuou pedalando sua bicicleta nas calçadas do centro de Vigo.

— Está sentindo dores nas costas por estar sentada no cano da bicicleta?

— Para ser sincera, sim.

— Neste caso, o que acha de pararmos nesta praça para descansarmos um pouco?

— Boa ideia, mas não quero demorar. Quero chegar à minha casa antes que meu pai acorde. Se ele souber que dormi fora, ficará uma fera.

— E sua mãe?

— Para minha mãe, não há problema. Ela é minha confidente e me ajuda em tudo.

— Que bom!

Andrew encostou a bicicleta no banco da praça, e o casal sentou-se para descansar.

— Andrew, você ouviu Juan falando sobre a apresentação que faremos no próximo mês na Praia de Louro?

— Sim. Onde fica essa praia? Como será essa apresentação?

— Na verdade, é um encontro que ele organiza todos os anos com um grupo de ciganos do norte da Galícia e com um pessoal que costuma vir de Santiago de Compostela. Fui ao encontro do ano passado e achei incrível. O pessoal é muito alegre. Todos dançam e cantam durante três dias seguidos e comemoram o festival do Imbolc[5]. Durante a

---

5 O Imbolc é celebrado no dia 1º de fevereiro e marca o começo da vida da natureza. É um dos quatro festivais religiosos celtas e um dos oito Sabbats da religião Wicca. É o festival em homenagem à deusa Brígida, que marca a recuperação da Terra do inverno e fortalece a energia do Sol para a primavera. Época de festas alegres, tochas e fogueiras,

noite, eles fazem uns rituais de adoração aos deuses celtas e alguns dos participantes são iniciados na legião da paz e do amor, como Juan gosta sempre de frisar.

— Juan é quem comanda o encontro?

— Sim. Ele organizou o primeiro encontro há onze anos e comanda todas as apresentações e os rituais até hoje.

— Nossa! Deve ser incrível. Será ao ar livre?

— Sim. Tudo acontece em uma praia enigmática e deserta. Há somente algumas casinhas de pescadores e alguns *hippies* que moram por ali, mas eles não se importam com as festividades. Muitos deles até participam dos rituais, pois gostam da bagunça, afinal, não acontece nada naquele lugar o ano todo. É um silêncio completo.

— Que incrível! Será que serei convidado para esse encontro?

— Claro! Você já faz parte do grupo. Ainda não percebeu isso?

— Percebi, mas ainda não me considero como tal. Sinto algo estranho no semblante de Juan quando ele me vê ao seu lado. Ontem à noite, percebi isso no restaurante. Não sei dizer o que é. Só sinto algo estranho no ar.

— Também não sei o que é. Ele nunca me disse nada a respeito. Não ligue para isso, Andrew.

— Como iremos até essa tal de Praia de Louro?

---

comidas condimentadas e sucos e vinhos de sabores marcantes. No Hemisfério Norte, é comemorado tradicionalmente no dia 2 de fevereiro. O Imbolc é um festival sagrado para a deusa Brígida, a "exaltada", uma deusa "tripla" com três aspectos: donzela, mãe e anciã. Ela representa os três aspectos da feminilidade, ou seja, cura, fertilidade e conhecimento. Em suas muitas e variadas formas, foi ligada aos poderes da Lua. O festival era um ritual de potencialização que homenageava as mulheres. Entre os celtas, as mulheres eram consideradas iguais aos homens. As mulheres eram — e ainda são — as guardiãs da mais antiga sabedoria. Por meio da menstruação, corporificam a criação. Quando uma mulher menstrua, sua energia torna-se muito ancorada pelo fluxo descendente de seu sangue. Isso lhe permite acesso a domínios mais elevados do sabedoria. Imbolc teve início no momento em que os primeiros vislumbres de uma nova vida mal podiam ser vistos. Na época dos celtas, grande parte desses planos era feita ao redor do plantio, mas também se aplicava também às "pastagens" espirituais, onde os participantes desenvolviam novas percepções e novos entendimentos. Como Brígida é a deusa da Lua, o Imbolc é também ligado à água. O momento em que os poços sagrados de cura são homenageados com dádivas, velas e oferendas. Os poderes curadores da água eram bem conhecidos pelos antigos celtas, que os usavam como base de muitos de seus remédios herbários. Em resumo, o Imbolc marca um momento em que as pessoas se reúnem para agradecer a vida juntos. Um encontro de comunhão e convivência mútua e pacífica entre os semelhantes.

— Num velho ônibus todo colorido e desenhado de um amigo do Juan. Todos nós viajaremos juntos como uma grande família. Você vai adorar, é uma festa linda. A praia fica cheia de velas acesas durante a noite, e as pessoas dançam e cantam.

— Deve ser lindo!

— Dizem que a Praia de Louro é um local sagrado e por isso todos os anos as pessoas precisam ir até lá para venerar os deuses de Valhalla.

— O que é isso?

— Juan diz que existem outras dimensões naquele lugar, mas poucos conseguem enxergá-las com os olhos físicos. Quando as pessoas têm sua consciência despertada, elas começam a ver imagens incríveis desse mundo que existe além do nosso. Essa visão pode acontecer durante os rituais de iniciação.

— Verdade?

— Sim. Juan diz que, se a pessoa estiver em conexão com esse mundo paralelo e nobres sentimentos de amor universal, ela será capaz de ver e sentir o que acontece na outra dimensão. Um lugar incrível e puro onde o espírito nunca envelhece e as pessoas são eternamente jovens. Ele diz que esse lugar se chama Valhalla.

— Você chegou a ver esse lugar quando esteve no encontro do ano passado?

— Não vi nada. Tentei, mas não consegui ver nada. Para ser sincera, acho que é uma grande ilusão do pessoal, inclusive do Juan, mas respeito as crenças deles e admiro sua perseverança em querer encontrar o lugar para o qual, segundo ele, nós iremos um dia.

— Quando?

— Quando morrermos, oras!

— Nós quem?

— Ele sempre diz "nós" se referindo aos "guerreiros". Ou seja, a quem lutou pela paz e pelo amor universal. Ele diz que essa é a essência e o legado de nossa geração e acredita que somos os filhos da nova Era, a Era de Aquário, sobre a qual artistas e músicos famosos da América andam falando na televisão e nos filmes.

— Que Era é essa?

— A Era que comandará os próximos séculos.

— Nossa! Ele nunca me disse nada sobre isso, Linda!

— Não? Para mim ele já disse algumas vezes. Não se preocupe. Um dia, ele lhe explicará muitas coisas. Pode parecer algo utópico e impossível, mas ele tem certeza de que a humanidade viverá um tempo de paz, abundância e felicidade, em que todos se amarão mutuamente e conhecerão o amor incondicional. O amor sobre o qual muitos discursam dentro das igrejas e dos templos, mas que poucos conhecem o verdadeiro significado.

— O que mais ele disse sobre isso?

— Não me lembro de muita coisa. Mas me lembro de uma noite de lua cheia em que o pessoal se reuniu ao redor da fogueira e ele disse que chegaria o dia em que o mundo seria governado pelas mulheres e em que as riquezas do planeta seriam compartilhadas e divididas igualmente entre os seres humanos. Juan disse também que, quando isso acontecer, viveremos em um mundo de abundância e prosperidade. Assim será o início do novo mundo.

— Ele disse isso? Qual foi a reação das pessoas?

— Riram, é claro.

— Imagino. O que Juan fez quando riram dele?

— Ficou quieto e completou dizendo que não se importava com os deboches, pois era impossível comprovar o que ele estava dizendo. Em seguida, no entanto, ele também riu e disse que todas as pessoas que estavam sentadas ao redor da fogueira não estariam mais vivas para presenciar essa grande transformação da humanidade. Estaremos todos mortos quando isso acontecer, pois esse processo de transformação demorará muitas décadas para acontecer.

— Nossa! Que interessante! O que mais ele disse?

— Todos pararam de rir, e Juan começou a tocar sua gaita de fole. Ele é sempre irônico e perspicaz com as palavras. Juan adora fazer isso com as pessoas. Primeiro, ele provoca; depois, ri.

— Onde dormiremos na tal Praia de Louro?

— Todos ficam acampados. Não há pousadas ou alojamentos lá.

— Acampar? Nunca acampei na vida!

— Sempre tem a primeira vez, Andrew! Levarei uma barraca que meu pai costuma usar quando vai pescar. Se quiser, você pode dormir comigo. Será uma viagem inesquecível. Não vejo a hora de estar ao seu lado naquele lugar maravilhoso.

— Fica muito longe daqui?

— Um pouco. Uns 200 quilômetros ao norte de Vigo.

— Pedirei licença do trabalho amanhã mesmo, Linda. Pode deixar.

133

— Que bom! Acho que está na hora de irmos, querido. Estou morrendo de sono. Levante-se e comece a pedalar, pois daqui a pouco meu pai acordará. Temos que chegar logo. Vamos! Vamos!

A palavra "querido" saiu da boca de Linda de uma forma tão natural que Andrew não aguentou e parou a bicicleta no meio da rua para dar-lhe um beijo antes de continuar a viagem.

Andrew não queria demonstrar, mas era óbvio que estava perdidamente apaixonado.

Após pedalar vinte minutos, eles chegaram próximos à ponte onde supostamente estava localizada a casa de Linda. Andrew olhou ao redor tentando encontrar a residência, mas Linda não se manifestou.

Andrew perguntou:

— Onde é sua casa, Linda? Não ficava embaixo da ponte?

Linda fez um sinal para que Andrew parasse a bicicleta, pois as ruas eram esburacadas e o melhor é que seguissem a pé.

— Venha, Andrew. É por aqui. Temos que entrar por aquela rua estreita e andar mais dois quarteirões.

Andrew percebeu que as casas da região eram simples, para não dizer que estavam dentro de uma espécie de favela.

Após andar cerca de 200 metros pelas ruelas de paralelepípedos, Linda disse:

— É ali!

— Aquela casa de madeira pequenina?

— Essa é a casa da dona Mariana, a proprietária da barraca da feira. Nós moramos nos fundos.

— Nos fundos? — Andrew tentou disfarçar o espanto.

— Não se assuste. Nós somos pobres, mas não é contagioso.

Andrew ficou sem jeito e aceitou o convite para entrar.

Ele não esperava encontrar uma família tão pobre e uma casa tão miserável. Ao mesmo tempo, não esperava encontrar uma senhora tão educada e prestativa como a mãe de Linda, dona Denise, uma pessoa que emanava amor em seu semblante sofrido.

Já acomodado na pequena cozinha, Denise ofereceu-lhe um café. Assim que Andrew se sentou à mesa, o pai de Linda surgiu na cozinha com a feição mal-humorada de sempre. Andrew levantou-se para cumprimentá-lo mas, infelizmente, o homem não se aproximou.

Naquele momento, Linda percebeu que o pai não estava vindo do quarto, mas sim chegando da rua completamente embriagado.

O homem pegou um pedaço de pão e, sem notar a presença de Linda e de Andrew, tropeçou no tapete e seguiu em direção ao quarto para dormir.

Linda segurou o braço de Andrew e disse envergonhada:

— Desculpe, Andrew, não queria que visse essa cena. Sinto muito!

— Tudo bem, Linda. Não se preocupe.

Denise foi até o quintal para não deixar transparecer a vergonha que estava sentindo.

— Linda, acho melhor ir embora. A gente se vê amanhã. Tudo bem?

— Claro, Andrew. Desculpa. Não queria que a primeira impressão de minha família fosse essa.

— Já compreendi tudo, não se preocupe!

— Até logo, Andrew! Deixe um abraço para sua mãe. Diga a ela que adorei conhecê-la.

— Eu direi. Desculpe novamente, mas preciso ir!

Capítulo 7
A Praia de Louro

Eram mais de trinta pessoas dentro do velho ônibus, e Andrew estava achando divertida a algazarra do pessoal. Apesar de se sentir deslocado, estava feliz ao lado de sua amada e de seus novos amigos em uma viagem que prometia ser especial.

Alguns estavam vestidos com trajes ciganos e outros usam roupas do estilo *hippie* dos anos 1970. Era um festival de cores e de desenhos, que compunha uma cena que parecia a de um filme. Todos estavam em harmonia, falando alto e rindo sem parar. Na verdade, estavam alegres demais para Andrew. Não à toa, pois, com a música alta e a marijuana rolando soltas, o entusiasmo não seria diferente.

Linda e Andrew não gostavam de drogas, mas não se importavam com o que os outros faziam. Sentiam-se tão felizes naquele momento que não precisavam de artifícios para experimentarem o bem-estar que seus amigos tentavam obter por meio dos efeitos artificiais das drogas. O lema dentro do ônibus era "cada um na sua".

Da mesma forma que não recriminavam os demais, ninguém também os incomodava. A turma do Juan era tranquila e não tinha preconceito em relação às "caretices" de Andrew. A regra entre eles era viver na paz e no amor e aproveitar a vida o máximo que podiam, pois todos tinham plena consciência de que um dia tudo acabaria. Essas pessoas desejavam desfrutar o presente e seguir os ensinamentos do *carpe diem* — que Juan fazia questão de ensinar a todos —, ou seja, aproveitar o presente e cada minuto como se fosse o último.

A viagem era realmente diferente, e Juan sentia que aquele poderia ser o último encontro que faria na Praia de Louro. Em seu semblante era perceptível um ar de nostalgia. Era como se ele sentisse saudades dos velhos tempos que não voltariam mais.

Era o décimo primeiro encontro que Juan estava promovendo, mas, para ele, talvez fosse o último.

Andrew ficou tocado quando viu o amigo pensativo enquanto todos se divertiam. Não queria incomodá-lo e respeitava sua melancolia.

Dentro do ônibus, ficou explícito que seu grupo era uma verdadeira irmandade, que cultuava a paz e o amor acima de tudo. Ao mesmo tempo, todos os jovens possuíam sonhos utópicos e supostamente impossíveis de ser realizados.

Juan não se importava quando as pessoas diziam que seus sonhos eram impossíveis. O que importava para ele era cultivar a arte de viver, transformando sua vida em um grande sonho e não apenas em um mero passatempo como a maioria das pessoas costumava fazer.

Sem pressa, o ônibus seguiu pela estrada até chegar perto da entrada da Praia de Louro, localizada ao norte da Espanha, na região da Galícia.

Assim que avistou a praia pela janela, Andrew, sentado na primeira fileira ao lado de Linda, apertou a mão da moça e, sem tirar os olhos da paisagem, disse:

— Meu Deus! Esse lugar é lindo!

— Tem razão. Quando vi essa praia pela primeira vez, também me apaixonei.

— É muito estranho! Parece que já vi esse lugar.

— Será que você já veio passear aqui com seus pais quando era criança?

— Certamente não.

— Nunca veio para o norte da Galícia?

— Não! Mas tenho certeza de que já vi esse lugar.

Andrew ficou deslumbrado com a imagem das dunas e com a colina situada no final da praia. O rapaz ficou paralisado e logo percebeu que Linda ficara com os olhos marejados.

— O que foi, querida?

— Nada, Andrew. Só fiquei emocionada ao ver você olhando com alegria para a praia.

137

— Não sei o que aconteceu. De repente, senti como se estivesse em outro lugar.

— Como assim?

— Durante alguns segundos, tudo ficou quieto. A música cessou, as gargalhadas ao redor pararam, o barulho do motor desapareceu e, estranhamente, eu não me reconhecia mais. Foram apenas alguns segundos, mas para mim foi uma eternidade. Que loucura!

— Foi por isso que eu me emocionei, Andrew.

— Por quê?

— Porque vi seus olhos brilhando como se fossem duas bolas de cristal e porque suas pupilas pareciam duas pedras de ônix. Seu corpo estava aqui, contudo, sua consciência não. Você não percebeu, mas sua viagem durou aproximadamente três minutos. Não foram apenas alguns segundos como descreveu.

— Verdade?

— Sim.

— O que aconteceu comigo durante esse tempo?

— Não sei. Seu semblante ficou tão lindo e puro que meu coração começou a bater mais forte e me veio uma estranha vontade de chorar.

— Desculpa, Linda. Não sei o que aconteceu. Eu juro.

— Você foi longe — Linda respondeu enxugando os olhos e sorrindo.

Andrew abraçou Linda com doçura e passou a mão em seus cabelos:

— Que loucura, querida!

— Você foi para um lugar do qual não se lembra. Talvez algum lugar fora deste tempo.

— Verdade?

— Acho que sim. Não se preocupe com isso agora. Juan disse que esse lugar é mágico e transforma as pessoas.

— Que droga! Eles fumam erva e sou eu quem viaja!

Linda soltou uma gargalhada e deu-lhe um beijo na boca. Em seguida, sem temer a reação de Andrew, pediu:

— Olhe no fundo dos meus olhos.

— Estou olhando, Linda. A propósito, esta tarde você está mais linda do que nunca.

— Obrigada. É o reflexo da felicidade que vibra em meu coração neste momento. Deve ser isso.

— O que isso quer dizer?

— Quer dizer que eu te amo, Andrew. É isso que significa.

Andrew arregalou os olhos assustado, pois esperava que Linda dissesse qualquer coisa, menos aquilo. Ele, então, se calou.

— O que foi? Assustou-se com o que eu lhe disse?

— Não. Sim...

— Tudo bem. Sei que ainda tem dúvidas sobre mim, mas não importa. Agora você já sabe que eu o amo de verdade. Nunca mais se esqueça disso, por favor.

Andrew ficou sem jeito e não conseguiu dizer mais nada. Apenas baixou a cabeça lentamente e respondeu:

— Linda, já vi esta cena em algum lugar e a ouvi me dizendo isso dentro deste ônibus. Já vi também a imagem dessa praia passando na janela. Que sensação estranha é essa?

— Não se preocupe, Andrew. Você teve um *déjà-vu*.

— *Déjà-vu*? O que é isso?

— Em francês, significa "já visto". Algo que já foi visto um dia. É como uma repetição do tempo.

— Sim, é isso mesmo. Já vi esta cena em algum lugar. Mas que passado? Como isso pode ser possível, se nunca estive aqui? Que estranho!

De repente, o ônibus saiu da estrada de asfalto e entrou rapidamente em uma estrada de terra esburacada. Certamente, era o caminho que os levaria às margens do Oceano Atlântico.

Todos começaram a gritar de alegria ao notarem que estavam pegando o caminho que os levaria até a famosa Praia de Louro, o lugar onde acampariam e passariam os próximos três dias festejando e comemorando algo que Andrew nem sequer imaginava o que fosse.

***

Final da tarde no acampamento da praia.

— Está gostando, Andrew? — Juan perguntou, sentando-se na areia ao lado do rapaz para admirar o pôr do sol.

Enquanto isso, Linda arrumava as coisas na barraca com a ajuda de Madame T. e das outras meninas.

Andrew respondeu:

— Estou adorando, Juan. Nunca imaginei que existisse um lugar tão lindo e enigmático como esse! É incrível! Aqui ficamos tranquilos e sem medo de nada.

— Medo? Essa palavra não existe aqui, bicho. Medo é algo que está fora do nosso vocabulário. Aqui, a energia está fechada no mais puro amor. O mal não se aproxima deste lugar. É como se estivéssemos dentro de uma bolha de energia protetora. Durante três dias e três noites, o amor comandará nossas vidas neste ambiente. Não se preocupe com nada. Deixe o amor inundar seu coração e relaxe. Esqueça as coisas mundanas e descanse sua mente, irmão.

— Coisas mundanas?

— Sim, as coisas fúteis do mundo exterior. Esqueça a vida lá fora e sinta o tempo. Aqui o tempo não passa. Sua mente trabalhará no ritmo da natureza e não no ritmo da civilização, como estamos acostumados a viver na cidade.

— Ritmo da civilização? Como assim? Esse não é o ritmo normal em que todos vivem?

— Esse é problema, Andrew. A maioria das pessoas pensa como você e não consegue enxergar o mundo verdadeiro que nos cerca. Elas acreditam que a vida real é corrida, cheia de urgências e emergências, como se o mundo fosse acabar a qualquer momento. É dessa forma que as pessoas veem o mundo. E é assim que acreditam ser "normais" pensando dessa forma.

— Não está certo querer ser uma pessoa normal?

— Você acha normal ter de acordar todas as manhãs pensando em como ganhará dinheiro para sobreviver mais um dia?

— Nunca pensei nisso, Juan!

— Você acha normal passar a vida buscando prazeres momentâneos para preencher um vazio que existe dentro de você, sem ao menos saber de onde vem esse sentimento confuso? Esse sentimento que traz tanta tristeza e angústia para sua alma sofrida?

— Também não sei, Juan!

— Você acha normal levar uma vida inteira focado no acúmulo de dinheiro e de coisas, mesmo sabendo que, quando partirmos deste mundo, deixaremos tudo para trás? Considera algo normal as pessoas passarem a vida acumulando bens e acreditando que o mundo não será capaz de dar aos seus filhos o que foi capaz de dar a elas? Acha normal pagar para viver?

— São muitas perguntas, Juan.

— Andrew, quero que pense sobre uma coisa. O ser humano é a única espécie que precisa pagar para viver no planeta. Já pensou nisso? Acha que isso é normal?

— Agora você me pegou, Juan. Não sei se isso é normal.

Andrew ficou pensativo, e em sua mente borbulhava a imagem de seus pais, que eram considerados normais pela sociedade, mas não de acordo com o ponto de vista de Juan.

O rapaz olhou para o lado, esfregou as mãos tentando tirar a areia fina que estava grudada entre seus dedos e fez uma pergunta:

— Você não se considera uma pessoa normal, Juan?

Antes de responder, Juan olhou para o Oceano Atlântico, que começava a receber a borda brilhante do sol no horizonte, e respondeu calmamente:

— Sinceramente, não sei o que sou, Andrew. Na verdade, nunca me fizeram esta pergunta. Sempre tive muito medo de ser uma pessoa normal, pois normal é quem segue normas. E normas, para mim, são coisas impostas, entende? Como não costumo seguir as normas e as regras que a sociedade nos impõe, acho que não sou uma pessoa normal.

— O que você é, então?

— Acho que sou uma pessoa natural, pois sigo minha própria natureza. Sou um homem natural e amo a natureza.

— Isso faz sentido para mim.

— Olhe o horizonte, bicho. Está vendo beleza nele?

— Sim.

— Observe o mar e as gaivotas mergulhando à procura de peixes para alimentar seus filhotes! Está vendo?

— Sim.

— Olhe essa linda concha em cima da areia fina, bem ali! Está vendo?

— Sim.

— Ela está parada, e nem passa pela nossa cabeça que essa concha precisou de décadas para crescer e chegar a esse tamanho. Antes de ser uma simples concha, ela já foi o casulo de um ser vivo, gerou vida dentro de si e talvez tenha criado pérolas valiosas. No entanto, está aí deteriorando-se vagarosamente na areia da praia, enfrentando as correntezas, as marés, o vento, o sol, a chuva e, aos poucos, transformando-se em milhares de grãos de areia. Está entendendo o que estou querendo lhe dizer, Andrew?

— Acho que sim, Juan. Interessante!

— Está entendendo como funciona o ritmo natural das coisas? As coisas naturais são mais lentas. De que adianta corrermos como loucos, se as verdadeiras mudanças obedecem ao ritmo natural e não ao "ritmo normal" que nós, seres humanos, criamos? Os seres humanos pensam que possuem o controle de tudo, mas não possuem. O controle é uma ilusão. No fundo, não controlamos nada.

— O que isso significa?

— Significa que existe uma lei maior que gerencia tudo: a eternidade. E a eternidade é a força mais poderosa do universo.

— Juan, Você sempre me surpreende com suas palavras! Nunca pensei nisso. Que lei é essa?

— A lei da vida, cara! A lei que valoriza as coisas imateriais como o amor, a amizade e a compaixão e não apenas as coisas materiais como dinheiro e *status* social. Um dia, você compreenderá melhor tudo isso.

— Você já compreendeu?

— Ainda não. Existe um antigo ditado celta que diz: "O mestre só se apresenta ao discípulo quando ele está preparado".

— O que isso significa?

— Significa que a resposta que tanto buscamos apenas nos será apresentada quando estivermos preparados para compreendê-la. Você até pode sair em busca de um grande sonho, mas, enquanto não estiver preparado para recebê-lo, não o receberá. É assim que funciona a lei maior.

— Como sabemos que estamos preparados para receber um sonho?

— Essas definições não estão sob o domínio dos homens, mas sim sob o domínio dos deuses, Andrew. Só eles sabem o momento certo de precipitar os milagres sobre a Terra.

— Interessante!

— É por isso que estamos nesta praia hoje, Andrew!

— Por que estamos aqui?

— Para agradecer aos deuses criadores a vida que eles nos deram.

— Como assim?

— Amigo, a gratidão é o primeiro passo que uma pessoa que deseja entrar no fluxo das realizações precisa dar. Se não sentir gratidão em seu coração, de nada servirá esta breve vida.

— Ultimamente, muitas pessoas estão me falando sobre a gratidão.

— Então, preste atenção no que elas estão querendo lhe dizer, cara, pois isso é um sinal — Juan comentou e levantou-se: — Andrew, nosso papo está interessante, mas preciso ir. Seja bem-vindo ao Imbolc.

Preciso voltar à minha tenda e ajudar o pessoal nos preparativos da festa. Até mais tarde na fogueira.

— Até mais tarde, Juan.

— Antes de ir, quero lhe dizer uma coisa.

— Diga.

— Fiquei pensando sobre sua pergunta.

— Que pergunta?

— Sobre eu ser um homem normal.

— E a que conclusão chegou?

— Não é fácil deixar as normas e se tornar uma pessoa natural. Não é como dar um passe de mágica e esperar que a vida mude completamente. Seguir nossa natureza e fazer o que nosso espírito deseja não é algo tão fácil assim. A mente humana é poderosa e prefere ficar acomodada no delicioso e aconchegante conforto da normalidade. Ser uma pessoa natural e seguir as leis espirituais requer disciplina e muita meditação.

— Meditação? Eu não sei fazer isso.

— Não estou me referindo à meditação como os indianos fazem. Estou me referindo à meditação mais direta que existe: se conhecer um pouco mais a cada dia. Somente assim você encontrará a grande resposta.

— Que resposta?

— A resposta que você veio buscar nesta vida. Oras!

— Como assim, Juan?

— Andrew, meditar significa "me-dizer", ouvir a voz do próprio espírito. Comece a prestar atenção na voz do seu coração e escutará a voz do seu espírito. Não dê mais tanta atenção para a voz da sua mente, pois a mente geralmente mente pra gente. Entende?

— Como descobrirei o propósito de minha vida?

— Essa é a resposta que tanto busca?

— Acho que sim.

— Esta é a resposta que todas as pessoas buscam, Andrew.

— Verdade?

— Sim. Aprenda uma coisa, garoto: o melhor caminho não existe. O que existe é o próprio caminho. Cada um percorre o seu e pronto. Na verdade, os caminhos entrelaçam-se uns com os outros, exatamente como está acontecendo neste momento.

— Agora?

143

— Sim. Por que acha que está nesta praia hoje? Acha que é mero acaso?

— Não sei.

— Pode acreditar que não, amigo. Nem mesmo o acaso acontece por acaso. Tudo tem um motivo para acontecer.

— Tenho pensando muito nisso depois que conheci você e Linda.

— Para o mundo espiritual, não existem normas e regras. A única coisa que existe é a natural maneira de ser. Esqueça o que os outros pensam de você e comece a seguir sua própria natureza.

— Estou entendendo. Mas como posso fazer isso, Juan?

— Pode começar agora mesmo. Relaxe e aproveite o momento. Nos vemos mais tarde na fogueira. Vamos fazer um som daqueles hoje!

Inquieto por ter notado que Anna, sua mais nova namorada, o chamava insistentemente, Juan despediu-se de Andrew e correu tropeçando na areia em direção à barraca.

Andrew continuou no mesmo lugar, olhando para o mar e pensando em tudo o que Juan acabara de lhe dizer.

Com movimentos lentos, Andrew abriu as pernas, alongou as costas e encostou a barriga na areia para pegar a concha que Juan apontara enquanto dava suas explicações filosóficas.

O rapaz segurou a concha e analisou com carinho a magnífica obra natural do tamanho da palma de sua mão. Em seguida, levantou-se, caminhou até a beira do mar e, com calma, como se quisesse fazer algum pedido secreto, entregou a concha às pequenas ondas que quebravam na areia pedregosa e em poucos segundos ela desapareceu na espuma salgada.

— O que está fazendo quieto e pensativo, querido? — Linda surpreendeu Andrew abraçando-o por trás e dando-lhe um beijo na nuca.

— Oi, Linda. Que susto! Eu estava apenas pensando.

— Pensando em quê?

— Sei lá! Na imensidão do oceano e na magnitude da vida.

— Nossa! Que sério! — Linda sorriu fazendo uma careta e tentando descontraí-lo. Ela imaginou que ele abriria um sorriso após a brincadeira, no entanto, Andrew manteve o semblante sério e continuou olhando na direção do horizonte.

— Linda, Juan disse coisas que me fizeram pensar sobre a vida e meus desejos. Essas coisas bobas que a gente pensa às vezes, sabe?

— Sim, claro que sei, querido!

— Acho que ele falou essas coisas porque está se sentindo velho e porque está se aproximando dos quarenta anos. Deve ser isso. Ele está se transformando em uma espécie de filósofo. Você não acha, Linda?

Andrew manteve-se na mesma posição: de costas para Linda, em pé, descalço e vestindo uma camiseta de algodão azul clara, bermuda jeans e um colar de couro com uma pedra azul que Linda lhe dera de presente antes de partirem de Vigo.

Linda vestia uma camiseta regata marrom, combinando perfeitamente com a inseparável tiara dourada que costumava usar na cabeça.

Com as mãos pousadas nos ombros largos do rapaz, Linda tentou responder à pergunta que Andrew acabara de fazer sobre Juan.

— Juan pode ser bem mais velho que nós, Andrew, mas eu o conheço muito bem. Ele parece meio maluco andando por aí com esse estilo despojado, mas de uma coisa tenho certeza: ele é um cara sábio. Juan só estudou até a quarta série do primário, mas tem muita sabedoria para transmitir às pessoas. Ele teima em dizer que tudo o que pensa é apenas vã filosofia. Para ele, os verdadeiros filósofos, os sábios e grandes conhecedores das leis do universo foram Sócrates, Platão e Aristóteles, os três grandes sábios da Grécia Antiga. Ele se considera apenas um servo do conhecimento. Não consigo entender sua simplicidade.

— Já percebi isso, Linda.

— Não sei de onde ele trouxe tanto conhecimento, mas confesso que adoro quando ele começa a falar sobre esses assuntos ocultos. Sempre aprendo algo novo com Juan. É muito interessante. Só não gosto quando ele me olha de maneira estranha, como quando você foi empurrado no chão. Lembra?

— Lógico que me lembro! Ele parece ser uma pessoa muito familiar. Não sei explicar... É algo estranho que venho sentindo desde que chegamos a esta praia. É como se fôssemos uma família. Isso não é estranho?

Olhando para o horizonte na mesma direção de Andrew, Linda abaixou-se até se ajoelhar na areia, encostou-se no chão e abraçou Andrew pelas costas, entrelaçando as mãos na barriga do namorado.

Naquele exato momento, uma revoada de gaivotas passou em frente ao casal, e Linda respondeu encostando o rosto no quadril de Andrew.

— A única coisa que sei é que estou muito feliz ao sentir o calor do seu corpo.

— Estou sentindo uma espécie de reconexão, como se estivesse me ligando a algo que faz parte de mim há muito tempo, mas não sei o que é. Não sei se é este lugar ou se é você.

Sem chance de responder, Linda olhou rapidamente para a esquerda e ouviu gritos de uma senhora. Parada ao lado de uma pequena porta de uma das três casas de pescadores na ponta da praia, ela gritava:

— Pedrito, venha jantar, meu filho! Está na hora de comer. Seu pai está chamando!

Paralisada, Linda olhou a cena lúdica, e um inexplicável sentimento de amor tomou conta do seu ser. Sem hesitar, ela sorriu para si e em seguida sussurrou para Andrew:

— Querido, meu sonho é ter uma casinha de madeira como aquela e construir uma família ao lado da pessoa que amo. Isso não é querer muito, é? Quem sabe um dia realizo meu grande sonho, não?

Andrew preferiu ficar calado e não respondeu. Com o canto dos olhos, mirou na direção da casa e viu um menino de aproximadamente seis anos de idade entrando pela porta do casebre. O garotinho estava feliz da vida por mostrar às irmãs mais velhas uma varinha de pesca feita de bambu e dois robalos que acabara de pescar.

Andrew ficou de frente para Linda, deu-lhe um beijo apaixonado e delicadamente a puxou pelos braços indo em direção à barraca:

— Precisamos descansar um pouco, Linda. A viagem foi muito cansativa, e amanhã será um dia intenso. Pelo menos é o que estão dizendo por aí.

— Tem razão, querido. Vamos indo.

Linda aceitou o convite, mas, enquanto caminhava ao lado de Andrew na areia, manteve o olhar no casebre, encantada com a cena do menino entregando os peixes à família. Uma visão muito familiar para ela, mas ao mesmo tempo muito triste. Linda nada disse, porém, uma sensação de angústia arrebatou-lhe por dentro, enquanto ela observava a pobre família de ciganos desamparados.

***

O festival era maior se comparado ao que acontecera no ano anterior, quando apenas sessenta pessoas haviam comparecido ao evento.

Daquela vez, mais de duzentas pessoas estavam presentes. A maioria vinha do norte da Galícia, da cidade de Santiago de Compostela, de

Madri, Valença e Porto, ao norte de Portugal. Não havia explicação para o fato de tantas pessoas terem aparecido de forma repentina, no entanto, elas chegavam de várias maneiras: carro, motocicleta, ônibus e até mesmo a pé, segurando seus cajados como peregrinos.

Em um primeiro momento, Juan ficou surpreso ao ver tantas pessoas chegando ao festival. Em poucas horas, a pacata Praia de Louro foi invadida por dezenas de pessoas carregando violões, tambores e barracas. Homens e mulheres vestindo roupas vibrantes e coloridas, como se estivessem em uma espécie de um pequeno Woodstock à beira-mar, compunham um lindo festival de cores.

Andrew assustou-se com o movimento, mas logo percebeu que não tinha alternativa a não ser se juntar ao grupo e interagir sem preconceito, mantendo-se sempre ao lado de sua amada Linda e protegendo-a, pois temia que algum estranho se aproximasse dela.

Linda não sabia, mas, além de introvertido e tímido, Andrew era também ciumento.

Ao anoitecer, todos se reuniram na praia formando um grande círculo ao redor de Juan e dos membros da banda, que estavam posicionados com seus instrumentos para o início das comemorações e dos rituais do festival Imbolc. Enquanto isso, Madame T. distribuía velas e flores para os participantes e explicava que, assim que a lua estivesse no firmamento celeste, cada um deveria acender uma vela e fazer uma reverência aos deuses criadores. Depois disso, deveriam jogar as flores no mar como uma forma de demonstrar gratidão e, em seguida, fazer seus pedidos, pois todos os desejos seriam atendidos.

Era um ritual simples, sem orações e declamações. Madame T. enfatizou que o mais importante era o sentimento de paz e amor que vibrava no coração de cada um no momento da conexão com os deuses criadores.

De repente, os tambores começaram a tocar e um sentimento de felicidade coletiva invadiu a escuridão da praia.

A energia do lugar elevou-se, quando Juan começou a tocar sua gaita de fole ao lado de sua banda.

Minutos depois, algo estranho ocorreu. Um homem cabeludo, desconhecido, começou a dedilhar lindas notas em uma flauta, tentando acompanhar a banda.

Havia somente uma fogueira acesa e algumas tochas posicionadas ao redor de um grande círculo onde todos estavam sentados.

Atento, Andrew tentou pegar a mão de Linda, mas percebeu que a jovem já não estava mais ali.

Quando viu que as pessoas se levantavam para dançar ao redor dos músicos, Andrew, confuso, percebeu que algo diferente estava acontecendo. Todos aplaudiam algo e gritavam, e foi então que ele viu Linda cantando e dançando ao lado de Juan. Completamente diferente da artificialidade dos shows que aconteciam no restaurante, a *performance* de Linda no meio da praia escura e rodeada de velas, tambores e uma linda paisagem ao fundo era envolvente e extraordinária. Linda, por sua vez, queria apenas fazer uma surpresa para Andrew ao dançar embalada por uma das mais belas canções da antiga Galícia.

Andrew nunca imaginara que ela tivesse a capacidade de provocar tamanho envolvimento nas pessoas apenas com sua voz serena e seu incrível carisma.

Dançando sem parar no meio do povo, Andrew ficou maravilhado com o que viu, porém, após assistir com orgulho à apresentação, um movimento estranho e quase improvável o fez perder o controle.

O flautista, o mesmo homem cabeludo que chegara ao círculo sem ser chamado, aproximou-se de Linda por trás, encostou o rosto em seu ouvido e começou a sussurrar algo tentando seduzi-la.

Como um animal, Andrew não pensou duas vezes e avançou na multidão até chegar perto do rapaz.

Com ira, ele disse:

— Hei, cara! Ela tem namorado! O que você está dizendo no ouvido dela?

Com um sotaque francês, o cabeludo segurou o braço de Linda e puxou-a de lado.

— Calma, garoto! Mulheres não têm dono! Nunca lhe disseram isso?

Esse era o medo de Juan: que pessoas estranhas chegassem ao festival sem serem convidadas, começassem a arrumar problemas com o grupo e estragassem todas as comemorações.

Andrew não era tão forte quanto o *hippie* cabeludo, mas sua ira era tão grande que ele avançou sobre o homem e lhe deu dois empurrões, fazendo-o cair de costas na areia.

Madame T. puxou Linda de lado para protegê-la da briga, que se tornara inevitável. Ninguém entendia o que estava acontecendo. Tudo foi muito rápido e inesperado.

148

Andrew, sem esperar, foi surpreendido com um forte chute no abdome ao avançar sem preparo sobre o flautista.

De repente, o flautista levantou-se do chão e deu uma joelhada no queixo de Andrew, levando-o ao chão. Sem titubear, o cabeludo jogou um punhado de areia nos olhos do adversário e avançou com raiva para acabar de vez com a briga. Sem pensar nas consequências, ele tomou velocidade com a intenção de dar um forte chute no rosto de Andrew, que já estava bem machucado.

Alguém, no entanto, entrou no meio da briga e segurou a perna do cabeludo no ar, antes que Andrew recebesse o duro golpe. Alguém evitou o chute que acertaria em cheio o rosto de Andrew e que acabaria com o fim de semana e com as comemorações.

O cabeludo caiu de costas na areia, olhou para o lado e viu que fora Juan quem cortara seu golpe para proteger Andrew. Todos esperavam para ver o que aconteceria em seguida.

De repente, Juan esticou, em sinal de paz, a mão para que o cabeludo se levantasse. Ainda sentado no chão e meio atordoado, o flautista aceitou a ajuda de Juan e levantou-se.

Juan, contudo, não era tão bonzinho quanto parecia. Sem hesitar, colocou-se cara a cara com o cabeludo e deu-lhe uma cabeçada na testa, fazendo-o cair novamente no chão e sangrar muito devido a um corte profundo no supercílio.

Desesperado, o flautista começou a gritar de dor:

— O que é isso?! Você me machucou! Estou sangrando! Estou sangrando! Alguém me ajude, por favor.

Com raiva, Juan chutou um pouco de areia no rapaz e respondeu:

— Isso é para você aprender a nunca mais mexer com um amigo meu! Andrew é nosso irmão, e quem mexe com um irmão meu merece ser castigado. Vá embora daqui, seu safado vagabundo! Você não é bem-vindo aqui.

— Eu não tenho para onde ir. Estava vagando pela estrada e encontrei vocês. Por isso, decidi parar.

— Não me importa de onde você é ou para onde está indo. Para quem não sabe aonde está indo, qualquer caminho serve. Vá embora daqui agora mesmo!

O homem calou-se e respeitou Juan.

— Levante-se e vá embora. Darei três passos e pegarei a minha gaita que caiu no chão. Em seguida, recomeçarei a música. Se você ainda

149

estiver aqui quando eu olhar para trás, juro que se arrependerá de ter aparecido nesta praia hoje. Está entendendo, rapaz?

Andrew não acreditava no que estava vendo.

Linda não parecia surpresa com a cena, pois já presenciara outras de Juan em fúria.

Apesar de se sentir aliviado por ter sido socorrido pelo amigo, Andrew sentiu uma dúvida pairando no ar. Será que Juan fizera aquilo para protegê-lo ou ficara com ciúme de Linda?

A resposta Andrew ainda não tinha. De qualquer maneira, o que importava era que Juan o salvara de um golpe fatal.

Assim que pegou sua gaita e olhou para trás para ver se o flautista ainda estava ali, Juan caiu na gargalhada quando viu o penetra correndo na escuridão da mata à procura de uma trilha que o levasse de volta à rodovia.

Juan não se abalou com o ocorrido e gritou chamando a atenção de todos:

— Nós somos pessoas que pregam a paz e o amor, mas isso não significa que somos bonzinhos com gente que não merece respeito. Somos uma família e não admitimos que ninguém atrapalhe nosso encontro com os deuses de Valhalla.

Todos aplaudiram e gritaram pedindo mais música. Naquele momento, ficara claro para Andrew que Juan era um líder nato.

Repentinamente, Juan olhou para Linda e com um simples gesto pediu que ela voltasse a cantar ao seu lado.

Em poucos segundos, tudo voltou ao normal. Graças ao carisma de Juan, a alegria estabeleceu-se outra vez. Andrew ficou nitidamente sem graça e decidiu afastar-se do círculo para caminhar sozinho até a beira do mar.

Pensativo, ele questionou-se: "Será que Linda seduziu aquele cara e o deixou se aproximar? Será que ela disse algo para ele, e por isso aquele maluco se viu no direito de dizer coisas indecentes ao ouvido dela? Será que ela é realmente a garota que diz ser? Será que Linda é realmente uma moça direita e reservada?".

Em poucos minutos, Andrew foi dominado novamente por imensas dúvidas e contradições.

Quase trinta minutos depois, quando as canções e as danças terminaram, Andrew olhou para trás e tentou encontrar Linda, mas estranhamente não a viu em lugar algum. O rapaz procurou também por Juan e nada. Novamente, as dúvidas começaram a corroer sua mente confusa e despreparada.

Inesperadamente, Andrew sentiu um suave respirar em sua nuca e um abraço quente envolveu-o por trás.

— Quem é?
— Sou eu, querido! Não se assuste!
— Linda?
— Sim, Andrew, sou eu. Por que está com essa cara amarrada?
— Por nada!
— Como nada? Aquele idiota o machucou? Deixe-me ver!
— Estou bem! Só está um pouco dolorido! — Andrew virou-se contra a luz para disfarçar o hematoma no rosto.
— Eu sei o que está se passando na sua cabecinha neste momento, Andrew!
— Acho que você não sabe, Linda!
— Sim, eu sei.
— O que acha que estou pensando?
— Que sou uma menina vulgar, exatamente o que meu pai pensa sobre mim. Você está achando que deixei aquele maluco se aproximar de mim para lhe fazer ciúme e deixá-lo nervoso.

Ele continuou calado.

— Andrew, sinto que você ainda tem muitas dúvidas sobre mim. Sei que ainda está se questionando se sou uma garota decente. Você pensa assim, porque se acha um homem perfeito, e homens perfeitos não podem namorar mulheres imperfeitas. Não é isso que está pensando agora?

Andrew ficou quieto e engoliu em seco a saliva, pois não conseguia encontrar argumentos para refutar.

Um silêncio angustiante estabeleceu-se entre os dois jovens. A dor no coração de Linda apertou, e as lágrimas começaram a escorrer pelo rosto da moça, que não entendia como algo assim podia estar acontecendo. Afinal, por que ela era sempre tachada de vulgar?

Após alguns minutos, graças a um instante de lucidez, Andrew rendeu-se aos sentimentos de Linda e abraçou-a com amor, no entanto, o rapaz manteve-se calado, acolhendo-a em seus braços.

Linda entregou-se às carícias de Andrew e, sem resistir, demonstrou sua fragilidade. A moça enxugou as lágrimas e olhou para Andrew com ternura:

— Querido, quero provar o quanto eu o amo. A hora do nosso amor chegou.

Andrew quebrou o silêncio:

— Sobre o que está falando, Linda?

— Estou falando sobre nós. Nesta noite, gostaria de demonstrar todo o amor que sinto por você.

— O que está dizendo?

— Não fale mais nada, querido!

Linda segurou a mão de Andrew e puxou-o para perto de si.

— Venha. Vamos para a barraca. Nesta noite, eu o quero para mim, Andrew. Só você e eu. Nós dois juntos.

Andrew ficou sem reação após o pedido de Linda. Ele nem sequer conseguia raciocinar de tão nervoso, afinal, estava diante da mulher mais bela que vira na vida e prestes a ter uma noite de amor com ela.

Os sentimentos e as emoções de Andrew não se entendiam, fazendo a mente do jovem entrar em colapso.

Linda não sabia, mas também era a primeira vez de Andrew.

De repente, no momento em que decidiu tomar a iniciativa, Andrew foi surpreendido por gritos, e os dois jovens voltaram-se para a clareira onde o festival estava acontecendo. Ao olharem com mais atenção para o local, depararam-se com mais de duzentas pessoas correndo em direção às ondas do mar. Todos queriam mergulhar nas águas geladas do Atlântico. Era uma das partes do ritual de iniciação do Imbolc: mergulhar no oceano antes da meia-noite.

Como já conhecia os rituais, Linda disse:

— Vamos, querido! Chegou a hora do mergulho! Não podemos perder essa parte do ritual de iniciação. Vamos mergulhar e depois beber uma taça de vinho para brindar o nascimento de uma nova vida. O pessoal vai dançar a madrugada inteira. Isso vai longe. Enquanto eles se divertem, nós voltaremos para a barraca para ficarmos juntos a noite inteira.

— Verdade? É assim o ritual?

— Sim. Eles bebem vinho e depois festejam como loucos até o amanhecer.

— Isso quer dizer que...

— Que ficaremos em paz na barraca e não seremos incomodados por ninguém!

Linda puxou Andrew pelas mãos, e os dois jovens foram em direção ao mar para a iniciação e comunhão com os deuses maiores da criação.

Faltavam exatamente dez minutos para a meia-noite, quando Andrew e Linda se juntaram aos outros e mergulharam nas águas da Praia de

Louro, envoltos por uma indescritível energia de gratidão e elevação espiritual.

***

— Está muito frio aqui fora, Andrew!
— Entre na barraca, Linda. Pegue essa toalha e enxugue-se. Vou fechar o zíper da barraca.

Linda entrou na barraca, pegou a toalha das mãos de Andrew e cobriu-se delicadamente, olhando no fundo dos olhos apaixonados do rapaz.

Naquele instante, Andrew soube que não havia como voltar atrás. Linda estava pronta para entregar seu corpo e sua alma a ele.

O nervosismo dominava os dois jovens, mas foi Linda quem decidiu tomar a iniciativa. Ela disse:

— Tire a camiseta molhada para que eu possa enxugar suas costas.

Andrew fez o que Linda pediu e tirou também a bermuda, enquanto olhava fixamente para a moça.

Visivelmente nervoso, Andrew não disse nada e começou a tirar a camiseta de Linda devagar, colocando seus cabelos encaracolados para o lado.

Sem pressa, Andrew deslizou as mãos pelo corpo macio de Linda, contornando as curvas da moça.

Naquele momento, um turbilhão de sensações desconhecidas eclodiu e um misto de ansiedade e desejo, que os dois jovens jamais haviam sentido na vida, tomou conta de ambos.

Num ímpeto de coragem, Andrew desabotoou o sutiã de Linda, revelando toda a feminilidade da moça. Linda estava entregue a Andrew, que custava a acreditar no que estava acontecendo.

De repente, a ansiedade e o medo desapareceram, dando lugar ao verdadeiro amor. Parecia que o tempo cessara para reverenciar o amor que começava a nascer entre os dois jovens.

Os corpos de Andrew e Linda uniram-se e transformaram-se em apenas um. Naquele momento único e especial, Linda entregou-se para Andrew e, como prova do seu amor, abraçou-o deixando-o calmo e completo.

Capítulo 8
Da paixão à desilusão

Seis meses depois.

Como é comum, o cotidiano de todo casal apaixonado muda quando as pessoas envolvidas passam a compartilhar uma vida a dois. É um momento em que conhecem novos medos, novas dores e novas frustrações, mas também um momento em que descobrem que não estão sozinhas no mundo.

Isso acontecera com Andrew e Linda, entretanto, tudo era mais intenso entre eles porque os dois jovens tinham descoberto o amor juntos. Assim, eles compreenderam o real sentido do sexo para um jovem casal.

Após seis meses de namoro, o fogo da paixão continuava aceso. Eles não se desgrudavam e passavam o dia todo juntos. Era nítido que o amor entre Andrew e Linda era verdadeiro e vinha causando certo frenesi entre os amigos da cidade.

A essa altura, o pai de Linda já sabia do namoro e também do sonho da jovem de se tornar uma cantora famosa. Tudo isso para ele significava o fim, pois acreditava que sua filha estava entrando em um caminho sem volta e destruindo o sonho que ele tinha de vê-la se transformar em uma secretária executiva ou em uma funcionária pública.

A mãe de Linda, por sua vez, apoiava a filha em tudo e nunca a desamparava nos momentos de angústia. A mulher não a desencorajava a buscar seus sonhos, porém, sempre se mantinha calada e submissa perante o marido, justamente para evitar conflitos e contratempos.

Linda tinha muitos sonhos, contudo, tinha receio de deixar sua mãe sozinha com seu pai quando partisse para construir sua vida. Ela acreditava que a mãe não suportaria conviver por muito tempo ao lado de uma pessoa alcoólatra e miserável como era seu pai.

Linda tinha vergonha de ser pobre, porém, não tinha vergonha de sua família. Ela, no entanto, tinha raiva do pai, pois ele nunca a motivara a sair em busca dos seus sonhos. A única preocupação que ele tinha estava relacionada à reputação da filha perante os amigos pescadores e os jogadores de bocha. Seu questionamento principal sempre foi: "Como me portarei perante meus amigos, quando eles descobrirem que minha filha se transformou numa cantora da noite?".

Em nenhum momento, o pai de Linda parou para pensar sobre a felicidade da filha. Aquele posicionamento era comum na Espanha daquela época, e, além disso, o pai da moça era descendente direto da família Di Stéfano, uma típica família de italianos católicos ortodoxos.

Era final dos anos 1970, e a revolução feminina demonstrava grandes avanços na Inglaterra e nos Estados Unidos, no entanto, para o resto do mundo, o movimento vanguardista das mulheres parecia ser uma utopia. Para a maioria dos homens, tratava-se de um movimento que logo se dissolveria, fazendo o poder masculino voltar a tomar conta da sociedade.

Linda não sabia, mas, de alguma forma, ela estava sendo afetada pelas mudanças que começavam a invadir o mundo ocidental, por meio de ideias revolucionárias e libertárias que mudariam o mundo nas décadas seguintes.

A moça tinha uma enorme vontade de viajar o mundo e desbravar as barreiras do desconhecido. O lugar mais distante que ela conhecera era Barcelona. Quando Linda completou cinco anos de idade, foi visitar sua avó materna e conheceu a cidade.

O sonho de Linda era conhecer pessoas diferentes, novas culturas, outras nações e os lugares incríveis que via na televisão e nas revistas chiques dos hotéis e dos restaurantes onde costumava cantar com a banda de Juan. Contudo, Linda sabia que somente sendo uma cantora famosa conseguiria realizar seu sonho. Se optasse por seguir o sonho do pai e se tornasse uma funcionária pública, a jovem estaria fadada ao desencanto da vida e em poucos anos se tornaria uma mulher angustiada e depressiva.

Linda, no entanto, era uma moça persuasiva e lutava com todas as suas forças para realizar seus sonhos mais profundos. Mas, e quanto a Andrew?

As ambições de Linda assemelhavam-se às de Andrew, e esse certamente era um dos motivos que faziam os dois se sentirem atraídos um pelo outro. Quando se conheceram na casa de Juan, os dois jovens conversaram por horas a fio sobre seus sonhos e seus ideais de vida.

Todas as pessoas diziam que Andrew e Linda formavam um casal imaturo, cheio de ilusões, no entanto, a opinião dos outros não importava para o casal. Mesmo com tantos julgamentos e com tantas críticas, eles sabiam que seus sonhos eram lindos e que era possível realizá-los.

Como todo casal adolescente, Andrew e Linda sonhavam alto e alimentavam um sonho nobre: levar uma vida de romance, arte e amor, o que, para a maioria das pessoas, era pura hipocrisia. Os dois eram considerados jovens desocupados e despreocupados.

Tudo parecia perfeito, mas a inveja mostraria seu poder ao jovem casal.

***

Na tarde do dia 4 de setembro, Andrew pediu demissão do restaurante Andaluz, pois estava se sentindo muito cobrado pelo gerente. Linda encontrou-o cabisbaixo, sentado em uma mureta em frente ao mar, a poucos metros do restaurante.

— O que aconteceu, Andrew?

— Oi, Linda. Como você está?

— Estou bem. Você, no entanto, não me parece muito bem.

— Tem razão, não estou bem hoje.

— O que aconteceu?

— Acabei de pedir demissão.

— Jura? Por que fez isso?

— Sabe aquele gerente gordinho que sempre dá trabalho para pagar o Juan após os shows? Lembra-se dele?

— Sim. Nunca gostei dele. Ele sempre enganou o Juan na hora de fazer os pagamentos.

— Pois bem! Ele pega no meu pé e me culpa por tudo o que acontece de errado no restaurante. Nós acabamos discutindo pela manhã, e eu pedi demissão. Ele é um idiota.

— Você me parece chateado.

— Estou mesmo, mas vai passar, Linda.

— Venho percebendo que você não está feliz com o trabalho. Fez bem, não se culpe por isso.

— Sei que tomei a decisão correta. O problema é que agora não tenho mais emprego. O que vou fazer daqui em diante? Não quero voltar para casa e pedir dinheiro para minha mãe, pois sei que ela não tem. Se eu lhe pedir dinheiro, ela terá de pedir ao meu pai. E é exatamente isso que não quero que aconteça.

— Eu entendo como está se sentindo. Você vai encontrar um novo emprego em breve, não se preocupe.

— Você é sempre incentivadora, Linda! Que bom que a tenho ao meu lado!

— Estarei sempre ao seu lado, Andrew!

— O que a traz aqui a essa hora da tarde?

— Vim lhe trazer algumas lembrancinhas que montei pela manhã. Acho que vai gostar. Veja! É para você!

Linda passou a manhã inteira escrevendo mensagens de amor para Andrew em delicados papéis de carta que sua mãe lhe dera quando ela ainda era criança. Eram mais de trinta papéis com desenhos e mensagens, decorados com flores secas e aromatizados com essências florais com que Madame T. a presenteara no aniversário.

Andrew segurou as cartas com cuidado para os envelopes não voarem no meio da rua por causa do forte vento que começava a soprar do Norte.

— Que bonito, Linda!

— Pode olhar, querido. É tudo seu. Fiz para que guardasse pelo resto da vida. Todos os meus sentimentos, tudo o que sinto por você, estão nessas singelas cartas.

— Por que você fez isso?

— Porque eu te amo.

Andrew sorriu, olhou no fundo dos olhos de Linda e abraçou-a com carinho. O semblante do rapaz, no entanto, foi tomado por um ar de desconfiança, pois algo muito estranho acontecera naquele mesmo dia. Rui fora até o restaurante para falar com Andrew, pouco antes do rapaz pedir demissão do trabalho.

Andrew disfarçou, mas intimamente se questionou: "Por que ela veio até aqui querendo me agradar, depois de tudo que Rui me disse essa manhã? Tudo isso está muito estranho!".

Linda não era inocente e logo percebeu que algo de errado estava acontecendo com o namorado.

— Você não gostou muito do que fiz, não foi, Andrew?

— Imagine. Eu adorei!
— Adorou mesmo?
— Sim. Estou dizendo a verdade.
— Você nem sequer abriu os envelopes para ler o que está escrito! Andrew não respondeu e olhou para baixo, sem reação.
— Você não me ama, Andrew? Se for isso, pode me dizer — Linda ficou magoada com a indiferença do namorado.
— Não é isso, Linda...
— O que é, então?

Andrew não conseguiu responder à pergunta de Linda, pois nem mesmo tinha certeza do que estava se passando em sua mente. Desde a hora em que se levantou para trabalhar, o dia para o rapaz estava sendo muito ruim.

Além de ter pedido demissão do trabalho, Andrew recebera a visita de Rui, o piadista da turma, que fora até o restaurante para lhe dizer que tomasse cuidado com Linda, pois ela vinha flertando com Martin havia algum tempo, pelo fato de o rapaz ter comprado um carro novo, saber tocar vários instrumentos musicais e ser um dos rapazes mais populares da cidade.

Visivelmente alterado, Andrew respondeu com rispidez:
— Quer saber a verdade, Linda?

A moça notou algo estranho no tom de voz do namorado e respondeu com altivez:
— Quero sim! Qual é a verdade, Andrew? Quero saber o que está se passando nesta cabecinha cheia dúvidas sobre mim.
— A verdade é que estou cansado dessa história de ser o amor da sua vida e continuar ouvindo seus amigos dizerem pela cidade que sou um garoto mimado e que fui dominado por uma garota esperta. Eles estão me evitando por sua causa, Linda. Estão falando por aí que sou frouxo e que estou completamente perdido por você.

Linda não acreditava no que estava ouvindo, e Andrew continuou soltando suas angústias e dúvidas. Em nenhum momento, contudo, ele disse à namorada que Rui fora até o restaurante para dizer várias mentiras sobre ela.

Andrew não tinha certeza se o que Rui dissera era verdade e àquela altura já não tinha mais certeza de nada. Estava em conflito devido à sua falta de experiência e por não ter pessoas próximas que pudessem orientá-lo.

Andrew continuou:

— Quer saber, Linda? — ele queria terminar a discussão de uma vez por todas.

— O quê, Andrew?

— Hoje, eu ficarei sozinho em casa. Não quero sair como havíamos combinado. Não vamos à discoteca Terra Dance Club esta noite.

— Por quê? Eu vim aqui justamente para combinar o horário do nosso encontro à noite.

— Eu sei, mas já está decidido. Não vou sair de casa. Quero ficar só.

Andrew virou de costas e começou a caminhar.

— Tudo bem. Não precisa se exaltar. Eu compreendo que hoje foi um dia difícil para você.

— Obrigado por compreender minha situação!

— Vai embora assim, sem ao menos me dar um beijo de despedida?

Confuso, Andrew virou o rosto e deu um selinho em Linda de forma tão fria que seria melhor não ter dado.

Naquele momento, Linda percebeu que algo errado estava acontecendo. Não era somente a demissão que estava abalando a mente do rapaz. Algo mais estava pairando no ar.

Por não ter a mínima ideia do que estava se passando na cabeça do namorado, Linda sentiu-se angustiada. O casal, então, tomou rumos opostos. Andrew foi para a direita com o envelope cheio de cartas na mão, e Linda foi para a esquerda com os olhos lacrimejando e tentando compreender a situação.

Eles não sabiam, mas Rui estava preparando uma cilada para vê-los separados de uma vez por todas. Certamente, o rapaz invejava Andrew por ele estar namorando a garota mais bonita da cidade. A razão parecia ser aquela, mas, na verdade, tratava-se de algo muito mais complexo.

▲▲▲

Após meses de um lindo namoro, Andrew e Linda tornaram-se um dos casais mais simpáticos da praia. As pessoas viviam comentando como eles eram felizes e radiantes enquanto caminhavam de mãos dadas pela orla de Canito. No entanto, nas últimas semanas, muitos boatos começaram a correr pelas redondezas, criando uma estranha energia de inveja entre os amigos. Até mesmo Juan se distanciara de Andrew nos últimos tempos.

Tudo aquilo era muito estranho, pois Andrew e Juan estavam sempre juntos nos encontros, nos shows e nas reuniões. Juan distanciara-se sem motivo, e os dois amigos não se encontraram mais. Aquele distanciamento incomodava Andrew, pois ele aprendera muito com Juan e vinha sentindo sua falta.

Juan era uma espécie de líder e seus seguidores acabavam repetindo tudo o que ele fazia. Sendo assim, todos os antigos amigos acabaram isolando Andrew e Linda, sem qualquer motivo aparente. As únicas pessoas que continuaram próximas ao casal foram Madame T. e o próprio Rui.

Era o segundo semestre do ano de 1976, e um dos amigos de Martin decidiu inaugurar uma pequena casa de show no centro da cidade. Uma discoteca típica dos anos 1970, semelhante às boates que começavam a fazer sucesso nos Estados Unidos e nas grandes capitais do mundo.

A casa chamava-se Terra Dance Club e, logo nas primeiras semanas, tornara-se a coqueluche da cidade. Todos os jovens, a maioria entre 16 e 25 anos de idade, frequentavam o local às sextas e aos sábados à noite. Era a única casa de estilo *dance* na região de Vigo.

Juan relutou em ir à tal discoteca, pois, para ele, era uma afronta ao *rock* progressivo e à cultura galega que ele tanto venerava. No entanto, todos os jovens estavam frequentando a famosa Terra Dance Club para beber, dançar e se divertir, deixando Juan para trás com seus ideais antigos.

Andrew e Linda foram convidados por uma amiga para irem juntos à discoteca aquela noite, mas, devido à discussão ocorrida à tarde, o plano parecia ter ido por água abaixo.

Durante o caminho de volta para casa, tomado de sentimentos contraditórios que pairavam em sua mente, como raiva, medo e ciúme, Andrew questionou-se: "Será que Linda é realmente o que diz ser? Será que ela está apaixonada por mim de verdade? Será que ela não tem olhos para mais ninguém?".

Era muito difícil para Andrew descobrir a verdade a essa altura. A única forma de descobrir algo seria perguntando diretamente para Linda, mas, infelizmente, ele já não confiava mais na palavra dela.

Além do charme e da beleza incomparável, Linda carregava dentro de si um segredo que não contava a ninguém, e talvez por esse motivo Andrew sentia que ela estava lhe escondendo algo. Ele achava que Linda possuía um amor perdido no passado, típico pensamento de um adolescente apaixonado e inexperiente.

Andrew também pensava que podia ser apenas um jogo emocional de Linda para manter a paixão em alta e provocar ciúme nele. Eram muitas as dúvidas que pairavam na mente de Andrew. Mas, para Linda, não havia dúvidas. Ela amava-o e seus sentimentos eram verdadeiros. A moça apenas tinha uma enorme vontade de se tornar cantora internacional e conquistar o mundo e não mediria esforços para realizar seu grande sonho. Talvez fosse esse seu grande segredo pessoal.

Andrew ainda não sabia desse segredo de Linda, pois ela não lhe contara nada. O rapaz não tinha irmãos para orientá-lo, e a única pessoa que poderia ajudá-lo naquele momento era seu amigo mais velho, Juan, mas ele desaparecera.

De fato, não havia nada de errado acontecendo com Linda, contudo, Andrew, mesmo sendo uma pessoa de boa índole e não tendo maldade no coração, tinha uma personalidade teimosa e típica de um jovem adolescente de descendência irlandesa, o que o fazia cometer erros.

Durante seis meses, Andrew e Linda viveram um grande amor e formaram um casal invejável. Era lindo vê-los caminhando de mãos dadas pela praia, nas festas e nas confraternizações que aconteciam em Vigo. Mas seria o amor mais forte que a inveja alheia e a imaturidade de Andrew? Somente o tempo teria essa resposta.

Eles não sabiam, mas algo inesperado estava prestes a acontecer e que, em um piscar de olhos, abalaria as estruturas daquele amor. Algo estranho, que acabou ocorrendo na mesma noite do show de dança na boate Terra Dance Club.

O dia 4 de setembro de 1976 marcaria a vida de Andrew e de Linda para sempre, mas havia uma indagação: Qual seria o motivo de algo tão ruim ocorrer de forma tão estranha e repentina?

Capítulo 9
Encontro inesperado

Após a discussão na praia, Andrew decidiu voltar para casa, em vez de aceitar o convite de Linda para ir até o Terra Dance Club.

Linda, por sua vez, também decidiu voltar para casa, porém, no caminho de volta, encontrou Rui caminhando pela rua.

Ambos se cumprimentaram e caminharam juntos até o ponto de ônibus, com o intuito de colocar o papo em dia.

Linda disse:

— Faz tempo que não nos falamos, não é, Rui?

— É verdade. Faz uns quatro meses que não nos vemos.

— Como vai o pessoal? Está tudo bem com Juan, Martin e os outros?

— Sim. Juan está planejando tocar em outras cidades da Espanha, talvez Madri ou Barcelona. Não está sendo fácil para ele. Depois que a moda *disco* chegou aqui, ficou difícil tocar as músicas originais da Galícia. O pessoal só quer ouvir música americana e mergulhar nas drogas.

— Drogas?

— Sim, cocaína e heroína.

— Sério?

— Sim. Essas drogas estão invadindo a Europa.

— Tem razão. Tenho percebido uma grande mudança cultural acontecendo aqui. As pessoas estão meio estranhas ultimamente, inclusive nossos antigos amigos. Infelizmente, é a marcha da civilização se manifestando, como Juan costumava dizer quando nos reuníamos ao redor da fogueira na casa dele. Lembra-se?

— Tem razão. Juan sempre nos falou sobre isso. Eu me lembro de quando nos reuníamos na casa de pedra e ele falava sobre as mudanças que veríamos num futuro próximo.

— Bons tempos eram aqueles em que nos reuníamos para conversar ao redor da fogueira, não, Rui?

— É verdade. A propósito: o que está pensando em fazer esta noite?

— Não sei ainda, Rui. Por que a pergunta?

— Gostaria de ir ao Terra Dance Club?

— Sim, eu gostaria muito, mas não queria ir sozinha.

— Sozinha? Por quê sozinha? — Rui fingiu surpresa.

Linda respondeu:

— Andrew não quer sair esta noite. Está chateado por ter pedido demissão do restaurante.

— Ele pediu demissão?

— Sim.

— Quer dizer que você ficará em casa sozinha por causa dele?

— Acho que sim!

— Hoje, acontecerá um show de dança muito legal no clube. Martin conhece o diretor do grupo e pode conseguir um camarote *VIP* para você. Que tal? Você pode ficar conosco e quem sabe até conhecer o tal diretor.

— Diretor de um grupo de dança?

— Sim. Ele é norte-americano e está sempre à procura de cantoras e dançarinas para criar novos grupos. Sabe como é. Algumas meninas entram, outras saem. É assim que as coisas acontecem.

— Eu sei como funciona — Linda respondeu com os olhos brilhando de entusiasmo. Ela não podia perder a oportunidade de conhecer pessoas importantes que pudessem lhe mostrar o caminho para a realização do seu grande sonho.

Estranhamente, parecia que Rui sabia exatamente o que estava fazendo ao convidar Linda para ir até a discoteca.

O convite era irrecusável. Linda queria que Andrew estivesse ao seu lado, mas, após a briga, isso certamente não seria possível. Mesmo assim, ela não hesitou e aceitou o convite de Rui.

***

— Seja bem-vinda, Linda! Que bom que aceitou vir ao nosso *dance club* esta noite — disse Clark, proprietário e anfitrião da casa, um rapaz de aproximadamente 35 anos, cabelos grisalhos e muito charmoso.

— Obrigada pela ótima recepção — a moça respondeu.

— Sinta-se em casa, Linda.

— Como o senhor sabe meu nome?

— Martin falou muito sobre você. Ele disse que você viria aqui esta noite e vim lhe dar as boas-vindas.

— Que legal! Muito obrigada pela recepção.

— Seja bem-vinda. Meu nome é Clark.

— Muito prazer, Clark. Mas o que Martin costuma dizer sobre mim?

— Que você é uma garota bonita e canta como ninguém.

Linda sorriu timidamente.

— Siga por ali e suba a escada em caracol até o camarote superior. Martin e o pessoal a estão esperando.

— Você sabe se Juan está aí também? — Linda perguntou.

— Juan não gosta de vir aqui.

— É verdade. Este lugar não tem nada a ver com ele. Seria uma surpresa encontrá-lo aqui.

Vestindo uma calça de couro preta e uma blusa deslumbrante e usando botas de cano alto, Linda estava mais bela que nunca. Seu estilo era autêntico, e por onde passava ela chamava a atenção. Sem dúvida, era uma moça muito atraente.

Antes de subir até o camarote, Linda encontrou Rui no corredor, bebendo uma dose de vodca com limão, rodeado de várias pessoas.

— Olá, Linda! Eu sabia que você não ficaria em casa hoje. Que bom que veio!

— Senti que deveria vir, Rui.

— A propósito, você está linda esta noite!

— Obrigada! Você nunca reparou em mim. Por que está reparando agora?

— Só estou falando a verdade, Linda. Vamos subir. Venha.

As intenções de ambos eram completamente distintas. Enquanto Rui a convidara para ir ao clube a pedido de Martin, com a desculpa de que ela seria apresentada ao diretor do grupo de dança, em nenhum momento Linda pensou em ir à discoteca para encontrar Martin. Definitivamente, a moça não tinha interesse em ninguém além de Andrew. Estava ali apenas para conhecer pessoas relacionadas ao *showbiz* americano.

— Venha, Linda. É por aqui — Rui disse.
— Tudo bem. Estou atrás de você.
Pouco depois, chegaram à mesa onde estava Martin.
— Oi, Linda. Como está? — Martin foi ao encontro da moça.
— Oi, Martin. Estou bem e você?
— Você está deslumbrante esta noite!
— Obrigada. Você também está bem. Está mais magro e bem-vestido. O que aconteceu com você, afinal? Nunca mais o vi com sua velha caminhonete na cidade! Como está diferente!
— Aquele Martin que você conheceu não existe mais. Aquela vida miserável e sofrida trabalhando como escravo na serralheria do meu avô é coisa do passado.
— Por quê? Seu avô morreu?
— Não. Ele está mais vivo que nunca. Quem morreu foi aquele Martin que você conheceu. Agora sou sócio desta bela casa de show ao lado de Clark, o cara que a recebeu na entrada.
— Ele foi muito simpático comigo.
— Pois bem, Linda. Como pode ver, aquela vida de *hippie* idiota ficou para trás. Mergulhei de cabeça nos negócios. Agora, meu foco é grana alta e música de qualidade. Só contratamos bandas famosas e shows de grupos americanos, britânicos e franceses. Chega desse negócio de música galega e celta. Tudo é isso é besteira, não dá dinheiro. O que dá dinheiro é *show business,* querida. Você sabe o que é isso?

Linda ouviu tudo o que Martin disse e estava abismada com as palavras que saíam da boca do amigo, pois ele sempre foi um rapaz simples como todos os outros do grupo.

Ela não imaginava, no entanto, que tudo o que Martin estava lhe dizendo era mentira. Ele apenas estava tentando iludir Linda para que acreditasse que ele se tornara um rapaz rico e influente.

Martin disse:
— Sente-se ao meu lado, Linda. Daqui a pouco, a levarei até o camarim para que conheça Mr. Silverstone, o diretor do grupo de dança que se apresentará dentro de alguns minutos.
— Verdade? Quero muito conhecê-lo!
— Pode deixar! Quem está comigo está em boas mãos — Martin respondeu com arrogância, levantando a gola da camisa branca de linho com abotoaduras brilhantes nas mangas.

Linda sentou-se junto à mesa e pediu um refrigerante com gelo para o garçom, mas, ao virar o corpo para pendurar a bolsa na cadeira, percebeu um movimento estranho ao redor da mesa. Muitas pessoas aproximaram-se, sentaram-se e levantaram-se ao mesmo tempo.

Quando Linda se sentou, havia sete pessoas na mesa. Em seguida, chegaram algumas moças, e, em menos de trinta segundos, todas elas saíram sorrindo em direção ao banheiro que ficava a menos de cinco metros de distância da mesa particular de Martin e de seus amigos. Logo depois, chegaram alguns rapazes, e Martin cumprimentou a todos como se fossem velhos amigos. Rui permaneceu ao lado dele e, estranhamente, passou a colocar a mão no bolso constantemente, tirando pequenos embrulhos azuis que eram entregues rapidamente para as pessoas que se aproximavam da mesa.

Após alguns minutos, Linda percebeu exatamente o que estava acontecendo. Martin transformara-se em um traficante de cocaína, a droga do momento, a grande novidade que vinha transformando pés-rapados da periferia de Vigo em pessoas altivas em poucas semanas. Era a droga do momento, caríssima, mas muito procurada pela classe média.

Linda notou o que estava acontecendo com Martin. A sociedade que ele dizia ter com Clark era, na verdade, apenas uma fachada para que ele pudesse trabalhar livremente dentro da danceteria. Seu verdadeiro sócio era Rui. Juntos, eles faziam dinheiro fácil vendendo drogas para a classe média de Vigo e para os turistas endinheirados que chegavam das cidades vizinhas.

Os bolsos do paletó de Rui não davam conta de tanto dinheiro. No entanto, parecia um negócio seguro para ele, pois, para chegar até o camarote, era preciso subir a estreita escada em caracol guardada por dois seguranças muito fortes. Ou seja, era impossível alguém chegar ao andar superior sem ser convidado e sem ter pelo menos 200 dólares na carteira.

Linda não estava se sentindo confortável em presenciar a sujeira correndo solta bem na sua frente. O que ela mais desejava era sair dali e deixar tudo para trás. Até mesmo a ideia de conhecer o tal diretor não a empolgava mais, pois estava vendo com seus próprios olhos como eram os bastidores do *show business* ao redor do mundo. A moça, no entanto, preferiu aguardar um pouco mais.

Inquieto, Martin olhou para Linda e disse:

— Quer experimentar um pouco, gata? — apontando para um pequeno espelho que estava sobre a mesa.

Martin demonstrava que já estava entorpecido. Fazendo uma breve pausa nos negócios, ele esticou uma carreira de cocaína para Rui e insistiu:

— Vamos, Linda! É só cheirar e aproveitar a noite. Não tenha medo. Você vai gostar!

Enquanto tentava convencê-la, Martin colocou o pequeno espelho na sua frente, esperando que Linda aceitasse o que lhe estava sendo oferecido.

Ao ver aquilo, Linda ficou enfurecida e, sem pensar nas consequências, bateu com força no espelho, jogando longe a droga.

Ela contestou enraivecida:

— Está ficando louco, Martin? Quem disse que eu quero essa porcaria?

Martin assustou-se com a reação da moça e levantou-se, querendo demonstrar superioridade:

— Você é uma garota caipira e antiquada! Só porque é bonitinha e canta bem, acha que pode ser mal-educada com as pessoas? Eu a convidei para vir aqui com toda boa vontade, e você me trata desse jeito?

— Eu não retiro o que disse, Martin. Você é um idiota interesseiro, e eu sempre soube de sua má índole. Mas traficar drogas, para mim, é demais!

— Você não está entendendo, Linda!

— Sim, estou! Você não me engana. Só me convidou para vir aqui para me seduzir com essa sua roupinha bonita e seu estilo *yuppie*. Você quer ficar parecido com um norte-americano bem-sucedido, mas no fundo é um pé-rapado que vive na periferia de Vigo. E digo mais: você nunca conseguirá me seduzir, pois uma mulher de verdade não quer dinheiro, *glamour*, carros, drogas e uma vida de mentiras. Uma mulher de verdade quer ser amada e respeitada. E, para mim, homem de verdade deve agir com respeito.

— Espere aí, garota! Está querendo dizer que aquele irlandês medíocre do Andrew é um homem de verdade? É isso que está me dizendo?

— Exatamente. Ele pode ser um garçom, mas para mim não importa. O que importa é o amor que sentimos um pelo outro.

Martin sorriu ironicamente:

— Você é uma menina inocente e sonhadora como eu sempre imaginei. Que pena que pensa dessa maneira, Linda. Ao meu lado, você poderia conviver com pessoas interessantes e conhecer o mundo. Um mundo de *glamour* e riqueza que aquele idiota do Andrew nunca poderá lhe oferecer.

Antes que ela pudesse responder à altura, o segurança surgiu na escada em caracol:

— Senhor Martin, as meninas já vão começar o show. O senhor me pediu para avisá-lo quando o Mr. Silverstone chegasse. Ele o está aguardando lá embaixo.

— Venha, Linda, vamos descer. Quero apresentá-la ao Mr. Silverstone. Tente mostrar que está gostando. Com essa cara fechada, ninguém vai gostar de você. Apesar de ser mal-educada, farei o favor de apresentá-la ao empresário.

— Não me importo com que os outros pensam! — Linda respondeu com raiva.

— Vamos, Rui. Deixe tudo aí. Ninguém vai mexer em nosso ouro branco. Fique tranquilo.

Rui estava completamente viciado na cocaína e, antes de descer, cheirou outra carreira e bebeu mais um copo de vodca com gelo.

Linda não sabia, mas o circo estava armado. Quando Rui foi ao restaurante para conversar com Andrew, não foi apenas para colocar o papo em dia. Na verdade, ele foi até lá para dizer ao rapaz que Linda estava interessada em Martin. Ao saber disso, Andrew ficou maluco e duvidou do que ouviu, mas Rui lhe disse que bastava ele chegar de surpresa no clube para conferir com seus próprios olhos o que ele estava dizendo.

Sem imaginar o que encontraria, Andrew decidiu sair de casa e ir até a danceteria antes de o show começar.

Martin desceu e viu o empresário americano:

— Olá, Mr. Silverstone. Como está? É um prazer conhecê-lo.

— Muito prazer. Qual é o seu nome mesmo, garoto?

Martin olhou com raiva para o Mr. Silverstone e respondeu:

— Meu nome é Martin. Sou seu fornecedor aqui na Espanha. Já esqueceu?

— Desculpe, amigo. Estava o confundindo com aquele baixinho alegre e saltitante ali. — Mr. Silverstone deu uma gargalhada, enquanto apontava para Rui.

Rui estava distraído olhando para a recepção, preocupado com as pessoas que estavam entrando no clube, pois a qualquer momento Andrew chegaria.

Martin relaxou e gargalhou, tentando mostrar-se importante perante o endinheirado Mr. Silverstone.

— Mr. Silverstone, quero apresentá-lo a uma amiga.

Martin colocou o braço esquerdo sobre o ombro de Linda e continuou a bajulação.

— Ela é uma ótima cantora e dançarina.

Martin era bem mais alto que Linda e aproveitou a oportunidade para abraçá-la enquanto fazia as apresentações.

— Muito prazer em conhecê-la, Linda. Você é realmente bonita.

A moça sentiu-se desconfortável com Martin abraçando-a, no entanto, não deixou transparecer a raiva e agradeceu o elogio:

— Obrigada, Mr. Silverstone. É um prazer conhecê-lo!

Rui deixou os três conversando e correu até a porta de entrada ao notar que Andrew havia chegado.

O rapaz estava vestido com uma jaqueta de couro preta que pegara escondido do armário do seu pai.

Rui correu até a recepção e puxou Andrew para dentro, retirando-o da fila.

Clark, o dono da danceteria, disse ao ver a cena:

— Hei! O que está fazendo, Rui? Esse cara não pagou a entrada.

— Ele é meu amigo, Clark. Deixe-o entrar. Não precisa cobrar. Coloque tudo na minha conta. Vamos, Andrew, entre! Vamos conhecer a casa.

Rui estava afobado, para não dizer ansioso e drogado.

Andrew ficou sem graça diante de tanta gente bonita e bem-vestida:

— Que lugar legal, Rui! Você vem sempre aqui?

Rui estava elétrico e não respondeu.

— Venha, Andrew. Vamos até o balcão do bar. Vou lhe pagar uma bebida. O que deseja beber?

— Pode ser uma Cuba Libre.

— Por favor. Uma Cuba Libre para meu amigo. Coloque na minha conta — Rui disse ao *barman*.

Rui acendeu um cigarro, segurou o braço de Andrew e apontou em direção à escada em caracol:

— Amigo! Olha só. Veja com seus próprios olhos o que eu lhe disse essa tarde.

— Onde?

— Embaixo da escada — Rui disse.

Andrew não conseguiu sequer dar um gole na bebida. Ficou paralisado ao ver a cena que lhe feriu o peito como uma espada. O rapaz não acreditava, mas era verdade. A poucos metros de distância, Martin estava bem na sua frente sorrindo com naturalidade e abraçando Linda. O pior é que a moça parecia à vontade ao lado do rapaz, sorrindo descontraída enquanto conversava.

Andrew jamais compreenderia que Linda estava apenas tentando ser educada com o empresário americano. No fundo, ela estava se sentindo mal naquele momento. Sem entender o que estava acontecendo, a moça sentiu um enorme desconforto, um tipo de vertigem, como se estivesse balançando dentro de um barco.

Como isso era possível, se ela não havia bebido nada de estranho desde que chegara, muito menos usado qualquer tipo de droga?

Linda não sabia, mas era sensitiva e captara a energia de intriga manifestando-se no ambiente. Era uma terrível mistura de raiva, aversão, mentira e falsidade, que a atacou sem que ela tivesse qualquer controle.

A menos de dez metros de distância do balcão do bar, Andrew não acreditava no que estava vendo:

— O que é isso, Rui? Isso não é possível! Linda estava comigo na praia hoje à tarde dizendo que me amava e agora está abraçada ao idiota do Martin?

Andrew tirou o envelope do bolso repleto de cartas que Linda lhe escrevera e mostrou para Rui:

— Veja, Rui. Essa tarde, Linda me levou várias cartas com mensagens românticas. Não posso acreditar que ela seja capaz de fazer isso comigo! — Andrew estava descontrolado e bastante nervoso.

Rui aproveitou o momento e incendiou ainda mais a situação:

— Pois é, amigo. Eu lhe disse que você veria tudo com seus próprios olhos. Aí está! Sou seu amigo e não poderia aceitar uma situação dessa sem fazer nada. Você está sendo enganado todos os dias, meu caro amigo!

Enfurecido e completamente fora de si, Andrew bebeu a cuba libre e foi em direção a Martin e Linda.

— Calma, Andrew! Não faça nenhuma besteira — Rui gritou correndo atrás de Andrew no meio da multidão.

Sem pensar, Andrew aproximou-se de Martin e empurrou-o com violência. Em seguida, virou para Linda e disse:

— Vagabunda! Eu sabia que não deveria confiar em você. Por isso, nunca me entreguei completamente a você, Linda!

Martin olhou assustado para Andrew, que estava alterado. Ele posicionou-se atrás do rapaz, pronto para atacá-lo com uma gravata, mas os seguranças perceberam a má intenção de Martin e seguraram-no para evitar mais confusão.

— O que eu fiz, Andrew? O que eu fiz? — Linda gritou no meio da multidão, tentando compreender o que estava acontecendo.

— O que você fez?! Fique sabendo que não sou otário como você pensa. Ainda bem que tenho amigos para abrir meus olhos e me mostrar a verdade. Se não fosse Rui, certamente você continuaria me enganando pelo resto da vida.

Transtornada e nervosa, Linda não conseguiu dizer mais nada. Muito magoada e sem compreender o que estava acontecendo, a moça sentiu-se mal ao ouvir a palavra "vagabunda", pois nunca imaginara ouvir tal coisa saindo da boca do seu amor.

Mr. Silverstone ficou pasmo com a discussão e retirou-se, pedindo aos dois seguranças que o acompanhassem até o camarim.

Rui, por sua vez, queria ver o circo pegar fogo e colocou mais lenha na fogueira. O rapaz aproximou-se de Andrew com o envelope de cartas de Linda e perguntou:

— Andrew, isso é seu?

— Não quero essa porcaria, Rui!

Sem raciocinar, Andrew começou a rasgar papel por papel e jogou tudo em Linda, que não conseguia compreender nada do que estava acontecendo.

Mesmo que conseguisse, seria muito difícil esclarecer a situação a Andrew, pois a trama fora muito bem armada por Rui.

Andrew disse:

— Pegue tudo o que você escreveu, pois não passa de um monte de mentiras!

Assim que terminou de picotar as cartas como se estivesse possuído pela raiva, Andrew chutou os papéis picados para o centro do salão e em seguida foi ao encontro de Martin. Exalando uma enorme ira, ele olhou no fundo dos olhos do adversário.

Martin coçou o nariz, estufou o peito e sorriu de maneira sarcástica.

— Está nervosinho, garoto?

Andrew olhou para trás e viu Linda agachada no chão, tentando juntar os pedaços das cartas. O rapaz não aguentou a provocação de Martin. Foi a gota d'água para ele explodir de raiva e dar uma forte joelhada no meio das pernas de Martin, colocando-o em posição fetal devido ao golpe violento.

De repente, Andrew foi agarrado por dois seguranças e levado rapidamente até a porta de saída. Sem hesitar, os seguranças empurraram-no com força em meio à multidão e jogaram-no na calçada, sem que ele tivesse chance de se explicar.

Andrew ficou furioso, mas foi forçado a aceitar a situação. Devido ao ciúme, à raiva e à descarga de adrenalina, ele acreditou ter feito a coisa certa. No entanto, após o episódio, um remorso gigantesco o dominou quando se lembrou da cena de Linda chorando no centro do salão, enquanto tentava juntar os pedaços das cartas.

De repente, Andrew percebeu seu descontrole e sentiu-se arrependido.

Infelizmente, tudo fora uma grande armação contra o casal. Linda nunca tivera nada com Martin. Ela estava apenas sendo apresentada a um diretor de dança, somente isso.

Afinal, que armação fora aquela? Qual era o real motivo de tudo aquilo? Será que toda aquela situação fora fomentada pela inveja de Rui? Será que Martin estava mesmo interessado em Linda? Quem fora o mandante da armação? A resposta ainda era uma incógnita.

Confuso, Andrew tentava recompor-se enquanto era vaiado pelas pessoas que estavam na fila do Terra Dance Club.

Enquanto isso, dentro da danceteria, Linda passava mal e precisou ser socorrida por Clark e por uma garçonete.

Andrew pedira a lambreta de Pablo emprestada para ir até a danceteria, pois o local ficava muito longe. Pablo era um dos garçons recém-contratados do restaurante Andaluz.

Com raiva, ele subiu na lambreta emprestada e acelerou pela avenida, com os cabelos esvoaçando.

Em alta velocidade e desviando perigosamente dos carros, seguiu até a Ponte de Rande, que ligava a cidade de Vigo a Redondela por meio de um estreito braço de mar.

Quando chegou ao ponto mais alto da ponte, Andrew desceu da lambreta e ficou tentando entender como Linda podia ser tão má e traiçoeira com ele.

Naquele momento, toda a raiva do mundo estava sobre seus ombros. Sua vontade era pular do parapeito da ponte e acabar de uma vez por todas com aquela história. Era fácil. Andrew estava no ponto mais alto da ponte e bastava que pulasse nas águas geladas. Seria fatal.

Durante alguns minutos, ele ficou em pé no parapeito, sozinho e completamente fora de si. Estava decidido a se jogar.

Quando todas as esperanças deixaram Andrew, uma ponta de lucidez, de repente, tomou conta de sua consciência. O rapaz lembrou-se de Linda dizendo-lhe palavras singelas, enquanto o abraçava na Praia de Louro, antes de fazerem amor pela primeira vez. Essa cena trouxe-o de volta à realidade, evitando, assim, uma tragédia.

Graças a Deus, os segundos de lucidez depuraram os pensamentos de Andrew, que recuou do parapeito, levantou a cabeça, olhou para o céu e soltou um grito de fúria tão forte que chegou a ser ouvido do outro lado da ponte, tamanha era a ira que vibrava em seu coração.

Se Andrew fizesse uma besteira, certamente o rumo de sua vida mudaria para sempre.

O rapaz não sabia, mas aquela noite era a última vez que ele veria Linda. Portanto, a cena de sua amada chorando na discoteca seria a última imagem que ficaria gravada em sua mente. A mesma imagem que assombraria sua consciência para sempre, como se fosse um trauma.

Após o acontecido, os dias passaram com imensa tristeza e saudades. Andrew tinha vontade de ir até a casa de Linda, de revê-la e talvez até de lhe pedir desculpas pelo que fizera, mas o medo de errar e o orgulho de encarar a realidade impediam-no.

A mente orgulhosa do rapaz insistia em alimentar a ideia de que havia muito tempo Linda estava o traindo com Martin. Por essa razão, ele pensava que jamais se rebaixaria para pedir-lhe desculpas.

Andrew preferiu ficar com o orgulho ferido em vez de se redimir e buscar a verdade. Assim, sua única opção foi engolir os lamentos e seguir adiante, tentando esquecer Linda de uma vez por todas. Uma tarefa nada fácil para um jovem que se apaixonara perdidamente pela mais bela garota de Vigo.

***

Voltando àquela noite na danceteria, Linda foi levada às pressas ao hospital, onde passou a noite sendo medicada e tratada.

Ao chegar em casa no dia seguinte com a ajuda de algumas amigas, Linda foi abordada pelo pai, que a recriminou pois a avisara sobre a má índole de Andrew.

Linda não tinha condições emocionais para retrucar o comentário do pai e, por isso, decidiu ficar em silêncio. A única coisa que desejava era trancar-se no quarto e não falar mais nada com ninguém sobre o ocorrido.

Foram necessários muitos dias para que Linda se recuperasse do acontecido. Sem dúvida, foi um período muito difícil tanto para Linda quanto para Andrew.

O amor supostamente infinito do casal desapareceu de forma estúpida e imatura, como se fosse areia se esvaindo ao vento. Algo completamente sem sentido, porém previsível, pois ambos não possuíam ainda maturidade e vivência suficientes para superar os dissabores e os contratempos fomentados pela inveja alheia.

Agora, só lhes restava o tempo para compreender o afastamento e viverem para sempre distantes um do outro.

Capítulo 10
Em busca de um sonho

Se não acreditar em si mesmo, ninguém acreditará.

O ocorrido na danceteria pode ter sido obra do destino. Embora Linda tenha ficado com o coração partido, profissionalmente sua vida dera uma guinada.

Algumas semanas depois, Mr. Silverstone, sem explicação, enviou um mensageiro até a casa de Linda, dizendo que gostaria de lhe fazer uma proposta e que, se ela se interessasse, deveria encontrá-lo para saber mais detalhes. O empresário alugara uma bela casa em um bairro luxuoso da cidade para facilitar seus negócios na região.

Mesmo desconfiada, Linda decidiu averiguar a proposta e acompanhou o mensageiro até a mansão de Mr. Silverstone. Na verdade, a moça não aguentava mais o pai e estava pronta para aceitar qualquer proposta de trabalho que recebesse. Ela estava determinada a ir embora de Vigo e a começar uma nova vida, principalmente se a proposta de Mr. Silverstone estivesse atrelada à realização do seu grande sonho de se tornar uma cantora internacional.

Mr. Silverstone, educadamente, informou que estava montando um novo grupo de dança para atender às casas de show de Paris e havia vagas para moças com o talento de Linda.

Mesmo não conhecendo seu trabalho como cantora, ele confiava nas palavras de Martin e, por isso, fez o convite.

Linda ouviu a proposta com atenção e tomou sua decisão, porém, o que a fez decidir sobre o novo rumo de sua vida foram as últimas palavras que Mr. Silverstone proferiu durante o encontro:

— Linda, tenho quase 60 anos de idade, passei por muitas provações em minha vida e uma coisa eu aprendi: minha vida só começou a andar para frente quando deixei as pessoas que me puxavam para trás.

Após ouvir aquela frase, Linda não hesitou e aceitou a proposta imediatamente.

Mr. Silverstone pediu que ela se apresentasse na manhã seguinte no saguão do aeroporto e pegasse um voo direto para Paris, que sairia às seis horas da manhã. Aquele seria o local onde todas as meninas do grupo estariam presentes com as malas prontas, duas horas antes do embarque.

Linda ficou confusa, pois tudo estava acontecendo rapidamente. Desde o rompimento com Andrew, ela estava deprimida, mas agora a vida estava lhe dando a chance de ser feliz.

A jovem respirou e, sem consultar os pais, respondeu a Mr. Silverstone que estaria no aeroporto na hora combinada.

Sem perder tempo, Linda despediu-se do empresário e seguiu para casa, arquitetando a nova empreitada. Agora, ela possuía um motivo real para seguir em frente e realizar seu grande sonho.

Mesmo sabendo que sua mãe ficaria chocada com a notícia, intimamente, Linda tinha convicção de que ela a apoiaria. Já seu pai nunca aceitaria uma decisão como aquela e a reprovaria veementemente.

Não adiantava mais. Nada a impediria de seguir adiante. O plano estava idealizado, e Linda fugiria de casa logo pela manhã sem que seu pai percebesse.

Não foi fácil para Linda se despedir da mãe, mas, após a bênção da senhora Denise, a moça pediu que ela a ajudasse com os documentos para emancipação, afinal, não poderia viajar sozinha sem a autorização dos pais.

Após a conclusão da papelada no cartório, Linda seguiu em paz rumo ao Aeroporto Peinador, em Vigo, com apenas uma mochila nas costas, dois pares de bota e algumas peças de roupas.

Embora tudo tivesse acontecido rapidamente, em seu íntimo, Linda sabia que tomara a melhor decisão.

Em menos de uma semana, ela já fazia parte do *casting* principal das dançarinas e, dez dias depois, já estreava em um dos maiores teatros de Paris.

Para Linda, tudo era maravilhoso, pois seu grande sonho estava se realizando. No entanto, ela sabia que o caminho para o sucesso seria longo e que muita dedicação e determinação seriam necessárias, pois Mr. Silverstone era um homem exigente quando o assunto era trabalho e dinheiro. Além de ser um ótimo produtor, arranjador e figurinista, era também um exímio homem de negócios e dificilmente alguém o passava para trás nos contratos.

Linda estava se realizando profissionalmente e, com tantos compromissos à vista, mal teve tempo de pensar em Andrew, que, por sua vez, estava de volta à sua antiga e pacata vida.

Mesmo ferida na alma, Linda não podia negar que ainda o amava, porém, a dor que sentiu quando Andrew rasgou suas cartas e a ofendeu na danceteria era enorme e ela não conseguia perdoá-lo.

Semanas depois, Andrew não tinha mais qualquer notícia de Linda. Nem mesmo Rui ou Madame T. sabiam de seu paradeiro. Ela sumira.

De uma coisa Andrew tinha certeza: Martin não tinha nada a ver com o desaparecimento de Linda, pois continuava com sua vida como traficante.

Todos se perguntavam: "Aonde Linda teria ido, afinal? Com quem ela fugiu e por quê? Como havia desaparecido de forma tão repentina, se nem sequer tinha dinheiro para comprar roupas?".

Se porventura ela tivesse arrumado um emprego em Vigo ou dado continuidade à sua carreira de cantora, certamente alguém na cidade teria notícias dela. No entanto, ninguém sabia de seu paradeiro. Talvez a mãe de Linda soubesse de algo, mas ninguém se arriscava a ir até a casa dela para perguntar.

Durante três meses, Andrew procurou Linda em todos os lugares possíveis. Inúmeras vezes, ele ficara parado na esquina da casa da jovem, tentando tomar coragem para bater na porta da residência e buscar notícias dela. Infelizmente, era tarde demais. Ele percebeu que não havia mais ninguém ali. Ela realmente partira para nunca mais voltar. Mas para onde partira e com quem?

Enquanto Andrew se remoía com as lembranças do passado e com sua atitude imatura, que havia resultado na ruptura do namoro, Linda ascendia profissionalmente e aceitava todas as propostas de shows que surgiam pela Europa. Seu objetivo era realizar o sonho de infância e esquecer Andrew de uma vez por todas.

A essa altura, ela estava tão envolvida com contratos e shows pelas capitais da Europa que a possibilidade de voltar para Vigo não existia mais.

***

Dois meses depois, Andrew retornou ao Restaurante Andaluz. Sem perspectiva de encontrar Linda e agora sem dinheiro, a única opção do rapaz foi voltar ao restaurante onde trabalhara e pedir seu emprego de volta, o que não seria nada fácil, pois teria de passar por cima do próprio orgulho para encarar o gerente Sílvio outra vez.

Tudo, no entanto, acabou correndo bem, e Andrew conseguiu o emprego de volta. Após ouvir as queixas e as advertências do gerente, ele relevou tudo, pois precisava trabalhar para ganhar seu próprio dinheiro.

E Juan Cavallera? Onde estava? Ninguém sabia seu paradeiro. Ele também desaparecera de Vigo sem deixar rastros.

Enquanto preparava as mesas para o jantar do sábado com a ajuda de outro garçom, Andrew deparou-se com uma cena que nunca esperaria ver na vida.

Andrew exclamou assustado:

— Meu Deus! O que é isso, Pablo? — Andrew olhava para o televisor do restaurante e assistia paralisado a um dos programas de entrevistas mais conhecidos da Espanha, sem acreditar no que estava vendo.

— Cara, olhe isso! Não pode ser verdade!

— O quê, Andrew?

— É ela, Pablo!

— Ela quem, Andrew?

— Linda Di Stéfano, oras!

— Sua ex-namorada?

— Exatamente!

— O que ela está fazendo na TV?

— Não sei. Cale a boca e me deixe ouvir o que o apresentador está dizendo!

— Desculpa! Foi você quem me chamou para ver! Pablo, então, afastou-se e, enquanto arrumava os talheres sobre a mesa, sussurrou: — Que droga! Esse cara está ficando maluco!

O apresentador de TV dizia entusiasmado:

— Boa noite, queridos telespectadores! Hoje, tenho o prazer de apresentar nosso grande entrevistado da noite. Ele é um dos maiores produtores artísticos da Europa do momento. Seu nome é Silvester Silverstone. Palmas, por favor.

Andrew voltou-se para Pablo:

— Olhe! Linda está sentada ao lado desse tal Silvester!

— Estou vendo, Andrew.

— Cale a boca, Pablo, o apresentador vai falar de novo!

Novamente, Andrew voltou sua atenção à televisão.

— Ele é nascido em Nova Iorque, mas reside em Madri há mais de vinte anos. Seus shows estão fazendo um enorme sucesso nas casas noturnas das principais capitais da Europa. Seja bem-vindo, meu amigo Silvester Silverstone! Conte um pouco sobre os novos projetos que está desenvolvendo com essas lindas garotas que estão sentadas ao seu lado.

Andrew estava atônito, assistindo a tudo.

Ao lado do sofá onde Mr. Silverstone estava sentado havia quatro belas garotas. Uma era morena, alta com cabelos ondulados; outra era negra de cabelo curto; outra era ruiva com cabelos longos brilhantes; e a última era Linda, sorridente e maravilhosa como sempre. Ela parecia feliz e realizada, porém, em nenhum momento, o entrevistador lhe dirigiu a palavra. A moça apenas sorria das piadinhas, enquanto ele entrevistava Silvester.

Durante o programa, o entrevistador Carlos Salvatore pediu à produção que exibisse os vídeos dos shows das meninas para mostrar o enorme público que estava sendo atraído nas capitais da Europa.

Pablo aproximou-se de Andrew e disse:

— Ela é realmente bonita! Como conseguiu perdê-la, Andrew?

O rapaz irritou-se:

— Eu não sei, Pablo! — ele ficou cabisbaixo, demonstrando arrependimento.

— Desculpa, não quis ser invasivo.

— Eu a deixei ir embora por uma besteira, Pablo! Infelizmente, ela se foi e certamente nunca mais a verei outra vez.

O apresentador mostrou os shows com o intuito de promover a turnê europeia, que teria início no mês seguinte. Em seguida, Mr. Silverstone finalizou a entrevista dizendo que estava muito feliz com o novo grupo e que torcia para que elas alcançassem seus objetivos artísticos.

Era uma noite chuvosa de sábado e quase todos os habitantes de Vigo estavam assistindo ao programa de Carlos Salvatore, pois tinha muita audiência na Espanha. Até mesmo o velho Antônio assistiu ao programa ao lado da esposa, mas se manteve o tempo todo calado.

No restaurante, Andrew não se conformava com o que estava vendo. Era um golpe muito forte para ele.

Mais tarde, ao chegar em casa, foi direto para seu quarto, onde passou a madrugada inteira sem dormir, pensando em sua amada Linda. Do que adiantava sofrer, no entanto, se não podia voltar atrás?

No dia seguinte, ao sair para trabalhar, Andrew passou em frente à barraca de frutos do mar do senhor Manoel e foi abordado por pessoas que debochavam dele e teciam julgamentos sobre a entrevista da noite anterior.

Debruçado na janela de uma velha casa da orla, um senhor disse:

— Olá, Andrew! Vi sua ex-namorada no programa de televisão. Com certeza, ela já encontrou outra pessoa, não? Nesse meio artístico é assim mesmo! As pessoas trocam de namorado como trocam de roupa. Na verdade, acho que você saiu ganhando nessa história toda, pois estão dizendo por aí que essa moça não é flor que se cheire.

Andrew ouviu o comentário, ficou enfurecido e foi até a janela do velhote fofoqueiro:

— Escute, seu velhote ranzinza! Por que o senhor não cuida da droga da sua vida em vez de bisbilhotar a vida dos outros?

— Desculpe, garoto. Eu só queria dizer que...

— O senhor não queria dizer nada! Cale essa boca cheia de dentes e me deixe em paz!

Andrew não sabia, mas estava nitidamente transformado. Dentro de si estava nascendo uma personalidade revoltada. Algo que aflorara devido à grande frustração de ter perdido a mulher de sua vida de forma tão banal.

Capítulo 11
Andrew e Rico

Somente uma pessoa é capaz de impedir a realização do seu sonho: você.

Meados de 1978.

Dois anos depois, levando uma vida insignificante e sem esperança, Andrew ainda não se conformava com a ideia de que seu namoro com Linda fora somente uma aventura passageira e nada mais.

Andrew precisava aceitar a situação, pois era óbvio que Linda já encontrara alguém mais interessante que ele. Talvez um homem mais velho, rico e inteligente. Era difícil para Andrew, mas era chegada a hora de deixar o passado para trás e tomar coragem para começar uma nova vida. Mas como ele faria isso se continuava trabalhando no mesmo local e vivendo a mesma rotina de sempre?

Não demorou muito para que Andrew passasse por cima do próprio orgulho e decidisse fazer exatamente o que seu pai sempre almejou. Em uma segunda-feira, o rapaz, com 18 anos de idade, abriu a porta de casa após chegar do trabalho e comunicou à mãe a decisão que tomara.

Ele disse:

— Minha mãe, tomei uma decisão e gostaria que a senhora soubesse.

— Pode dizer, filho — ela respondeu de costas, enquanto fazia algumas rosquinhas de coco, esperando o marido chegar do trabalho.

— Pedi demissão definitiva do restaurante. Não aguento mais trabalhar ao lado daquele chefe implicante. Quase briguei com ele outra vez essa tarde.

— O que você fez, filho?

— Pedi demissão e não voltarei mais ao restaurante.

— Que pena! Mas eu já vinha percebendo seu desânimo, Andrew. Não se preocupe. Apoio completamente sua decisão.

Margareth colocou a colher de pau na pia e deu um abraço de consolo no filho.

— O que fará agora, Andrew? Já terminou os estudos e precisa tomar um rumo na vida.

— Eu sei disso, mamãe.

— Está pensando em estudar artes plásticas como sempre desejou?

— Não.

— Por quê não?

— Porque arte não dá dinheiro.

— O que está pensando fazer, então?

— Tomei uma decisão drástica, porém, racional. Vou estudar administração de empresas.

— Administração de Empresas? Isso não tem nada a ver com você, filho! Como pagará a universidade sem um emprego? Você sabe que seu pai só o ajudará se for trabalhar com ele na companhia de pesca.

— Eu sei. É exatamente este o plano.

— Qual é o plano? Não vai me dizer que...

— Sim, mamãe. Vou pedir emprego para ele e, com o salário, pagarei a universidade. Está decidido e ponto final.

A mãe do rapaz ficou triste e desconfiada, pois sabia que a decisão não era a correta. Andrew só estava fazendo isso por medo de encarar a vida.

— Infelizmente, não tenho outra saída. Papai sempre teve razão. O mundo é regido pelo dinheiro e não por sonhos. Sonhos são bonitos, mas não pagam contas e só servem para iludir as pessoas. O que importa é ganhar dinheiro. Se estivermos com o bolso cheio, a felicidade bate na nossa porta.

— Não fale assim, meu filho!

— Vou me redimir e pedir um emprego para ele, mamãe. Já decidi.

Naquele momento, Rico entrou na cozinha, surpreendendo Andrew e Margareth.

Enquanto abria o forno para pegar as rosquinhas, ele disse:

— Ainda bem que chegou a essa conclusão, Andrew. Eu ouvi tudo o que estava dizendo. Sabia que este dia chegaria e que você compreenderia que o dinheiro e o *status* social são as coisas mais importantes da vida. Seu avô sempre teve razão. O mundo é cruel. Se ficarmos esperando os sonhos se tornarem realidade, viveremos na miséria e na pobreza. O que você acha melhor? Ter uma vida sem aventuras, porém, sendo um homem rico e próspero ou ter uma vida de sonhos e ilusões, mas cercado de gente pobre e endividada e sem conforto algum? Pense nisso, Andrew.

— Sim, pai. Eu cheguei à conclusão de que o caminho é a riqueza material.

— Que bom que chegou a essa conclusão! O que deseja fazer?

— Quero lhe pedir um emprego na companhia. Espero que aceite meu pedido, pois estou desempregado e não vejo outra saída a não ser trabalhar ao seu lado.

— O que aconteceu com seu emprego no restaurante?

— Eu pedi demissão.

Rico riu com deboche e olhou para a esposa:

— Eu disse que ele não aguentaria a pressão da vida real, Margareth!

Ela sentiu a ironia no tom de voz do marido e tentou evitar que Andrew tomasse aquela decisão, pois ela sabia que o sonho do filho era ser artista e viver da própria arte, talvez em Paris, Milão ou quem sabe em Nova Iorque. No entanto, o que a pobre Margareth podia fazer naquele momento, se Andrew já fizera sua escolha?

Sentindo-se vencedor, Rico completou:

— Andrew, vá amanhã até a companhia e peça para a senhora Vera, a minha secretária, lhe mostrar tudo o que você fará daqui em diante. Telefonarei para ela agora mesmo para avisá-la da sua contratação.

— Tudo bem.

— Andrew, você gerenciará a parte financeira da empresa. Ensinarei alguns truques para alavancar dinheiro e juntos transformaremos a empresa em um império. Você verá.

— Tudo bem. Amanhã, estarei lá bem cedo. Quanto vou ganhar?

— Coitado. Ele ainda possui uma mente de empregado, Margareth! Não tem problema, Andrew. Aos poucos você pensará em dinheiro alto e não apenas em míseros salários.

— Eu preciso saber quanto ganharei de salário.

— Tudo bem, eu lhe direi. Seu salário será igual ao do restaurante. Você receberá um salário mínimo para começar, até aprender a dar o devido valor ao dinheiro.

— Mas lá eu ganhava comissão sobre os atendimentos e também gorjetas. Ou seja, eu ganhava mais do que apenas um salário mínimo.

— Na minha empresa, você também ganhará comissão, mas sobre os investimentos que conquistar e os negócios que abrir.

Andrew não estava compreendendo a proposta do pai, mas a aceitou, pois não tinha opção naquele momento.

Com o semblante de satisfação, Rico viu-se novamente vencedor perante o filho e saiu sorrindo em direção à sala. O homem pegou o cachorro no colo, sentou-se no sofá para assistir ao jornal da tarde e acendeu o costumeiro cigarro Capri, que trazia da Itália quando viajava a negócios.

Naquele momento, Andrew lembrou-se da filosofia libertária que Juan vivia e descrevia aos seus seguidores durante as noites frias de inverno e, durante alguns instantes, sentiu muitas saudades do antigo amigo.

Era tudo muito estranho! Juan Cavallera desaparecera quase na mesma época em que Linda partira, e desde então, ninguém tinha notícias dele. O que teria, afinal, acontecido com Juan?

De repente, Andrew voltou à realidade e se deu conta de que tudo aquilo fazia parte de um passado que não existia mais e que o importante era focar no futuro, seguir uma profissão que fosse reconhecida e lhe desse dinheiro para recomeçar a vida, encontrar uma nova namorada, casar e construir uma família.

Andrew parecia ter sido vencido pelo cansaço e estava se rendendo às forças do mundo. Sem perceber, começava a agir como todos os jovens de sua idade. Ou seja, de maneira formal e seguindo as normas de uma sociedade repleta de regras e condutas baseadas numa falsa esperança no futuro.

Capítulo 12
Perdas

Em apenas seis meses, a empresa cresceu, mas não à toa, pois Rico ensinara alguns macetes interessantes para Andrew alavancar dinheiro rápido no mercado, o que ele vinha fazendo com afinco e determinação. Tratava-se, realmente, de um negócio promissor, no entanto, Andrew não sabia que tudo o que acontecia na empresa era totalmente ilícito.

A função de Andrew era coordenar as finanças que cresciam vertiginosamente, mas ainda não compreendia de onde vinham as dezenas de milhares de dólares que entravam semana após semana na conta-corrente da empresa.

Ele cuidava dos investimentos, das entradas e das saídas de dinheiro e do faturamento das mercadorias, todavia, as entradas eram sempre superiores aos números reais dos faturamentos mensais. A grande pergunta era: de onde vinha tanto dinheiro?

Andrew preferiu não perguntar nada ao pai. Ele apenas fazia seu trabalho e mantinha a empresa funcionando perfeitamente, como se fosse um relógio.

Entretanto, o rapaz nunca poderia imaginar que, durante uma tarde de segunda-feira, a companhia de seu pai seria interditada, sem aviso prévio, pelos fiscais da Receita Federal e por detetives da polícia, que estavam à procura dos responsáveis por vários delitos causados no mercado.

Quando viu a movimentação, Andrew assustou-se e telefonou para a mãe com o objetivo de descobrir o que estava acontecendo. Margareth atendeu ao telefone e respondeu apenas com uma breve frase:

— Filho, isso estava demorando a acontecer. Arrume suas coisas e venha para casa. Infelizmente, a coisa toda vai explodir. Não quero que faça parte disso. Venha embora.

Assustado, Andrew perguntou:

— Que coisa é essa, mamãe? Sobre o que a senhora está falando?

— Prefiro fica quieta, meu filho. Você se envergonharia se soubesse. Venha para casa e se esqueça de uma vez por todas desse emprego. A partir de hoje, a empresa não existe mais.

Andrew passou pelos policiais como um mero funcionário e correu para casa sem compreender o que estava acontecendo.

Rico, por sua vez, desapareceu depois daquele dia, ou melhor, fugiu para a Inglaterra, e Margareth não disse nada para seu filho sobre o ocorrido.

Com a companhia sob investigação, logo os credores tomariam conta dos imóveis e dos negócios ao redor da Europa. A partir daquele dia, Andrew viu-se novamente diante de uma nova encruzilhada na vida.

Mesmo após o ocorrido, Andrew não descobriu exatamente o que havia acontecido. A única coisa que ouvia pelas ruas é que muitas empresas pequenas, que eram parceiras da companhia, tinham fechado as portas e que muitas pessoas na Inglaterra foram à falência por terem investido na empresa. Muitas pessoas perderam casas, carros e todas as economias que tinham devido ao enorme endividamento após a falência da companhia.

Com o passar do tempo, a vergonha da família fez-se presente, e Andrew acabou vivendo uma vida solitária ao lado da mãe.

Agora, sem escolha, ele precisava continuar a vida em Vigo, mesmo sendo malvisto na cidade após o ocorrido.

As pessoas pensavam que Andrew fora conivente com tudo o que ocorrera, justamente por trabalhar no departamento financeiro da empresa, mas, na verdade, ele também fora mais uma vítima das tramoias do pai.

Andrew sempre desconfiou de que existia algo errado na companhia, no entanto, não sabia que Rico era um dos maiores estelionatários de Vigo e que captava dinheiro de pessoas, iludindo-as com promessas de altos lucros e dividendos sem esforço e sem trabalho. Ele era um golpista de colarinho branco, um dos melhores da região.

Margareth sabia de tudo, mas nunca explicara a Andrew que a companhia de pesca era, na verdade, uma empresa de fachada criada para lavar o dinheiro sujo do marido. E, por medo, ela agora pagaria um preço muito alto por isso.

Capítulo 13
Reencontro com Madame T.

É muito triste perder um grande amor. Porém, triste mesmo é perder a esperança de um dia encontrá-lo outra vez.

Meados de 1982.

Após presenciar a derrocada da companhia, Andrew perdeu todas as esperanças. Após quatro anos dolorosos, ele estava se sentindo totalmente incapaz, para não dizer inútil e fracassado. O desejo do pai de se tornar um milionário esvaiu-se completamente logo após o governo decretar o fechamento da companhia e colocar o sobrenome Fernandez no *hall* dos maiores devedores da Galícia.

Margareth, mãe de Andrew, não suportando a vergonha, caiu em profunda depressão. A mulher passou a não sair de casa com vergonha da exposição negativa, e Andrew culpava-se muito quando a via naquela situação.

Era verão de 1982, e os dois tentavam sobreviver aos infortúnios dos anos anteriores. Rico não dava sinal de vida havia anos e deixara a família à deriva.

Durante os últimos anos, Andrew envolvera-se em dois relacionamentos com moças mais velhas. Uma tinha 28 anos de idade, e ele quase se casara com ela; e a outra tinha 32 anos de idade e nunca quis um relacionamento sério. O objetivo da moça era apenas ter uma pessoa ao seu lado, que lhe desse um pouco de carinho e a acompanhasse nas festas e nos casamentos das amigas endinheiradas.

Andrew gostara muito dessa última, Patrícia Villar, descendente de italianos e nascida em uma família de muitas posses. No entanto, quando o sobrenome Fernandez ficou em evidência como um dos maiores devedores da Galícia, a família de Patrícia exigiu que a moça se separasse de Andrew rapidamente, para evitar contratempos.

Depois que Rico fugiu para a Inglaterra, Margareth ficou em Vigo apenas na companhia de seu cachorro e de Andrew.

O ano de 1982 começou definitivamente terrível para Margareth e Andrew. Eles foram despejados da própria casa e tiveram de morar de favor nos fundos da residência de uma amiga de Margareth. Mãe e filho estavam sem dinheiro e não tinham condições de manter uma vida digna.

Andrew perdera a credibilidade na cidade, estava sem namorada e sem dinheiro para continuar cursando a universidade. O rapaz usara suas últimas economias para quitar as dívidas dos semestres anteriores e agora, sem renda alguma, a única coisa que lhe restara fazer era trancar a faculdade de administração e tomar um novo rumo. Mas qual?

Todos os amigos da época de Juan sumiram de Vigo. Alguns ainda apareciam de vez em quando na praia para passear com suas esposas e seus filhos, mas, no geral, Andrew não encontrava mais ninguém.

No dia 22 de julho de 1982, enquanto caminhava pela praia de Canito com seu cão, Andrew ouviu uma voz feminina sussurrando:

— Andrew, o que está fazendo aqui? Parece triste e angustiado!

Era Madame T., que estava sentada na calçada e encostada na parede de uma das casas de pedra mais velhas da avenida beira-mar.

A mulher estava sentada sobre seu velho pano vermelho ao lado de suas pedras e de suas conchas, pronta para atender o próximo turista que se aproximasse.

— Olá, Madame T.! Há quanto tempo não a vejo aqui! Pensei que...

— Pensou que eu estivesse morta, não foi?

— Não.

— Tem certeza, Andrew?

— Desculpe dizer, mas sim... pensei que estivesse morta. Afinal, ninguém mais comentou sobre a senhora.

— Eu estive muito doente e fui até o norte do país para me tratar com um curandeiro. Quase morri, mas agora estou de volta, vivinha.

— Que bom!

— Olhe, Andrew, eu sei que você não gosta de mim. Linda dizia que você não gostava do meu trabalho, mas nunca me importei com isso. Sabe por quê?

— Por quê?

— Porque sempre soube que nos daríamos bem um dia.

— Por que está dizendo isso, Madame?

— Hoje, você se sentará ao meu lado enquanto os turistas passam, e durante uma hora conversaremos sobre muitas coisas. Eu lhe darei alguns conselhos, e você tomará uma decisão que mudará sua vida para sempre.

— Como assim? Como pode saber da minha vida?

— Você está completamente sem rumo, Andrew. Consigo ver isso estampado em seus olhos. Não precisa ser uma vidente para enxergar. Seu olhar está distante e sem vida.

— A senhora tem razão! Estou completamente perdido e sem rumo na vida.

Sem pensar, Andrew sentou-se no chão ao lado de Madame T. e enrolou a coleira do cachorro no punho para que ele não fugisse.

Arthur, o cão, ficou estático apenas olhando para o mar e babando com a língua para fora.

Andrew indagou:

— Por acaso a senhora tem notícias de Juan, Martin, Rui e dos outros?

— Encontrei-me com Juan no ano passado. Ele disse que estava tentando alavancar sua carreira de músico em outros países. Está tocando pela Europa, mas está sem residência fixa. Disse que está vivendo cada dia em um lugar. Juan sempre foi um homem livre e está fazendo o que sempre desejou.

— Ele perguntou alguma coisa sobre mim?

— Perguntou sobre você e Linda, e eu respondi que cada um havia seguido seu caminho.

— A senhora disse a ele que nos separamos?

— Sim.

— Madame, a senhora acredita que nossa separação seja para sempre?

— Sinto lhe dizer que sim, Andrew.

Andrew baixou a cabeça com um semblante triste e não quis mais tocar no assunto.

Ela continuou:

— Quando me encontrei com Juan, tomamos algumas cervejas juntos e demos boas risadas. Depois disso, ele se foi e nunca mais o vi.

— E os outros?

— Martin foi preso por tráfico de drogas em Ibiza e pegou vinte e cinco anos de cadeia. Não o veremos tão cedo por aqui. Rui também foi preso, mas, como o padrasto dele é delegado de polícia, ele cumpriu apenas dois anos de cadeia e já está por aí fazendo bobagens e dizendo asneiras. Ele não é uma boa companhia, Andrew. Sugiro que fique longe dele.

— Por quê?

— Porque sim.

— Tudo bem. Eu farei isso, Madame T.

— Andrew, aprenda uma coisa! A vida é como um grande jogo de trocas e compensações. Se você engana alguém, um dia também será enganado; se trai alguém, um dia também será traído; se mente para alguém, um dia também mentirão para você; se rouba uma pessoa, um dia também será roubado. No entanto, se disser a verdade e usar da honestidade com as pessoas, a vida, um dia, o presenteará lhe trazendo pessoas honestas e verdadeiras, que o ajudarão a realizar todos os seus sonhos. Não adianta: o que fazemos de mal aqui, pagaremos aqui. E o contrário também é verdadeiro.

— Por que a senhora está me dizendo essas coisas?

— Porque um dia aquele que o enganou terá de ajudá-lo. Mesmo que não saiba, essa pessoa o ajudará de alguma forma. Sabe por quê?

— Por quê?

— Porque existe uma lei universal chamada Lei das Compensações e Sincronicidades. Entende isso?

— Acho que sim.

— Não se preocupe agora. Um dia, você compreenderá melhor tudo isso. Lembra-se do dia em que o encontrei aqui na praia pela primeira vez e disse que seu orgulho seria seu grande inimigo e lhe traria muitos contratempos na vida?

— Desculpe, Madame T., mas não me lembro.

— Você não se lembra, porque não estava prestando atenção. Foi exatamente o orgulho que o fez ficar surdo naquele dia.

Andrew não respondeu.

— Seu orgulho ainda comanda sua vida, Andrew. Enquanto não conseguir dominá-lo, ele continuará lhe fazendo de fantoche.

Andrew baixou a cabeça e começou a mexer em algumas pedrinhas no chão, tentando disfarçar.

Madame T. continuou:

— Quantas vezes você se calou quando era preciso dizer o que sentia? Quantas vezes se calou por medo e orgulho? Você consegue se lembrar disso, Andrew?

— Sim — Andrew respondeu ao se lembrar de todas as vezes em que quis dizer a Linda o quanto a amava, mas não disse por orgulho e por medo de se entregar ao amor verdadeiro.

— Quantas vezes você preferiu ficar surdo para não ouvir o que era preciso?

— Muitas vezes — ele respondeu, lembrando-se dos momentos em que não quis ouvir Linda dizer que ele era o amor da vida dela. Andrew lembrou-se também das tantas vezes em que Margareth quis lhe dizer para seguir seu sonho em vez de se humilhar diante do pai.

— Andrew, preste atenção no que lhe direi agora!

— Sim, senhora.

— Você já ficou mudo e surdo muitas vezes, mas juro que não gostaria de vê-lo cego.

— Por que está dizendo isso?

— Porque vai chegar o momento em que as vendas serão retiradas dos seus olhos e que seu caminho lhe será revelado com clareza. Um dia, a vida lhe mostrará a verdade. Ela nunca falha e não desampara os espíritos antigos à procura de respostas.

— Está dizendo que sou um espírito antigo?

— Todos nós somos espíritos antigos, mas você e Juan são muito mais velhos do que todos aqui. São guerreiros da Antiguidade.

— Ninguém nunca disso isso para mim.

Muitas coisas são reveladas somente para aqueles que buscam. Os deuses de Valhalla nunca falham. Eles sabem quem vocês são.

— Deuses?

— Sim, os deuses sabem o momento certo de retirar as vendas e mostrar o caminho para seus discípulos. Não se preocupe. Quando estiver preparado, lhe mostrarão!

— Que caminho é esse?

— O caminho que você se comprometeu a cumprir antes de vir para esta vida, antes de renascer.

— Besteira! Estou mais perdido que vira-lata em tiroteio. — Andrew passou a mão no pescoço de Arthur, que continuava olhando para o horizonte e babando na calçada. — Como posso encontrar meu caminho se estou completamente perdido? Eu nem sei o propósito da minha vida.

— A partir do momento que você se levanta e sai em busca do seu sonho, seu sonho também se levanta e começa a ir na sua direção. Se você não o encontrar, não se preocupe, pois ele o encontrará.

Andrew aproveitou o momento e decidiu fazer a pergunta que não saía de sua cabeça:

— Posso lhe fazer uma pergunta Madame T.?

— Sim.

— Será que Linda está nesse caminho?

— Somente ela pode saber. Acredito que não.

— Droga! Eu sabia que responderia isso. Por que preciso encontrar esse caminho? Por que ele é tão importante? Não posso apenas deixar a vida me levar, como Juan sempre dizia?

— É uma questão de escolha, meu caro. Juan faz isso porque acredita que, agindo assim, se tornará uma pessoa livre. Mas ele se engana, pois livre é aquele que sabe para onde está indo e não aquele que vaga.

— Não me sinto um homem livre. Muito pelo contrário, me sinto mais preso do que nunca.

— Isso prova que liberdade não tem nada a ver com o ir e vir, mas sim com a liberdade da sua própria consciência. Uma pessoa pode estar presa andando pelas ruas, mas se sentir livre dentro de uma penitenciária. A liberdade, Andrew, está na consciência e não fora dela.

— Entendi.

— Juan é um viajante solitário que vaga pelo mundo à procura de um propósito, e você pode fazer o mesmo. Mas eu lhe digo com experiência: quem não dá um sentido real à vida a transforma em algo sem sentido. É como um barco à deriva em alto-mar, que é levado ao sabor do vento.

— Isso não é bom, Madame T.?

— É uma questão de escolha, Andrew. Você pode deixar a vida levá-lo, porém, ela pode levá-lo a lugares que talvez não goste.

— Como assim?

— Quando fica à deriva na vida, você pode ser levado para o centro de ferozes tempestades ou ser lançado contra as encostas pontiagudas de algum recife de corais. Se isso acontecer, você pode até morrer.

— Morrer?

— Sim. Se deixar sua vida ao sabor do acaso, o acaso fará o que bem entender com você. Está entendendo?

— Sim, senhora. O que devo fazer nesse caso?

— A melhor opção é segurar o leme de sua vida e descobrir aonde deseja ir. Caso contrário, se você deixar sua vida ao sabor do acaso, estará sempre à deriva.

— Obrigado pelo conselho, Madame T.

— De nada. Estou aqui para isso.

— Desculpe, mas a senhora ainda não respondeu à minha pergunta.

— Que pergunta?

— Por que preciso descobrir meu caminho e percorrê-lo? Somente para evitar ficar à deriva?

— Não, querido! Há algo mais importante que ainda não disse.

— Diga, por favor.

— Descobrir seu caminho é importante, porque é percorrendo-o que você encontrará o amor de sua vida e as oportunidades que lhe foram predestinadas nesta existência.

— Como assim?

— A pessoa que foi destinada a viver com você nesta vida está no meio desse caminho. Portanto, se mudar a rota, todo o caminho também mudará e todas as pessoas que deveriam cruzar seu caminho desaparecerão.

— Por que isso acontece?

— Porque elas passam a fazer parte do caminho de outras pessoas. É como uma grande teia que se entrelaça e se conecta em diversos pontos. Entende?

— Que confusão!

Parece confuso, mas não é. É tudo lógico e perfeito. Os deuses são lógicos e perfeitos; eles nunca erram. Nós, os seres humanos, é quem erramos. Até mesmo os erros que cometemos fazem parte da perfeição dos deuses.

— Nossa! Agora ficou mais complicado ainda.

Madame T. sorriu e continuou falando:

— Não se preocupe em tentar compreender as entranhas do oculto, meu filho. Siga na direção que seu coração mandar e faça o que for preciso para ser feliz. Mas, por favor, deixe os deuses trabalharem um pouco por você. Se ficar lutando contra o destino, ele também lutará contra você. Deixe o natural se manifestar em sua vida e siga a voz que vem do fundo do seu coração. Na hora certa, os deuses tirarão as vendas que cobrem seus olhos e lhe mostrarão a verdade.

— Que bom conversar com você, Madame T.! Estou começando a gostar da senhora, sabia?

— Eu disse que começaria a gostar de mim! Eu sou uma mulher paciente. A paciência é a minha maior virtude.

Andrew sorriu e começou a coçar a cabeça do cão Arthur. E, antes de partir, fez a pergunta que Madame T. já estava esperando:

— Por acaso a senhora tem notícias de Linda? Sabe onde ela está?

— Não tenho notícias dela. Nunca mais a vi desde que foi embora de Vigo.

— Que droga! Ninguém sabe dela. Na verdade, eu não penso mais nela, sabia?

— Não mesmo?

— Não quero mais pensar nela.

— Tem certeza disso, Andrew?

— Sim.

— Neste caso, você não vai querer saber o que ouvi sobre Linda aqui na praia, vai?

— A senhora disse que não sabia nada dela!

— Realmente, não sei. Apenas ouvi duas amigas de Linda conversando e comentando sobre ela. Eu estava atendendo uma turista alemã, e as duas moças estavam sentadas naquele banco perto da areia. Apenas prestei atenção no que elas diziam.

— O que elas diziam?

Madame T. não conseguiu responder e começou a tossir sem parar. Eram os resquícios da pneumonia que quase a matou meses antes. Andrew esperou e, em seguida, repetiu ansioso a pergunta:

— E então? O que elas diziam, Madame T.?

— Uma delas disse que estava com saudades de Linda e que não tinha mais notícias. A outra respondeu que tinha passado na casa da amiga para saber se a mãe de Linda tinha alguma notícia.

— E aí?

— A senhora Denise disse que Linda tinha se mudado para a Ilha, estava casada e que havia tido dois filhos.

Andrew arregalou os olhos achando que era brincadeira de Madame T. e contestou:

— Casada e com dois filhos? Como assim? Está brincando comigo, não é?

— Não estou. Elas estavam falando sério.

— Que ilha é essa? Onde ela está?

— Não faço a mínima ideia.

— A senhora não é vidente? — Andrew ficou irritado.

Se aquilo que Madame T. dissera fosse mesmo verdade, estava tudo acabado. Não havia mais nenhuma esperança para Andrew.

— Sou vidente, mas não sou adivinha. Há uma grande diferença entre as duas coisas.

— Elas não disseram mais nada?

— Não. Depois, as duas se levantaram e foram comprar sorvete.

De repente, o cão começou a latir para um senhor que passava do outro lado da rua com um carrinho cheio de gelo e de frutos do mar. Era o senhor Manoel, dono da mais antiga barraca de pescados da Praia de Canito.

Ele disse do outro lado da rua:

— Olá, Andrew? Como está? Faz tempo que não o vejo por aqui. Conseguiu ler aquele livro que você carregava na mochila todas as manhãs?

— Como o senhor se lembra disso? Eu nem sequer me lembrava daquele livro. Já faz alguns anos que ele está guardado em casa, numa gaveta.

Manoel decidiu atravessar a rua para cumprimentar o garoto:

— Lembro-me perfeitamente de quando você passava de bicicleta por aqui com aquele livro na mochila e depois de algumas horas voltava sorridente. Lembro-me também de quando você andava de mãos dadas com aquela menina bonita que usava uma tiara florida na cabeça. Você era muito feliz com ela, não é, garoto? Dava para perceber que eram felizes.

Andrew não conseguiu responder à pergunta e tentou disfarçar, mexendo nas orelhas do cachorro. A emoção vinha à tona, e as lágrimas começaram a escorrer por seu rosto.

Manoel pediu desculpas:

— Desculpe, Andrew. Não quis magoá-lo!

Sentado no chão, Andrew colocou a cabeça entre as pernas e cruzou os braços, demonstrando agonia.

— Está tudo bem, seu Manoel. Foram somente lembranças de um passado que não existe mais.

195

— Está tudo bem, Andrew — Madame T. respondeu, colocando a mão no ombro do garoto e tentando consolá-lo.

Manoel perguntou para Madame T.:

— Ele ainda a ama, não é?

Sem que Andrew percebesse, Madame T. olhou para Manoel e balançou a cabeça afirmativamente.

— Desculpa. Preciso ir.

Manoel saiu com seu carrinho cheio de ostras e mariscos, e Andrew levantou a cabeça chamando-o:

— Seu Manoel! Espere!

— O que foi, garoto? — ele respondeu e colocou a carriola no chão.

— Obrigado, senhor Manoel.

— Obrigado por quê, garoto?

— Por me lembrar dos dias em que fui feliz. Tinha me esquecido de algumas coisas.

— Pois é, garoto. A gente tem a estranha mania de esquecer as coisas boas do passado. Infelizmente, nos acostumamos com as preocupações e não paramos para agradecer o que vivemos e superamos. Se soubéssemos dar o devido valor às nossas vidas, seríamos pessoas mais felizes. Temos que praticar a gratidão todos os dias e sorrir. Sabe por quê, garoto?

— Por quê?

— Porque a gratidão é a própria felicidade, garoto! A felicidade não está longe; ela está mais perto do que imaginamos.

Madame T. sorriu e adorou a colocação de Manoel.

—Tem razão. Obrigado novamente, senhor Manoel. Antes de ir embora, me diga uma coisa.

— Pode falar, garoto!

— Que ilha fica mais perto daqui? O senhor deve saber, pois já foi pescador e sabe tudo sobre os oceanos.

— Acho que não há ilha perto daqui.

— Ilha habitada, eu quero dizer. Ilha com cidade e tudo mais.

— As únicas ilhas que conheço são as ilhas de onde minha família veio. A Ilha da Madeira[6] e a Ilha dos Açores, ao sul de Portugal, no meio do Oceano Atlântico.

— Essas ilhas ficam muito longe?

---

6 A Ilha da Madeira é a principal ilha do arquipélago da Madeira e está localizada a cerca de duzentos quilômetros do litoral de Lisboa, no Oceano Atlântico.

— Não muito. Por que quer tanto saber?
— Por nada.
— Por acaso está querendo ir até lá?
— Na verdade, sim.

Madame T. assustou-se ao ouvir a resposta de Andrew.

— Então, você está com sorte.
— Por quê, seu Manoel?
— Porque Alex, meu sobrinho pescador, está indo para a região das ilhas amanhã cedo. Se você quiser, pode ir com eles.
— Com eles quem?
— Meu sobrinho Alex e os pescadores que viajam com ele no barco. São uns quatro ou cinco. Eles vão todos os anos para aquela região em busca de atuns voadores gigantes, que são vendidos a preços muito altos no mercado internacional, principalmente no mercado japonês.
— Mas não tenho dinheiro para isso, Manoel. Como farei para pagá-los?
— Quem viaja com meu sobrinho não paga nada. Em compensação, você terá de trabalhar durante a viagem, nem que seja limpando o convés da embarcação ou fazendo o almoço e o jantar.
— Isso eu posso fazer sem problema. Aprendi a cozinhar no restaurante. Não sou um mestre na cozinha, mas sei me virar.
— Acredito que isso seja o suficiente.
— Não é perigoso navegar pelo Atlântico com esses barcos pesqueiros?
— Perigoso é viver uma vida sem sentido e sem aventura, garoto! Isso para mim é perigoso.

Naquele momento, o cão bocejou e deitou-se no chão, querendo tirar uma soneca.

— O senhor tem razão. Como faço para me encontrar com seu sobrinho?
— Ele atracará aqui na praia amanhã, às seis horas, para descarregar um lote de mariscos e ostras frescas. Em seguida, partirá para além-mar.
— Combinado. Estarei aqui amanhã cedo.
— Está falando sério?
— Nunca falei tão sério em minha vida.
— Combinado. Eu o apresentarei ao meu sobrinho, direi-lhe que você é meu amigo e pedirei que o deixe na Ilha da Madeira. Tudo bem? É para lá que deseja ir?

Andrew olhou para Madame T., tentando obter sua aprovação, mas ela levantou os ombros demonstrando que a decisão deveria ser somente dele.

O que, afinal, o coração de Andrew estava pedindo? Para ir até a Ilha da Madeira encontrar sua amada? Mas que amada? Segundo as amigas de Linda, a moça estava casada e tivera dois filhos. Que garantia Andrew tinha de encontrá-la? E se porventura a encontrasse, como ela reagiria? Eram somente dúvidas e mais dúvidas envoltas por possibilidades remotas e sem fundamentos. Será que Madame T. ouvira realmente aquela história? Será que era verdade que Linda se casara e fora morar na tal ilha?

Mesmo mergulhado em possibilidades remotas e pouco prováveis, Andrew mostrava-se confiante:

— Está combinado, senhor Manoel. Amanhã pela manhã, antes de o sol nascer, estarei à espera do seu sobrinho.

— Tudo bem, garoto! O nome dele é Alexandre, mas pode chamá-lo de Alex. Meu irmão colocou esse nome por causa do seu tamanho e de sua força. Ele adorava as histórias antigas da Macedônia e era fã incondicional de Alexandre, o Grande.

— Alexandre, o Grande, não era tão grande como as pessoas imaginam. O senhor sabia disso?

— Não.

— Senhor Manoel, Alexandre, o Grande, era pequeno e ainda por cima era homossexual.

— Verdade?

— Sim. Meu professor de história disse isso.

— Oh, meu Deus! Não conte isso para Alex, pois ele não vai gostar de saber que Alexandre, o Grande, era afeminado — Manoel sorriu ironicamente.

— Até amanhã, garoto.

— Até logo, seu Manoel.

— Eu também preciso ir embora — Andrew comentou.

— Já vai, Andrew? — Madame T. indagou.

— Sim, Madame T. Obrigado por me ajudar a enxergar as coisas de uma maneira diferente.

— Até logo, Andrew. Eu disse que você tomaria uma decisão importante depois de nossa breve conversa, não disse?

— E que decisão, hein? Vou embora de Vigo amanhã e não terei data para voltar.

— É isso aí, garoto! Estou feliz por você. Vá e transforme sua vida num lindo sonho, em vez de transformá-la em um mero passatempo, como todos costumam fazer por aqui. Vá e seja feliz.

— Obrigado, Madame T. Agora preciso contar tudo para minha mãe — Andrew saiu correndo para casa, mesmo sabendo que a notícia seria avassaladora para Margareth.

Capítulo 14
A partida

Quando pensamos ter o controle total das nossas vidas, algo acontece e prova que não controlamos praticamente nada, nos restando apenas a redenção.

— Mamãe, tomei uma decisão e sei que a senhora arrancará os cabelos ao saber. Chegou a minha hora.
— Chegou a hora de quê, Andrew?!
— De partir.

Margareth não esboçou qualquer surpresa ou negação; somente baixou o livro de autoajuda de uma autora norte-americana *best-seller* mundial que estava lendo e, em seguida, levantou os óculos. Ela estava deitada em sua cama desde as quatro horas da tarde:

— Tem certeza, filho?
— Certeza absoluta.
— Se é isso o que realmente quer, não pense duas vezes... pois, se pensar muito, sua mente o encherá de dúvidas e o fará recuar.
— Não quer saber para onde vou?
— Para mim, não importa saber para onde você vai. O que importa é saber se você voltará, somente isso.
— Eu voltarei, mãe.
— Assim espero, pois o mundo aí fora não é o que você pensa, meu filho. A vida lá fora é cruel, e as pessoas são traiçoeiras e vingativas.
— Não se preocupe. Sei me cuidar — Andrew respondeu com firmeza, querendo demonstrar confiança, mas no fundo estava morrendo de medo do desconhecido.

— Quando partirá?
— Amanhã cedo.
— Que Deus o abençoe, meu filho. Faça-me um favor.
— Sim, senhora.
— Abra aquele velho baú de madeira que está embaixo das caixas de papelão.
— Este?
— Sim. Abra e pegue o dinheiro que está aí dentro. São cem dólares que guardei depois de vender um par de brincos de brilhantes que ganhei de sua avó na Irlanda, quando você ainda era uma criança.
— Este é o único dinheiro que você tem, mamãe? Como vai sobreviver?
— Não se preocupe comigo. Não são esses cem dólares que me deixarão menos pobre. Na verdade, o dinheiro só trouxe desgraça para minha vida. Eu viverei bem sem ele, não se preocupe. Pegue e vá dormir. Amanhã, acordarei cedo e farei um café reforçado para você.
— Obrigado. Vou precisar muito desse dinheiro.
— Eu sei disso e torço por você, meu filho. Sei que vencerá todos os medos e obstáculos que a vida lhe impuser. Acredito em você. Não importa o que virá pela frente; o que importa é que enfrentará os desafios de cabeça erguida. Entendeu?
— Sim, senhora!
— Não tema nada nem ninguém, pois você vencerá o mundo e encontrará seu caminho. A vida nos conduz a lugares e situações que nunca imaginamos. No fundo, todas as pessoas acreditam estar no controle de suas vidas, mas, na verdade, não temos controle sobre praticamente nada quando estamos fora da rota que foi estipulada.
— Você nunca falou sobre isso. Que estranho! É a segunda pessoa que me diz para encontrar meu caminho.
— Todas as pessoas possuem um propósito de vida, meu filho. No entanto, nem todas têm o privilégio de descobrir suas missões. Sinto que você encontrará seu propósito de vida.
— Será? Eu nem sequer sei aonde estou indo. Como posso saber se estou certo?
— Você saberá. Na hora certa, você saberá.
— Nossa! A senhora está falando igualzinho a Madame T.
— Quem é essa pessoa, Andrew?
— Uma pessoa que conheci na praia há alguns anos. Não se preocupe, é uma amiga.

— São tantos amigos e amigas! Leve suas tintas a óleo e seus pincéis, pois vai precisar deles.

— Já faz muitos anos que não pego num pincel, mãe.

— Eu sei disso, filho, mas é a única coisa que lhe sobrou na vida. Infelizmente, não tenho mais nada para lhe oferecer além dos cem dólares. Você possui sua arte e isso será suficiente para sobreviver.

— Como assim?

— Todo artista possui algo que pessoas comuns não possuem. O artista tem uma conexão direta com o mundo espiritual. Toda inspiração artística tem como origem o mundo espiritual, por isso, as pessoas dizem que os artistas trabalham por meio da inspiração. Quando o artista se concentra para criar, o Espírito Santo se conecta e começa a transmitir sabedoria e criatividade para a mente dessa pessoa. A inspiração é a matéria-prima dos artistas.

— Sinto que ainda tenho essas inspirações dentro de mim.

— Sim, você ainda as possui, e por isso estou lhe dizendo para levar as tintas. O artista tem ligação com o divino, e isso serve tanto para pintores, escultores, músicos, compositores e escritores. Tudo depende da inspiração.

— Nunca tinha pensado nisso!

— Estou lendo sobre isso neste livro de autoajuda. É muito bom. Adorei esta obra.

— A senhora parece estar melhor, e isso me deixa mais tranquilo.

— Veja o que diz aqui no livro, Andrew! Olhe que interessante: "Os artistas têm o dom de se abastecer da abundância do mundo espiritual, como um pescador que sustenta sua família com os peixes que vêm do mar. Eles nunca acabam; estão sempre se reproduzindo e se multiplicando...".

— É tudo abundante e infinito, entende?

— Interessante, mamãe!

— Olhe, filho! Veja também esse trecho: "Assim também funciona para os artistas. A inspiração brota a todo instante. Ela não nasce do vazio. As ideias sempre vêm do mundo espiritual. Basta fazer bom uso dela e multiplicar o conhecimento recebido da melhor maneira possível".

— Entendi, mamãe.

— Então, chega de conversa! Vá descansar, pois você precisa acordar cedo.

— Boa noite.

— Boa noite, filho — Margareth colocou os óculos novamente para continuar a leitura.

Durante a noite, Andrew não conseguiu pregar os olhos de tanta ansiedade. Somente por volta das três horas da manhã, adormeceu profundamente. Entretanto, algo estranho aconteceu durante a madrugada, fazendo-o despertar assustado.

Como um *déjà-vu*, Andrew teve a mesma visão que tivera quando segurou o livro *ImmRam* pela primeira vez, na casa de Juan. Era exatamente a mesma cena.

Andrew viu um pano branco coberto de sangue sobre um tronco de madeira e um líquido vermelho pingando no chão batido de terra. Em seguida, olhou para a palma da mão e percebeu que havia nela um corte profundo de aproximadamente dois centímetros. No sonho, Andrew estranhamente não sentia dor alguma. A única coisa que sentia era uma intensa emoção que o fazia chorar incontrolavelmente. Em seguida, ele olhou para o lado esquerdo e viu um senhor de aproximadamente 80 anos em pé ao seu lado. O ancião estava muito emocionado. A poucos metros de distância, Andrew viu uma senhora de 60 anos, que tentava lhe dizer algo que ele não conseguia compreender. Parecia um filme mudo, em que tudo se desenrolava apenas por meio de movimentos e gestos. O senhor que estava em pé ao seu lado tentava lhe dizer algo gesticulando com as mãos. Um sonho angustiante, que deixara Andrew nervoso e impaciente por não compreender seu verdadeiro significado.

Andrew não sabia, mas eram avisos espirituais que estavam surgindo para lhe dizer que ele estava tomando a decisão correta e indo ao encontro do seu caminho espiritual.

Após o estranho sonho, Andrew despertou e pulou da cama assustado, sem saber onde estava. O rapaz levou alguns minutos para entender que tudo fora um sonho. Por que tal visão retornara nitidamente como da primeira vez?

Andrew lembrou-se do livro e, imediatamente, lhe veio à mente que não poderia levá-lo, pois era pesado e não caberia na mochila, sua única bagagem.

O rapaz foi até o quarto da mãe, que dormia profundamente com os óculos no rosto e o livro de autoajuda sobre os seios, e deu-lhe um beijo no rosto que a acordou.

— Aonde vai, Andrew?

203

— Preciso partir, mãe. Estou atrasado. Há uma pessoa me esperando na praia.

— Eu não preparei o café... Desculpe-me, filho. Fiquei empolgada com o livro e acabei perdendo a hora.

— Não tem problema. Continue dormindo. Vou tomar uma xícara de café e partir.

— Neste caso, lhe desejo uma boa viagem, filho.

— Obrigado, mamãe. Eu voltarei logo. Não se preocupe.

— Que Deus o proteja!

Ofegante e apressado, Andrew correu para a cozinha para tomar uma xícara de café e em seguida saiu correndo para o canto da praia onde Manoel o esperava.

***

No canto da praia de Canido.

— Bom dia, senhor Manoel.

— Pensei que estivesse brincando, Andrew. Não imaginei que teria tanta coragem.

— Eu também pensei, mas meu coração disse para vir. — Andrew bocejou por não ter conseguido dormir muito bem à noite.

— Este é Alex, meu sobrinho. Os outros são Bento, Prates, Viso e Nuñez. Prates é grego, Viso é italiano e os outros são espanhóis nascidos na Galícia.

— Muito prazer! Meu nome é Andrew. — Ele estendeu a mão para cumprimentá-los.

De imediato, Andrew sentiu que fora bem recebido pelos tripulantes do barco.

Alex disse:

— Meu tio Manoel disse que você quer desembarcar na Ilha da Madeira, é isso?

— Isso mesmo, Alex.

— Onde quer desembarcar? No norte ou no sul da ilha?

— Não faço a mínima ideia. Onde você acha melhor? Na verdade, estou indo sem destino.

— Me parece que está indo em busca de alguém! — Alex disse, enquanto desamarrava as cordas do barco.

A pergunta repentina de Alex pegou Andrew desprevenido, pois nem ele mesmo sabia o que estava indo fazer em um lugar distante e completamente desconhecido.

— Não sei o que estou indo fazer naquela ilha. Na verdade, estou indo à procura de uma resposta. Sinto que preciso ir.

Alex olhou para os outros tripulantes com estranheza e respondeu:

— Seja bem-vindo a bordo, Andrew. Vamos demorar cerca de seis dias para chegar à Ilha da Madeira. Faremos algumas paradas no litoral de Portugal, primeiro em Póvoa de Varzim, próximo à cidade do Porto, e depois em Lisboa. Em seguida, seguiremos rumo a alto-mar. Tudo bem para você?

— Para mim, tudo bem. Como pagarei a viagem?

— Trabalhando, é claro.

— O que deseja que eu faça?

— Trabalho é o que não falta a bordo!

— Faço o que for preciso.

— Seja bem-vindo ao Mirella.

— Obrigado. O que é Mirella?

— Mirella é o nome do meu barco.

— Ah sim! Desculpe.

— Mirella é o nome da minha avó. Este barco era do meu pai, mas ele morreu há alguns anos. Como ele gostava muito da minha avó, pediu que mantivéssemos o nome.

— Interessante!

— Pelo menos assim ela continua viva em nossa memória.

— Tem razão. Com licença, Mirella, estou entrando.

— É isso aí, irmão! Agora você faz parte da tripulação.

— Até logo, senhor Manoel.

— Até logo, Andrew. Boa viagem, Alex. Que os bons ventos os guiem.

— Ele sempre está conosco, tio! — Alex tocou a sirene ensurdecedora do Mirella e seguiu para além-mar.

205

Capítulo 15
Ilha da Madeira

Ao chegar à ilha, Andrew nunca poderia imaginar que ela era tão distante do continente. O rapaz pareceu arrependido quando viu as enormes montanhas com mata fechada e as pouquíssimas casas à beira-mar.

Como uma escolha fora feita, a única opção de Andrew agora era desembarcar no lado norte da ilha, na praia do Seixal, pois daquele ponto em diante Alex seguiria rumo ao sul do Atlântico, próximo ao litoral de Marrocos, onde ficaria em alto-mar por aproximadamente três meses, pescando atuns gigantes ao lado dos amigos.

A viagem até a Ilha da Madeira deveria ter durado apenas seis dias, mas acabou se estendendo por doze. Alex aceitou fazer mais dois fretes entre Porto e Lisboa, o que atrasou muito o cronograma da viagem.

De certa forma, o imprevisto foi interessante para Andrew, pois ele pôde aprender mais sobre pesca, comércio e negócios com Alex, muito mais do que aprendera com seu pai durante os dois anos em que trabalhou na companhia.

Ali, Andrew presenciou a dificuldade dos pescadores e dos mercadores que atuavam nos portos, algo que ele apenas imaginava quando trabalhou no escritório, cuidando dos contratos e das falcatruas da empresa do pai.

Trabalhando duro ao lado da tripulação, Andrew sentiu na pele como era difícil ganhar alguns escudos portugueses para pagar o diesel da embarcação.

Ao ancorar o barco na Ilha da Madeira, Alex e Andrew precisaram nadar mais de cem metros entre as fortes ondas para chegarem até a praia do Seixal.

Alex chegou esbaforido na areia e colocou as mãos sobre os joelhos:

— Você nada muito bem, Andrew! Parabéns!

— Sinceramente, achei que não conseguiria chegar. Estava morrendo de medo, Alex.

— Não pareceu. Você nada como um golfinho.

— O medo é capaz de provocar qualquer coisa!

Ambos estão exaustos, mas caíram na gargalhada.

— Preciso lhe dizer uma coisa, Andrew.

— Pode falar, Alex.

— Tenho que retornar ao Mirella, pois quero atravessar o canal antes do anoitecer. Preciso seguir rumo ao Atlântico Sul.

— Tudo bem, eu ficarei bem.

— Entre 7 e 8 de novembro, ou seja, dentro de três meses, voltaremos para a Espanha. Eu gostei de você, Andrew. Tenho certeza de que seremos bons amigos um dia. Fique atento, pois passarei na ilha para pegá-lo nesse mesmo lugar. Se quiser voltar para Vigo, partiremos em três meses. Você decidirá se quer ficar na ilha ou se prefere voltar.

Andrew achou a ideia ótima, pois teria a chance de voltar seguro para casa caso não se ambientasse à ilha e não encontrasse os motivos reais para ficar por ali.

Andrew não falara ao novo amigo sobre os reais motivos que o levaram à ilha. Para Alex, o objetivo do rapaz era apenas se aventurar e viver de arte.

Contudo, era óbvio que o inconsciente de Andrew estava enganando-o. Sua vontade era encontrar Linda em algum lugar ao redor da enigmática e paradisíaca ilha.

Alex era um homem de 30 anos de idade, alto, e tinha cabelos crespos escuros, a pele queimada de sol e um corpo atlético. Apesar de ser um homem de poucas palavras, aparentava ser uma pessoa íntegra e honesta. Era perceptível em seu olhar uma enorme vontade de prosperar e se tornar um grande empreendedor da pesca um dia.

Alex possuía uma ambição sem tamanho, porém, sua pouca instrução atrapalhava-o quando o assunto eram os negócios e o comércio de pescados em alta escala. Sua mente ia longe, mas seu intelecto deixava a desejar. Ele sabia pescar e enfrentar os perigos do mar, mas não sabia nada sobre negócios.

Assim que os dois homens pisaram na areia firme e pedregosa da praia do Seixal, Andrew percebeu a força do acaso. A partir daquele momento, ele começou a sentir a naturalidade com que as coisas começaram a acontecer. Seria o ambiente mágico da Ilha da Madeira?

Como Andrew estava à mercê da própria sorte, queria deixar as coisas acontecerem naturalmente. Além de ter somente cem dólares no bolso, ele não conhecia ninguém no local. Intimamente, sentia-se quase um náufrago.

Era lógico que Alex não deixaria Andrew em uma situação ruim, pois seu próprio tio lhe pedira para ajudar o rapaz. E um pedido do senhor Manoel era praticamente uma ordem para Alex.

Os dois homens saíram andando pela costa da praia do Seixal e pararam na conhecida vendinha do senhor Ciro Cruz, localizada em uma pequena vila de pescadores.

Ciro era um dos comerciantes mais velhos da ilha. Ele tinha 75 anos e era um dos clientes mais antigos de Alex. O homem comprava peixes do pai de Alex desde que ele era apenas uma criança e costumava acompanhar o pai pelo Atlântico duas ou três vezes por ano, atracando na praia do Seixal para vender os robalos e atuns que pescavam em alto-mar.

Além de fazer uma das melhores porções de peixe frito com batata da ilha, Ciro costumava servir uma deliciosa cerveja gelada aos visitantes.

Alex não aguentou e fez um convite irrecusável para Andrew:

— Vamos tomar uma cerveja gelada como despedida, Andrew?

— Claro! Vamos brindar à minha chegada.

— É isso aí, garoto!

— Saúde e prosperidade a todos. Tim-tim!

Minutos depois, um velho amigo de infância de Alex passou em frente à venda.

— Hei, Alex! Você por aqui?

Era Brito, um capoeirista brasileiro que se radicara na ilha da Madeira em 1960. Um negro alto e forte de ombros largos.

Brito foi o primeiro capoeirista a trazer a arte marcial dos escravos brasileiros para a ilha durante a década de 1960, transformando-se no primeiro professor local e formando mais de trezentos alunos em duas décadas de trabalho.

Alex não perdeu a chance e disse:

— Brito, meu amigo, que bom encontrá-lo! Achei que tivesse voltado ao Brasil.

— Minha vida está toda aqui. Tenho muitos filhos na ilha.

— Você se casou?

— Está louco! Casar? De onde tirou essa ideia maluca? — Brito sorriu. — Meus filhos são meus alunos. Eu os considero meus filhos. Você sabe como sou protetor.

— Tem razão. Você também me tratava como filho, quando meu pai me deixava aqui para navegar durante meses em alto-mar. Você foi um pai para mim, Brito.

— Obrigado, Alex. Quem é esse rapaz?

— É o Andrew, um amigo que veio de Vigo. Ele está precisando de apoio. Será que você pode ajudá-lo em alguma coisa? Ele não tem onde morar.

Brito não hesitou em responder:

— Amigo, o que está pensando que sou? Por acaso, tenho cara de entidade beneficente?

Alex tomou o resto da cerveja e baixou a cabeça, querendo desculpar-se.

Brito respondeu sorridente:

— Calma, Alex. Não me conhece mais, irmão? Que cara é essa? É lógico que eu acolherei seu amigo *Andew*.

Brito tinha a língua presa.

— Verdade? Vai ajudá-lo?

— É claro! O que não faço para ajudar os que chegam à ilha com uma mão na frente e outra atrás?

— Muito obrigado, Brito.

— Faço isso porque eu também cheguei aqui da mesma maneira: sem dinheiro e sem conhecer ninguém. Fui trabalhar de pedreiro e morei durante dois meses em uma barraca de lona. Só depois, consegui guardar alguns trocados e comecei a ensinar capoeira para alguns turistas alemães. Sofri muito no início. Sabe como é! Sou negro, mas sou simpático.

Brito sorriu, e Andrew interrompeu a conversa dos dois:

— Desculpe, mas meu nome não é *Andew*. É Andrew.

— Olhe só! Além de perdido, seu amiguinho é muito exigente, não acha, Alex?

— Ele tem a língua presa, Andrew. É por isso.

— Desculpe, eu não sabia, senhor Brito.

— Tudo bem, garoto. Seja bem-vindo à Ilha da Madeira. Aqui as pessoas são hospitaleiras, mas não são tão pacientes como eu. É melhor ir se acostumando.

— Sim, senhor.

— Você terá de se acostumar com a ilha, garoto. Somente após alguns anos, eu entendi um pouco sobre a lentidão e a rispidez dos nossos irmãos portugueses.

— Não se preocupe. Eu imagino como são as coisas por aqui. Enquanto eles não se acostumam com você, não mostram os dentes, não é assim?

209

— Exatamente assim, Andrew! Eles precisam sentir que você é uma pessoa confiável. Se não gostarem de você, infelizmente, terá problemas para viver aqui. Entende?
— Entendo perfeitamente.
— Neste caso, você topa ficar?
— É claro! Não tenho escolha.
— Lhe darei as diretrizes.
— Tudo bem. O que preciso fazer, senhor Brito?
— Primeiro, você precisa me dizer o que sabe fazer.
— Sim, senhor!
— Você sabe algo sobre marcenaria, elétrica, hidráulica ou construção?
— Não sei nada sobre essas coisas.
— Sabe vender, comprar e trabalhar com finanças e contabilidade?
— Sei, mas não me interessa nada nesse ramo. Por acaso está querendo me oferecer um emprego?
— Estou apenas querendo saber um pouco mais sobre você.
— Bem, já trabalhei em um restaurante e não me importo de trabalhar como garçom novamente. Mas, sinceramente, gostaria de fazer algo que me desse prazer.
— O que lhe dá prazer?
— Eu gosto de pintar.
— Pintar casas?
— Não. Eu pinto quadros e telas. Sou um artista.
Brito assustou-se e chamou Alex, que estava no balcão do bar:
— Alex! Pare de conversar com o velho Ciro e venha aqui!
— O que foi, Brito?
— Você trouxe um artista para eu cuidar? Está ficando louco?
— Não tenha preconceito, Brito! Tudo isso porque o rapaz se parece com um *hippie* americano?
Andrew estava com os cabelos longos e vestia as roupas da época em que andava com Juan Cavallera e sua turma.
— Você caiu de novo na minha brincadeira, Alex! Fique calmo, irmão! Eu só estava brincando. Você não me conhece mais? Sabe o que eu acho?
— O quê?
— Acho que você está estressado demais, pensando nessa droga de dinheiro que tanto deseja conquistar com esses peixes gigantes. Escute uma coisa, Alex! Nem tudo na vida é dinheiro! Existem coisas mais importantes na vida.
— Lá vem você querendo me dar lição de moral de novo! Você mora nesta ilha e não sabe como as coisas acontecem no mundo real.

— Eu sei, sim! Lá fora, as pessoas continuam pensando como sempre pensaram. Para elas, a única coisa que importa é o dinheiro que possuem no banco e a droga do reconhecimento que desejam conquistar por isso. Quer saber a verdade, Alex?

— Sim! — Alex respondeu em tom de deboche.

— Estou pouco me importando como o mundo lá fora está. Meu mundo é isto aqui: a natureza, a capoeira e minha arte. Eu vivo da minha arte e vou levando a vida com gratidão. Minha arte não tem preço, tem valor. Para onde quer que eu vá, ela irá comigo. Eu sou um cara livre, irmão!

Andrew ouviu as palavras de Brito e ficou de boca aberta, pois era tudo o que sempre desejou da vida: viver de arte e ser uma pessoa livre. Será que algo assim era possível para ele também?

Alex respondeu:

— Não quero discutir essas coisas com você, Brito, mas posso lhe dizer uma coisa: quando eu encostar meu iate de 56 pés na praia e convidá-lo para dar um passeio até Lisboa, você ficará de queixo caído e verá o poder do dinheiro!

— Se isso acontecer, eu aceitarei passear com você. Será um prazer. Toque aqui, irmão! Não ligue para o que eu digo. Estou ficando velho e ranzinza. Vá e realize seus sonhos.

Alex sorriu e apertou a mão do amigo.

— Obrigado! Deseje-me sorte, pois precisarei bastante daqui em diante.

— Boa sorte, Alex.

— Obrigado, Brito!

— Como assim obrigado? E esse artista? O que faço com ele?

— Como assim? Não vai ajudá-lo?

— Te peguei de novo, Alex! Não adianta! Você está estressado mesmo.

Alex sorriu e fez um cumprimento típico de capoeirista.

— Deixe Andrew comigo. Tenho um ótimo trabalho para ele. Se for realmente um artista, saberá o que fazer. Afinal, Deus deu a criatividade ao homem justamente para superar todas as dificuldades da vida. Não é fácil.

Andrew sorriu e naquele momento percebeu que ficaria em boas mãos ao lado de Brito, o capoeirista.

211

Capítulo 16
O artista de rua

O artista não vive trabalhando. Ele trabalha vivendo.

Em um primeiro momento, Andrew assustou-se quando viu que a ilha era um lugar inóspito, selvagem e com poucos habitantes. Mas, alguns dias depois, conhecendo outros moradores, ele percebeu que o local não era exatamente o que parecia. Ele não sabia, mas do outro lado da ilha havia uma grande cidade com mais de 200 mil habitantes.

Apesar de pequena, a ilha era populosa e ficava repleta de turistas durante os feriados e, principalmente, no verão.

Andrew foi morar dentro da escola de capoeira de Brito e, em menos de três meses, aprendeu a tocar o berimbau e a gingar a capoeira como um brasileiro nato. Além de ajudar na limpeza da escola, ele também ajudava o mestre de capoeira na organização dos cursos e na divulgação das apresentações pelas praias e pelos hotéis da orla.

A vida de Brito não era fácil como as pessoas imaginavam. Ele ganhava bem dando aulas e fazendo apresentações para turistas em hotéis e restaurantes, no entanto, poucas pessoas sabiam que sua mãe vivia no Brasil e que era muito doente. Brito, então, precisava trabalhar duro para enviar dinheiro todos os meses para pagar as internações e os medicamentos de que ela necessitava, que não eram baratos.

Andrew identificou-se muito com a vida que Brito levava e com sua persistência. Além de amigo, o mestre de capoeira acabou se transformando também em uma espécie de pai para Andrew.

Entretanto, após três longos meses na ilha, a saudade de casa era grande e uma dúvida imensa não saía da cabeça de Andrew. Ele não sabia se deveria continuar na ilha ou se deveria voltar para a Espanha para viver outra vez em Vigo.

Sem que mestre Brito soubesse, entre os dias 7 e 8 de novembro, período definido por Alex, Andrew foi até a praia do Seixal com sua mochila cheia de roupas e pincéis e lá ficou, esperando o barco de Alex atracar para retornar a Vigo e à sua antiga vida.

As coisas, contudo, não aconteceram como o previsto. Após esperar o dia todo até o anoitecer, Alex não surgiu na praia com seu barco, e Andrew não teve escolha a não ser voltar para a escola e dormir. No dia seguinte, ele fez a mesma coisa, mas novamente não avistou o Mirella no horizonte.

Ficara claro para Andrew que Alex o deixara à deriva na vida. Certamente, ele nem se lembrava mais que, após três meses, deveria buscar Andrew na praia.

***

Em uma tarde ensolarada de sexta-feira, quando o sol já se punha no horizonte, Andrew sentiu-se angustiado ao perceber que outra vez sua vida estava entrando em uma nova encruzilhada. Por mais que gostasse de viver na ilha na companhia de Brito e de seus alunos, continuava sentindo um imenso vazio no peito, muito comum em quem ainda não encontrou seu propósito de vida, sua lenda espiritual.

De repente, sentado em uma pedra de frente ao mar, Andrew sentiu um leve toque em seu ombro esquerdo. Assustado, ele virou querendo saber quem era:

— Está com medo de alguma coisa, irmão?

Andrew enxugou o rosto rapidamente, tentando disfarçar as lágrimas, e levantou-se.

— Está com medo do desconhecido, não é? Eu sei o que você está sentindo, garoto.

Era Brito com seu velho berimbau na mão, pronto para organizar a roda de capoeira que costumava fazer na praia durante as noites de lua cheia com seus alunos.

— Desculpe não avisá-lo de que viria esperar por Alex. Se ele aparecesse, juro que voltaria para me despedir de você. Não iria embora sem lhe agradecer.

— Será que iria mesmo ou seu orgulho o faria fugir sem dizer nada a ninguém?

Andrew baixou a cabeça e redimiu-se perante Brito, que disse.

— Não se preocupe, amigo. A vida o está amedrontando justamente porque deseja que você produza mais coragem. Preste atenção e compreenda o que ela está querendo lhe ensinar. No fundo, a vida está tentando fortalecê-lo para que tenha a capacidade de receber tudo o que lhe foi predestinado nesta vida.

— Como assim, Brito? Não entendi.

— Você ainda não entendeu o que a vida está tentando lhe ensinar, não é, garoto?

— Acho que não!

— Esse é seu problema!

— Mas, Brito, estou aqui há três meses e não consigo encontrar um sentido para minha vida! Nem pintar eu consigo! Que droga de coragem a vida está querendo que eu produza? Me responda, por favor.

Andrew não aguentou o aperto no peito e pediu o ombro do amigo como consolo. Sem controle, ele chorou como uma criança.

Com as duas mãos, Brito segurou Andrew pelos braços, olhou dentro dos seus olhos e disse:

— Andrew, não sei a resposta para todas as perguntas, mas daqui em diante você precisará ser forte. A vida exigirá que você seja um homem corajoso. Se continuar fraquejando pelos cantos, nunca será um homem de verdade. Está entendendo?

— Sim, mas não está sendo fácil, Brito.

— A vida não é fácil, irmão! Acha que ela foi gentil comigo? Acha que foi fácil um negro pobre chegar aqui e introduzir uma cultura de escravos dentro do país que colonizou minha terra e que escravizou meus antepassados? Você consegue imaginar o preconceito que sofri?

— Não consigo imaginar, Brito.

— Pois, então, levante-se e seja firme, pois você é inteligente, bonito e louro. Levante-se e venha gingar capoeira conosco. Em poucos minutos, seus problemas desaparecerão. Hoje, você participará da roda tocando o berimbau até o anoitecer. Entendido?

Andrew tirou a camiseta, segurou o berimbau e encostou a cabaça do instrumento na barriga para produzir o som tradicional que acompanhava a capoeira. Depois, pegou uma pedra do mar e começou a tocar, seguindo o ritmo acelerado do tambor de Brito.

O grupo todo começou a gingar. Era um espetáculo incrível e exótico para os turistas europeus. Não demorou muito, e mais de cem turistas se aproximaram da roda de capoeira e começaram a bater palmas, acompanhando o ritmo enlouquecido do atabaque.

Naquele dia, Andrew sentiu a verdadeira conexão com a ilha, enquanto a música vibrava através do berimbau e do tambor. Ele nunca tivera qualquer ligação com a cultura afro-brasileira, sedimentada dentro dos quilombos durante a época da escravidão, mas de alguma forma estava sentindo a energia e a vibração que unia os alunos de Brito.

A sensação de proteção e o forte companheirismo do grupo colocaram-no novamente em paz durante o maravilhoso e imponente entardecer.

***

Passadas algumas semanas do grande encontro da lua cheia na praia do Seixal, Andrew teve uma ideia e decidiu ir até o quarto de Brito para lhe contar.

— Brito, tive uma ideia e acho que ela possa dar certo.

— Pode dizer, Andrew — ele respondeu, enquanto costurava algumas calças de algodão cru para seus alunos em uma máquina velha.

— Eu posso fazer desenhos nessas calças que você está costurando e também nos berimbaus. Posso pintar temas sobre os pontos turísticos da ilha e muitas outras coisas como paisagens, vegetação, flores etc. Enfim, posso desenvolver minha arte em cima disso e, enquanto o grupo se apresenta na praia, nas praças e nos hotéis, posso colocar tudo no chão e pintar o que os turistas desejarem. Será uma lembrança original e inesquecível da ilha. O que acha, mestre?

— É a primeira vez que você me chama de mestre! O que está acontecendo com você, Andrew?

— Talvez seja o respeito que sinto por você, Brito!

— Isso é muito bom. É sinal de que, aos poucos, seu orgulho está sendo vencido.

— Você acha?

— Talvez. Ainda é cedo para dizer.

— Pelo menos, estou tentando.

— Sobre a ideia, achei ótima. Acho que tem tudo para dar certo. Vamos fazer um teste. Pegue umas quatro calças e comece a pintá-las.

Hoje, a apresentação será no centro da cidade. Só saberemos se dará certo se testarmos. Mãos à obra!

Andrew sorriu de satisfação e foi logo pegando as tintas e pincéis para começar as pinturas. Em vez de três ou quatro calças, ele acabou pintando vinte peças em menos de três horas.

A noite na praça central foi inesquecível para Andrew, pois, além dos alunos de Brito, outro grupo de capoeiristas chegou de Lisboa para participar do encontro. Não dava para contar quantas pessoas gingavam na roda. Eram mais de duzentas pessoas aplaudindo e acompanhando as canções que atravessaram a madrugada.

Naquele dia, Andrew trabalhou duro. Além das vinte peças que produzira, mais de quarenta lhe foram encomendadas, o que lhe rendeu um bom dinheiro. Muito mais que dinheiro apenas, pela primeira vez ele era reconhecido por sua arte.

No final da noite, Brito, sempre incentivador, disse para Andrew continuar pintando as calças para se manter financeiramente e aprender a viver com satisfação.

Será que tudo era obra do acaso, ou Andrew estava fazendo aquilo apenas para esquecer seu passado e sua amada Linda?

A resposta ainda era oculta. Nem ele mesmo sabia o que estava se passando nas entranhas invisíveis de sua estranha vida. Porém, havia algo sendo construído pelas forças invisíveis da criação, pois nada neste mundo é criado a esmo e sem propósito. Nada, simplesmente nada.

***

Maio de 1983.

Passado quase um ano desde sua chegada à ilha, Andrew não esquecera ainda a ideia de encontrar Linda em algum lugar.

Enquanto andava pelas ruas, Andrew não tirava os olhos das mulheres louras que passavam, afinal, qualquer uma delas podia ser Linda, principalmente se estivesse acompanhada de duas crianças pequenas e, quem sabe, de um marido.

Os dias iam passando, mas nada de encontrá-la. Nenhuma moça se parecia com Linda. Onde ela estaria, afinal? Se Linda estivesse realmente casada, dado à luz duas crianças e morasse em algum lugar da ilha, certamente Andrew a encontraria um dia. Não era possível que nenhum habitante da ilha nunca tivesse ouvido falar de uma bela moça que vivia pelas redondezas. Afinal, ela se tornara uma cantora famosa e era conhecida em toda a Europa.

As esperanças de Andrew ainda não haviam desaparecido, principalmente após ele ter recebido uma mensagem de uma senhora suíça. Enquanto ele terminava de pintar um berimbau que a mulher daria de presente ao filho adolescente, ela escreveu-lhe uma mensagem em inglês como forma de agradecer Andrew pelo sacrifício de ficar mais de uma hora sentado no chão, pintando o *souvenir* com tanto carinho. A mensagem da senhora suíça dizia:

A diferença entre o possível e o impossível está diretamente relacionada com aquilo que vibra no fundo do seu coração. Sua vontade maior é seu grande destino. Não se preocupe, pois o sonho oculto que você não conta a ninguém se realizará em glória um dia. Seja forte e tenha coragem, meu filho, pois seu momento está se aproximando.

Após pagar o berimbau com alguns dólares, a mulher, que deveria ter mais de 60 anos, entregou a mensagem a Andrew, dizendo que era uma mensageira espiritual e que ele também era.

Andrew não compreendeu a mensagem, mas a senhora completou dizendo que tudo o que ele fizesse relacionado às mensagens de esclarecimento e de amor seria um sucesso.

Em um primeiro instante, Andrew não entendeu o significado daquelas palavras, mas agradeceu-lhe imensamente e despediu-se rapidamente da senhora.

Capítulo 17
Andrew e Brito

Em meados do ano de 1984, Andrew não pensava mais em Linda e parecia não ser mais a pessoa emotiva e sensível de antigamente. Subitamente, ele se transformara em uma pessoa fria e egoísta, que não se importava com mais ninguém, nem mesmo com a mãe que continuava vivendo sozinha na Espanha.

Havia mais de um ano que Andrew e a mãe se falaram por telefone. Margareth dissera ao filho que estava muito doente, que continuava vivendo de favor nos fundos da casa de uma amiga e que estava muito triste, mas conseguira receber uma pequena aposentadoria do governo irlandês.

Andrew estava levando uma nova vida e parecia estar feliz namorando uma mulher de verdade e não mais uma adolescente repleta de sonhos românticos como Linda.

Ele estava completamente apaixonado por Andrea Conti, uma mulher de 32 anos de idade que ele conhecera durante as apresentações de capoeira no Merriad Hotel, um luxuoso hotel cinco estrelas. Andrea era uma italiana rica e inteligente que fora passar uma temporada na ilha e que, após ter encontrado o lugar dos seus sonhos e o homem perfeito, Andrew, decidiu não voltar para a Itália.

Filha de um dos cirurgiões plásticos mais famosos da Itália, Andrea era uma mulher loura, alta e charmosa, de cabelos lisos e olhos castanhos claros e tinha a pele bronzeada de sol. Era uma mulher muito requintada, que conseguia dar tudo o que Andrew sempre desejara: paixão, liberdade, luxo e ilusões sobre viagens interessantes ao redor do mundo.

Andrea Conti costumava dizer que dinheiro nunca seria um problema em sua vida, pois sua família era muito rica, e pregava que falta de dinheiro era coisa de gente pobre. Ela acreditava que pessoas ricas não perdiam tempo pensando em dinheiro e utilizavam o tempo para se divertir e usufruir o máximo que pudessem da vida. Esse era o modo de Andrea encarar a vida. Uma vida repleta de luxo, mas vazia e sem sentido.

Andrew não sabia, mas estava hipnotizado pela mulher. Ele não imaginava, no entanto, que o castelinho de areia que Andrea construíra era na verdade uma grande ilusão, pois ela não era exatamente o que dizia ser.

Andrea realmente era filha de um dos médicos mais bem-sucedidos da Itália, no entanto, durante os três intensos meses de namoro, em nenhum momento ela explicara a Andrew por que fora embora da Itália para passar uma temporada na ilha.

Andrew estava perdidamente apaixonado, e não à toa, pois os dois tiveram momentos românticos inesquecíveis regados a vinho francês, ostras chilenas e lençóis de seda indianos, como ela sempre pedia para as arrumadeiras do Merriad Hotel.

Andrea sempre foi uma moça inteligente, persuasiva e analítica. Sendo assim, não fora difícil para ela perceber o ponto fraco de Andrew e segurá-lo por meio do sexo e das promessas de transformá-lo em um artista plástico famoso em Milão. Ela dizia que o amava e que eles viveriam juntos pelo resto da vida, e Andrew acreditava em tudo e derretia-se de amores pela bela italiana.

Seriam as artimanhas do orgulho, ou Andrew realmente amava Andrea? Nem ele mesmo sabia a resposta, pois estava envolto pelo ego. A boca de Andrew dizia "eu te amo", mas seu coração continuava vazio. Era assim que as ilusões agiam nos seres humanos.

Em uma manhã nublada de domingo, após dois anos, o castelo de ilusões, no entanto, desmoronou assim que algo inesperado aconteceu na recepção do Merriad Hotel. A partir daquele dia, a vida ao lado de Andrea Conti, regada a champanhe, piscina, lagostas e camarões, mudaria drasticamente.

Andrew aproximou-se do recepção do hotel.

— Por favor, gostaria de falar com Andrea Conti.

— Número do quarto, por gentileza?

— Quarto número 31 — Andrew disse ao recepcionista.

— Infelizmente, o interfone não está atendendo, senhor.

— Será que ela está dormindo?

— Deixe-me ver se há algum recado na recepção, afinal, o senhor vem aqui todos os dias para visitá-la.

— Sim, venho aqui todos os dias.

— A senhorita Andrea Conti deve estar na piscina tomando sol, como faz todas as manhãs. Vou pedir a um mensageiro para verificar. Espere um minuto, por favor.

— Tudo bem. Eu aguardo.

Pouco tempo depois, o recepcionista retornou.

— Infelizmente, a senhorita Andrea Conti não está mais hospedada neste hotel.

— Como assim? Eu estive com ela ontem à noite, e combinamos de nos encontrar na piscina pela manhã!

— Ela fez o *checkout* às sete horas.

— Isso não é possível! Ela não pode ter ido embora dessa maneira!

Andrew olhou para os lados tentando encontrar Andrea e imaginando que fosse mais uma de suas brincadeiras. No entanto, o recepcionista estava dizendo a verdade: ela partira sem deixar rastros.

Andrew ficou inquieto:

— Isso não pode ser possível! Ela disse que nos casaríamos, moraríamos numa bela casa nos arredores de Roma e que me apresentaria para os *marchands* mais famosos de Milão!

Andrew estava transtornado e gaguejava, enquanto tentava se explicar para o recepcionista.

O gerente do hotel percebeu o alvoroço na recepção e se aproximou:

— Muito prazer! Meu nome é Christian, gerente do hotel. Poderíamos conversar a sós, senhor Andrew?

— O que aconteceu com Andrea, afinal?

— O que aconteceu com a senhora Andrea Conti foi o seguinte...

Andrew corrigiu o gerente:

— Senhora não! Senhorita.

— Desculpe, senhor, mas preste atenção no que lhe direi.

— Tudo bem.

— Pela manhã, dois homens vieram até a recepção do hotel, dizendo que tinham ordens para buscar a senhora Andrea a mando do marido dela.

— Marido? Como assim marido? Andrea é solteira.

— Não, senhor. A senhora Andrea é casada.
— Isso não pode ser possível! Deve haver algum engano!
— Infelizmente, não há engano algum.
— Vocês deixaram que a levassem?
— Na verdade, ela desceu do quarto às sete horas da manhã e fez o *checkout* por livre e espontânea vontade. Foi ela mesma quem pediu ao marido para enviar os rapazes para buscá-la.
— Por quê?
— Por um simples motivo: há mais de quinze dias suas contas estavam bloqueadas no hotel. Ela não tinha mais nenhum tostão no bolso e o cartão de crédito da senhora Andrea estava bloqueado. Ela, então, telefonou para o marido na Itália e pediu-lhe que mandasse dois seguranças num avião particular para levá-la para casa.
— Ela não pode ter mentido dessa forma para mim!
— Infelizmente, não é a primeira vez que ela faz esse tipo de coisa na ilha, Andrew.
— Como assim?
— Neste hotel é a primeira vez, mas ela já fez a mesma coisa três anos atrás em outro hotel cinco estrelas do lado sul da ilha. Eu era gerente do hotel na época, e ela fez exatamente a mesma coisa.
— Não acredito nisso! Deve ser alguma brincadeira.
— Foi justamente o que o outro rapaz disse, assim que ela partiu sem dizer nada. Mas, ao contrário de você, ele ficou enfurecido e quebrou o saguão do hotel.
— Está me dizendo que ela fez a mesma coisa com outro cara aqui na ilha?
— Exatamente.
Andrew jogou a bermuda no chão, a mesma que ganhara de presente no dia anterior.
— Que droga! Como não percebi isso? Sou mesmo um completo idiota! Desculpe o desabafo, Christian.
— Sinto muito, Andrew, mas é tudo verdade.
— Droga de verdade! Droga de hotel! Droga de vida! — Andrew saiu furioso do hotel.
Após caminhar mais de três quilômetros sem olhar para os lados, Andrew, com muita raiva de si mesmo, parou em frente ao bar do senhor Ciro Cruz e pediu uma cerveja gelada para refrescar as ideias. No

221

entanto, não seria daquela vez que uma simples cerveja gelada evitaria outra má notícia, que viria de forma arrebatadora minutos depois.

Brito surgiu no bar e sentou-se ao lado de Andrew.

— Andrew, ainda bem que o encontrei. Estava procurando você desde ontem à tarde. Onde esteve?

— Estava com Andrea no hotel. Onde mais eu poderia estar, Brito?

— Por que está com a testa enrugada? Parece que está com raiva do mundo!

— Ela me enganou, Brito! Andrea foi embora sem ao menos se despedir de mim.

— Calma, irmão! Só estou lhe perguntando. Não precisa falar assim com tanta raiva comigo.

— Desculpe, Brito.

— Andrew, essa notícia não é surpresa pra mim. Não queria acabar com sua paixão por essa moça, mas eu sabia que Andrea estava mentindo para você. Conheço esse tipo de mulher, e você merece algo muito melhor que isso. Ela é do tipo de mulher aventureira e interesseira; não serve para você. O que você precisa é de uma mulher que o ame de verdade e que não viva de mentiras. Você tem um coração bom e não merece viver com pessoas mentirosas ao seu lado.

— Tudo besteira, Brito! Não existe mulher perfeita neste mundo. Todas elas são safadas!

— Escute, garoto, eu aprendi uma coisa na vida.

— O quê?

— Eu também já fui enganado e sei como isso dói, mas saiba que você não tem um problema. Não é o traído quem tem um problema a ser resolvido. Quem tem um grande problema para resolver é o indivíduo que trai, pois, no fundo, está traindo a si mesmo. Essas pessoas não suportam conviver consigo mesmas e usam os outros para preencherem o enorme vazio da alma. São vazias e sofrem muito. Esqueça essa moça, Andrew. Deixe-a ir. Todo o dinheiro que ela supostamente tenha, infelizmente, não será capaz de preencher o imenso vazio que queima dentro do coração dela.

Andrew ouviu com atenção o amigo, e o sofrimento imediatamente se esvaiu.

— Muito obrigado pelas palavras, Brito. Era exatamente isso que eu precisava ouvir. Estava me sentindo culpado, rejeitado, incapaz, impotente e destruído por dentro, mas você me trouxe uma palavra de conforto. É por isso que sempre o chamarei de mestre, pois você tem muita sabedoria escondida. Quem lhe ensinou essas coisas, mestre?

— A vida e um grande amigo me ensinaram tudo o que sei.

— Que amigo?

— Um velhinho, grande conhecedor dos poderes ocultos da mente humana.

— Segredos ocultos?

— Os segredos que ficam armazenados dentro de nossa mente confusa, em forma de registros eternos. Esse velho me ensinou a dominar a mente e a compreendê-la melhor.

— Por quê?

— Porque nossa mente, Andrew, mente o tempo todo pra gente. Temos que tomar cuidado com ela.

— Verdade?

— Sim.

— Eu não sabia disso!

— O ideal é ouvir a voz que vem do espírito. Quando não escutamos a voz do nosso espírito superior, somos vencidos pelos prazeres do ego, que nos deixam hipnotizados e cegos.

— Cegos dos olhos? É isso?

— Não estou falando dos olhos que você usa para enxergar. Estou me referindo ao olho da consciência. O olho que tudo sabe e tudo vê, capaz de ver o passado, o presente e o futuro, tudo ao mesmo tempo.

— Espere aí, Brito! Já ouvi alguém falar dessas coisas um dia, mas não me lembro quem foi.

Andrew não se lembrava, mas fora seu amigo Juan quem lhe falara sobre isso.

— Por que está me falando sobre isso agora?

— Porque quero que conheça uma pessoa que o ajudará muito daqui em diante. O nome dele é Morgan.

— Quem é Morgan?

— Ele é mais conhecido na ilha como doutor Morgan, um velho psicólogo inglês muito conceituado na Grã-Bretanha. Ele se formou em Oxford na década de 1920 e, na década de 1930, veio morar na ilha. Não sei por que ele deixou a Inglaterra e veio morar neste fim de mundo, mas tenho muito a agradecer-lhe, pois, quando precisei, ele me ajudou muito.

— E por que você precisou da ajuda dele?

— Depressão profunda, meu amigo!

— Como assim, Brito? Pessoas como você não caem em depressão! Mestre, você é uma pessoa que aguenta tudo — Andrew ficou indignado.

— Ninguém é tão forte quanto demonstra, garoto. Não existem mestres neste mundo, somente aprendizes. Todos nós, sem exceção, somos aprendizes — Andrew olhou surpreso para Brito e ficou calado.

Brito continuou:

— Não quero falar sobre isso agora, Andrew.

— Desculpe... Mas por que está me falando sobre o tal velhinho psicólogo?

— Acabei de sair da casa dele, e Morgan disse que gostaria de conhecê-lo.

— Algum motivo especial para isso?

— Não sei. Certamente ele deve ter algum motivo para querer conhecê-lo.

— Onde ele mora?

— Numa praia deserta, perto de um cemitério antigo, a cerca de dez quilômetros daqui.

— Por que você foi até ele novamente? Por acaso ainda sofre de depressão?

— Não. Sou uma pessoa curada.

— O que foi fazer lá então?

— Eu precisava saber o que havia acontecido com minha querida mãe no Brasil.

— Por quê? Ela não está bem?

— Agora está. Graças a Deus.

— Como assim "agora está"? Antes ela não estava?

— Minha mãe faleceu esta manhã, Andrew.

— Nossa! Sinto muito, Brito!

Brito baixou a cabeça e deu vazão à emoção. O capoeirista aproximou-se de Andrew e encostou a cabeça em seu ombro para chorar. Desta vez, o mestre chorou no ombro do discípulo.

— Mestre, tenha calma. Você sabia que isso aconteceria um dia, não é?

— Sim. Está tudo bem, Andrew. Só fiquei emocionado. Minha mãe era uma pessoa muito importante para mim. Não se preocupe, estou bem. O doutor Morgan esclareceu o que precisava ser esclarecido.

— O que ele disse?

— Que neste momento mamãe está num lugar bonito e florido. Não tenho mais o que temer. Ela se foi, mas está sendo amparada pelos deuses.

— Sinto muito! — Andrew passou a mão na cabeça do amigo tentando ampará-lo.

Brito afastou-se, enxugou os olhos e disse com seriedade:

— Eu preciso lhe dizer duas coisas, garoto!
— Duas coisas?
— Sim. Duas coisas importantes.
— Diga, Brito. Eu aguento tudo hoje.
— A primeira coisa é que o apresentarei ao doutor Morgan esta tarde. Vamos juntos até lá com o jipe do senhor Ciro. Eu pedi o carro emprestado, pois a estrada é muito esburacada e, devido às fortes chuvas das últimas semanas, está cheia de lama. Somente um veículo 4x4 consegue chegar ao local.

— Por que preciso conhecer esse tal doutor Morgan? Só por que a Andrea me deixou? Eu sobreviverei a isso, Brito. Não se preocupe. Não cairei em depressão por causa daquela safada mentirosa.

— Calma, irmão! Não tem nada a ver com ela. Não é por isso que quero apresentá-lo ao doutor Morgan. Quero que o conheça, pois somente ele poderá ajudá-lo daqui em diante.

— Como assim? Não estou entendendo. Eu o tenho ao meu lado; não preciso de ninguém, Brito.

— Essa é a segunda coisa que preciso lhe dizer.
— O quê?
— Preciso retornar ao Brasil. Meus irmãos e minhas irmãs precisam de minha ajuda agora.

Andrew baixou a cabeça em desalento:

— Quando você voltará para a ilha, Brito?
— Eu não voltarei, Andrew. Estou deixando tudo para trás. Devolverei o galpão da escola de capoeira para o dono do imóvel e avisarei aos alunos que partirei amanhã cedo. O proprietário quer construir um hotel onde hoje é a escola. Ele derrubará tudo e levantará dois grandes edifícios no local.

— Está dizendo que deixará os alunos para trás?
— Sim.
— Não acredito nisso, Brito! Eles são seus filhos!

225

— O legado não vai parar, Andrew. Sebastian, o instrutor sênior, dará seguimento ao projeto da escola e continuará dando as aulas na ilha. Sinceramente, não sei o que acontecerá com eles; a única coisa que sei é que minha vida aqui na ilha acabou. Estou partindo para nunca mais voltar.

— Quando partirá?

— Amanhã cedo pegarei um avião de carga até Lisboa e de lá embarcarei num voo de carreira até o Rio de Janeiro.

— Meu Deus! Como ficarei agora, se o proprietário está pretendendo derrubar o galpão? Isso quer dizer que não terei onde morar e trabalhar?

— Exatamente, Andrew. Você terá de encontrar um novo lugar para viver.

— De novo? Não aguento mais me perder na vida!

— Aprenda uma coisa, Andrew: a vida muda constantemente; ela nunca será igual para sempre. Num dia, estamos no fundo do poço; no outro, estamos no topo. A vida é igual às ondas do mar: as boas ondas vêm, mas também se vão. E assim Deus vai construindo a vida, com ondas que trazem e com ondas que levam. A vida é feita de períodos bons e de períodos ruins. Aprenda isso, garoto.

— Não acredito muito nessa teoria, mestre.

— Por quê?

— Porque parece que uma enorme onda ruim me engoliu e até hoje estou tentando nadar para não morrer afogado. Até agora, só vivi períodos ruins em minha vida, e só está piorando. O desespero é tão grande que sinto que não serei capaz de suportar tanta pressão. Agora você vem com essa história de que vai embora para o Brasil e que não voltará mais. Estou ferrado!

— Calma, garoto!

— Calma? Acabei de ser rejeitado por uma pessoa que eu acreditava ser a mulher da minha vida, e você me diz que partirá amanhã cedo para nunca mais voltar. Acha pouco? Não tem como as coisas ficarem pior! Acho que essa teoria das ondas que vêm e vão não funciona para mim. Acho que sou uma exceção à regra.

— É aí que você se engana, garoto! É exatamente neste ponto de inversão que ocorrem as grandes mudanças. Quando tudo está estagnado, é sinal de que chegou o momento de se preparar para pegar a próxima onda.

— Como assim?

— Vamos sair. Quero lhe mostrar algo interessante no mar.

— Tudo bem.

Andrew e Brito caminharam até a praia.

— Está vendo as grandes ondas quebrando com força no fundo?

— Sim — Andrew respondeu.

— Note como elas perdem a força ao chegarem à beira da praia.

— Estou vendo.

— Elas chegam até certo limite, perdem totalmente a força e retornam puxando tudo para trás novamente.

— Sim, estou vendo a onda voltando e puxando tudo com força. A onda de trás não está aguentando e está começando a formar um refluxo de água, que cresce até formar uma crista bem alta, uma nova onda que quebrará novamente.

— Agora você está percebendo como é o ritmo natural das coisas. É tudo igual na nossa vida. O que acontece na natureza acontece conosco também. No fundo, somos iguais e obedecemos às mesmas leis que regem a natureza.

— Interessante!

— Nosso corpo é feito de dois terços de água, exatamente como o planeta. O resto do corpo é feito de ossos, que são partes minerais da natureza dentro de nós. Nossos ossos representam as rochas dentro do corpo. Somos formados também de vários órgãos, que são as partes vegetativas do corpo, a parte viva e orgânica que nos transforma no que somos.

— Que interessante!

— Portanto, se somos iguais ao planeta, também passamos pelos mesmos ciclos naturais.

— O que isso significa, Brito?

— Significa que precisamos obedecer aos ciclos que se repetem e modificam nossas vidas. Está entendendo?

— Acho que sim.

— Ou seja, se nós fazemos parte da natureza, durante a vida passamos por invernos e verões. Precisamos, então, aprender que a vida é feita de altos e baixos e que esses períodos ruins servem para nos ensinar o que ainda não sabemos. Compreende?

— Interessante! Está dizendo que até mesmo os períodos ruins terminam? É isso?

— Exatamente, Andrew. Agora, você está começando a entender. Todo ciclo ruim tem um fim. Mesmo que demore a passar, ele não suporta a pressão e sucumbe à força da próxima onda que vem para tomar seu lugar, trazendo um novo ciclo de renovação. Esse é o milagre da vida. Ninguém fica estagnado para sempre, a não ser que queira isso para sua vida.

— Sim, Brito.

— Pode parecer que você está no fundo do poço, mas é apenas a sensação de um breve momento. Na verdade, o que você está sentindo é refluxo da velha onda que está partindo e levando embora aquilo que não lhe serve mais. Consegue perceber isso?

— Consigo.

— Andrea é uma dessas coisas que não serviam mais para sua vida. Por isso, ela se foi.

— Tem razão. Eu estava cego e não sabia.

— A lei da vida está agindo em você, Andrew. Quando tudo parece perdido, significa que estamos no ponto mais alto da onda. E quando este ponto chega, é preciso coragem para surfarmos a nova onda que está se formando. Este é o momento em que a vida nos coloca em xeque-mate, em que conseguimos descobrir se estamos preparados para uma nova vida. Entende o que estou lhe dizendo, garoto? A vida está lhe perguntando se você está preparado para "dropar" e surfar a nova onda que está vindo.

— Dropar? O que é isso?

— Olhe para o mar novamente. Está vendo o surfista se preparando para pegar uma enorme onda, que está se aproximando dele por trás?

— Sim.

— Perceba como ele rema com força para pegá-la.

— Ele está sendo puxado para cima da onda e rema tentando acompanhar a velocidade. Agora ele está no topo da onda e está tentando se levantar para surfar.

— Isso mesmo.

— Nossa! Parece que a onda tem mais de três metros de altura! É muito alta! Olhe lá! Agora ele está no topo da onda e vai se levantar, Brito! — Andrew entusiasmou-se com a cena.

— Esse é o momento crítico, Andrew. É nesse momento que ele precisa de coragem para levantar, dropar e surfar a onda até a beira da praia. Preste atenção!

Andrew ficou estático, com os olhos arregalados sem piscar, prestando atenção a todos os detalhes do surfista.

Repentinamente, Andrew virou para Brito e disse:

— Hei, Brito! O que aconteceu? Ele desistiu! Deitou-se na prancha novamente e deixou a onda passar. Por que ele desistiu no último momento? Como pôde perder a mais bela onda do dia no exato momento em que ia quebrar?

— Ele desistiu porque ficou com medo, Andrew. Medo do desconhecido e do que poderia acontecer se pegasse a grande onda.

— Por que ele teve medo? Não é um surfista experiente?

— Certamente, ele não teve confiança em si mesmo. Apenas isso. Um surfista profissional, assim como qualquer pessoa, precisa de autoconfiança para conquistar as coisas — algo que aquele surfista não teve. Certamente, ele treinará o dia todo até conseguir surfar outra onda tão grande quanto aquela. Se ele realmente for um surfista, não desistirá tão fácil. Sabe por quê?

— Por quê?

— Porque todo surfista sabe que há tempo para tudo. Todo surfista sabe que todos os dias o mar trará novas ondas para ele surfar. Isso se chama paciência. É paz com consciência. Está me entendendo, Andrew?

— Sim, só não entendi por que ele teve medo de dropar a tal onda, se já caiu tantas vezes na água.

— Porque, além de ela ser muito alta, o local é um dos pontos mais perigosos da ilha. Debaixo d'água não tem areia como no resto da praia. Ele está perto da encosta e, a poucos centímetros da superfície, há enormes corais pontiagudos. Ou seja, se ele dropar sem confiança, pode morrer.

— Ele é corajoso mesmo!

— Na verdade, é cauteloso e paciente e sabe que, atrás de uma grande onda, sempre vem outra onda. Sendo **assim**, ele sabe que pode aguardar uma nova chance.

— Sempre existe uma segunda chance? É isso que está querendo me dizer, Brito?

— Sim.

— Agora estou começando a entender. Sempre há uma segunda chance.

— Você chegou ao ponto que eu queria.

— Como assim?

— Você está exatamente na mesma posição que aquele surfista estava minuto atrás. Você sente que uma grande onda está se aproximando, mas ao mesmo tempo está sentindo o refluxo da velha onda que ainda está partindo.

— Explique melhor, Brito.

— Você está sentindo uma força intensa puxando-o para trás. Essa força representa todas as coisas ruins do passado, todas as dores e todo o sofrimento que viveu. Está chegando o momento de começar a remar e seguir adiante, pois logo terá de dropar e surfar uma nova onda que se aproxima.

— Não consigo sentir essa onda chegando. O que preciso fazer para senti-la?

— É lógico que não consegue senti-la, Andrew, pois você está de costas para a onda, apenas esperando que ela chegue e o pegue desprevenido. Você precisa virar-se de frente para ela, para que, quando a onda estiver próxima, possa remar com força e entrar no fluxo da energia. Isso é surfar! Você precisa surfar sua vida e não sobreviver a ela.

— Estou entendendo, Brito.

— Olhe novamente para o mar. Está vendo o surfista no fundo outra vez?

— Sim.

— Veja o que ele está fazendo agora. Ele olhou para trás e viu que uma nova onda está se aproximando. O surfista está remando novamente com toda força, e é isso que você precisa fazer daqui em diante. Se ficar parado, Andrew, a onda passará e você não perceberá. Entende?

— Sim.

— Continue olhando o surfista. Veja agora que ele subiu na prancha e dropou a onda! Ele está surfando ao lado de um golfinho e fazendo manobras incríveis. Está vendo?

— Sim. Que cena linda! — Andrew ficou entusiasmado com a explicação de Brito. — Obrigado pelas palavras, Brito. Que beleza ver aquele rapaz surfando em harmonia com a natureza.

— Lindo, não é?

— Sim, mas ainda fiquei com uma dúvida.

— Diga, Andrew.

— Como faço para olhar para trás e saber quando essa tal onda chegará?

— Esse é o ponto.

— Explique melhor!

230

— O doutor Morgan resolverá isso para você. É por isso que o levarei lá esta tarde. Ele o abrigará durante alguns meses e o ajudará em muitas coisas.

— Me abrigará? Onde?

— Na casa dele. Oras!

— Você conversou com ele sobre mim?

— Na verdade, foi ele quem me procurou para falar sobre você.

— Ele nem me conhece. Como pode saber algo sobre mim?

— Não me pergunte sobre isso, Andrew. O doutor Morgan é um cara muito inteligente. Ele apenas disse que eu precisava voltar ao Brasil, mas que, antes de partir, deveria levá-lo até ele. Morgan disse que gostaria de conversar um pouco com você e de conhecê-lo melhor.

— Que estranho! Esse velho deve ser mais um desses videntes que andam por aí como a maluca da Madame T.

— Madame o quê? Quem é essa?

— Uma maluca que mora em Vigo.

— Não menospreze as pessoas mais velhas, Andrew.

— Desculpe. Eu estava apenas brincando, mestre.

— Eu sei que estava brincando. — Brito sorriu. — Toque aqui, meu amigo! Vai dar tudo certo. No final, tudo dá certo. Se ainda não deu certo, é porque ainda não chegou ao fim. — O capoeirista sorriu novamente e estendeu o braço, fazendo o típico cumprimento entre capoeiristas.

— Obrigado, Brito.

— Tenha fé na vida, Andrew. Ela ainda lhe trará grandes realizações. Basta crer.

— Obrigado pela força que me deu durante todo esse tempo, Brito. Você foi um pai para mim.

— É isso aí, irmão! Você estará sempre no meu coração e nas minhas orações!

Capítulo 18
Andrew e Morgan

Nada está acabado enquanto ainda houver uma história para ser realizada.

Mal Morgan e Andrew foram apresentados, o ancião disse sem aguardar os tradicionais cumprimentos:

— Seja bem-vindo, Andrew.

— Obrigado, senhor.

Morgan tinha um pouco mais de 85 anos de idade, era magro, alto, e ostentava cabelos brancos. O homem voltou-se para Andrew e disparou:

— Quero lhe perguntar uma coisa, garoto.

— Sim senhor.

— Disseram a você que era preciso buscar a felicidade a qualquer custo, não foi?

— Sim, meu pai dizia isso constantemente.

— E você acreditou nessa besteira, não acreditou?

Andrew balançou a cabeça afirmativamente.

— Pois bem, garoto... O problema é que você acreditou nessa besteira e passou a crer que é uma pessoa infeliz.

— Como assim?

— Só quem é realmente infeliz procura a felicidade. Entende?

Andrew olhou para Brito, admirado com a inteligência do ancião. Morgan completou:

— A partir de hoje, você quebrará esse paradigma que lhe enfiaram goela abaixo e aprenderá que a verdadeira felicidade não está no futuro, mas sim no presente. Sabe o que estou lhe dizendo, não é, garoto?

— Sim, senhor — Andrew respondeu emocionado.

— O que estou querendo lhe dizer é simples: ou você é uma pessoa feliz ou é uma pessoa infeliz. O sentimento de felicidade está diretamente ligado ao de gratidão, que vibra em seu coração. Felicidade é a própria gratidão, filho, mas infelizmente ninguém explica isso para as pessoas.

— Sim, senhor Morgan! — Andrew agiu com respeito.

Morgan colocou a mão no ombro de Andrew e chamou-o até a varanda, estendendo o convite a Brito. Lá, os três se sentaram confortavelmente para observar a linda paisagem do Oceano Atlântico ao fundo.

— Sejam bem-vindos à minha humilde casa. Gostaria que você fizesse uma breve reflexão, Andrew!

— Que tipo de reflexão, senhor?

— Olhe para o azul-marinho do oceano durante alguns minutos e tente sentir o presente eterno.

— Como faço isso?

— Apenas sinta. Se o sentimento de gratidão vibrar em seu coração, isso significa que você está propenso a ser uma pessoa feliz. No entanto, se sentir tristeza, angústia e rancor vibrando em seu coração, isso significa que você é infeliz e que chegou o momento de começar a praticar a gratidão em sua vida.

— Por quê?

— Porque, quando o futuro chegar e você estiver velho como eu, terá a oportunidade de olhar para seu rosto enrugado e sentir gratidão pela vida que teve.

— Muito profundo isso, senhor Morgan.

— É mais importante ter uma vida rica de experiências do que ter apenas bens e dinheiro. Desta vida apenas levamos as amizades, os amores e as experiências vividas. Todo o resto fica para trás.

Andrew olhou para Brito e ficou calado. Em seguida, olhou para o horizonte e sua consciência ampliou-se.

Morgan aguardou, mas logo indagou:

— Andrew? Está pronto para ser uma pessoa feliz ou não? Consegue responder a essa pergunta agora?

Andrew não poderia imaginar que Morgan faria aquele tipo de pergunta e, se imaginasse, não teria ido até a casa do ancião.

— Bom. Eu... não sei...

— Não responda ainda, Andrew. Essa resposta só diz respeito a você. Eu estava apenas brincando. Não precisa responder. Aproveite a paisagem do mar e das montanhas. Não é uma maravilha?

— Este lugar me remete a lembranças estranhas, sabia?

Morgan olhou para Brito desconfiado e respondeu:

— Eu sei disso, garoto.

— Sabe?

Morgan levantou-se, demonstrando inquietude.

— Com licença, senhores, preciso procurar minha filha para preparar um chá de camomila para nós.

— É realmente uma maravilha este lugar, senhor Morgan! Um verdadeiro paraíso perdido! — Brito respondeu.

Morgan foi até a cozinha e poucos minutos depois retornou entusiasmado:

— Este é meu paraíso particular, senhores!

De repente, Olívia, filha única de Morgan, chegou à varanda.

— Esta é a minha filha, Olívia.

— Boa tarde, senhores!

— Boa tarde, senhora Olívia! — Andrew e Brito responderam ao mesmo tempo.

— Olívia, prepare algumas xícaras de chá para bebermos enquanto conversamos. Não estranhe, Andrew! Sou um velho inglês que ainda segue os antigos hábitos da terra natal. É um prazer tê-los em minha casa esta tarde.

Antes de Olívia retornar com as xícaras de chá, Andrew olhou para o lado esquerdo, para a ponta mais distante da praia, e fixou sua atenção em um velho cemitério, que ficava a pelo menos 500 metros de distância no meio da mata fechada, perto das encostas rochosas.

Algo deixou Andrew intrigado quando viu as lápides de pedra expostas no meio da mata. O cemitério era quase imperceptível. Na verdade, era assustador.

Andrew olhou disfarçadamente para Brito e apontou o dedo na direção do cemitério. O capoeirista avistou o local e levantou os ombros, demonstrando não saber o que significava o tal cemitério.

A casa de Morgan fora construída durante a década de 1940 e ficava no alto de uma colina à beira-mar, no canto de uma praia quase deserta.

Até o final dos anos 1950, só existia sua casa no local, mas, a partir do início da década de 1960, novos moradores começaram a chegar e outras casas foram construídas. Eram sete casas no total. No entanto, grande parte delas eram casas de veraneio de portugueses ricos que viviam em Lisboa e costumavam fugir para a ilha durante o verão.

Morgan era um típico britânico e era também um homem experiente, que parecia ter sofrido muito na vida. As marcas do tempo em seu rosto não escondiam seu passado.

Ele gostava de passar parte da manhã ouvindo música clássica britânica, principalmente as composições de Frederick Delius, seu compositor favorito, e à tarde costumava cuidar das flores do seu lindo jardim.

Morgan era formado em psicanálise clássica, no entanto, costumava dizer que era um autodidata nato, pois passara grande parte da vida estudando os poderes e os benefícios da hipnose.

Após tantos anos de trabalho e tendo atendido mais de 20 mil pessoas, Morgan dizia estar aposentado dos afazeres de psicoterapeuta. Agora, sua única distração era receber a visita dos poucos amigos da Inglaterra que continuavam vivos.

A única filha de Morgan, a senhora Olívia, sempre viveu ao lado do pai e por algum motivo nunca se casara. A esposa de Morgan faleceu em 1968, vítima de câncer na garganta, e os únicos parentes que ainda estavam vivos haviam se distanciado.

A vida de Morgan resumia-se apenas à sua filha Olívia, seu cachorro Lucky, um labrador marrom, um imenso jardim com plantas nativas e exóticas, dois lindos cavalos de raça, que ele mantinha no estábulo, e uma enorme variedade de borboletas que estavam sempre por perto, como se fossem centenas de companheiras que nunca o deixavam sentir-se solitário.

Morgan sentou-se na cadeira e sem hesitar perguntou para Andrew:

— Do que você está precisando, garoto?

Não sei exatamente, senhor Morgan. Foi o senhor quem me chamou aqui, não foi?

— Não lhe perguntei quem o chamou aqui. Perguntei-lhe o que você está precisando.

— Desculpe, senhor Morgan. Acho que estou precisando de ajuda, mas não sei exatamente que tipo de ajuda.

— Pronto! Essa era a resposta que eu queria ouvir. Você é muito bem-vindo em minha casa, garoto!

— Eu lhe agradeço, senhor!

— Será um prazer tê-lo conosco. Raramente, temos companhia aqui. Ficamos muito isolados nesta casa, mas não reclamo. Eu gosto do silêncio.

De repente, Andrew sentiu algo gelado tocando seu tornozelo.

— Vejam quem veio dar as boas-vindas!

Andrew olhou para baixo e viu um cão encostando o focinho em sua perna.

— Este é meu cachorro Lucky. Dei esse nome para ele, porque quando minha filha o ganhou de presente de aniversário, nós estávamos precisando de sorte. E ele trouxe a sorte que tanto precisávamos.

Andrew sorriu para Morgan, mas ficou calado.

— Olívia, por favor, faça mais um chá para nós.

— Sim, papai. Pode ser de camomila?

— Sim. Obrigado, querida.

Olívia era uma senhora de poucas palavras e nitidamente calma.

A tarde foi regada de conversas inteligentes e profundas. Brito e Morgan pareciam se entender muito bem quando o assunto era filosofia, história e teosofia. Se os deixassem conversando, certamente eles ficariam horas na varanda sem perceber o tempo passar.

Andrew ouviu a conversa com atenção, tentando entender o que Morgan dizia sobre as técnicas de hipnose que ele desenvolvera e sobre casos interessantes de pacientes que haviam passado em seu consultório nos últimos anos.

Após duas horas de conversa, Brito levantou-se e despediu-se de Morgan e Andrew.

— A conversa está boa, mas preciso dizer adeus.

Brito levantou-se e deu um forte abraço no amigo.

— Adeus, mestre! Obrigado por tudo. Nunca me esquecerei de você.

— Você é um guerreiro, Andrew, e vencerá todas as batalhas. Os guerreiros sempre vencem as batalhas.

— Obrigado pelas palavras, mas não me considero um guerreiro.

— É assim mesmo. Os verdadeiros guerreiros não sabem que são guerreiros. Eu pensava da mesma forma.

— Não entendi, Brito!

— Preciso ir embora, Andrew. Adeus!

— Boa viagem, mestre! Que Deus o acompanhe!

Enquanto Morgan acompanhava Brito até a porta, Andrew permaneceu sentado na varanda.

Assim que Brito saiu da varanda, dezenas de borboletas azuis começaram a rodear Andrew.

Morgan retornou e sentou-se em frente a Andrew.

— Bom, Andrew, agora que Brito partiu para sua terra natal, quero que saiba que você é muito bem-vindo. Enquanto estiver conosco, vai morar no quarto de hóspedes lá embaixo, em frente ao jardim, onde costumo receber meus amigos da Inglaterra. Ou melhor, costumava receber, pois a maioria deles não está mais neste mundo. Infelizmente, os poucos que sobraram não têm mais saúde para viajar. — Morgan sorriu e continuou: — A partir de hoje, aquele quarto é seu. Sinta-se em casa.

— Muito obrigado, senhor Morgan. Como pagarei o aluguel, a comida e tudo de que necessitar?

— O que costuma fazer para sobreviver na ilha, filho?

— Eu pintava calças de capoeira e berimbaus na praia, mas o grupo se dissolveu e não sei como serão as coisas daqui em diante.

— Você fará a mesma coisa, mas um pouco diferente. Vai pintar quadros e vendê-los aos sábados na praça do centro da cidade. Você apenas mudará o formato de sua arte.

— Não sei se consigo pintar quadros. Não sei se essa ideia dará certo, senhor.

— Isso não importa agora. Se tiver realmente o dom da pintura, conseguirá. O mesmo acontece com músicos e artistas. Não tem como perder um dom. As pessoas podem perder tudo na vida: dinheiro, amor e posses, mas nunca perdem seus dons. Muitos artistas não compreendem essa dádiva e se menosprezam, bloqueando suas habilidades divinas. Por essa razão, acreditam que as perderam, quando, na verdade, apenas deixaram de acreditar em si mesmos.

— Não sabia disso, Morgan.

— Saiba de uma coisa, garoto: você aprenderá muito sobre a vida e os segredos ocultos da mente. São ensinamentos de grande valia que transmitirei dia após dia a você.

— Por que está fazendo isso por mim, senhor Morgan?

— Você quer ajuda ou não quer? É assim que funcionam as coisas. Tudo é uma troca. Você me ajuda e eu o ajudo.

— Não sei como posso ajudá-lo.

— Você ainda não sabe, mas o tempo se encarregará disso.

— Obrigado, senhor Morgan. Não sei aonde iria se não viesse para cá.

— Isso não é nenhum sacrifício para mim, garoto!

237

— Senhor Morgan, só queria lhe fazer uma última pergunta, antes de descer até o quarto de hóspedes.

— Pode perguntar.

— Brito disse que o senhor me ensinaria a olhar para trás e a descobrir quando a grande onda chegará. O que significa isso? O senhor realmente consegue fazer isso?

— Acho que ele estava falando sobre abrir seu registro akáshico e acessar os segredos do passado, não?

— Registro akas... o quê? O que é isso?

— Já percebi que você não sabe nada sobre essas coisas, Andrew!

— Não, senhor!

— Eu disse registro akáshico, seu registro de vidas passadas. O registro espiritual que todos carregam dentro de si.

Andrew olhou desconfiado e sussurrou para si mesmo.

— Ah, não! Esse velho é mais um maluco!

— O que disse, Andrew? Não escutei — Morgan perguntou, após dar o último gole na xícara de chá.

— Eu disse que será muito bom, senhor Morgan. Foi o que disse.

— Que bom que está começando a compreender as coisas por aqui, Andrew. Na hora certa, você olhará para trás e verá a tal onda que Brito descreveu. Fique tranquilo. Tudo acontece na hora certa.

— Quando será a hora certa? Amanhã? Semana que vem? Quando?

— Não sou eu o responsável por decidir isso. É você.

— Eu?

— Quando sentir o momento, você virá até mim e dirá. Simples assim.

— Já vi que é muito complicado. Vou descer e descansar um pouco. Tudo bem, senhor Morgan?

— Tudo bem, garoto. Sinta-se em casa.

— Obrigado! Agradeça à senhora Olívia pelo chá de camomila. Acho que o tal chá me deu um pouco de sono.

— Essa é a função da camomila: acalmar a ansiedade e relaxar as tensões.

— Até mais tarde, senhor Morgan.

— Outra coisa que estava me esquecendo de dizer, Andrew.

— Sim, senhor!

— Quero que deixe o jardim sempre bonito e a grama sempre aparada. Você pagará sua estadia dessa forma durante o tempo em que ficar na minha casa. Combinado?

— Isso é moleza para mim, senhor Morgan. Deixarei tudo lindo.

— Que bom!

— Com licença, já está escurecendo e estou morrendo de sono. Boa noite, senhor Morgan.

— Boa noite, Andrew.

Capítulo 19
A doença

2 de fevereiro de 1986.

De repente, Olívia subiu correndo para a cozinha, e Morgan desceu com dificuldade a escadaria até chegar ao quarto de Andrew. O homem levava uma chaleira quente em uma das mãos e uma toalha branca na outra.

— Andrew, você precisa tomar isso!

— O que é isso, doutor Morgan? — Andrew sussurrou, enquanto seu corpo queimava de febre.

— Um chá medicinal. Tome cuidado ao beber, pois está muito quente. É um chá feito com alho, cebola e algumas folhas de pata-de--vaca, uma árvore medicinal que Brito trouxe do Brasil para eu plantar no jardim. Serve para baixar a febre e afastar os maus espíritos que estão rondando-o.

— Maus espíritos? — Andrew perguntou e tossiu muito.

— Sim, maus espíritos. Além da febre alta, por algum motivo, você está sendo atacado espiritualmente. Tome essa xícara de chá, se deite e faça uma oração pedindo a seu anjo da guarda que o liberte dos maus espíritos. Quando o chá fizer efeito, você suará bastante, por isso, fique com essa toalha molhada para se refrescar e essa jarra de água para se hidratar durante a noite. Agora vou subir, pois já está tarde. Amanhã cedo virei aqui para ver como está. Tudo bem, Andrew?

— Eu não estou nada bem, senhor Morgan. Não me deixe aqui sozinho.

— Você precisar ser forte, garoto!

— Senhor Morgan!

— O que foi?

— Acha que posso morrer se continuar assim? Já faz dois dias que estou ardendo em febre!

— Você não vai morrer, mas esta noite parecerá uma morte para você. Tudo isso faz parte do seu processo de resgate.

Andrew estava desesperado.

— Como assim, senhor Morgan?! Que resgate? Não me deixe aqui sozinho. Estou com medo. Morgan! Morgan!

O ancião não deu atenção e saiu do quarto.

Andrew tentou controlar-se e tomou um pouco mais do chá. Em seguida, fechou os olhos como Morgan pedira e fez uma oração cristã que Margareth lhe ensinara quando ele era criança.

Durante a oração, veio à mente de Andrew a imagem de alguém que ele nunca imaginaria ver num momento tão difícil de sua vida: a imagem de Jesus Cristo sorrindo, em pé, na frente da cama.

A imagem trouxe a Andrew uma sensação de amparo e tranquilizou-o instantaneamente. Contudo, alguns minutos depois, começou a sentir calafrios e fortes dores pelo corpo. Andrew gritava e contorcia-se, delirando de febre. Estava sozinho e praticamente desamparado. Uma cena desesperadora.

Enquanto se debatia na cama, Andrew abriu os olhos e percebeu que a imagem de Jesus ainda estava ali. Na verdade, ele não queria acreditar na imagem que estava vendo e pensou estar apenas delirando.

Era provável que Andrew estivesse delirando, pois ele clamara por ajuda e sua mente trouxera à tona a imagem de alguém familiar: a de Jesus, que sua mãe tanto amava. Entretanto, delirante ou não, a imagem manteve-se ali o tempo todo, transmitindo-lhe uma calma inexplicável. Aos poucos, Andrew foi se tranquilizando até que as dores do corpo cessaram.

O episódio durou quase duas horas. Não suportando o cansaço, Andrew caiu em um sono profundo e acordou somente no dia seguinte, pela manhã, quando o sol surgiu no horizonte, trazendo-lhe a luz do novo dia.

Eram seis horas da manhã, e Andrew sentia muita sede. Sem dúvida, parecia um renascimento após uma madrugada extremamente difícil e dolorosa.

A febre desapareceu e as dores no corpo também, mas, devido ao esforço físico e à agonia que sentira durante a madrugada, Andrew percebeu ao se levantar da cama que o lençol estava encharcado de suor. Ele caminhou até a janela e sentou-se na cadeira para beber um pouco da água que Morgan deixara.

Naquele momento, Andrew notou os primeiros raios de sol do novo dia, e, inesperadamente, um aroma de flores entrou pela janela e invadiu o quarto. Ele olhou para fora e viu Morgan cuidando calmamente do jardim, rodeado por centenas de borboletas coloridas.

Para Andrew, ver o ancião cortando as pontas secas das flores e ser envolvido por maravilhosas borboletas era uma imagem peculiar. Algumas borboletas eram grandes e azuis, outras eram amarelas e alaranjadas, e outras eram douradas e brilhantes.

Andrew ficou espantado quando viu cena, mas alguma coisa parecia errada. Andrew não queria acreditar, mas a sensação que ele tinha era a de que estava morto e ainda não sabia.

Assustado, ele gritou desesperadamente:

— Senhor Morgan! Senhor Morgan!

Andrew gritou duas, três, quatro vezes, e Morgan, a menos de dez metros de distância, não deu sinal de resposta. Ele tinha certeza de que estava morto e de que ninguém podia ouvi-lo.

Andrew disse a si mesmo:

— Droga! Eu morri e agora estou vagando no nada. Meu Deus! Estou morto, e ninguém consegue me escutar. É exatamente assim que imaginava que seria quando eu morresse. Ficaria como um tolo gritando para as pessoas me ouvirem, e elas me ignorariam completamente. Meu Deus! Por que fez isso comigo? Por que me abandonou? Juro que farei tudo o que Senhor quiser, se me trouxer à vida novamente. Não acredito que morri. Meu Deus! Meu Deus!

Andrew continuou gritando desesperadamente, mas nada aconteceu.

— Morgan! Morgan! Alguém me ajude, por favor! Ninguém me ouve nesta droga! Será que estou fadado a viver assim pelo resto da vida? Não imaginava que morrer seria tão angustiante! Morgan! Morgan!

Morgan estava de costas, regando alguns hibiscos. O ancião virou-se vagarosamente e disse:

— Hei, garoto! Pare de gritar! Eu já vou. Não está vendo que estou regando as flores? Tenha calma, pois estou conversando com elas.

Andrew não sabia onde enfiar a cara após ouvir a resposta de Morgan. A vergonha era grande, mas, quando percebeu que estava vivo, ele caiu na gargalhada.

Morgan não respondera seus chamados, pois estava fazendo seu ritual matinal e cuidando das lindas flores do seu jardim particular. Apenas isso.

— Bom dia, senhor Morgan. Como está?
— Estou ótimo, Andrew. E você?
— Desculpe. Acordei assustado hoje.
— Percebi! Como está se sentindo esta manhã?
— Estou ótimo! A febre passou e as dores no corpo também. Dormi como há muito tempo não dormia. Muito obrigado pela ajuda. Se não fosse o senhor, acho que teria morrido na madrugada passada.
— É certo que morreria, pois estava com 40 graus de febre. Se porventura chegasse a 41 graus, seu organismo entraria em colapso e as enzimas do seu corpo começariam a cozinhar. Seria seu fim.
— Quer dizer que eu quase morri de verdade?
— Sim. Você esteve perto da morte. Vim visitá-lo no meio da madrugada e vi que estava muito mal. Você estava se debatendo como um maluco na cama. Você nem me viu.
— Não vi mesmo.
— Você quase partiu, meu caro! Mas é teimoso e resolveu voltar. Você foi infectado pela conhecida gripe da ilha. No passado, essa gripe matou muita gente aqui.
— Verdade?
— Sim.
— E o senhor diz isso com essa tranquilidade?
— Eu sabia que você não morreria e que acordaria melhor.
— Como sabia disso?
— Por dois motivos: primeiro, porque essas plantas nativas são muito poderosas. Aqui na ilha, nós tratamos tudo com plantas, raízes e sementes. É muito difícil tomarmos medicamentos e irmos ao hospital. Segundo, porque nada está acabado enquanto houver ainda uma grande história para se realizar.
— Grande história? Como assim? Está se referindo a mim?
— Sim. Mas vamos deixar essa conversa para outro dia.
— Tudo bem, senhor Morgan! Que dia é hoje?

243

— 2 de fevereiro. A febre parece ter derretido seus miolos! — Morgan disse em tom de brincadeira.

— Fiquei tão atordoado que nem me dei conta de que hoje é meu aniversário. Estou completando 26 anos.

— Que maravilha, Andrew! Meus parabéns! Isso significa que você está renascendo!

— É exatamente isso que estou sentindo: uma espécie de renascimento!

— Por que não sai do quarto e me acompanha até minha plantação de flores? Quero lhe dizer algumas coisas.

Pensativo, Andrew caminhou até o jardim e subitamente foi interrompido por Morgan, que queria mostrar-lhe as flores do seu jardim e explicar tudo o que sabia sobre elas: suas origens, as espécies e tudo o que se referia à sua maravilhosa plantação.

Andrew não entendia nada de flores, muito menos de botânica, no entanto, por respeito ao médico, prestou atenção em tudo.

— Meu amigo, veja essas flores. Elas são lindas, não são?

— São muito bonitas, Morgan. O senhor as adora, não é?

— Sim, elas são a minha vida. Vou lhe contar um segredo que nunca contei para ninguém, principalmente aos meus vizinhos. — Morgan sorriu ironicamente como uma criança.

— Por quê?

— Para mim é um grande divertimento.

— Agora fiquei curioso. Qual é o segredo, Morgan?

— Eu adoro minhas flores, no entanto, o que gosto mesmo são das lindas borboletas que vêm me visitar todos os dias. Elas são minhas verdadeiras amigas. Quando chegam de manhã, me sinto completamente conectado com a natureza. É dessa forma que me conecto com Deus. Não preciso ir a nenhuma igreja ou templo. Meu templo é meu jardim.

— Por que o senhor cultiva essas flores com tanto amor?

— O segredo é justamente este! Eu as cultivo, porque, se este lugar fosse todo cimentado como a casa dos meus vizinhos, as borboletas nunca viriam até aqui. Elas só vêm à minha casa porque são atraídas pelo aroma e pela energia das flores. Compreende como a coisa funciona? É tudo uma questão de atração.

— Acho que estou compreendendo, senhor Morgan.

— Agora vou lhe contar outro segredo que ronda todas as coisas da natureza e as pessoas, mas ninguém percebe.

— O que é?

— As pessoas não sabem disso e ficam malucas vagando pela vida atrás dos seus sonhos, acreditando que, quanto mais rápidas elas forem, mais rápido alcançarão o que desejam. No entanto, na maioria das vezes, elas se enganam, pois a lei da natureza é sábia e perfeita. As pessoas não precisam sair correndo enlouquecidas atrás de seus sonhos, como costumam fazer todos os dias pelas ruas das cidades. Basta encontrar a forma correta de atrair o que desejam.

— Atrair os sonhos? — Andrew não entendia o que Morgan estava querendo dizer.

Morgan continuou:

— Para realizarem seus sonhos, as pessoas só precisam fazer como faço. Basta cultivar os sonhos todos os dias, desde o momento em que acordam até a hora em que se deitam para dormir. Esse cultivo deve ser feito com muito amor, assim como faço com minhas queridas flores. Entende?

— Entendo.

— Isso não é sacrifício, é amor. Eu cuido delas com paixão, pois assim elas vão ficando cada dia mais bonitas, cheirosas e atraentes, fazendo a força invisível da natureza trabalhar ao meu favor. Ou seja, por causa da força da minha alegria, o universo me recompensa trazendo essas maravilhosas borboletas até meu jardim. Está compreendendo o que estou querendo dizer, Andrew?

— Acho que sim, senhor Morgan.

— Para as pessoas, funciona da mesma maneira. Elas só precisam cultivar seus desejos com muito amor todos os dias e atrair as pessoas que as ajudarão a realizar todos os seus desejos futuros.

— Interessante!

— Estou lhe dizendo tudo isso para que compreenda que é dessa maneira que deve encarar sua vida a partir de hoje.

— Como?

— Exatamente como as borboletas são atraídas para este jardim por causa do perfume das flores, as pessoas serão atraídas para sua vida por causa de sua vontade de realizar um sonho. Seu desejo é uma fonte de atração real. Não é porque não conseguimos enxergá-lo que ele não exista. Tudo aquilo que você deseja vibra e se torna energia, e essa energia é tão potente que atrai pessoas semelhantes para sua vida. Tudo vem a nós por meio das forças invisíveis da atração. Simplesmente tudo. Essa é a magia invisível que rege o universo, mas infelizmente as pessoas esqueceram como isso funciona.

— Estou entendendo. — Andrew mostrou-se interessado, mas também ensonado.

— Quer que eu continue, garoto? Parece ensonado.

— Sim, continue, Morgan.

— Veja como funciona. O desejo das flores é atrair insetos, borboletas e abelhas, que vêm de longe, pousam nas flores e levam o pólen para outros lugares, mantendo, assim, o ciclo de vida das plantas. As pessoas, contudo, não precisam das borboletas para pousarem em sua cabeça e realizarem seus sonhos.

— Do que as pessoas precisam?

— As pessoas precisam de outras pessoas.

— Por quê?

— Porque nada na vida cai do céu, como a maioria das pessoas imagina. São as pessoas que manifestam os milagres sobre a Terra. Tudo vem por meio das pessoas. Compreende?

— Sim, senhor.

— Nesta vida, não conquistamos nada sozinhos, precisamos de pessoas para manifestar nossos desejos. Tudo vem por meio delas. Por isso, é preciso exercer a gratidão, pois somente através da gratidão as pessoas certas serão atraídas e o ajudarão a realizar seus sonhos.

Andrew ouviu tudo com atenção, e Morgan continuou:

— Quando você me viu cortando as folhas daquelas pequenas flores, eu, em pensamento, estava agradecendo a elas por serem tão belas e cheirosas, pois é exatamente por causa da beleza delas que as borboletas chegam aqui. Eu sou grato às flores, porque sozinho não seria capaz de atrair as borboletas ao jardim. Eu amo as borboletas, por isso cuido das flores com tanto carinho. É uma troca, entende? Eu transmito amor para as flores, e o universo me retribui trazendo borboletas. Essa é minha realização. É assim que um velho inglês cansado e perto da morte leva a vida.

— Não diga isso, senhor Morgan. O senhor ainda viverá muito.

— Não gosto de pensar nisso.

— Desculpe!

— Andrew, não se esqueça de que, se não começar a cultivar a gratidão em sua vida, seus sonhos nunca se realizarão. O segredo é atrair em vez de correr atrás de um sonho vazio e sem sentido. Correr atrás de dinheiro e deixar os verdadeiros sonhos se esvaírem não são opções de um verdadeiro iniciado.

— O que é um iniciado?

— Iniciado é aquele que está pronto para começar uma nova vida baseada na gratidão e na confiança.

— Como assim?

— Você não teve uma sensação de morte e renascimento na noite passada?

— Sim, foi como uma morte em vida para mim!

— Pois bem. Você começou uma nova vida essa manhã, então, considere este dia como o dia de sua iniciação. Na verdade, essa é a maior de todas as iniciações que uma pessoa pode enfrentar. Muitos também estão enfrentando esse desafio ao redor do mundo, mas poucos sabem o que está acontecendo. Esse é o grande problema.

— Desculpe-me dizer, mas o senhor é muito estranho!

— Todos nós somos estranhos, Andrew! Um dia você compreenderá um pouco mais sobre as entranhas da vida e as forças da eternidade.

— Fale mais sobre isso!

— Não é o momento ainda de falarmos sobre isso.

— Está bem, Morgan. Obrigado pelos ensinamentos.

— Existe outro segredo que quero lhe contar, garoto!

— Qual?

— Você precisa saber exatamente o que deseja de sua vida, garoto, caso contrário o universo não compreenderá o que está planejando. Se não for claro com a natureza, infelizmente, continuará vagando como um barco à deriva, exatamente como vem acontecendo nos últimos anos.

Andrew arregalou os olhos.

— Pensa que não sei que você está totalmente à deriva na vida?

— Dá para perceber, não é?

— Claro que dá.

— O que devo fazer, senhor Morgan?

— Chegou a hora de reencontrar o propósito de sua existência.

Andrew balançou a cabeça afirmativamente e olhou para o chão.

— Compreendo o que o senhor está dizendo. Estou sentindo que o momento chegou!

— Que bom! Agora chega de seriedade! Acho que já compreendeu o que quis dizer. Deseja saber mais alguma coisa sobre as flores?

— Quero saber por que o senhor guarda esse segredo e se diverte tanto com os vizinhos!

— Meus vizinhos morrem de inveja quando as borboletas invadem meu jardim. Eles ficam loucos, tentando encontrar artifícios para atrair as borboletas para o jardim deles, mas não conseguem. É muito engraçado! Eles colocam potes de água com açúcar na varanda, espirram aromatizantes artificiais comprados em supermercados, acendem luzes para atrair as borboletas, porém, nada acontece. Eu me divirto, pois não direi para eles que basta cultivar belas flores em seus jardins para vê-las surgindo naturalmente.

Morgan deu uma gargalhada gostosa ao se lembrar dos vizinhos bisbilhotando por cima do muro:

— Você entendeu o espírito da coisa, Andrew?

— Como disse anteriormente, o senhor é muito estranho!

— O ensinamento é o seguinte: a lei é atrair e não ficar correndo atrás e usando artifícios para tentar enganar o ciclo natural das coisas. O problema das pessoas é que elas não sabem como se beneficiar das forças da natureza e continuam optando pelos caminhos aparentemente mais fáceis. Elas preferem usar artifícios em vez de se dedicarem diariamente. O natural sempre é mais eficiente que o artificial.

Andrew sorriu, imaginando as coisas absurdas que os vizinhos de Morgan faziam para atrair as borboletas. Os dois homens sorriram e caminharam pelo jardim, aproveitando a manhã ensolarada.

Sem dúvida, aquele ensinamento foi de grande importância para Andrew, principalmente naquele dia que representava o início de um novo ciclo em sua caminhada.

A partir daquele momento, Andrew não era mais o mesmo homem. Ele ainda não sabia, mas as cortinas do desconhecido começavam a se abrir para revelar o que estava velado nas entranhas da eternidade.

Capítulo 20
A hipnose

Deve haver algo invisível em algum lugar que possa trazer minha esperança de volta.

27 de fevereiro de 1986.

Após a terrível noite em que quase morrera de febre, Andrew estranhamente entrou em um profundo processo de depressão.

Vivendo na casa de Morgan há quase dois anos, Andrew já não tinha mais o entusiasmo de antes, como na época em que contava com a companhia de Brito e produzia lindas pinturas para vender no centro da cidade.

A vida de Andrew ficara paralisada, e poucas coisas diferentes aconteceram até aquele momento. Nem mesmo a pintura estava sendo capaz de trazer-lhe de volta o entusiasmo e a vontade de viver.

Nos primeiros anos vivendo na casa de Morgan, Andrew conseguira pintar uma grande quantidade de quadros e vendê-los na praça central da cidade. Eram as mesmas imagens que produzia quando criança, na época em que morava na Irlanda e passava noites trancado no quarto em processo criativo. Eram imagens de embarcações de madeira antigas enfrentando tormentas em alto-mar e de personagens com espadas e armaduras representando a conquista de lugares distantes, inóspitos e desconhecidos.

Andrew pintou telas grandes — de aproximadamente dois metros — dentro do quarto que Morgan lhe oferecera para morar. Na verdade, o pequeno quarto transformara-se em uma espécie de ateliê, onde Andrew passava a maior parte do tempo entre telas, tintas, pincéis, produtos químicos, vernizes, papéis e muitos livros de história, que Morgan lhe emprestara para ler durante as noites frias, que arrebatavam a Ilha da Madeira durante o inverno.

Após o dia 2 de fevereiro, dia do seu aniversário, Andrew aos poucos foi sendo envolvido por uma depressão profunda. Estava com 26 anos e perdia a melhor fase da vida em uma ilha inóspita, distante de tudo, e enfurnado em uma praia deserta, que talvez nem mesmo os satélites mais poderosos fossem capazes de detectar.

Como era possível um rapaz de 26 anos de idade ficar perdido daquela maneira e se entregar à depressão? Como isso era possível, se ele estava fazendo exatamente o que sempre sonhara na vida?

Andrew tornara-se uma pessoa livre e estava sobrevivendo de sua própria arte. O que mais ele desejava? Esse não era seu grande sonho? Por que estava se afundando em uma depressão e acreditando que a vida não tinha mais sentido?

Brito dissera a Andrew que Morgan era um psicoterapeuta consagrado, que já ajudara mais de 20 mil pessoas na sua carreira, livrando-as dos mais diversos sofrimentos psíquicos. Por que, então, ele não conseguia ajudar Andrew, sabendo que ele estava completamente perdido e entrando em um perigoso processo depressivo?

Andrew tentava compreender o que Morgan fazia, mas ele nunca lhe dava explicações sobre seu trabalho como psicoterapeuta e hipnólogo.

Numa tarde fria e chuvosa de uma sexta-feira, Andrew decidiu sair do quarto para caminhar um pouco na enigmática praia em frente à casa de Morgan.

Por algum motivo, sempre que caminhava pela praia, Andrew só conseguia chegar até a metade dela e retornava. Na verdade, ele tinha medo de se aproximar do cemitério abandonado que ficava no final da praia, próximo aos rochedos. Desta vez, no entanto, foi diferente.

Com a mente vagando entre pensamentos confusos, Andrew acabou avançando além do ponto onde costumava fazer o retorno e, quando se deu conta de onde estava, percebeu que estava próximo ao cemitério.

Quando notou que estava a mais de 400 metros da casa e a menos de 30 metros do cemitério, Andrew subitamente começou a sentir-se mal. Era uma sensação estranha e amedrontadora que o impelia a sair correndo, mas ele não conseguia. Suas pernas ficaram fracas e começaram a tremer sem explicação.

Sem compreender o que estava acontecendo, Andrew assustou-se quando viu um gavião passando rasante na sua frente. Certamente, o pássaro imaginava que Andrew estava ali para atacar seus filhotes.

Com as pernas bambas, Andrew sentou-se na areia, e seus olhos começaram a lacrimejar. A sensação era indescritível. Mesmo parado, sua mente foi invadida por pensamentos que o deixavam ainda mais confuso e emocionado. Eram imagens de sua amada Linda e de momentos únicos vividos em um passado distante.

Por que a lembrança de Linda lhe viera à mente inesperadamente naquele local depois de tanto tempo? Por que Andrew estava sentindo fortes dores no peito e dificuldade para respirar?

Ele tentou se recompor, mas a emoção e as dores não permitiram. O céu estava nublado e em pouco tempo uma forte chuva caiu sobre a praia.

Andrew não conseguia levantar-se e fugir dali. Além das dores, ele também sentia muito medo. Um medo do desconhecido.

Após várias tentativas fracassadas de se levantar, ele decidiu se render e deixar seus sentimentos mais profundos virem à tona. De repente, a emoção tomou conta de seu ser e misturou-se com estranhos sentimentos de saudades, dor, agonia, raiva e desespero.

Depois de chorar por quase dez minutos em silêncio, Andrew acalmou-se e aos poucos conseguiu se levantar. Já estava escurecendo, e era possível ver a forte chuva chegando com toda força vindo do alto-mar.

Andrew olhou para trás e sentiu medo ao fixar sua atenção no cemitério. Sem hesitar, soltou um grito de agonia do fundo da sua alma.

Minutos depois, abaixou-se, colocou as mãos nos joelhos e redimiu-se perante o universo após soltar toda a sua ira por meio dos fortes gritos de redenção.

Sentindo-se estranho, retomou as forças e decidiu voltar a passos largos pela praia até a estreita trilha de terra que o levaria de volta à casa de Morgan.

Durante o retorno, sua mente questionava-o em agonia:

— Meu Deus! O que foi isso? Preciso falar com Morgan. Acho que estou precisando de ajuda. Será que estou enlouquecendo? Deve ser isso. Estou ficando maluco, e Morgan precisa me ajudar. Preciso falar com ele agora mesmo. Não posso mais esperar.

Meia hora depois, Andrew entrou na sala ofegante e molhado por causa da chuva que o pegara no meio do caminho:

— Doutor Morgan! Estou precisando de sua ajuda!

— Onde você estava, Andrew? Está todo molhado!
— Fui caminhar na praia e acabei chegando perto dos rochedos, do cemitério.
— Você chegou perto do cemitério?
— Sim.
— O que aconteceu lá?
— Eu não sei. De repente, minhas pernas ficaram fracas e meu peito começou a doer. Deitei na areia e comecei a chorar sem controle. Fiquei quase 40 minutos passando mal.
— O que mais você sentiu além das dores no peito?

Andrew não queria falar sobre as lembranças com Linda, pois para ele eram apenas vagas recordações de um passado que não existia mais.

— Eu não sei, Morgan. Comecei a me lembrar de coisas do meu passado e perdi o controle. Foi somente isso.
— O que você quer que eu faça, Andrew?
— Você não é um grande conhecedor da psique humana? Faça alguma coisa. Oras!
— Eu sou, mas só posso agir quando me pedem ajuda. Não posso fazer nada se a pessoa não solicita ajuda.
— Por quê?
— Porque somente quando a pessoa solicita ajuda é que ela está apta a permitir a abertura dos seus registros akáshicos. Se eu abrir seu registro de vidas passadas sem sua autorização, nada funcionará. O registro só é aberto quando a pessoa autoriza.

Andrew olhou assustado para Morgan e calou-se. O ancião, percebendo a aflição do amigo, perguntou:

— E então? Quer minha ajuda ou não?
— Sim, eu preciso de sua ajuda, Morgan. Por favor.
— Ótimo! Acho que chegou a hora de conhecer seu passado.
— Nossa! Somente agora? Somente após dois anos morando aqui, o senhor fará isso por mim?
— Como já lhe disse algumas vezes, Andrew, não sou eu quem decide o momento certo de abrir o registro, é você.
— Tem razão!
— Agora o momento chegou! Você já está pronto, Andrew! Entre no consultório. Faremos uma sessão de hipnose regressiva.
— Hipnose? Isso não é perigoso?

— Perigoso é ficar do jeito que você está! Transtornado, depressivo e sem rumo na vida. Isso é perigoso.

— Concordo plenamente. Deve haver algo invisível que possa trazer minha esperança de volta. Não tenho mais forças para continuar vivendo.

— Venha, Andrew. Não tenha medo. Mas antes de iniciarmos a sessão de hipnose, quero lhe dizer uma coisa.

— Sim, senhor.

— Quando acreditamos que está tudo perdido e ficamos sem forças para continuar, isso significa que o momento de se redimir chegou. Chegou o momento de você se entregar e deixar Deus cuidar um pouco de você. Deus é providente, Andrew! Não se esqueça disso.

— Eu fiz isso lá na praia, Morgan.

— O quê?

— Eu me redimi perante o universo e os deuses.

— Isso é ótimo!

— Por quê?

— Porque, quando paramos de correr atrás dos nossos sonhos, Deus age em nossas vidas e faz nossos sonhos começarem a vir ao nosso encontro. Isso acontece porque Ele deseja ver todos os nossos sonhos realizados, porém, por causa do orgulho, os processos de realização não acontecem. É tudo uma questão de interferência. Na maioria das vezes, nós atrapalhamos o universo. Entende?

— Acho que sim.

— Sinto que você se redimiu de verdade, Andrew. A hora chegou.

— Sim, senhor Morgan. Eu me redimi de verdade.

— Neste caso, sente-se na poltrona, respire fundo e não pense em nada. Darei alguns toques com meu dedo indicador na sua testa e depois direi palavras em um idioma antigo. Em um idioma que não existe mais. Não se assuste, pois esse é o código que costumo utilizar para abrir o registro das vidas passadas. Tudo bem? Posso ir adiante?

Com medo do desconhecido, Andrew titubeou, mas aceitou:

— Tudo bem. Pode continuar, doutor.

Naquele instante, a chuva apertou e os trovões começaram a estourar nos céus. Lucky, o cachorro, com quase 13 anos de idade, começou a raspar a porta do consultório tremendo de medo dos relâmpagos.

Antes de começar a sessão, Morgan foi até a porta e abriu-a para Lucky entrar.

Afagando a cabeça do cão, ele disse:

— Está morrendo de medo, não é, Lucky? Entre e fique aqui conosco.

Lucky correu para debaixo da poltrona de Andrew e entrelaçou-se nas pernas do rapaz.

— Podemos continuar? — Morgan perguntou.

— Sim, senhor.

Morgan não demorou e pediu a Andrew que fechasse os olhos. Em seguida, deu leves toques com a ponta do indicador nas têmporas do amigo e pronunciou palavras num dialeto muito antigo, medieval talvez, algo bem parecido com as antigas línguas da Irlanda.

Andrew não conseguia compreender uma palavra sequer do que Morgan dizia. Mesmo prestando atenção no que ele fazia, não entendeu nada. O mais estranho era que a voz de Morgan ficava cada vez mais grave, enquanto o processo de hipnose avançava.

Depois de quase três minutos, Morgan não era mais o mesmo. Andrew estava consciente, porém, parecia assustado com a voz do amigo e com as coisas estranhas que ele dizia.

De repente, a voz do ancião voltou ao normal e, com calma, ele perguntou:

— Está bem, Andrew?

— Tudo bem, Morgan.

— Está me ouvindo?

— Perfeitamente.

— Quero que faça uma coisa.

— Sim, senhor.

— Assim que eu lhe disser para abrir os olhos, quero que faça toda a força que conseguir para abri-los.

— Tudo bem.

— Vou lhe adiantar: você não conseguirá abrir os olhos. Mas não fique assustado com isso. Tudo bem?

— Tudo bem. Isso será moleza!

Andrew pensou: "Ele vai me pedir para abrir os olhos, e eu os abrirei calmamente".

Morgan fez o que prometera:

— Andrew, abra os olhos.

Ele tentou, mas não conseguiu mexer as pálpebras. Andrew tentou de todas as formas, mas seus olhos não obedeciam ao comando de sua mente.

— Droga! O que está acontecendo? Quero abrir os olhos, mas não consigo!

— Consegue abrir os olhos, Andrew?

— Não, senhor. O que está acontecendo?

— Eu o hipnotizei, apenas isso.

— Besteira. Estou ouvindo-o falar perfeitamente. Como posso estar hipnotizado?

— Hipnose é a supraconsciência em estado de alerta. É o seu subconsciente pronto para agir. Vou lhe pedir que comece a rir e, dentro de alguns segundos, você vai rir sem parar. Esse é o segundo passo. Se começar a rir, isso significa que já está sob meu controle.

Andrew pensou: "Velho idiota! Estou ouvindo tudo e não vou rir. Estou bravo. Não vou rir e pronto!".

Morgan disse:

— Quero que comece a rir e não pare enquanto eu não mandar.

Andrew não acreditava no que estava acontecendo. Sua mente estava séria, porém, sem controle. Ele começou a rir como se alguém tivesse comandando sua mente. Andrew pensava que não, mas já estava à mercê dos comandos do doutor Morgan.

Enquanto Andrew ria sem parar, Lucky, o labrador, saiu debaixo da poltrona e sentou-se sobre os pés de Morgan, que continuava a hipnose dando dois toques com os dedos no alto da cabeça de Andrew:

— Pronto. Agora já pode parar de rir.

Subitamente, Andrew parou de rir.

— Você está completamente hipnotizado, Andrew. A partir de agora, abrirei seu registro akáshico e trarei à tona as respostas que precisam ser reveladas. Tudo bem?

— Tudo bem, doutor.

— Não tenha medo. Sou seu amigo. Se quiser parar com o procedimento agora mesmo, diga.

— Eu quero continuar, doutor Morgan.

— Ótimo! Vamos adiante. Quero que diga o que está vendo no fundo de sua mente. Concentre-se e relate o que está escutando e vendo.

— Estou escutando a sirene de um navio e vendo um farol em alto-mar. Não sei o que é. Só sei que está vindo em minha direção.

A partir daquele ponto, Andrew entrou em estado profundo de hipnose.

Foram mais de 40 minutos em transe. Morgan tentava trazer à tona todas as informações possíveis, sem precisar envolver qualquer fenômeno metafísico ou fantástico.

Durante o processo de hipnose, mesmo Andrew estando fora de consciência, Morgan conseguiu trazer à tona informações preciosas que se tornariam cruciais em um futuro próximo.

Quarenta minutos depois, Morgan perguntou:

— Tudo bem, Andrew?

Andrew abriu os olhos um pouco atordoado, sem saber onde estava.

— Só estou me sentindo meio abobado e com vertigem.

— Isso é normal nas primeiras sessões. Quero saber se você se lembra de algo que conversamos.

— Não me lembro de quase nada. Só me lembro de o senhor me pedindo para rir. Depois disso, acho que dormi. Não me lembro de nada.

— Ótimo! Eu lhe pedi que esquecesse tudo o que conversamos para não deixá-lo sugestionado com o que foi revelado. Só vou dizer algumas coisas. Na verdade, quatro coisas.

— Quatro coisas? Que coisas?

— Coisas que você se propôs a realizar nesta vida. Isso eu posso revelar, pois, através desses pedidos, todo o resto começará a se encaixar na sua vida. Com o livre-arbítrio, você tomará as decisões corretas e seguirá adiante.

— Está dizendo que o senhor me fez olhar para o passado para descobrir para onde devo ir? É isso?

— Exatamente. Eu condicionei sua mente para realizar tudo o que você se propôs a fazer, mas isso não significa que será fácil. A vida tem suas tramas e armadilhas.

— Tudo bem. Onde estão os desejos?

Morgan ajeitou-se na poltrona de couro e disse:

— Eu escrevi os quatro desejos neste pequeno pedaço de papel. Leia após sair do consultório. Assim que acordar, vá até a praia e jogue este papel nas ondas do mar.

— Jogar no mar? Apenas jogar?

— Da forma que desejar, mas jogue.

— Por que devo lançar este papel ao mar?

— É uma simbologia. Uma representação de que você está se redimindo perante Deus e pedindo a Ele para cuidar de sua vida da melhor maneira possível.

— Sim, senhor.

— Comece a tomar as decisões corretas em sua vida, Andrew. Não sou mágico nem milagroso; apenas abri seu registro espiritual e fui buscar no fundo de sua consciência seus desejos mais profundos. Pegue o papel com os pedidos e, antes de se deitar, leia o que está escrito.

— Obrigado, Morgan.

— À disposição!

Andrew abriu a porta do consultório e desceu a escadaria para ler a mensagem. Lucky desceu atrás dele.

Depois de abrir a porta do quarto, Andrew sentou-se na beirada da cama e Lucky entrou no cômodo, demonstrando que desejava dormir ali naquela noite.

— Vamos ver o que está escrito neste papel, Lucky? Tomara que você me traga boa sorte desta vez, amigo.

Lucky levantou as orelhas e abanou o rabo demonstrando alegria.

Andrew desdobrou o papel e assustou-se ao ler o que Morgan escrevera. Na verdade, achou o conteúdo do papel ridículo, mas ao mesmo tempo intrigante.

No papel, estava escrito o nome completo de Andrew (Andrew O'Brain Fernandez), a data do seu nascimento (2 de fevereiro de 1960) e seus quatro desejos dispostos na seguinte sequência:

1. Quero me casar com Linda.
2. Quero ter um filho com Linda, e ele se chamará Jonathan.
3. Quero me tornar um mensageiro.
4. Quero viver de amor e de arte ao lado de minha amada.

Como Morgan poderia ter escrito algo assim, se Andrew nunca sequer mencionara o nome de Linda, quanto mais o desejo de ter um filho com ela? O que importava era que tudo aquilo saíra da boca de Andrew, pois Morgan nunca ouvira falar de Linda.

Como, no entanto, ele se casaria com Linda se ela nem ao menos fazia parte de sua vida? Como isso seria possível se ela estava casada e com dois filhos? Como seria possível ter um filho com ela e dar-lhe o nome de Jonathan, se Andrew não tinha onde cair morto, não tinha emprego, dinheiro e rumo na vida? E os outros pedidos? Ah! Esses eram ainda mais absurdos, para não dizer falaciosos.

Andrew não queria acreditar, mas concluiu que Morgan era na verdade mais um charlatão. Sendo assim, ele ignorou completamente o que Morgan escrevera naquele pequeno pedaço de papel e colocou o bilhete embaixo do travesseiro. Por fim, disse para Lucky:

— Seu dono é um velho maluco, Lucky. Somente um doido acreditaria no que está escrito neste papel. Eu nem sequer me lembro do rosto de Linda. Não tenho fotos dela, cartas ou mensagens. Não tenho nada, simplesmente nada. Tudo o que eu tinha dela picotei na danceteria Terra Dance Club.

Lucky abanou o rabo e olhou para Andrew com cara de bobo.

Andrew continuou:

— Depois de tanto tempo, acho que não a amo mais, Lucky. Essa é a verdade.

O cão baixou o olhar, cruzou as patas, encostou a cabeça no pé da cama e ficou olhando para a parede. Em seguida, fechou os olhos demonstrando sono.

— Está com sono, não é, amigão? Eu também vou dormir. Chega dessa coisa de hipnose e maluquices por hoje, não é? Boa noite.

Lucky ajeitou-se aos pés da cama, e os dois caíram em um sono profundo poucos minutos depois.

Capítulo 21
A decisão

A pessoa não morre quando para de viver, mas sim quando para de amar.

Na manhã seguinte, Andrew sentiu algo que nunca experimentara. Uma sensação de vazio imenso tomou conta do seu ser e sua mente parecia vagar no mais completo vácuo.

Sem qualquer explicação, Andrew abriu a porta do quarto, olhou para o mar e sentiu uma insuportável e avassaladora solidão.

Naquele breve instante, ele percebeu que sua vida não tinha qualquer sentido ou direção. Um desânimo descomunal apresentou-se, e ele retornou para a cama sentindo um enorme vazio invadir seu coração. Um sentimento desesperador.

Enquanto estava apenas depressivo e chorando pelos cantos da casa, tudo bem. O problema era que agora as coisas pareciam estar diferentes e piores. Andrew não sentia mais nada, simplesmente nada. Estava inerte perante a vida. Nada parecia ter importância, nem mesmo a própria vida. Era o mais completo vazio existencial invadindo a mente dele e dominando-o por completo.

Andrew olhou ao redor do quarto e não encontrou Lucky em lugar algum. Ele sussurrou:

— Estou completamente sozinho no mundo! E o que importa se estou sozinho nesta droga de quarto? Nada mais importa. Se estivesse morto, certamente estaria do mesmo jeito: sozinho e desamparado. Prefiro ficar deitado na cama e nunca mais me levantar. Oh, meu Deus! Se estiver me ouvindo, leve-me agora mesmo! Não me importo com mais nada!

Andrew ficou estático na cama com o olhar perdido, como se não estivesse mais ali. Seria algum efeito colateral da sessão de hipnose que Morgan realizara na noite passada? Será que Andrew estava em um avançado estágio da depressão e fadado a viver em um vácuo existencial sem volta? Será que Morgan mexera em algo espiritual que não deveria ter mexido? Nada mais parecia interessá-lo.

Andrew ajeitou a cabeça no travesseiro e adormeceu durante duas horas até ser acordado por Lucky, que pulava na cama e lambia seu rosto.

— O que é isso, Lucky? O que você quer?

O cão tentou enfiar o focinho debaixo do travesseiro, mas Andrew estava ensonado e não compreendia o que o cachorro estava querendo fazer.

— Que droga, Lucky! O que você quer? Deixe-me dormir, cachorro maluco!

O cão começou a rosnar e continuou enfiando o focinho debaixo do travesseiro.

Com os olhos inchados, Andrew sentou-se na beirada da cama.

— O que você quer, Lucky? Deixe-me dormir, por favor.

De forma inesperada, Lucky enfiou o focinho debaixo do travesseiro, pegou o papel com os pedidos e saiu correndo em direção à praia.

Andrew irritou-se:

— Cachorro idiota! Traga esse papel de volta. Isso é meu!

Lucky parou no meio do gramado, olhou para Andrew e, balançando o rabo, saiu correndo em direção à praia.

Andrew não entendia que Lucky estava querendo chamar-lhe a atenção, mas acabou calçando as sandálias de couro e entrando na trilha que levava até a praia.

Na praia, Lucky, com a língua para fora, aguardava Andrew. O cão jogara o bilhete no chão.

— Seu cachorro idiota! Está frio sabia? Por que me fez vir até aqui?

Naquele momento, Andrew lembrou-se do que Morgan pedira que ele fizesse: que lesse os desejos e depois jogasse o papel nas ondas do mar. Mas que desejos eram aqueles, se Andrew não tinha mais esperança na vida?

Lucky enfiou o focinho na areia, mostrando o papel. Andrew pegou-o, leu novamente os quatro desejos, olhou para o chão e viu na beira da água uma linda concha com duas partes entreabertas.

Era uma concha grande, com aproximadamente dez centímetros, branca e com algumas partes rosadas, tão perfeita e brilhante que parecia ter saído de uma forma industrial.

Andrew ajoelhou-se e segurou a concha com cuidado. Ele olhou para Lucky, enrolou o papel com os desejos como um pergaminho, colocou-o dentro da concha, fechou-a com cuidado, entrou no mar até a cintura, onde as ondas quebravam com mais força, e colocou vagarosamente a concha com os pedidos sobre as ondas.

Sem sentir nada, olhou para trás e viu Lucky latindo e girando em volta do próprio rabo, demonstrando felicidade. Andrew sorriu e retornou para a beira da praia.

— Seu cachorro idiota! A água está gelada, sabia? Está na hora de voltarmos para casa. Já fiz o que o senhor Morgan pediu.

Quando Andrew calçou as sandálias, a frase dita entrou com força em sua mente: "Vamos voltar para casa".

Institivamente, Andrew parou de caminhar e olhou para o horizonte:

— Meu Deus! De repente, a imagem de minha mãe veio à minha mente! Preciso voltar para casa o mais rápido possível. Vamos, Lucky! Preciso falar com Morgan e dizer que tomei uma decisão. Vamos, Lucky! Corra!

O cão saiu correndo pela trilha, e Andrew tentou alcançá-lo até chegar ao jardim, onde o senhor Morgan regava as flores como costumava fazer todas as manhãs.

Morgan assustou-se ao vê-los.

— O que foi, garoto?! Por que está ansioso? Onde estavam?

— Na praia. Fui lançar a mensagem ao mar como o senhor havia pedido.

— Isso é ótimo! O que fará agora, Andrew?

— Eu tomei uma decisão, doutor Morgan.

— Qual? — Morgan indagou, sem que nenhuma surpresa transparecesse em seu semblante envelhecido. Ele continuou cortando alguns galhos das roseiras com uma pequena tesoura.

— Voltarei para Vigo.

— Por que deseja voltar?

— Não sei exatamente. Só sei que preciso voltar.

— Eu sei o motivo! — Morgan respondeu misteriosamente.

— Qual é o motivo, senhor Morgan?

— Se ficar aqui, você morrerá, Andrew.

— O quê?

— Sim. Não estou dizendo morrer fisicamente, pois a pessoa não morre quando para de viver, mas sim quando para de amar. Não adianta! Podemos estar no lugar mais belo do mundo, mas, se a pessoa que amamos não estiver ao nosso lado para compartilhar a vida, estaremos fadados ao vazio da alma. E quando a alma do homem se esvazia, ele morre.

— Foi exatamente isso que senti quando acordei essa manhã. Uma sensação horrível de desamparo!

— Essa é a sensação da verdadeira morte. Você sentiu apenas uma pequena amostra do que é morrer de verdade.

— Confesso-lhe que não gostei.

— Então me diga! Quando deseja voltar para Vigo?

— O mais rápido possível! Não posso ficar mais na ilha.

— Muito bem. Neste caso, arrume suas coisas, pois você partirá amanhã cedo.

— Como partirei se não tenho dinheiro algum?

— Amanhã é dia 10.

— O que isso tem a ver?

— Todo dia 10, meu amigo Robert passa aqui vindo dos Açores. Vou chamá-lo pelo rádio amador e pedir que atraque a embarcação na ponta da praia amanhã cedo. Lá é o melhor lugar para atracar barcos. Antigamente, muitos corsários piratas faziam o mesmo, sabia?

— Não sabia. Por quê?

— A Ilha da Madeira era um ponto estratégico para os antigos desbravadores dos mares. Aqui, eles faziam suas paradas e escondiam o ouro que era roubado das capitanias hereditárias. Esse lugar sempre foi um esconderijo de ladrões e refúgio de guerreiros da antiguidade. Povos muitos antigos estiveram aqui, Andrew.

— Não sabia disso. O senhor nunca me contou.

— No final da praia, perto do cemitério, existe um enorme canal onde as ondas não quebram. Robert costuma ancorar o barco ali. Mas não se preocupe! Ele virá buscá-lo na areia com um bote inflável.

— Para onde ele vai?

— Para a Irlanda, mas vou pedir que ele o deixe em Vigo. Não tem problema. Ele é um grande amigo.

— Quanto vai me custar essa viagem?

— Nada. Robert me deve muitos favores. Fique tranquilo!

— Entendi, senhor Morgan.

— O que está fazendo aí parado, garoto? Vá arrumar suas coisas e se preparar para partir!

— Gratidão! O senhor foi como um pai para mim. Nunca me esquecerei do que fez!

Andrew saiu correndo e não notou que deixara Morgan emocionado com suas sinceras palavras de gratidão.

Sem hesitar, o velho Morgan gritou:

— Hei, garoto!

Andrew parou de correr e olhou para trás.

— Sim, senhor!

— Não se preocupe! Vai dar tudo certo! No final, tudo dará certo! Apenas lhe peço que confie em Deus, pois ele é providente e nunca nos abandona.

Andrew juntou as mãos em sinal de gratidão e seguiu até seu quarto para arrumar a mochila.

Capítulo 22
O retorno a Vigo

— O que está fazendo, senhora Margareth?

Margareth assustou-se ao ouvir a voz inconfundível de Andrew, enquanto preparava um bolo de cenoura para vender na feira, seu ganha-pão desde que Andrew partiu.

— Andrew, meu filho! Não acredito no que estou vendo! Você está vivo?

— Sim, mamãe. Achou que eu tivesse morrido?

Margareth colocou a tigela com a mistura de bolo na mesa e, muito emocionada, abraçou o filho.

— Tenho sonhado com você nos últimos dias, Andrew. Você não me escreve há vários meses. Não me telefona, não manda notícias. Eu achei que...

— Achou o quê, mamãe?

— Que estivesse morto... Eu venho sonhando com você se afogando no mar e pedindo ajuda desesperadamente, mas graças a Deus você está de volta.

— Desculpe não lhe escrever, mamãe. Agora estou de volta e ficarei ao seu lado outra vez.

— Não acredito nisso! Como chegou aqui?

— Eu segui o endereço da última carta que me enviou. Quando parei em frente à casa, sua amiga Rosa estava chegando da feira. Eu disse a ela que gostaria de lhe fazer uma surpresa.

— A Rosa é uma flor de pessoa, minha melhor amiga. Trabalhamos juntas na feira vendendo bolos e doces. Essas coisas deliciosas que você tanto gosta.

— Faz muito tempo que não vejo uma comida caseira. Estou morto de fome, mamãe! Tem algo para comer?

— Pode ser uma sopa de galinha que acabei de fazer?

— Hum! Que delícia!

— Sente-se e coma. Depois, quero saber tudo o que aconteceu na Ilha da Madeira.

— Combinado! — Andrew ficou admirado ao ver a mãe feliz e ativa como antigamente.

Margareth curara-se da depressão e agora, em sociedade com Rosa, uma senhora de 77 anos de idade, beata da paróquia central de Vigo, ela produzia bolos para ganhar seu próprio dinheiro. O dinheiro era pouco, mas com a aposentadoria era o suficiente para ela viver.

***

A casa da Rosa era modesta e tinha apenas dois quartos, mas Margareth deu um jeito e abrigou o filho no quarto.

Uma semana após retornar a Vigo, o entusiasmo de Andrew arrefecera, já não era o mesmo dos primeiros dias, pois ele percebera que, após tantos sacrifícios, voltara à estaca zero outra vez. Novamente, Andrew não tinha emprego, perspectiva de vida e dinheiro no bolso, exatamente como quando partira.

"Do que adiantou tudo isso, se nada mudou?", esse questionamento logo tomou conta de sua mente, atormentando-o.

Na manhã de segunda-feira, Margareth aproximou-se de Andrew e, enquanto ele tomava café, ela disse:

— Já que está sem fazer nada hoje, vá até o supermercado e compre um pouco de fermento, pois preciso terminar três bolos de laranja até o meio-dia.

Desanimado, Andrew disse que sim.

— Tome o dinheiro e volte logo, pois preciso do fermento.

— Para onde eu iria se nem amigos tenho mais em Vigo? Todos desapareceram — Andrew resmungou ao sair da cozinha.

No supermercado, ele comprou duas latas de fermento e caminhou cabisbaixo pela rua. O que Andrew nunca imaginaria era que encontraria uma pessoa que não via havia anos: Rui, o engraçadinho. O mesmo que colocara Linda em uma saia justa na fatídica noite na danceteria. O pivô da separação de Andrew e Linda.

— Olá, Andrew? É você?

— Há quanto tempo, Rui! Você não mudou nada! Na verdade, está mais magro e...

— Mais abatido, você quer dizer!

— Acho que sim!

— Estou em processo de recuperação.

— Recuperação de quê? Esteve doente?

— Estou doente já faz tempo.

— O que você tem?

— Acabei de sair de uma clínica de recuperação para dependentes químicos. Sou viciado em heroína e quase morri de *overdose* duas vezes. Não consigo largar essa droga... É terrível!

— Não acredito, Rui! Nunca notei nada!

— Comecei usando drogas por causa do desgraçado do Martin. Ele me colocou no ramo do tráfico e fui ao fundo do poço. Até suicídio eu tentei.

— Verdade? Parecia que vocês dois se davam tão bem! Martin era sócio da danceteria, e vocês estavam ganhando bastante dinheiro no ramo artístico.

— Besteira! Era tudo fachada. Nós éramos os traficantes que forneciam as drogas para os convidados do Clark. Ele era o verdadeiro dono da danceteria.

— Espere aí! Você me convidou para ir até a danceteria naquela noite para me oferecer drogas? Está me dizendo que vocês eram traficantes?

— Você não percebeu?

— Não!

— Meu Deus! Você é muito ingênuo!

Andrew ficou abismado com a informação.

— E Martin? Como ele está?

— Está preso desde aquela época. Será solto em 2010. Isso se ele sobreviver na penitenciária, é claro.

— Em 2010?

— Uma vida inteira jogada fora!

— Tem razão! Você está morando onde?

266

— Com minha mãe e tentando sobreviver. Depois que a pessoa se vicia em heroína, ela não tem mais vida. Ela apenas sobrevive. Essa é a realidade de um viciado como eu.

Andrew olhou para o chão sem saber o que dizer.

— Andrew, preciso lhe contar uma coisa.

— Pode dizer, Rui.

— Lembra-se do que aconteceu na danceteria?

— Claro que me lembro. Não foi fácil ver Linda abraçada com Martin. Até hoje não acredito que ela foi capaz de fazer aquilo comigo.

— É sobre isso que quero falar. Não posso mais guardar esse segredo comigo.

— Segredo? Que segredo?

— Não foi Martin quem pediu a Linda para ir até a danceteria. Ele nunca teve interesse nela.

— O quê?!

— Estou lhe dizendo a verdade, Andrew!

— Como você explica a cena de Linda toda sorridente abraçada com Martin?

— Foi tudo combinado...

— Combinado por quem, Rui?

— Eu armei tudo.

— Você?

— A mando de uma pessoa.

— De uma pessoa? Que pessoa?

— De Juan.

Andrew não acreditou no que estava ouvindo:

— Juan Cavallera?

— Sim.

— O que Juan tem a ver com tudo isso?

— Ele me pediu para armar uma cilada para vocês se separarem, e eu fiz tudo conforme ele me pediu. Usei Martin para fazer ciúme em você. Na verdade, tudo acabou dando certo naquela noite, ou melhor, acabou dando tudo errado, pois você entrou no momento em que Martin estava apresentando Linda ao diretor de dança. Quando o tal Silvester fez uma piada, ela sorriu, e Martin a abraçou tentando demonstrar que Linda era sua amiga. Foi somente isso. Eles nunca tiveram nada.

— Meu Deus! Não acredito! — Andrew sentou-se no banco da praça, estupefato depois de ouvir o que Rui lhe contara.

267

— É a mais pura verdade, Andrew. Quero lhe pedir desculpas, pois naquela época eu fazia tudo o que Juan pedia. Eu era um otário. Peço-lhe perdão por isso, pois acabei com a vida de vocês.

— Oh, meu Deus! Juan também tinha ligação com drogas naquela época?

— Não. Ele sempre foi contra o que eu e Martin fazíamos. O lance dele era Linda. Ele sempre foi apaixonado por ela e não suportava ver vocês dois juntos. Foi por isso que ele me pediu para fazer aquilo. Depois que tudo aconteceu e vocês se separaram, Juan foi embora para a Inglaterra para tentar carreira solo. Depois disso, nunca mais o vi.

— Quer dizer que Linda nunca me traiu? Ela tinha me dito a verdade?

— Exatamente! Ela nunca o traiu, Andrew. Desculpa, cara! Talvez você nunca me perdoe por isso, mas eu precisava lhe contar a verdade antes de...

— Antes do quê, Rui?!

— De morrer!

— O que está me dizendo, Rui?

— Logo, logo eu partirei deste mundo, irmão!

Andrew percebeu emoção na voz de Rui e calou-se.

— Tudo bem, Rui. Não quero que se preocupe mais com isso. Está desculpado.

— Obrigado, Andrew! Assim eu fico mais aliviado! Infelizmente, preciso ir embora. Foi bom revê-lo.

— Para ser sincero, minha vontade neste momento é arrebentar sua cara, Rui, mas prefiro perdoá-lo pelo que fez, pois deve haver algum aprendizado em tudo isso.

— Certamente há.

— Não se preocupe tanto! Tudo isso é passado e não faz mais sentido algum para mim. Isso aconteceu há muito tempo. O que importa?

— Tem razão. Obrigado por me perdoar, Andrew!

— Está perdoado. Até logo.

— Antes de ir embora, me passe o número do telefone da casa de sua mãe. Quem sabe nos encontramos algum dia?

— Claro que sim! Vou anotar o número atrás do *ticket* do supermercado. Aqui está, Rui.

— Obrigado. Vou guardar no bolso da minha calça. A gente se cruza por aí, cara.

— Até logo.

Cada um caminhou para um lado, e, assim que Rui virou a esquina do supermercado, Andrew sussurrou para si:

— Que loucura! Eu nunca imaginaria que Juan estivesse por trás daquela confusão toda! Por que ele fez aquilo, afinal? Por que ele armou aquele circo, se não podia ficar com Linda? Deve ter um motivo, uma razão para ter feito tudo aquilo. Somente Linda deve saber. Será que eles se casaram e foram morar em outro país? Isso não pode ser possível. Oh, meu Deus! Será que foi isso que aconteceu?

De repente, as coisas começaram a fazer sentido para Andrew e muitos questionamentos vieram à sua mente.

Andrew não sabia, mas um gatilho espiritual foi acionado assim que ele autorizou o doutor Morgan a abrir seus registros de vidas passadas. A engrenagem espiritual começou a funcionar de forma rápida.

Capítulo 23
A magia do encontro

Era manhã de sexta-feira, e Margareth estava na cozinha preparando os doces para serem vendidos na quermesse da igreja em comemoração ao dia de Santo Antônio, o santo casamenteiro do catolicismo. Ela estava empolgada e não via a hora de a noite chegar para ajudar Rosa com os preparativos da grande festa da paróquia central. Na verdade, o entusiasmo era para ver o novo padre que chegara de Paris para assumir a paróquia de Vigo.

Àquela altura, Margareth já se tornara uma beata e vivia em função das festividades e dos cultos do templo. Apesar de não ter o costume de ir à igreja, Andrew apoiava a mãe, pois fora justamente a religião que a salvara da depressão. Pelo menos era o que Margareth afirmava.

Por volta das 8 horas da manhã, Margareth irritou-se, pois Andrew estava dormindo e não se levantara para atender o telefone que tocava insistentemente na sala.

Margareth tirou o avental e correu para atender o telefone, afinal, podia ser alguém da paróquia querendo encomendar mais doces ou o secretário da paróquia querendo algo especial.

Ansiosa, Margareth correu para atender e se decepcionou quando o telefone parou de tocar.

— Oh, meu Deus! Quem será a esta hora da manhã? — Margareth sussurrou. — Se o telefone tocar outra vez, juro que não atenderei!

Margareth nem sequer teve tempo de reclamar, e o telefone começou a tocar novamente. Sem hesitar, ela correu para atender:

— Alô! Quem está falando?

— Por favor, gostaria de falar com Andrew Fernandez. Ele está?
— Andrew está dormindo. Gostaria de deixar recado?
— Gostaria muito de falar com ele. Diga que é uma amiga.
— Uma amiga?
— A senhora poderia verificar se ele já está acordado? É muito importante.
— Por acaso é alguma proposta de emprego?
— Não, senhora. Mas é um assunto importante.
— Só um minuto, vou chamá-lo.

Margareth seguiu até o quarto e sem rodeios gritou:
— Andrew, acorde! Tem uma moça no telefone querendo falar com você. Ela disse que é importante.
— Droga! Que moça, mamãe?
— Não sei! Levante-se dessa cama e vá atendê-la. Estou com um bolo no forno. Se eu demorar, ele queimará.
— Tá bom! Quem será a essa hora da manhã?
— Levante-se e descubra você mesmo. Tomara que seja alguma proposta de trabalho, pois não aguento mais vê-lo deitado nessa cama reclamando da vida.

Ensonado, Andrew levantou-se e atendeu o telefone.
— Alô! Quem fala?
— Bom dia, Andrew. Desculpe acordá-lo.

Andrew esfregou os olhos tentando despertar do sono e não conseguiu responder, pois a voz do outro lado da linha era inconfundível. Sim, era a voz de Linda. Mesmo passados tantos anos, ele nunca se esqueceria daquela voz suave e reconfortante.

Andrew engoliu a saliva, esfregou os olhos e respondeu:
— Linda, é você?
— Sim, eu mesma.
— Não podo ser! Deve ser alguma brincadeira de mau gosto do Rui.
— Não é brincadeira, Andrew. Sou eu, Linda Di Stéfano. Lembra-se de mim?
— É claro! Onde você está, Linda?
— Só um minuto, Andrew. Estou falando de um telefone público e preciso colocar mais fichas para a linha não cair. Espere um minuto. Estou procurando as fichas dentro da bolsa.
— Tudo bem, eu espero.

Enquanto aguardava, o coração de Andrew começou a bater acelerado, não acreditando no que estava acontecendo. No pequeno espaço de tempo, ele lembrou-se dos desejos que anotara em um papel, colocara dentro de uma concha e lançara ao mar na Ilha da Madeira.

Como algo assim podia ser possível? O que, afinal, estava acontecendo? Será que Morgan tinha algo a ver com tudo aquilo? Certamente não. Será?

Linda retornou ao telefone:

— Pronto, coloquei mais uma ficha e podemos falar.

— Onde você está, Linda? Em outro país?

— Estou perto da antiga casa de sua mãe. Na verdade, estou em frente ao Restaurante Andaluz, na calçada da praia onde costumávamos nos encontrar.

— Você está em Vigo?

— Sim.

O coração de Andrew quase saiu pela boca.

— Não é possível! Ela está aqui perto! — Andrew sussurrou para si mesmo, tampando o telefone com a mão.

— O que disse, Andrew?

— Nada. Estava falando com minha mãe.

— O que vai fazer agora? Tem algum compromisso?

— Acho que não. Por quê?

— Poderíamos nos encontrar. Venha até a praia. Estarei esperando-o em frente ao restaurante.

— Agora?

— Sim. Algum problema? Está ocupado?

— Não exatamente.

— Desculpe, Andrew, não queria incomodá-lo.

Andrew não sabia, mas, do outro lado da linha, Linda estava mais nervosa que ele. Contudo, diferentemente dele, ela sabia disfarçar o nervosismo e a ansiedade.

— Dentro de alguns minutos estarei em frente ao restaurante.

— Tudo bem — Linda mal conseguia responder de tanta emoção.

Andrew ficou inerte ao desligar o telefone. Não sabia se pulava e abraçava a mãe ou se saía correndo pela casa como uma criança.

Apesar da euforia, o entusiasmo logo foi ofuscado por algumas perguntas que lhe surgiram na mente.

"Como ela conseguiu o telefone da casa de dona Rosa? Onde Linda esteve esses anos todos? Será que ela realmente se casou e teve filhos?", questionou-se. A verdade era que Andrew não queria saber as respostas; queria apenas ir até a praia e revê-la.

Andrew correu até o quarto, vestiu uma bermuda e colocou a velha sandália de couro. Em seguida, foi ao banheiro, escovou os dentes, lavou o rosto, penteou rapidamente os cabelos e foi até a garagem pegar sua antiga bicicleta para chegar o mais rápido possível na praia.

Margareth limpava as mãos no avental e assustou-se quando viu Andrew saindo de casa tão ansioso:

— Aonde vai apressado desse jeito, filho?

— Encontrar uma pessoa. Assunto particular, mamãe. Assunto particular!

— Tudo bem! Desculpe perguntar.

— Depois eu lhe conto. Agora não dá.

Margareth balançou a cabeça e, enquanto cobria os bolos com uma deliciosa cobertura de chocolate branco, sussurrou: — Acho que o assunto era realmente importante!

***

Antes de chegar ao restaurante, Andrew parou a bicicleta na esquina, mas não encontrou Linda em lugar algum. Um garoto de boné, que estava sentado no banco da praia, olhando para o horizonte, era a única pessoa nas proximidades do restaurante.

Andrew aproximou-se do garoto para perguntar se ele vira uma moça bonita de olhos verdes andando por ali.

Ao chegar mais perto, Andrew assustou-se quando viu que o garoto de boné não era realmente um garoto, mas sim Linda. Ela estava vestida com calça jeans e camiseta e usava boné, tênis e óculos escuros, como se fosse um menino.

Antes de se aproximar um pouco mais, Andrew perguntou-se: "Meu Deus! O que aconteceu com ela? Por que Linda está de cabelo curto e ruivo? Por que está vestida como um menino?".

Andrew tomou coragem e perguntou:

— É você mesmo, Linda?

Ela virou o rosto, e Andrew não teve dúvidas. Era sua amada Linda, mas estava completamente diferente.

Linda levantou-se:

— Oi, Andrew. Que bom revê-lo.

Linda nem sequer terminou a frase, e, Andrew, instintivamente, lhe deu um beijo apaixonado na boca. O beijo foi rápido, mas o suficiente para deixar Linda sem graça e extremamente feliz.

Linda abraçou-o emocionada:

— Andrew! Após tantos anos, não esperava uma recepção como essa! Que bom sentir sua boca macia tocando a minha.

— Desculpe, foi mais forte que eu.

— Não tem problema. Eu adorei, Andrew.

— Verdade?

— É claro! Sente-se, vamos conversar.

— Boa ideia.

Andrew não acreditava que estava sentado ao lado da sua amada, no mesmo lugar onde costumavam namorar. Parecia um sonho, mas era a pura realidade acontecendo bem na sua frente.

Andrew tomou a iniciativa e perguntou:

— Como conseguiu, Linda?

— O quê?

— Como descobriu o telefone da casa onde minha mãe e eu estamos morando atualmente? Estou lhe perguntando isso, porque ninguém sabe que estou morando em Vigo.

— Ontem, fui ao supermercado comprar frutas e encontrei Rui sentado no banco da praça fumando um cigarro. Ele parecia transtornado e ansioso. Decidi parar e ficamos conversando.

— Verdade? Eu também o encontrei voltando do supermercado. Que coincidência! — Andrew exclamou.

— Ele estava estranho. Contou-me sobre os problemas com as drogas e tudo mais. No final da conversa, ele disse que tinha uma coisa para me dar.

— O quê?

— Um papel no qual você tinha anotado o telefone da casa onde estava morando com sua mãe. Foi assim que descobri seu telefone. Foi o acaso.

— Acaso? — Andrew lembrou-se dos desejos que foram lançados ao mar dentro de uma concha.

— Juro que relutei em ligar para você. Você despedaçou meu coração, quando rasgou as cartas de amor que escrevi para você. Lembra-se disso?

— Perdoe-me por isso, Linda. Não sabia o que estava fazendo.

— Eu o perdoo. Nós éramos jovens e imaturos.

— Tem razão.

Andrew aproximou-se um pouco mais e segurou a mão de Linda.

— Você teve coragem para me telefonar, Linda, afinal, eu podia estar casado e com filhos. Sabe como é...

— Por isso, fiquei com receio. Tive medo de encontrá-lo com outra pessoa. Telefonei uma vez, mas ninguém atendeu. Aí meu coração disparou e minha mente me disse para não ligar outra vez, pois era certo que você não se lembrava mais de mim. Meu coração, no entanto, me disse para tentar novamente. Fui até o telefone público, peguei mais uma ficha e disquei. Neste momento, sua mãe atendeu.

— Nossa! Parece coisa do destino!

— Tem razão. Agora estamos aqui conversando no mesmo lugar onde costumávamos namorar. O mais incrível é que você me recepcionou com um beijo na boca. Não acredito que você fez isso!

Andrew sorriu.

— Quero lhe pedir desculpas pelo que fiz aquela noite. Eu sei que você nunca me traiu com Martin.

— Eu nunca o trairia, Andrew. E sabe por quê?

— Por quê?

— Porque eu o amava, Andrew!

De repente, um nó fechou a garganta de Andrew.

Linda percebeu que ele estava mais sensível e repetiu:

— Eu o amava e continuo amando, Andrew! O sentimento ainda é o mesmo. Estou diferente, mas ainda sinto a mesma coisa. Meus sentimentos por você nunca mudaram. Pode parecer impossível, mas eu sempre o amei.

Andrew baixou a cabeça com remorso por ter perdido tantos anos de sua vida por causa de uma intriga.

— A vida é muito estranha, Linda.

— E como!

— Posso lhe perguntar uma coisa?

— Sim.

— Você tem visto Juan?

— Nunca mais o vi desde aquela época.

— Que estranho! Ele desapareceu. — Andrew preferiu não contar a Linda sobre a armação que Juan preparara na danceteria.

Linda apertou a mão de Andrew com força e sorriu de alegria por estar ao lado dele outra vez.

— Você não mudou muito, Andrew! Continua o mesmo garoto de sempre.

— Garoto? Bondade a sua! Estou com 26 anos.

Linda olhou para as próprias roupas e respondeu sem jeito:

— Você deve estar achando estranho eu estar vestida desse jeito, como um menino, não é?

— Sim. E também...

— Também o quê?

Andrew não encontrou as palavras corretas.

— Não sei... Você está mais...

— Mais o quê, Andrew? Agora fiquei curiosa.

— Mais bonita, mais sensual, mais mulher.

— Andrew, eu também tenho 26 anos de idade e não sou mais a garotinha que você conheceu. Já sou mãe, tenho dois filhos.

Naquele momento, Andrew percebeu que nem tudo seria como antes.

— Filhos?

— Sim. Tenho duas crianças lindas. Um menino de 3 anos e uma menina de 4.

— Isso significa que está casada?

— Não exatamente.

— O que quer dizer com "não exatamente"?

— Estou me divorciando.

— O que aconteceu?

— É uma história longa!

— Afinal, onde você foi morar, Linda?

— Calma, Andrew! Primeiro, você conta sua história; depois, eu conto a minha.

— Neste caso, se prepare, pois contarei tudo o que aconteceu depois que nos separamos.

Andrew contou tudo o que acontecera desde a briga na danceteria. Falou sobre a universidade que tentara cursar, a derrocada da companhia de pesca do pai e sobre as duas namoradas que tivera e como quase se casara com uma delas. Falou também sobre a ida para a Ilha da Madeira e os anos que passara sozinho pintando calças de capoeira e quadros em praça pública. Só não contou a Linda sobre a decepção que tivera com Andrea Conti, a sessão de hipnose realizada por Morgan e os desejos lançados ao mar, pois sentiu que eram informações demais para Linda digerir.

Depois de quase uma hora ouvindo tudo com atenção, Linda perguntou se Andrew gostaria de caminhar até a ponta da praia para contar-lhe um pouco sobre o que acontecera nos últimos dez anos de sua vida.

Andrew aceitou o convite, e os dois caminharam em direção à ponta da praia.

— Por que você foi para a Ilha da Madeira? Não entendi o propósito de ir até lá.

Andrew não queria confessar a Linda que fora até lá após ouvir que ela se mudara para uma ilha. Ele titubeou e, por fim, respondeu sem graça:

— Na verdade, não sei por que fui até lá. Acho que fui procurar uma aventura, mas infelizmente não deu muito certo e estou na mesma situação de anos atrás, ou seja, sem dinheiro, sem emprego e sem um rumo na vida.

— Estamos na mesma situação, Andrew. Estou sem emprego e sem nenhum tostão no bolso, exatamente como quando fugi de Vigo.

— Onde você esteve esse tempo todo, Linda? Por onde andou?

— Pouco depois de minha carreira internacional em Paris decolar, eu conheci um produtor musical americano que trabalhava com musicais na Broadway. Começamos a namorar e, dois meses depois, ele me pediu em casamento e fomos morar na Ilha de Manhattan, em Nova Iorque.

Ilha de Manhattan? Não acredito nisso! Eu sou um idiota mesmo! — Andrew sussurrou para si mesmo.

— Durante todos esses anos, vivi em Nova Iorque e fiquei grávida duas vezes.

— Quer dizer que você nunca mais cantou após aquelas apresentações que assisti na televisão?

— Por um ano, fiquei no grupo fazendo turnê pela Europa, mas meu objetivo era cantar. Trabalhei um ano como atriz e fiz alguns musicais que meu marido produziu. No entanto, quando engravidei, decidi parar e deixei o sonho de ser cantora para trás.

— Se tornar uma cantora famosa não era seu grande sonho?

— Sim, mas a vida mudou meus planos.
— Por que se casou?

Linda olhou para o horizonte demonstrando mágoa:

— Posso responder essa pergunta com outra pergunta?
— Sim.
— Por que você me deixou, Andrew?

Andrew não conseguiu responder e calou-se.

— Meu sonho era me casar com você, não com aquele cara.

Andrew percebeu a angústia na voz de Linda ao falar do ex-marido.

— O que foi, Linda? Por que está chorando?

Linda parou de caminhar e postou-se na frente de Andrew. Lágrimas escorriam por trás dos óculos escuros:

— Vou tirar os óculos, Andrew. Não se assuste.
— Por quê?

Linda tirou o boné e os óculos escuros.

— Meu Deus! O que fizeram com você?
— Fui espancada pelo meu ex-marido.

Ela mostrou os olhos cheios de hematomas.

— Meu Deus! — Andrew ficou enraivecido. — Como isso aconteceu?
— Foi uma discussão. Eu disse que não o amava, e as consequências foram trágicas.
— Esse cara deve ser louco! É por isso que você está usando boné e óculos escuros?
— Na verdade, estou disfarçada, porque fugi de Nova Iorque junto com meus filhos dentro de um navio mercante. Tive de cortar os cabelos bem curtos e tingi-los para não ser reconhecida no porto de New Jersey.

Linda não aguentou a emoção e as dores da alma.

— Por quê?! — Andrew perguntou indignado.
— O maluco colocou detetives atrás de mim para evitar que eu fugisse. Além de ser espancada, fiquei seis meses em cárcere privado.

Linda ficou alterada ao relembrar tudo o que havia acontecido, e Andrew tentou tranquilizá-la.

— Já entendi tudo, Linda! Vou levá-la para casa e amanhã nos encontraremos novamente. Tudo bem?
— Desculpe desabafar com você, Andrew. Não tenho com quem conversar e estou me sentindo horrível.
— A partir de hoje, estarei ao seu lado, Linda. Não se preocupe!

Linda colocou os óculos com receio de que alguém a reconhecesse. Ela estava em pânico.

De repente, Andrew parou de caminhar e segurou a mão de Linda.

— Preciso lhe dizer uma coisa, Linda! E precisa ser agora!

— O que quer me dizer? — Linda ficou preocupada. Ela tinha certeza de que, após ouvir a história sobre a agressão, os detetives, a perseguição e a fuga, Andrew diria que sentia muito, mas que ela precisava seguir a vida mesmo com tantos problemas, filhos etc.

Delicadamente, Andrew acariciou o rosto de Linda e disse:

— Não posso mais perder tempo, Linda. Quero que ouça o que tenho a dizer com atenção e que depois me responda com um sim ou não. Sua resposta pode mudar o rumo de nossas vidas.

Linda percebeu que Andrew estava nervoso e emocionado.

— Não se assuste com o que lhe direi. Apenas me ouça e responda sim ou não.

— Tudo bem, Andrew.

— Eu quero me casar com você.

— O quê?

— Quero casar e trazer seus filhos para morar conosco e...

— E o quê?

Andrew respirou fundo:

— Quero ter um filho com você.

— Filho?!

— Sim. E se Deus permitir que seja um menino, ele se chamará Jonathan.

Linda ficou em choque e não acreditou no que estava ouvindo. Parecia um sonho.

Com dificuldade de raciocinar, Linda afastou-se de Andrew e, num misto de surpresa e desconfiança, perguntou:

— Você está brincando comigo, não é, Andrew? Só pode ser uma brincadeira.

Linda estava aborrecida após enfrentar tantas situações infelizes em sua vida, tantas cenas de ciúme, intrigas e brigas, por isso o pedido de Andrew ecoava em seus ouvidos como uma brincadeira de mau gosto. Ela não era mais uma garota iludida por romances impossíveis. Linda transformara-se em uma mulher madura e agora tinha dois filhos para criar.

Andrew respondeu com seriedade:

— Pode parecer brincadeira, mas não é, Linda!

— Não pode ser verdade... Eu acabei de lhe contar tudo o que aconteceu na minha vida. Ninguém em sã consciência aceitaria estar ao lado de uma mulher cheia de problemas como eu.

— Eu aceito, Linda.

Subitamente, ela desabou nos braços de Andrew.

Após um breve silêncio, Andrew, tocado pela dor de sua amada, respondeu:

— Por mais que tente imaginar o que você enfrentou, eu não consigo. Só quero que saiba que não está mais sozinha. Eu estarei ao seu lado daqui em diante, Linda.

— Obrigada, querido! Deus é providente. Ele sempre nos mostra uma saída quando estamos perdidos.

— Você tem duas escolhas, Linda. Pode dizer sim ou pode dizer não. "Talvez" e "não sei" estão fora de questão neste momento.

Linda olhou para o horizonte e respondeu:

— A resposta é sim, Andrew.

O sim soou como uma melodia aos ouvidos de Andrew e, sem que ela dissesse mais uma palavra, ele a tomou apaixonadamente nos braços como se fosse o primeiro encontro.

Embora as intenções de Andrew fossem verdadeiras, os dois estavam desempregados e sem dinheiro. No entanto, ele estava determinado a enfrentar qualquer coisa ao lado da sua amada.

Linda estava reticente:

— Mas, Andrew...

— Eu sei o que dirá, querida. Nem precisa terminar a pergunta.

— O que eu ia dizer?

— Que não temos dinheiro, casa para morar e emprego.

— Isso mesmo.

— Não quero saber dos problemas, quero saber das soluções. Quanto você tem de dinheiro no bolso?

Linda colocou a mão nos bolsos e mexeu na bolsa:

— Por incrível que pareça, não tenho nada. E você, Andrew? Quanto tem de dinheiro nos bolsos?

— Deixe-me ver.

Andrew colocou as mãos nos bolsos e não tinha nada. Abriu a carteira, virou-a de ponta-cabeça para ver se caía alguma coisa, mas nem uma moeda sequer caiu:

— Não tenho nada. Estou zerado.

— Meu Deus! Como faremos, Andrew?

— Se eu tenho zero de dinheiro e você também, isso significa que começaremos nossa vida do zero.

— Meu Deus! Você é muito corajoso!

— Corajosa é você! Não sei de onde tirou tanta força para fugir sozinha com dois filhos pequenos! Você os salvou!

Linda sorriu e abraçou Andrew com amor. Naquele instante, enquanto voltavam caminhando de mãos dadas pela praia, Andrew se lembrou de uma das mensagens que Madame T. lhe escrevera: "Você não precisa sair desesperado à procura da pessoa que foi destinada a viver ao seu lado durante esta vida. Se não a encontrar, não se preocupe, pois um dia ela o encontrará. Essa pessoa também está à sua procura".

Capítulo 24
Os mensageiros

— Querido, eu estive pensando sobre a decisão que tomamos dias atrás na praia... Não sei se isso dará certo. Não temos emprego nem casa para morar. Tem certeza de sua decisão?

— Certeza absoluta. Já perdi você uma vez e não perderei outra vez.

Linda sorriu.

— Eu sei que será difícil, mas conseguiremos.

— Deus o ouça! — Linda exclamou.

— Tive uma ideia e quero lhe contar. Parece loucura, mas é algo que tenho em mente há algum tempo. Não temos muitas alternativas, não é? — Andrew questionou.

— Tem razão. Que ideia é essa?

— Vamos pegar um ônibus e ir até a periferia de Vigo. Quero que conheça uma pessoa e um lugar.

— Uma pessoa e um lugar?

— Sim.

— Como você está misterioso hoje! Eu não tenho dinheiro para a passagem. Você tem?

— Eu contei sobre a decisão de nos casarmos para minha mãe, e ela me emprestou alguns trocados para comprarmos as passagens de ônibus.

— Tudo bem. Deixei as crianças brincando na casa de uma amiga.

— Você vai gostar, Linda. Tenho certeza.

Trinta minutos depois, Andrew e Linda desembarcaram do ônibus.

— Onde está me levando, Andrew?

— Logo, logo, você saberá. Vamos andar mais um pouco. Somente dois ou três quarteirões.

Era um bairro simples e afastado do centro da cidade. Os dois andaram mais três quarteirões, e Linda insistiu:

— Que mistério é esse? O que deseja me mostrar, afinal?

Andrew parou no meio da rua:

— Aqui está, Linda. Chegamos.

— Chegamos onde?

— Bem ali, olha!

— É uma casa?

— Sim. Você gostou?

— Adoro casa rústica de madeira. É meio velhinha, mas é bonitinha. O que isso significa?

— É nessa casa que vamos morar.

Linda sorriu, não acreditando.

— Como isso é possível, Andrew? De quem é essa casa?

— De uma senhora que compra os doces da minha mãe. Quando contei à minha mãe que havíamos decidido nos casar, ela achou tudo uma loucura porque estamos desempregados. Minha mãe também ficou preocupada, mas ela sabe o quanto eu a amo.

— Eu imagino!

— Quando contei minha ideia à minha mãe, ela decidiu nos ajudar e conversou com a dona da casa. Vamos morar aqui a partir da próxima semana, afinal, tomamos uma decisão e temos que começar a construir uma vida nova. Não é assim?

— E o aluguel?

— O aluguel será barato.

— Você tem razão, querido, mas...

— Não temos dinheiro algum. Era isso que você ia dizer?

— Isso mesmo. Como pagaremos o aluguel e sobreviveremos com duas crianças?

— Depois eu lhe respondo. Agora, vamos até o final da rua. Você já viu o lugar em que vamos morar, agora quero apresentá-la a uma pessoa.

— Estou surpresa com a sua coragem, Andrew!

— Eu também. — Andrew sorriu.

No final da rua, Andrew parou em frente a uma casa de esquina e bateu palmas. Linda estava apreensiva sem saber o que os aguardava. Pouco depois, um senhor surgiu no portão.

— Este é Ismael. Ismael, esta é Linda. A pessoa com quem vou me casar.

— Muito prazer, senhorita Linda! — Ismael tinha um inconfundível sotaque libanês.

Ismael Mohamed é um muçulmano de 65 anos, descendente de libaneses. Um homem alto, forte, de barba e calvo. Ismael era um talentoso escultor e proprietário de uma pequena fábrica de moldes de resina que ele mantinha nos fundos de sua residência.

— O prazer é meu, senhor Ismael! — Linda cumprimentou-o.

— Querida. O senhor Ismael trabalha com moldes de resina. Desde que cheguei da Ilha da Madeira, uma ideia maluca não sai da minha cabeça. Pablo, aquele rapaz que trabalhava comigo no restaurante, agora trabalha na fábrica do senhor Ismael. Lembra-se do Pablo?

— Do rapaz que tinha uma lambreta cinza?

— Exatamente. Contei a ele a ideia que tive, e Pablo me apresentou o senhor Ismael.

— Que ideia é essa, afinal?

— Ismael, mostre o molde de resina que você esculpiu.

O homem foi até a oficina e voltou pouco depois trazendo um embrulho de papel pardo.

— Pode abrir, senhorita Linda. Dê sua opinião — Ismael pediu orgulhoso.

Linda desembrulhou o papel e surpreendeu-se:

— Uma concha?

— Sim. Uma réplica perfeita de uma concha.

Andrew ficou ansioso para saber a opinião de Linda.

— Que interessante! Ela parece tão real! Abre com facilidade, tem tamanho natural e cabe na palma da minha mão!

— Gostou?

— Sim. Mas para que serve esta concha, Andrew?

— Vamos produzi-la em série e vamos vendê-la para todas as lojas da capital da Galícia, a cidade de Santiago de Compostela.

— O quê?

— Vou criar uma bela embalagem e, dentro da concha, colocaremos mensagens de amor. Você pode escrever as mensagens se quiser.

Nosso público-alvo serão os turistas e os peregrinos de Santiago de Compostela, que comprarão as conchas para presentear suas esposas, suas namoradas. Você sabe escrever mensagens de amor. Eu li todas as cartas que você escreveu para mim.

— Eu adoro escrever mensagens de amor.
— Que tal? Gostou?
— Gostei, mas...
— Mas não temos dinheiro para produzir um monte de conchas, não é isso?
— Exatamente — Linda respondeu sem graça.
— Ismael produzirá mil peças e pagaremos tudo em noventa dias. Ele quer nos ajudar, Linda. Com o dinheiro das vendas, pagaremos o senhor Ismael, o aluguel da casa e nossas contas.

Andrew notou que Linda não estava levando muito a sério sua ideia. Na verdade, ele percebeu que ela estava achando a ideia uma loucura.

Sem tempo para Linda expressar seus pensamentos, Andrew adiantou-se:

— Você está me achando um maluco, não é, Linda?
— Na verdade, sim.
— Por quê?
— Acha mesmo que é possível vivermos de conchas? Desculpe, querido, mas...
— Qual é a sua sugestão?
— Sinceramente, acho melhor eu procurar um emprego de secretária no centro da cidade. Assim, você poderia trabalhar mais tranquilo, e o resultado viria mais rápido. Com meu salário de secretária, conseguiria sustentar a casa e pagar o aluguel.
— Está morrendo de medo, não é?
— Não é medo, Andrew!

Não tiro sua razão, Linda. Sozinho, eu até posso ir mais rápido, mas se formos juntos chegaremos mais longe.

Linda ficou pensativa e abraçou-o.

— Você precisa ficar ao meu lado, querida! Sem suas mensagens de amor e seu apoio, não conseguiremos.

Ela olhou para o velho Ismael, que balançou a cabeça afirmativamente.

— De onde você tirou essa ideia, Andrew?
— Deus me mostrou na praia. Foi assim que aconteceu.
— Apenas isso?

— Deus é simples, querida. Estou começando a compreender como Ele conversa conosco.

— Você é um sonhador, Andrew! E por isso eu o amo tanto.

— Isso quer dizer que topa?

— Claro que sim! Afinal, não temos nada a perder, temos?

Andrew sorriu e olhou para o velho Ismael:

— Essa é a mulher por quem me apaixonei, Ismael.

Ele sorriu, e Linda completou:

— Seja o que Deus quiser, querido. Vamos em frente. Estarei com você!

Andrew deu um abraço apertado em Linda e disse para Ismael:

— Mãos à obra, amigo. Na próxima semana, virei buscar o primeiro lote de conchas. Até lá estaremos morando por aqui. Vou preparar um cômodo para montar as embalagens e começar a viajar para Compostela uma vez por semana para vender as conchas aos lojistas.

— Combinado, amigo. Negócios são negócios. Essas conchas se tornarão o símbolo da Galícia. Que Alá esteja com vocês!

— Gratidão, Ismael. Nunca esquecerei o que está fazendo por nós.

— Eu que lhe agradeço, garoto. Quando uma pessoa faz o bem para outra pessoa, no fundo ela está ajudando a si mesma. Esse é o segredo de um bom negócio, como dizia meu falecido pai Mohamed.

— O que mais seu pai lhe ensinou, Ismael?

— Que quando uma ideia nos vem à cabeça, devemos fazer tudo para concretizá-la. Se o resultado vem agora ou depois, isso não importa. Apenas faça.

A frase representava tudo o que Andrew estava passando naquele momento. Ele segurou a mão de Linda e juntos se despediram de Ismael, o melhor fabricante de resinas e porcelanas do sul da Galícia espanhola.

Capítulo 25
A ascensão

Quando nos abrimos para o amor, os milagres começam a acontecer.

Três meses depois.

— Atenda o telefone, Linda! Estou montando as caixas para colocar no ônibus. Temos muitos pedidos para entregar. Preciso embarcar ainda hoje.

— Não acha que precisaremos de um carro em breve, Andrew?

— Precisaremos de uma caminhonete. As conchas são muito pesadas e os pedidos estão chegando sem parar.

Por mais que Andrew acreditasse que sua ideia daria certo, não imaginava que o produto criado poucos meses antes faria tanto sucesso.

Andrew e Linda trabalhavam o dia inteiro para atender aos pedidos que chegavam sem parar.

A sala da nova casa, antes vazia e sem móveis, agora estava repleta de conchas por todos os lados. Eram mais de 10 mil conchas espalhadas pelos cômodos da casa, embaixo das camas, no banheiro, na cozinha, na despensa, na sala e na garagem.

Apesar do grande número de encomendas, as dificuldades eram grandes. Mesmo vendendo bastante, eles não conseguiam ver a cor do dinheiro, pois os gastos familiares eram muitos, como o aluguel e as despesas da casa. Além disso, estava chegando a hora de pagar o senhor Ismael, o principal fornecedor.

Margareth nunca imaginou que Andrew tivesse uma veia empresarial e pudesse construir uma pequena e próspera empresa com uma simples ideia. Ela estava orgulhosa do filho.

O dinheiro era escasso e contado, mas a sorte de Linda e Andrew estava prestes a mudar, quando o telefone tocou no escritório adaptado.

Linda atendeu o telefone:

— Andrew, é um distribuidor de Barcelona chamado Henri. Ele quer falar com você. Disse ter uma proposta a lhe fazer.

— Uma proposta? Que tipo de proposta?

— Não sei. Ele apenas disse que quer falar com a pessoa que criou a concha com mensagens de amor.

Ele atendeu o telefone, desconfiado:

— Andrew Fernandez falando.

— Senhor Andrew, bom dia.

— Bom dia.

— Foi você quem criou as famosas conchas de Compostela?

— Sim, senhor.

— Tenho visto que está vendendo muito bem.

— Graças a Deus! Quem está falando?

— Meu nome é Mariano. Sou distribuidor de produtos esotéricos na região da Galícia. Atendemos a mais de 500 pontos de venda e gostaria de fechar um contrato com você para atender todos os pontos. Eu me proponho a comprar todas as conchas que você produzir e pagar à vista. Que tal? Podemos fazer negócio? De imediato, desejo encomendar 5 mil peças. Você teria essa quantidade em estoque?

Imediatamente, Andrew lembrou-se das palavras de Ismael: "Se você tem uma ideia, faça. Apenas faça".

Andrew respondeu às perguntas com as pernas bambas, mas sorrindo e acenando como um maluco para Linda:

— Sim, senhor. Eu tenho 5 mil peças em estoque.

— Por favor, passe o valor da unidade e o total, pois quero enviar um caminhão da nossa empresa para coletar a mercadoria. Mandarei o dinheiro pelo motorista.

— Negócio fechado. Vamos preparar 5 mil peças. Cada peça custa 5 dólares. Sendo assim, o total é 25 mil dólares. Tudo bem?

— Fechado! Amanhã o dinheiro estará em suas mãos. Obrigado, senhor Andrew!

Andrew desligou o telefone e começou a pular de alegria:

— Linda, você não vai acreditar no que aconteceu! Linda, onde você está?

Linda não estava mais na sala. Ela fora ao banheiro, pois não se sentia bem aquela tarde. Ultimamente, ela vinha sentindo muito cansaço e não conseguia se alimentar.

Andrew esperou até que ela retornasse.

— Linda, eu preciso lhe contar!

— Desculpe, Andrew. Não estou muito bem hoje.

Linda sentou-se na cadeira, enquanto segurava um envelope branco.

— O que você tem, querida? Por que está tão pálida? Que envelope é esse que está segurando?

— Preciso lhe dizer uma coisa, Andrew.

— É sério?

— Sim.

Andrew ficou assustado com o semblante de Linda e começou a pensar que dentro do tal envelope havia algo que certamente ele não iria gostar de saber. Andrew acabara de receber uma notícia incrível ao telefone, e Linda parecia não ter algo bom a dizer.

Seria um processo judicial? Uma ordem da corte suprema dos Estados Unidos determinando a busca dos seus filhos a mando do ex-marido? Tudo isso veio à mente de Andrew: "Meu Deus! Ela deve ter recebido uma carta do ex-marido pedindo que volte aos Estados Unidos. Eu sabia que Linda não suportaria uma vida de trabalho árduo e de dificuldades extremas ao meu lado. Ela vai dizer que precisa voltar a Nova Iorque, pois lá tem conforto, dinheiro e um lugar decente para criar os filhos. Eu sei que é isso! Olhe o semblante dela. Linda está se preparando para partir. É óbvio!".

Linda pediu a Andrew que puxasse a cadeira e se sentasse. Ela segurou a mão do marido e disse com o semblante emocionado:

— Andrew, preciso lhe contar uma coisa.

— Eu também preciso lhe contar uma coisa, mas eu imagino que o que você tem a dizer seja mais importante. — Andrew mostrava-se irritado.

— O que vou dizer é muito importante, Andrew. Já faz duas semanas que não estou me sentindo bem. Essa manhã recebi uma correspondência e preciso lhe contar a verdade.

— Que droga, Linda! Você sempre disse que me amava e queria viver comigo pelo resto da vida! Justo agora que estamos juntos e construindo um lar? Tudo bem que é uma casa simples na periferia de Vigo, mas este é o nosso lar. Não acredito que fará isso comigo! Agora que estamos começando a ganhar dinheiro e ter uma vida digna, você vem com essa droga de envelope para me dizer que...

— Fique quieto, Andrew! O que você está falando? Calma! O que você tem? Deixe-me falar. Por que está tão nervoso?

— Eu sei o que dirá, Linda! — Andrew levantou-se e começou a socar a porta com raiva.

Linda nunca vira Andrew naquele estado.

— Não é possível! Droga! — ele gritou e bateu na parede, quase quebrando o pequeno escritório.

Linda ficou assustada e começou a gritar desesperada:

— Pare! Pare! Por favor, Andrew!

Mesmo implorando, Andrew não parou.

Linda não suportou e levantou-se da cadeira, colocando a mão na barriga e gritando o mais alto que podia:

— Andrew! Andrew! Pare e me escute!

De repente, Andrew parou de bater nas coisas e fixou o olhar em Linda:

— O que foi? Diga logo, Linda!

Linda estava chorando de tanto nervoso:

— Estou grávida, Andrew! Estou grávida!

Andrew olhou para ela e respondeu sem reação:

— Você está o quê?

— Grávida! Eu estou grávida!

— Grávida? Está dizendo que está grávida?

— Isso mesmo! Você será papai!

— Não acredito!

— Sim. Dentro deste envelope está o resultado do exame que fiz semana passada. Não lhe contei para não criar falsas expectativas. O carteiro passou esta manhã e entregou a correspondência. O dia todo, eu relutei em abri-la, mas, enquanto você estava falando com o senhor Henri ao telefone, comecei a me sentir mal, fui vomitar no banheiro e decidi abrir o envelope para ver o resultado. Deu positivo! Veja você mesmo.

Andrew olhou o resultado e pediu desculpas a Linda. Abraçou-a, e os dois choraram em gratidão dentro do pequeno escritório.

Enquanto choravam, o fax recebia pedidos vindos da capital da Galícia, Santiago de Compostela. Era a força da prosperidade invadindo a vida do casal. Era Deus em ação!

Como aquilo estava acontecendo? Qual era a magia? Será que o doutor Morgan tinha algo a ver com isso? Havia muitas coisas mal explicadas ainda para Andrew.

— Querido, por que ficou tão nervoso? O que pensou que eu diria?

— Nada, Linda, esqueça. São besteiras que passam na minha cabeça, às vezes.

— Tudo bem, eu respeito. Ah! Tem outra coisa! Você ficou muito feliz com a notícia, não é, querido?

— Nunca estive tão feliz! Ainda mais agora que fechamos uma distribuição nacional das conchas e teremos dinheiro suficiente para cuidar de nossa família. Nosso sofrimento está acabando, Linda. Graças a Deus!

— Que notícia maravilhosa, Andrew! Não sei por que, mas me lembrei de uma frase que minha avó costumava dizer quando eu era criança...

— O que ela dizia?

— Ela dizia: "Quando uma nova vida vem ao mundo e o coração se enche de felicidade, isso significa que o universo está querendo dizer obrigado!".

— Acho que sua avó estava coberta de razão! Estou sentindo uma intensa energia de gratidão em meu peito agora. Parece que ele vai explodir. Minha garganta está dando um nó e estou com vontade chorar! Fiquei muito tempo sozinho naquela ilha e achei que nunca mais a encontraria. E veja! Estamos juntos e prontos para receber uma nova vida que está sendo gerada dentro do seu ventre. Isso parece magia.

— Isso é magia divina, querido! Fomos iniciados nas magias antigas de Valhalla, quando mergulhamos no oceano e fizemos amor pela primeira vez. Lembra-se desse dia?

— Como poderia me esquecer, Linda? Foi um dia mágico!

— Eu te amo, Andrew! Naquele dia, um pacto de amor se firmou entre nós.

Andrew não entendeu o que ela estava querendo dizer, mas se manteve calado, pois percebera que a vida era muito mais que ganhar dinheiro e ser uma pessoa importante.

291

Capítulo 26
Quatro anos depois

Abril de 1990.

Nos últimos quatro anos, os negócios prosperaram vertiginosamente.

Andrew e Linda já não moravam mais na antiga casa de madeira na periferia de Vigo. Ela fora reformada e se transformara no escritório central da pequena empresa, que agora possuía mais de trinta funcionários e mais de mil pontos de venda espalhados pelo país, principalmente na cidade de Santiago de Compostela.

Andrew ganhou muito dinheiro durante o ano de 1990. Parecia um milagre ver o casal que antes não tinha sequer uma moeda no bolso prosperando a partir de uma simples ideia que surgira na cabeça de Andrew.

Ele nunca imaginara que algo assim fosse acontecer. Que se casaria com Linda, construiria uma bela família e teria uma linda criança dormindo tranquilamente no berço. E o mais incrível era saber que tudo aquilo fora descrito por Morgan em um pequeno pedaço de papel após uma sessão de hipnose, em que o ancião trouxera os desejos mais profundos de Andrew à tona.

Enquanto trabalhava em seu novo escritório, Andrew parou por alguns minutos e pôs-se a pensar sobre o rumo que sua vida tomara. Orgulhoso de si, ele olhou ao redor, admirou suas conquistas e sussurrou para si:

— Quem te viu e quem te vê, Andrew O'Brain Fernandez!

Para Linda, no início foi complicado dividir o tempo entre os afazeres da casa, os filhos e as demandas da empresa. Além disso, ela ainda precisava buscar inspiração para escrever as mensagens que seriam colocadas dentro das conchas.

E assim o tempo foi passando. Embora Andrew não tivesse notado, Linda estava mais bela que nunca. Seus cabelos haviam crescido, estavam loiros e longos novamente. Quem olhasse para ela não imaginaria que aquela bela mulher era mãe de três filhos, contudo, seus olhos verdes já não tinham mais o brilho de antes.

Passados quatro anos desde o reencontro inesperado na praia de Canido, Andrew já não era mais o mesmo homem romântico e apaixonado. Algo havia transformado aquele rapaz *hippie,* sorridente e cheio de sonhos em um homem sério, ganancioso, ambicioso e sedento por dinheiro e *status*. Seu objetivo era ganhar cada dia mais dinheiro e se tornar milionário e para isso estava colocando seu casamento em jogo, pois não dava mais atenção a Linda e às crianças.

Agora, engravatado e com poucos amigos, o foco de Andrew em ganhar dinheiro a qualquer custo foi se intensificando até se tornar uma obsessão. Andrew, pouco a pouco, foi deixando Linda de lado, já que os carros luxuosos, as viagens de negócios e os produtos de alto padrão ficaram em primeiro plano. Dinheiro, àquela altura, não era mais problema para ele.

Linda sabia que Andrew não estava agindo naturalmente, mas, ao mesmo tempo, não conseguia reagir à ânsia desenfreada do marido de enriquecer a qualquer custo. Ela mal o via em casa e, quando o encontrava, ele se trancava rapidamente no escritório e não dava a mínima atenção para ela e para os filhos.

E assim os anos foram se passando. O dinheiro entrava cada vez mais e o amor se esvaía dia após dia. Um imenso paradoxo que se arrastou até o ano de 1992.

***

O ano de 1992 foi determinante para Andrew, pois foi nesse ano que ele decidiu ampliar os negócios da empresa e entrar no ramo de produtos alimentícios e de distribuição de enlatados para atender aos atacadistas da Europa.

A vida da família, antes pacata, transformara-se em algo árduo, em uma busca por dinheiro e *status* social.

Andrew e Linda discutiam muito, e as brigas tornaram-se rotineiras. Linda queria seu marido de volta, mas seu desejo parecia impossível. A vida do casal passou por uma mudança drástica.

O passado de amor, paixão e os momentos incríveis vividos juntos pareciam ter desaparecido como num passe de mágica, e Linda não compreendia o que estava acontecendo.

E quanto às conchas? Sim. Elas tornaram-se um sucesso e um símbolo da capital da Galícia. Todos os turistas que visitavam Santiago de Compostela queriam levar uma concha com mensagem para casa, pois se tornara um símbolo da fé dos peregrinos que partiam da França e caminhavam mais de 600 quilômetros até chegarem à Catedral de Santiago de Compostela.

Mesmo com os negócios crescendo rapidamente, Andrew não poderia imaginar que o destino estava lhe reservando algo surpreendente.

Capítulo 27
A ganância

Novembro de 1992.

Jonathan, o filho prometido, estava com quase seis anos de idade. Cristina, a filha mais velha, estava com dez e Pierre com nove.

O tempo passava, e Andrew nem sequer participava do crescimento do filho devido ao excesso de trabalho e da ânsia de enriquecer rapidamente.

No dia 10 de novembro de 1992, durante uma feira de negócios em Lisboa, Andrew encontrou um velho amigo que lhe fez uma proposta tentadora e irrecusável. Como Andrew estava no mercado de produtos alimentícios e de peixes enlatados, a proposta serviu-lhe como uma luva.

O amigo aproximou-se caminhando pelo corredor e abordou Andrew:

— Olha quem eu encontrei após tantos anos!

Andrew conversava com alguns representantes comerciais e olhou para trás:

— Não acredito! Com licença, senhores. Preciso conversar com uma pessoa que não vejo há muito tempo.

— Você parece estar muito bem, Andrew!

— Obrigado.

— Estou dizendo bem de grana!

— Alex! Meu amigo desbravador dos mares e exímio pescador de atuns gigantes! Sempre surpreendente.

— O que faz por aqui, Andrew?

Alex parecia mais interessado no dinheiro de Andrew que em conversar com o velho amigo de viagem.

— Não pense que esqueci o que fez, Alex.

— O quê?

— Você não voltou para me buscar na Ilha da Madeira. Lembra-se disso?

— Desculpe. Sabe o que aconteceu? Na verdade, fomos até o sul do Atlântico e...

— Tudo bem, não precisa me explicar.

Andrew não sabia, mas Alex não passara na ilha porque não tinha mais combustível. A pescaria em alto-mar fora um fracasso e ele retornou para a Espanha com um enorme prejuízo.

Alex fez-lhe um convite:

— Vamos tomar um café e conversar um pouco, Andrew? Tenho uma proposta irrecusável para você. Vim a esta feira com o objetivo de encontrar alguns investidores para um negócio extremamente lucrativo do qual estou participando. Tenho assessorado o senhor Willian na angariação de novos investimentos. É um negócio da China! Você não vai acreditar no alto lucro que podemos obter.

— O que é, Alex?

— Vamos tomar um café e lhe explico os detalhes.

Andrew não desconfiou de Alex, mas estava claro que a obsessão em se tornar um homem influente e milionário continuava.

Não foi por acaso que Andrew e Alex se encontraram em meio a uma multidão de 10 mil pessoas. Na verdade, ambos tinham o mesmo objetivo, e, como o doutor Morgan costumava dizer em suas explanações, intenções semelhantes atraem energias semelhantes.

Alex sentou-se na cadeira da lanchonete e começou a explicar o negócio em que estava envolvido. Ele enfatizou que seu sócio Willian, um inglês conceituado no mercado há mais de trinta anos, desenvolvera uma máquina especial para limpar salmões e atuns para enlatá-los industrialmente e vendê-los ao redor do mundo. No entanto, para que o negócio começasse a gerar lucro, era preciso encontrar bons investidores que tivessem interesse em fazer um aporte inicial de 2 milhões de dólares e adquirir parte das ações da empresa.

Alex explicou que seriam somente quatro sócios no negócio, os mesmos que se tornariam os acionistas majoritários da companhia.

Ele demonstrou o plano de negócios da empresa por meio de *folders*, catálogos, fotos, portfólio e imagens da enorme fábrica que estava sendo montada no interior da Inglaterra.

Andrew gostou da apresentação, e Alex disse que ele tinha o perfil ideal de sócio que o senhor Willian estava procurando.

Andrew arregalou os olhos enquanto folheava os catálogos e logo pensou que o investimento inicial de 2 milhões de dólares podia facilmente se transformar em 20 milhões de dólares em apenas seis meses de funcionamento da empresa. Realmente, o negócio mostrava-se extremamente lucrativo e imperdível.

— E então, Andrew? Gostou do projeto? — Alex indagou.

— Adorei a proposta!

— Basta analisar com calma e fazer o aporte inicial. Que tal, Andrew?

Alex estava ansioso demais para fechar o negócio, mas Andrew não notou seu nervosismo, justamente porque estava empolgado para entrar no negócio e multiplicar ainda mais seu dinheiro.

— Antes de fechar qualquer aporte, prefiro falar com o presidente da empresa. Isso é possível, Alex?

— Por quê, Andrew? Está desconfiando de mim?

— Eu confio em você, Alex. Mas negócios são negócios.

— Tem razão. Vamos até a cabine telefônica para você falar com o senhor Willian.

— Ótimo! Assim é melhor.

— Depois eu lhe pago uma dose de uísque para comemorarmos! Você vai adorar conversar com o presidente da companhia. O número do telefone está aqui. Basta telefonar e pedir para a secretária chamá-lo. Diga que está comigo, e ele o atenderá.

— Obrigado. Vou telefonar e já volto. Não saia daí.

— Estarei aqui. Fique tranquilo.

Pouco depois,

— E então, Andrew! Conversou com o senhor Willian?

— Adorei falar com Willian, ele me explicou tudo. Gostei muito do projeto. Ele me disse que já reuniu os outros três sócios e que eu serei o quarto. Assim montaremos uma equipe coesa e, em menos de seis meses, dominaremos o mercado europeu de atuns e salmões enlatados. A marca ainda não foi escolhida, mas ele quer a minha opinião, pois me achou uma pessoa criativa e com espírito empreendedor. Gostei muito dele!

— Neste caso, vamos falar de negócios?

— Sim. Do que você precisa, Alex?

— Basta assinar um termo de transferência de 2 milhões de dólares e dentro de dois dias será o mais novo sócio da maior companhia de alimentos da Europa.

A proposta deixou Andrew entusiasmado. Ele parecia entorpecido pela ganância de tão ansioso que ficara.

— Não precisa ter pressa, Andrew.

De repente, Andrew aquietou-se e ficou pensativo durante alguns segundos. Ele abotoou o paletó e tentou levantar-se da mesa.

— Aonde você vai, Andrew? — Alex perguntou.

— Estou com uma dúvida.

— Ainda está com dúvidas? Tudo bem, Andrew. Se não quiser entrar no negócio, compreenderei. Mas vou lhe dizer uma coisa...

— O quê, Alex?

— Não adianta ficar com inveja quando eu encostar meu iate de 60 pés na praia de Canido e acenar para você enquanto estiver tomando um sorvete de palito com seu filho. A pergunta que quero lhe fazer agora é: você quer multiplicar seu patrimônio ou não?

Andrew calou-se.

— A hora é agora, meu amigo! Pense nisso. As melhores oportunidades da vida surgem sempre através dos amigos. Uma proposta desse tipo não aparece todos os dias na sua frente.

Andrew coçou a cabeça e sentiu que não podia perder a grande oportunidade de sua vida.

— O que foi, Andrew? Com o que está preocupado, afinal?

— Dois milhões de dólares é minha única reserva financeira. Não tenho mais nada. Não tenho imóveis nem bens. Tudo o que eu tenho é alugado. Minha casa, meu escritório, minha empresa, tudo é alugado. Tudo o que consegui nos últimos anos foi com muito esforço e dedicação. Não foi fácil juntar esse dinheiro.

— Está preocupado com o quê, Andrew? Preste atenção, dentro de seis meses você terá milhões de dólares! A decisão está em suas mãos.

— Eu sei, mas...

— Fique parado onde está, Andrew! Farei uma ligação rápida e já volto. Enquanto isso, você reflete sobre o assunto. Se não quiser fazer o negócio, não tem problema. Nossa amizade continuará a mesma.

— Esperarei seu retorno aqui.

Alex estava muito bem-vestido. Os cabelos dele estavam alinhados para trás com gel, ele vestia um terno italiano preto risca de giz, usava um imponente relógio Rolex no pulso, sapatos de bico fino lustrados e carregava consigo uma maleta de couro de causar inveja a qualquer novo rico que estava andando pelos corredores da feira.

Depois de alguns minutos, Alex retornou:

— Foi bom encontrá-lo, Andrew, mas o senhor Willian disse que já tem um novo sócio. Ele me pediu que não o pressionasse. Senhor Willian é um homem muito justo e consciente!

— Verdade? Mas eu acabei de decidir!

— Infelizmente, parece que o negócio já está concluído, Andrew.
— Como assim?! Ele precisa esperar minha decisão!
— Sendo assim, você precisa decidir agora, pois embarcarei para Londres esta tarde para dar continuidade aos negócios.
— Calma, só preciso de alguns minutos para pensar.
— Por acaso você precisa da autorização de sua esposa?

Era exatamente isso que Andrew estava pensando. Ele não podia fazer nada sem consultar Linda. Mesmo estando em conflito nos últimos tempos, ele sentia que precisava falar com ela antes de fechar um negócio daquele porte.

Alex insistiu:

— Aprenda uma coisa, Andrew! Você está com 32 anos de idade e já viveu muitas coisas na vida. Posso lhe afirmar que as mulheres só atrapalham quando o assunto é negócio e dinheiro. Elas não sabem nada sobre isso. São acomodadas e não têm o ímpeto empreendedor que nós temos. Negócio é negócio, amigo!

Alex fez uma breve pausa e continuou:

— Se você realmente se considera um homem de negócios, este é o momento de ter coragem para ultrapassar os limites. Um homem de negócios tem de ser arrojado, Andrew. Não pode titubear diante de um acordo comercial. Estou lhe dizendo isso, porque, daqui em diante, quando se tornar um dos sócios da empresa, terá de lidar com valores acima de seis dígitos. Entende? Você precisa ter certeza na hora de fechar um negócio. Imagine se você precisar telefonar para sua querida esposa para pedir autorização para tudo que for fechar!

Alex acertou em cheio o orgulho de Andrew que, imediatamente, assinou um termo transferindo os 2 milhões de dólares. Ele fez tudo em poucos instantes, sem ler detalhadamente a papelada que Alex lhe entregara.

— Aqui está, Alex. Entregue a promissória para o senhor Willian e diga-lhe que estou muito feliz por fazer parte do novo projeto.
— É isso aí, amigo! Agora estou vendo um verdadeiro homem de negócios na minha frente!

Andrew sorriu e arrumou o paletó, demonstrando orgulho e coragem.

— Assim que eu chegar a Londres, entregarei tudo ao senhor Willian. Não se preocupe! Dentro de dois dias, ele entrará em contato para chamá-lo para uma reunião, e todas as despesas correrão por conta dele. Será o primeiro seminário de apresentação da nova linha de produtos. Fique preparado, Andrew! Dentro de duas semanas, você estará sentado na cadeira dos presidentes da companhia ao lado do senhor Willian. Neste dia, você conhecerá todos os franqueados e distribuidores do mundo.

— Ótimo! Agora estou gostando de ver. É tudo o que sempre sonhei na vida.

— Aguarde a ligação da secretária do senhor Willian. Aqui está meu cartão. Se precisar, não hesite em me telefonar.

Andrew segurou o cartão e agradeceu ao amigo:

— Você é um grande amigo, Alex. Muito obrigado pela confiança.

— Parabéns pela decisão, Andrew. Em breve, estaremos navegando com nossos iates em Ibiza com os bolsos cheios de dólares.

— Que assim seja!

***

Três dias depois.

Eram seis horas da tarde, e Andrew acabara de chegar do trabalho e andava pela casa impaciente.

Preocupada, Linda tentou aproximar-se:

— Andrew, estou achando-o estranho desde que voltou de Lisboa. Não fala mais comigo e passa o tempo olhando para essa droga de telefone. O que está acontecendo com você, afinal?

— Não tenho nada. Estou apenas ansioso, Linda!

— Ansioso com o quê?

— Nada.

— Você está sempre ansioso! Você não era assim, querido. Sempre foi calmo e prestativo e agora vive no mundo da lua, pensando sempre em dinheiro. Você nem sequer olha para as crianças.

Linda não conseguiu conter as lágrimas que começavam a escorrer em seu rosto:

— Eu não o reconheço mais, Andrew! Onde está a pessoa que conheci?

Andrew não se sensibilizou com as lágrimas da esposa e irritou-se:

— Droga! Lá vem você dizer essas besteiras outra vez! Preciso me concentrar nos negócios! Não está vendo que quero ficar sozinho? Você está tirando minha concentração.

Sem hesitar, Andrew entrou no escritório e bateu a porta com força.

Linda sussurrou, sentindo-se agoniada por não ter com quem desabafar:

— Meu Deus! O que está acontecendo?

Jonathan, o filho mais novo do casal, entrou na sala assustado após ouvir a batida da porta:

— O que foi, mamãe? Por que está chorando?

— Está tudo bem, filho! Só queria saber por que a vida está fazendo isso conosco. Devíamos estar felizes e unidos e não brigando como malucos desorientados. Temos dinheiro, conforto e tudo de que precisamos. Por que a infelicidade e a tristeza dominaram nossas vidas outra vez?

— Não ligue para isso, mamãe. Papai não sabe o que está fazendo. Perdoe-o.

Linda abraçou o filho e colocou-o sentado em seus joelhos, tentando ampará-lo.

***

Eram 9 horas da manhã seguinte, e Andrew passara a noite em claro com a mesma roupa do dia anterior. Ele continuava aflito e sentado ao lado do telefone.

— Droga! Droga! — ele socou a mesa com raiva.

Linda acordou e encontrou Andrew totalmente alterado ao lado do telefone:

— Calma, Andrew! O que está acontecendo?

— Não estou acreditando no que está acontecendo!

— O que está acontecendo? Morreu alguém?

— Não! Não!

— O que foi?

— Eu fui enganado, Linda.

— Como assim?

— Eu caí num golpe baixo. Não posso acreditar que fui tão otário.

— Como assim um golpe?

— Alex, um golpista. O rapaz que me levou de barco até a Ilha da Madeira.

— O que ele fez?

— Ele me abordou na feira em Lisboa há três dias e me ofereceu um negócio imperdível.

Linda não compreendia o que Andrew estava falando, mas tentou manter a calma:

— O que ele lhe ofereceu?

— Sociedade em uma empresa de atuns enlatados na Inglaterra.

— O que você fez, Andrew?

— Droga! Droga! — Ele esmurrou a mesa com raiva.

— O que você fez, Andrew? Pelo amor de Deus!

— Eu assinei um termo de 2 milhões de dólares.

— O quê?!

— Sim. O pior é que a transferência bancária foi realizada ontem à tarde.

— Oh, meu Deus! E agora?

— Ele disse que o tal Willian entraria em contato comigo ontem até as seis horas. Era por isso que eu estava esperando ansioso.

— Ele telefonou?

— Não. Estou tentando telefonar para o número do cartão do Alex, mas a telefonista diz que o telefone não existe. O outro número que Alex passou também não atende. Meu Deus! Eu fui enganado, Linda! Todo o dinheiro que tínhamos desapareceu. Simplesmente tudo. Estamos sem um tostão na conta.

Linda ficou de queixo caído ao saber que Andrew fizera tudo aquilo sem ao menos consultá-la.

— Não acredito, Andrew! Como pôde cair num golpe tão conhecido? Eu nunca o deixaria assinar um documento nesse valor, se tivesse pedido minha opinião.

— Eu sei, eu sei. Mas...

De repente, Jonathan acordou e aproximou-se da mãe, mas Linda pediu que o menininho voltasse para o quarto, pois ela estava conversando com Andrew.

Linda estava inconformada:

— Como faremos agora? E nossos filhos? Como vamos sobreviver e pagar as contas? Você enlouqueceu, Andrew? O que você tinha na cabeça quando assinou esses papéis? Explique-se!

— Eu sei que errei, Linda, mas...

— Mas o quê? Responda, Andrew! Não consigo entender por que você fez isso conosco!

Andrew levantou-se enfurecido e começou a andar pela sala descontrolado, coçando a cabeça e socando a parede com raiva.

— Diga, Andrew! Por que fez isso sem me avisar?

Andrew começou a suar de nervoso. A ira estava tomando conta de sua mente.

Enquanto isso, Linda continuava questionando-o.

— Vamos, Andrew! Por que fez isso conosco? Por quê?

Andrew não suportou a pressão e gritou enfurecido:

— Cale a boca! Cale a boca!

Linda assustou-se com a reação do marido e automaticamente recuou, lembrando-se da agressão que sofrera nas mãos do ex-marido.

— Eu só queria ser um homem melhor. Apenas isso. — Andrew respondeu em um tom de voz abafado.

— O que está dizendo, Andrew? Como assim melhor?

— Melhor que ele! Droga!

— Melhor que quem, Andrew? Sobre quem você está falando?

— Droga! Eu só queria ser melhor que meu pai.

Andrew sentou-se no sofá e começou a chorar descontroladamente.

— Meu Deus! — Linda baixou a cabeça e não acreditou no que Andrew acabara de dizer.

Ele apoiou os cotovelos sobre os joelhos e segurou a cabeça em desespero.

De repente, um silêncio desconcertante invadiu a casa.

Linda respirou fundo, aproximou-se de Andrew e colocou a mão nas costas do marido:

— Andrew, agora consigo compreender. Tudo que aconteceu foi fruto do seu orgulho. O maldito orgulho o venceu de novo, querido! Você deixou que ele dominasse sua mente e o vencesse outra vez.

— Eu não mereço isso, Linda!

— Sim, você merece.

— Por quê?! Por quê?

— A vida está querendo lhe mostrar algo, mas você não consegue compreender o que ela está lhe dizendo. Seu orgulho o impede. Você ainda vive no passado, ainda não conseguiu resolver os problemas com seu pai. Agora está tudo explicado. Infelizmente, seu orgulho ainda é mais forte que o nosso amor. Basta saber agora até onde esse orgulho o levará.

Desconcertada com a revelação do marido, Linda deixou-o sozinho na sala para acalmar os filhos que choravam nos quartos.

Sem alternativa, Andrew viu-se derrotado, não suportou a dor e começou a chorar em desespero.

— Meu Deus! O que fiz com minha vida?

Capítulo 28
O despejo

Três meses depois.
A campainha tocou por volta das 9 horas da manhã.
— Senhora Linda?
— Sim.
— Por acaso é esposa de Andrew O'Brain Fernandez?
— Sim.
— Ele está em casa?
— Está dormindo.
— Sou da imobiliária e vim informá-los de que precisam sair da casa dentro de três dias e devolver as chaves do galpão da fábrica.
— Nós não temos para onde ir. Minha mãe está muito doente, e a casa dela é muito pequena. A mãe de Andrew vive num quarto de fundos na casa de uma amiga. Vocês não podem fazer isso conosco.
— Não sou eu quem determina essas coisas, senhora. São ordens do juiz. Por favor, leia a intimação judicial e veja com seus próprios olhos. Seu marido precisa assinar.
— Meu Deus! Para onde iremos?
— Por favor. Entreguem as chaves na imobiliária dentro de três dias ou teremos de tirá-los à força.
— Não será preciso usar a força. Nós entregaremos a chave no prazo de três dias — Linda enfatizou.

***

No dia seguinte, Linda foi a pé até a feira central, pois os dois carros do casal haviam sido confiscados pela financiadora.

Andrew não saía do quarto havia pelo menos uma semana. Após o golpe, ele entrou em depressão profunda. Sentindo-se culpado, não queria ver ninguém. Sua vontade era desaparecer de Vigo de tanta vergonha.

Ninguém queria saber se ele fora vítima de um golpe. O que as pessoas estavam dizendo pelas ruas é que Andrew era um caloteiro sem vergonha e que não merecia respeito.

Apesar disso, nem tudo parecia perdido. Linda foi à feira com seus três filhos para comprar frutas e verduras e parou em frente à barraca de dona Mariana, onde trabalhara quando era adolescente.

Linda descobriu que, infelizmente, dona Mariana morrera e quem estava no lugar dela era a neta. Enquanto escolhia algumas frutas, ela sentiu uma presença e uma voz familiar:

— Como está a mulher mais bonita de Vigo? — Era Madame T., mais velha e enrugada.

Linda não acreditou e exclamou:

— Minha amiga! Que saudades! Por onde andou? Nunca mais a vi por aqui!

— Digo o mesmo de você, Linda! Por onde andou esses anos todos?

Linda pegou Jonathan no colo:

— Estou casada com Andrew. Esses são meus filhos!

— O quê? Casada com Andrew?

— Incrível, não?

— Não me assusto mais com essas notícias.

— Por quê?

— Porque está acontecendo exatamente como as cartas disseram!

— Eu não lembro mais o que as cartas disseram.

— Disseram que Andrew era o homem de sua vida. Lembra-se disso?

— Acho que sim, Madame T.! O que mais as cartas disseram naquela época?

— Muitas coisas. Na última vez que nos vimos, Andrew estava de partida para a Ilha da Madeira com o sobrinho do senhor Manoel.

— Não me fale o nome desse bandido vagabundo!

— Por quê? O que aconteceu?

305

— Deixe para lá, Madame T. Outra hora, eu lhe explico o que aconteceu. Estou com um pouco de pressa, porque preciso fazer o almoço e preparar as roupas das crianças.

— Tudo bem. Não quero atrapalhar!

— Mas, antes de ir, gostaria de lhe contar uma coisa, Madame T.

— Diga, Linda.

— Vamos nos sentar naquele banco. Não quero que as pessoas ouçam o que tenho a lhe dizer. A senhora sempre foi minha conselheira e sempre me ajudou nos momentos difíceis.

— Tudo bem. Vamos até a praça.

Linda comprou alguns pirulitos para os filhos, e todos seguiram para a praça. Enquanto as crianças brincavam no jardim, ela aproveitou e perguntou:

— Sabe o que acontece, Madame T.?

— Estou notando que você está muito aflita, Linda.

— Seremos despejados dentro de dois dias. Estamos sem dinheiro e não temos a mínima ideia de um lugar para onde ir.

— O que quer de mim, Linda?

— A senhora conhece alguém que possa nos acolher por algumas semanas até resolvermos para onde iremos?

— Eu tenho uma sugestão. Talvez você ache minha ideia esquisita, mas é uma opção.

— Pode dizer. Não estou descartando nenhuma opção.

— Nos últimos anos, tenho vivido na Praia de Louro, lembra-se?

— Como poderia me esquecer daquele lugar maravilhoso!

— Pois bem. Eu morava em uma daquelas casinhas de madeira de pescadores que ficam à beira da praia. São três casas. Uma delas foi abandonada pela família que morava lá. Eu acabei assumindo a casa e a reformei, mas, no final do mês, uma amiga me fez uma proposta para trabalhar como cartomante em um centro holístico em Vigo, e eu resolvi voltar. Se vocês quiserem a casinha, ela está montada na praia. Tem dois quartos e uma cozinha. É pequena, mas dá para morar nela. Pelo menos não precisam pagar aluguel. É tudo de graça. Não cobrarei nada de vocês. O que acha?

Linda assustou-se em um primeiro momento, mas, sem hesitar, disse que aceitava a sugestão. Afinal, dentro de dois dias seriam despejados e precisavam de um lugar para abrigar as crianças.

— Muito obrigada, Madame T. A senhora é sempre providente nas horas de sufoco.

— Não precisa me agradecer, Linda. Faço isso porque a amo. A chave da casa está aqui.

— Gratidão, amiga!

— Não se assuste com a vida na Praia de Louro. Como sabe, lá não existe mercado, feiras e luz elétrica. A vida é muito difícil. Vocês viverão quase primitivamente naquele lugar. Não se preocupem. Há duas famílias de pescadores que moram por perto. Eles os protegerão.

— Meu Deus! Seja o que Deus quiser!

— Lembre-se de que Deus sempre realiza nossos sonhos mais profundos.

— Esse ditado não condiz com o que temos passado ultimamente.

— Nunca reclame, Linda! Sempre agradeça! Esse é o lema de todos os iniciados de Valhalla. Você e Andrew foram iniciados no amor e não podem reclamar de nada, pois o que vocês possuem poucos conquistaram.

— Não temos mais nada na vida. Estamos pobres novamente.

— Não estou me referindo a coisas materiais; estou falando sobre amor, minha querida. Vocês se amam. Nunca se esqueça disso. Nunca.

— Tem razão, Madame T.! Vou tentar, eu lhe prometo! Obrigada pela casa e pelas palavras de apoio. Dentro de dois dias, embarcaremos no ônibus rumo à Praia de Louro.

— Fiquem com Deus e mande um abraço para Andrew. Quando puder, prometo que vou visitá-los!

Madame T. despediu-se com o semblante singelo e amoroso.

Ao dar dois ou três passos adiante, Linda olhou para a chave da casa e sussurrou:

— Que curioso! Voltaremos para o lugar onde tudo começou. O lugar onde tivemos nossa primeira noite de amor!

Madame T. escutou o sussurro:

— O que você disse, Linda?

— Nada, Madame. Estava apenas pensando alto.

— Até logo, Linda.

— Até logo.

— Ah, diga uma coisa para Andrew...

— O quê, Madame T.?

— Que as pessoas adoram encontrar muletas por onde passam. É típico do ser humano fazer isso. As pessoas não podem ver uma pedra no meio do caminho que logo tomam posse dela. O problema é que depois dizem que a pedra é pesada demais para ser carregada.

Linda sorriu e respondeu:

— O que mais devo dizer a ele?

— Diga-lhe para ter coragem e largar todas as pedras que pegou pelo caminho. Diga a Andrew que coloque o sonho debaixo do braço e se esqueça do orgulho de uma vez por todas. Se ele não matar o orgulho, o orgulho certamente o matará.

— A senhora tem razão, Madame T. Ele está se acabando.

— Até logo!

Madame T. estava mais velha e não possuía mais o semblante alegre de antigamente, mas continuava agraciada pelo dom da vidência.

— Vamos embora, crianças.

— Sim, mamãe — Pierre respondeu.

No caminho de volta para casa, a mente de Linda não parou de pensar no que acabara de acontecer. Ela disse a si mesma: "Deus não nos abandonou completamente! Sei que Ele é providente e que nunca nos abandonará. Eu pedi a Ele que me mostrasse um lugar onde pudéssemos morar, e ele nos trouxe Madame T. Incrível! Ela estava com a chave da casa dentro da bolsa!".

Linda correu para contar a novidade a Andrew.

Capítulo 29
A catedral

A alma precisa de sonhos assim como os pulmões precisam de oxigênio para viver.

Um mês depois. Praia de Louro.

— Eu sei que não está sendo fácil para você, Andrew. Após tanta luta e tanto sacrifício, essa situação não deve ser fácil!

Linda falava, enquanto puxava a cortina rendada para os raios de sol entrarem no pequeno quarto e iluminarem Andrew, que estava em depressão profunda e não conseguia sequer se levantar da cama.

— Não é fácil!

— Você precisa reagir, querido. Eu também sofri muito e nem por isso estou me entregando aos desencantos da vida. Sabe por quê? Porque não posso, pois todos os dias quando acordo preciso encontrar uma maneira de sustentar nossa família! — Linda desabafou.

Você é muito forte, querida. Gostaria de ser como você, mas não consigo encontrar forças para continuar — ele respondeu com o olhar perdido.

Tudo o que Andrew e Linda haviam conquistado nos últimos anos desaparecera em apenas um dia e, mesmo colocando a polícia atrás de Alex e Willian, o dinheiro que o casal perdera certamente nunca seria resgatado. Alex roubara tudo e fugira para Caracas para nunca mais voltar.

De qualquer forma, a Interpol fora acionada, e Alex tornara-se um procurado da justiça. Os investigadores, no entanto, disseram que não podiam fazer muita coisa, pois Andrew assinara a documentação de livre e espontânea vontade. Não era propriamente um caso de roubo, mas de estelionato.

As únicas coisas que restaram da antiga fábrica de resinas foram 70 conchas que Linda fizera questão de colocar em um saco velho de algodão e levar junto com os pertences da família para a Praia de Louro.

— Desculpe, querida. Você quer que eu reaja, mas não consigo sequer enxergar um palmo adiante. Infelizmente, não consigo enxergar um futuro para nossa família. Eu fracassei e cheguei a uma conclusão cruel.

— Que conclusão, Andrew?

— Que Deus não existe ou que existe, mas nos deixou para sempre.

— Isso não é verdade!

— Então me diga por que Ele nos abandonou nesta praia deserta, sem condição alguma de sobrevivência. Fomos entregues aos demônios.

Linda não aceitou a ideia do desamparo.

— Andrew, você ainda continua se alimentando do seu orgulho doentio e agora está alimentando-o com seu sofrimento. Antigamente, você o nutria com dinheiro, arte e artifícios, mas, depois que perdeu tudo, decidiu alimentá-lo com o próprio sofrimento.

Andrew calou-se.

— Não consegue enxergar que esses demônios aos quais se refere são criações de sua própria mente? A droga do orgulho e o medo de viver são os demônios que o habitam, Andrew.

Andrew escutou tudo calado.

— Tem outra coisa, Andrew. Deus existe e um dia Ele provará sua existência. Nunca desisti de acreditar em Deus. Mesmo estando nessa situação, eu continuo crendo nEle. Você precisa transformar seus demônios em anjos, pois só assim voltará a viver. Se não matar o orgulho, ele o matará.

— Infelizmente, não consigo mais acreditar em Deus. Eu sei que Ele nos abandonou.

Andrew estava entregue à descrença e ao completo desamparo. Mesmo vendo sua família definhar sem a mínima condição de sobrevivência em uma praia deserta, ele continuava entregue ao orgulho e ao sofrimento.

No dia seguinte, no entanto, algo parecia ter mudado para Andrew após ouvir Linda. Sem qualquer perspectiva, ele acordou cedo, pegou sua carteira de couro, abriu o zíper e encontrou algumas moedas. Sem hesitar, chamou o filho Jonathan e disse:

— Filho, papai ficará fora uns dias! Não tenha pena de mim. Eu o amo e farei o impossível para lhe dar uma vida digna.

Naquele momento, Linda entrou na velha casa de madeira, vindo da lagoa onde costumava lavar as roupas embaixo do sol quente:

— Eu ouvi o que você disse, Andrew.

— Ouviu?

— Está indo embora? Vai fugir?

— Não vou fugir. Vou apenas fazer uma viagem.

— Para onde?

— Santiago de Compostela.

— O que vai fazer lá?

— Não posso mais vê-la sofrendo e não fazer nada. Decidi que preciso fazer algo por nós.

— O quê?

— Vou para Compostela vender as últimas conchas que sobraram. Precisamos de dinheiro.

— Como irá até lá se não tem dinheiro para pagar a passagem de ônibus?

— Irei a pé como um verdadeiro peregrino.

Linda assustou-se e sentiu que o marido estava entrando em devaneios:

— São 140 quilômetros até lá, querido. Como aguentará fazer esse caminho carregando todo esse peso nas costas? São mais de 40 quilos de resina.

— Não importa, Linda. Talvez seja essa a cruz que eu precise carregar. Tenho que vender o resto das conchas que ainda temos. Não sei quanto tempo ficarei em Compostela, mas de uma coisa eu sei: não voltarei para casa antes de vender todas as conchas e trazer o dinheiro para você.

— Tem certeza disso?

— É a nossa última esperança, querida. Deus me abandonou, mas eu não abandonarei vocês.

Linda, Jonathan, Pierre e Cristina aproximaram-se e abraçaram Andrew com amor.

Em seguida, Andrew começou a arrumar as coisas para partir. Ele pegou o saco de tecido no qual Linda guardara as conchas e colocou algumas trocas de roupa dentro de uma mochila, a carteira contendo apenas míseras moedas e um casaco.

Com tudo arrumado e pronto para partir, ele disse:

— Querida, se eu não voltar dentro de trinta dias, volte para Vigo e peça ajuda para seus pais. Não faça como eu. Não seja orgulhosa. Se eu não voltar, isso significa que...

— Papai, você não vai voltar? — o pequeno Jonathan perguntou com os olhos lacrimejando.

— Não sei, Jonathan. Talvez sim, talvez não. Eu não sei o que a vida me reserva. Como lhes disse, não consigo enxergar um palmo sequer na minha frente. Vou caminhar e caminhar até chegar ao destino. Dormirei nas ruas e comerei o que me derem. Não sei o que acontecerá comigo. Rezem por mim, meus filhos!

Cristina e Pierre aproximaram-se e abraçaram o pai com ternura. Embora ele não fosse o pai biológico das crianças, o amor entre eles era puro e verdadeiro.

Linda observou a cena pela janela da sala e comoveu-se quando viu Andrew abraçado com os filhos. Por mais que parecesse uma loucura, Linda sabia que o marido enlouqueceria se não reagisse.

Linda preparou um lanche e separou algumas frutas que ganhara da esposa de um dos pescadores locais. Com o coração aflito, ela abraçou-o:

— O que for para ser será! Que Deus o acompanhe! Nós o amamos e estaremos esperando-o aqui!

Comovido pelas palavras, Andrew retribuiu calorosamente o abraço de Linda e deu-lhe um beijo terno:

— Você sempre será meu grande amor, Linda!

Visivelmente emocionado e demonstrando estar indo ao encontro da morte, Andrew seguiu pela trilha que o levaria até a autoestrada.

Deixar a família completamente desamparada numa praia deserta, sem dúvida, era uma das decisões mais difíceis de sua vida.

**

Eram 11 horas da manhã quando Andrew pegou a estrada rumo a Santiago de Compostela, a cidade que lhe dera tanto dinheiro e tantas alegrias.

A esperança de Andrew era a de que os antigos lojistas, seus antigos clientes, o ajudassem, oferecendo-lhe ao menos um lugar para dormir.

Ele não sabia, mas estava fazendo exatamente o que Madame T. dissera para Linda na feira: "Diga a Andrew que coloque seu sonho debaixo do braço e siga adiante".

A viagem programada para demorar apenas três dias acabou durando oito, pois no caminho Andrew torcera o pé e, devido à dor extrema, ele seguiu mancando lentamente pelo acostamento da estrada.

Ele tentou pedir carona, mas não encontrou ninguém disposto a ajudar um andarilho como ele.

Mesmo carregando muito peso nas costas e enfrentando dificuldade para caminhar, Andrew avançou em média 10 quilômetros por dia. Ele não imaginava que era um homem tão forte, afinal, carregar um saco cheio de conchas nos ombros de sol a sol não era para qualquer um.

Oito dias depois da partida da Praia de Louro, Andrew finalmente chegou ao centro da cidade de Compostela e seguiu direto para a praça central onde se localizava a gigantesca catedral, uma belíssima igreja em estilo gótico que fora construída no ano de 1211 em homenagem a Tiago, o apóstolo de Jesus que estava enterrado ali.

Exausto, Andrew encostou-se na parede gelada da Catedral e deixou o corpo deslizar até o chão, suspirando aliviado por chegar vivo ao local destinado.

Após 30 minutos de descanso, Andrew esticou um pano que tinha dentro da mochila, colocou as conchas expostas uma ao lado da outra e começou a escrever mensagens para as pessoas. Em menos de uma hora, Andrew fez sua primeira venda.

No entanto, as dores nas costas eram insuportáveis. Sua coluna já não era mais a mesma. Andrew estava arqueado e quase corcunda por ter carregado tanto peso durante os últimos dias. Além disso, seus pés estavam em carne viva e cheios de bolhas.

Mesmo sentindo muitas dores no corpo e na alma, Andrew aparentava estar feliz após chegar à capital da Galícia. Ele sentia que estava passando por uma redenção solitária.

Andrew não sabia como seria sua vida a partir dali, mas já estava se acostumando a dormir nas ruas e ficar embaixo do sol.

Dias depois, Hector, o responsável pela ronda noturna nos arredores do centro histórico de Compostela, sentou-se para conversar um pouco com Andrew e ouviu sua incrível história de vida. No final da conversa, Hector sentiu que deveria ajudá-lo de alguma forma e disse que

Andrew podia dormir aos pés da Catedral, caso se comprometesse a não arrumar confusão com turistas e comerciantes da região.

Andrew e Hector tornaram-se amigos, e todas as noites se encontravam para conversar e bebericar um pouco de pisco peruano para se aquecerem durante as madrugadas frias.

***

Quarenta e cinco dias depois, após muito sacrifício e determinação, Andrew, 15 quilos mais magro, já não suportava mais viver como um andarilho. No entanto, precisava ser firme, pois prometera ao filho que voltaria para casa somente quando vendesse todas as conchas.

Além da fome e das insuportáveis dores no corpo, a angústia corroía seu coração. A saudade de Linda era avassaladora.

Andrew não sabia, mas, após tanto sofrimento, ele já não estava pensando com muita clareza. A desidratação e a desnutrição afetaram seu bom senso e sua noção de tempo e a única coisa de que ele se lembrava era a promessa que fizera à sua família.

A única coisa que passava na mente de Andrew enquanto ele dormia embaixo da marquise da catedral era a família e escrever coisas estranhas em folhas soltas durante a madrugada. Andrew escrevia muito, no entanto, ninguém sabia exatamente o quê.

No dia 20 de julho de 1993, por volta das onze horas da manhã, Andrew começou a sentir o calor do verão sobre suas costas magras, mesmo estando próximo às geladas paredes da catedral.

Sem titubear, ele tirou a camiseta azul que estava usando, estendeu-a no chão e colocou sua última concha à venda. Todas as outras haviam sido vendidas, e o dinheiro estava guardado em sua carteira de couro no fundo da mochila.

Tossindo muito por causa da friagem da madrugada, ele sentou-se no chão com as pernas cruzadas e aguardou pacientemente que alguém se aproximasse. Estava irreconhecível. Estava barbudo, seu cabelo estava desalinhado, e seus ombros pendiam finos e enfraquecidos.

De repente, alguém se aproximou para olhar a única concha que ainda restava. Era um senhor muito bem-vestido e simpático, que lhe perguntou:

— O que é isso, amigo?

— O símbolo de Compostela, senhor. Uma concha de resina — Andrew respondeu sem muita empolgação devido à fraqueza.

— O que tem dentro dela? Eu gostei muito disso.

— Na verdade, esta concha está vazia. Se o senhor quiser, posso escrever uma mensagem para dar de presente à sua namorada.

— Verdade?

— Sim, senhor.

— Quanto custa?

— Quanto acha que ela vale se eu escrever uma mensagem especial para o senhor?

— Cinco dólares.

— O senhor estaria disposto a pagar 5 dólares por ela?

— Por uma mensagem exclusiva, certamente.

— Então ela é sua.

— Obrigado.

— Sente-se na mureta e espere um pouco.

— Tudo bem, não tenho pressa.

— Posso lhe perguntar uma coisa antes de escrever a mensagem?

— Claro.

— O senhor é casado?

— Sim. Ou melhor. Acho que ainda sou.

— Sim ou não? Ou o senhor é casado ou não é?

— Na verdade, quero presentear minha mulher com essa concha. O problema é que ela está querendo pedir o divórcio. Quem sabe essa lembrança não a faça mudar de ideia?

— Por que ela quer o divórcio? Ela não o ama mais?

— Não sei. Ela diz que trabalho demais e que não tenho tempo para a família. Não sei se é somente uma desculpa ou se ela realmente não me ama mais.

— Há quanto tempo vocês estão casados?

— Dezoito anos.

— Então ela o ama.

— Como sabe disso?

— Eu não sei sua profissão, mas posso lhe dizer uma coisa?

— O quê?

— As mulheres não gostam de homens que trabalham demais. Nós, homens, somos idiotas. Pensamos que, com dinheiro, temos controle sobre tudo e todos, mas na verdade não temos controle de nada, nem mesmo de nossas próprias vidas.

O homem arregalou os olhos e prestou atenção.

— Eu sei o que senhor está enfrentando. Eu já estive no seu lugar um dia. Quer uma sugestão?

— Sim.

— Transforme sua vida em um sonho e não apenas em um mero negócio. Negócios são passageiros, sonhos são permanentes. Faça tudo para voltar com sua esposa. Algumas coisas na vida têm preço, mas outras têm valor. Veja por exemplo esta concha que o senhor está comprando. O que o senhor sente por sua esposa não tem preço, mas sim valor. Valorize isso, por favor.

O senhor de aproximadamente 60 anos e aparentemente rico ficou sem reação ao ouvir o que Andrew dizia enquanto tentava encontrar um pedaço de papel dentro da mochila para escrever a mensagem.

Em pouco tempo, Andrew encontrou o papel e escreveu uma mensagem curta.

— Aqui está a mensagem para sua esposa. Coloque-a dentro da concha e entregue a ela. Não leia o que está escrito. É segredo. Se ela realmente o ama, esta mensagem balançará seu coração.

— Muito obrigado. Aqui estão os 5 dólares.

— Gratidão!

Tudo era um plano divino, mas Andrew não sabia o que estava se passando nos mundos invisíveis da criação. Havia uma magia no mundo agindo a seu favor, mas, infelizmente, ele não conseguia enxergar, pois estava assoberbado com a ideia do sofrimento. O que a vida estava tramando nas entranhas do desconhecido? Certamente, ainda havia muitas explicações a serem reveladas.

Andrew manteve-se na mesma posição: com as pernas cruzadas e sem camisa. Calmamente, ele guardou o dinheiro na carteira e baixou a cabeça em um gesto de agradecimento para o senhor que comprara sua última concha.

O senhor despediu-se, mas, depois de andar um pouco, se virou e fez uma última pergunta:

— Como você se chama, rapaz?

— Meu nome é Andrew O'Brain Fernandez.

— Muito obrigado pelas palavras, Andrew. Eu estava precisando ouvir isso. Fique com Deus.

— O senhor também. Bom passeio.

O senhor logo se perdeu em meio a centenas de peregrinos e turistas que começavam a chegar à catedral, segurando seus cajados após uma longa viagem.

***

Às 2 horas da tarde do mesmo dia, Andrew começou a arrumar as coisas para retornar à sua casa. Como ele reunira um pouco de dinheiro, voltaria para a Praia de Louro de ônibus. Não via a hora de reencontrar a família e de abraçá-los.

A pergunta era: será que ele encontraria alguém lá? Afinal, já fazia 45 dias que Andrew deixara Linda e as crianças sem qualquer condição de sobrevivência.

De repente, as lembranças do passado vieram à mente de Andrew, que começou a se recordar da primeira vez em que viu Linda e de quando se apaixonou perdidamente por ela. Em seguida, lembrou-se dos momentos únicos sentados aos pés do flamboyant, em que conversavam debaixo de um velho cobertor. Depois, a mente de Andrew levou-o à primeira vez em que fizeram amor na Praia de Louro durante o festival de Iniciação do Imbolc.

Eram lindas lembranças que continuavam vivas no coração de Andrew. Ele emocionou-se de tal maneira que não aguentou e começou a chorar enquanto guardava dentro da mochila as poucas roupas que ainda possuía. Naquele momento, e sem explicação, Andrew sentiu uma leve tontura e procurou um lugar onde se encostar. Ele apoiou a mochila na parede da catedral e sentou-se em uma pequena mureta para respirar.

Ali, Andrew ficou parado durante alguns minutos tentando encontrar forças para caminhar até a rodoviária e pegar o ônibus de volta para casa. No entanto, ao colocar a mochila nas costas, tombou para frente e caiu de joelhos no chão. Com o rosto no chão, Andrew viu a ponta de um cajado de madeira ao lado de sua mão direita.

Seria um peregrino? Um turista? Um policial? Um padre franciscano sensibilizado e pronto para ajudar o pobre homem?

Andrew continuava de cabeça baixa e sentia falta de ar. A pessoa encostou o cajado na parede e tentou ajudá-lo.

— Está tudo bem, amigo?
— Senhor, estou me sentindo fraco.

Andrew ergueu a cabeça, olhou para o rosto da pessoa que acabava de ajudá-lo e ficou paralisado. Ele tentou, mas a voz não saiu.

O peregrino respondeu:

— Se não precisa de ajuda, fique em paz. Peregrinei mais de 600 quilômetros nos últimos 30 dias e estou muito cansado.

Andrew não acreditava no que via. Era Juan Cavallera bem na sua frente.

Era óbvio que Juan não notara que o vendedor de rua esquelético era Andrew. Eles não se viam havia mais de 15 anos e estavam bem diferentes.

— Até logo, amigo — Juan disse.

Andrew não conseguiu reagir. Sua voz sumiu completamente, e Juan afastou-se devagar.

Parecia que Andrew estava vendo um filme em câmera lenta. De repente, algumas imagens do passado tomaram sua mente: a primeira imagem foi o exato momento em que Andrew encontrou Linda na danceteria e picotou as cartas que ela escrevera. Em seguida, ele lembrou-se do dia em que Rui lhe contou que tudo fora uma grande armação de Juan para separá-los.

Enfraquecido e ainda com tontura, Andrew ajoelhou-se e gritou.

— Juan! Juan!

Juan estava a poucos metros de distância, mas olhou para trás e viu o maltrapilho caído no chão. Assustado, decidiu voltar e segurou-o pelos ombros tentando levantá-lo.

— Você está bem?

Subitamente, a ira tomou conta de Andrew, e Juan levou um forte soco no estômago.

As lembranças vieram à tona, e Andrew arrancou forças de onde não tinha para descontar as dores do passado.

Juan agachou-se sentindo o golpe e viu-se cara a cara com Andrew.

Juan não compreendeu o que estava acontecendo, pois ainda não notara que o maltrapilho era, na verdade, seu antigo amigo.

Após o duro golpe, Andrew fingiu arrependimento e levantou-se querendo desculpar-se, mas era somente uma armadilha, pois a raiva ainda não acabara. Assim que Juan se restabeleceu, Andrew o puxa contra si e deu-lhe uma forte joelhada no peito, fazendo-o cair no chão.

Os guardas viram a briga e correram entre a multidão que começava a se aglomerar ao redor de Juan e Andrew.

Juan continuava achando que Andrew era apenas um mendigo maluco, que estava atacando-o sem qualquer motivo aparente.

Andrew não tinha chance alguma, pois Juan era mais forte e estava bem alimentado e com saúde.

Três guardas se aproximaram, mas estranhamente nenhum deles pôs as mãos em Andrew e Juan. Um deles era o guarda Hector.

Hector olhou para Andrew e disse aos outros guardas para não interferirem. Uma roda de pessoas formou-se, então, para assistir à briga.

Quando se aproximou um pouco mais, Juan ficou chocado quando notou que o maltrapilho era Andrew.

Juan imediatamente se lembrou do que fizera no passado e sentiu o peso do arrependimento. Lentamente, ele aproximou-se de Andrew, que bufava como um touro em fúria, e estendeu-lhe o braço em sinal de trégua.

Andrew baixou a cabeça sentindo fraqueza e tontura, e com cuidado Juan aproximou-se um pouco mais e colocou a mão no ombro do outro como sinal de remissão.

A cena única e peculiar foi forte e restabeleceu a paz entre os dois. Repentinamente, a multidão aplaudiu emocionada, mesmo sem saber o que estava acontecendo entre aqueles homens que haviam se digladiado minutos antes.

Os guardas e os turistas dispersaram-se, e, conversando como velhos amigos, Andrew e Juan seguiram até a parede da catedral.

De repente, a energia de paz tomou o ar, e os dois homens se sentaram na mureta da catedral. Juan disse:

— Quero lhe pedir desculpas pelo que fiz, Andrew. Não sei por que fiz aquilo. Juro pelos deuses de Valhalla que não tive segundas intenções. Eu e Linda nunca tivemos nada.

— Eu sei, Juan. Confio nela.

— Que bom!

— Eu também lhe peço desculpas por ter batido em você. Quando olhei para seu rosto, eu queria matá-lo, tamanha era a minha revolta.

— Desculpa, irmão! Desculpa mesmo!

— Está desculpado, Juan. Não se preocupe.

— Obrigado. Diga-me uma coisa, Andrew. O que você faz por aqui? Por que está nessa situação?

— Na verdade, eu estava me preparando para ir embora. Vim até Compostela vender umas coisas. Hoje pela manhã, vendi a última peça e estou me preparando para voltar para minha família.

Enquanto explicava o que havia acontecido, Andrew colocou a mochila no chão, retirou dela um envelope pardo e começou a juntar as roupas que tinha caído durante a briga.

— Você disse família? Quer dizer seus pais?
— Não, Juan. Estou casado e tenho filhos.
— Casado com quem?
— Com Linda, irmão!

Juan não acreditou no que ouviu, contudo, em vez de sentir raiva, sorriu e abraçou Andrew, demonstrando estar feliz com a notícia.

— Isso é maravilhoso, irmão! Que bom saber que vocês ficaram juntos após tanto tempo.

Andrew calmamente contou a Juan os detalhes sobre sua ida à Ilha da Madeira e sobre o reencontro inesperado com Linda. Em seguida, contou-lhe sobre sua fase endinheirada e a derrocada financeira. Por fim, completou a história dizendo que estava morando na Praia de Louro em uma das velhas casinhas de pescadores.

Juan ficou boquiaberto ao saber da situação precária em que Andrew e Linda se encontravam. De alguma forma, ele estava se sentindo culpado pela situação precária do amigo.

— Andrew, acabei de chegar de uma peregrinação extremamente cansativa e dentro de uma hora embarcarei em um ônibus para Vigo. Não posso perder esse ônibus, pois o próximo sairá somente amanhã.

Andrew sorriu.

— Que diferença faz dormir uma noite na rua? Estou dormindo embaixo da marquise desta catedral há mais de 45 dias e não reclamo.

A resposta de Andrew soou como um tapa na cara de Juan e certamente lhe doeu mais que o soco no estômago e a joelhada no peito.

— Irmão, o que posso fazer por você?
— Nada, Juan. Eu sobreviverei.
— Não precisa de dinheiro? Peça o que precisar, Andrew. Não tenho muito dinheiro aqui, mas lhe darei o que tiver.
— Não precisa me dar dinheiro, Juan. Sua amizade tem mais valor que qualquer dinheiro.
— Tem certeza?
— Sim.
— Você não me parece nada bem, Andrew!
— Estou muito cansado, só isso.
— Você precisa de ajuda, amigo!

De repente, Andrew começou a divagar e a se lembrar da época em que admirava Juan.

— Eu senti muito sua falta, Juan! Por que você sumiu? Eu vi o poder da solidão e senti o desamor. Onde esteve?

— Calma, Andrew!

— Eu só quero descansar. Só isso, Juan.

— Não se preocupe. Eu os visitarei na Praia de Louro.

— Isso seria muito bom! Linda adoraria revê-lo.

— Ela continua linda como sempre foi?

Andrew balançou a cabeça afirmando que sim. Linda ainda era uma mulher bonita e sedutora, mesmo maltratada pelo tempo e pela vida.

— Agora, preciso ir. Vou tomar uma xícara de café em algum lugar e depois embarcarei para Vigo.

Juan continuou:

— Foi bom revê-lo, irmão! Muito bom mesmo! Você ficará bem?

— Sim.

— Fique com Deus, Andrew.

— Deus se esqueceu de mim, Juan.

— Gostaria de lhe dizer uma coisa que ouvi de um velho amigo alguns dias atrás e que me fez pensar em muitas coisas sobre a vida. A peregrinação foi muito importante para limpar as sujeiras que eu tinha na alma.

— O que seu amigo disse?

— Que todos nós viemos para esta vida para enfrentar nossos maiores medos. Não devemos nos preocupar se não tivermos coragem de enfrentá-los, pois, se não os enfrentarmos, eles virão e nos enfrentarão.

— Seu amigo tem razão. Ele deve ser um sábio.

— Sim, é uma pessoa incrível! Precisamos de coragem para enfrentar as mazelas e as provocações que a vida nos impõe, Andrew.

— Tem razão. Eu sei do que está falando!

— Tenho certeza de que sabe. Infelizmente, preciso ir. No entanto, antes de partir, me diga o que veio vender em Compostela!

— Algumas conchas, apenas isso. Pena que não tenho mais nenhuma para lhe mostrar.

— O que é isso que está segurando debaixo do braço? O que tem dentro desse envelope pardo?

— Alguns papéis. Apenas papéis.

— Papéis?

— Umas coisinhas que andei escrevendo durante as noites frias que passei aos pés da catedral.

— Posso ver?

— Claro.

Juan abriu o envelope e viu mais de 200 folhas de papel soltas e desorganizadas. Leu algumas frases aleatoriamente e perguntou:

— Interessante. Posso levá-las comigo? Juro que as devolvo.

— Acho que sim — Andrew estava nitidamente desorientado e desidratado.

— Muito bem. Até breve, Andrew.

— Até breve, Juan.

Andrew sorriu e colocou a mochila nas costas. No entanto, antes de partir, decidiu entrar na catedral para pedir clemência e auxílio a São Tiago, o apóstolo de Cristo.

Enquanto subia a imponente escadaria até o santuário, uma sensação de leveza e humildade invadiu o coração de Andrew. Sem se dar conta, ele começou a repetir a velha oração que sua mãe lhe ensinara quando ele era ainda uma criança na cidade de Tramore, na Irlanda.

Andrew colocou a mochila no chão e, durante alguns minutos, entregou-se à mais profunda paz enquanto fazia a oração do pai-nosso.

Minutos depois, Andrew levantou-se calmamente e fez o sinal da cruz, pronto para partir e reencontrar sua família.

Algumas perguntas, no entanto, não o abandonavam: "Será que posso confiar em Juan? Por que ele me pediu os manuscritos? Qual é sua verdadeira intenção ao ler as primeiras páginas?".

Andrew estava tão cansado que nem sequer conseguia raciocinar. Será que Juan o pegara desprevenido outra vez? Será que ele pedira os papéis por bem ou estava planejando algo voltado para o mal?

Capítulo 30
O retorno

Após viajar de ônibus durante toda a madrugada, Andrew chegou a um vilarejo próximo à Praia de Louro e com extrema dificuldade caminhou cerca de 10 quilômetros pela autoestrada até chegar à praia.

Ele não tinha a mínima ideia do que encontraria ao chegar em casa e pensava que certamente Linda e as crianças haviam desistido de esperá-lo e ido embora para Vigo.

Andrew, contudo, não tinha opção. Precisava chegar ao seu destino e cumprir o que prometera ao filho. Mesmo que ele chegasse todo arrebentado e machucado, voltaria aos braços da família com o dinheiro da venda das conchas.

Após chegar à estrada de terra, a menos de 100 metros da velha casa, Andrew resolveu parar embaixo de uma árvore para fugir do sol quente que queimava a pele do seu rosto.

Ele sentou-se no chão, encostou-se na árvore e olhou para o lindo mar azul da Praia de Louro repleto de "carneirinhos", como o capoeirista Brito costumava chamar as pequenas ondas que quebravam em alto-mar, formando uma imagem parecida com a de um rebanho de ovelhas.

Andrew acreditava que Linda não estivesse mais ali e que abandonara a casa, pois não notara qualquer movimento vindo da residência. A única coisa que conseguiu enxergar ao longe foi um menino descalço e sem camisa correndo em direção à casa e que provavelmente se tratava do filho de um casal de ciganos que morava por ali.

Ele baixou a cabeça, puxou a camiseta contra o rosto para enxugar o suor que escorria e surpreendeu-se quando viu que o menino sem camisa que corria alegremente em direção à casa era Jonathan. O menino segurava uma vara de pesca em uma das mãos e dois peixes na outra e corria para entregá-los para Linda, que naquele momento abriu a porta da casa acompanhada de Cristina e Pierre, demonstrando felicidade porque o almoço chegara.

Foi graças à insistência de Jonathan que Linda decidira não ir embora para Vigo, pois o garotinho nunca duvidara da promessa do pai.

Linda sofrera muito por passar tanto tempo sem notícias de Andrew. Além de não saber se ele conseguira chegar até Compostela, ela também não sabia se o marido estava vivo.

Na praia completamente deserta, longe de tudo e todos, sem telefone ou qualquer contato com a civilização, Linda não tinha como ter notícias do marido. Sua única esperança era a confiança em Deus e nas providências que estavam sendo preparadas para o futuro de sua família.

Quando viu a cena sublime do filho correndo com os peixes na mão, Andrew levantou-se e gritou como um maluco:

— Linda, Pierre, Jonathan, Cristina... eu voltei! Eu voltei!

Linda olhou para a trilha e custou a acreditar que aquele homem maltrapilho que vinha em sua direção era seu marido.

Jonathan avistou o pai e saiu correndo em alvoroço.

— Papai, papai! Você prometeu que voltaria e voltou!

Pierre e Cristina, vendo a alegria do irmãozinho, não perderam tempo e arrastaram Linda para fora da varanda.

— É o papai! Vamos, mamãe! Ele voltou! — Cristina não se continha de felicidade.

O encontro foi emocionante, memorável e muito recompensador para todos. Jonathan chorou quando viu o pai chegando magro, machucado e com as roupas rasgadas, mas não se importou com a aparência de Andrew. Para o menino, o importante era ver o pai cumprindo a promessa e retornando ao lar.

Linda abraçou Andrew em gratidão. Todos os sofrimentos, todas as dores, todos os dias de miséria e de incerteza, nada mais importava. O importante agora era estar nos braços do grande amor de sua vida.

Capítulo 31
A visita

Uma semana depois, Andrew já se sentia melhor apesar do sofrimento que vivenciara nos últimos tempos.

Os dias seguiram sem nenhuma mudança, mas, durante uma bela noite, sentados na varanda, Andrew contou para Linda sobre o encontro que tivera com Juan e a ira que sentira ao agredi-lo. Ele, contudo, não mencionou à esposa que ele talvez fosse até a Praia de Louro para visitá-los. Afinal, Juan era uma pessoa egoísta e talvez não quisesse perder tempo e energia indo até lá.

Contudo, Andrew se enganou. Poucos dias depois, Juan surgiu sozinho na praia com uma caminhonete moderna e vermelha. Estava cabeludo e elegante, bem mais velho, mas com o mesmo charme de anos atrás.

— Não acredito no que estou vendo — Linda exclamou, quando viu Juan descendo do carro.

— Não achei que ele viria nos visitar — Andrew completou.

Juan desceu da caminhonete e aproximou-se:

— Acharam que eu não viria encontrar a família mais bonita da Galícia?

— Não esperava vê-lo aqui tão cedo, irmão! — Andrew exclamou.

— Pois eu vim. Na verdade, gostaria de ter vindo no final do mês, mas, quando cheguei a Vigo, encontrei sua mãe na feira e ela me convidou para tomar um café, dizendo que precisava me contar algo importante. Claro que não resisti ao convite para tomar um café e comer um bolo caseiro de laranja!

— O que mamãe queria com você, Juan? Ela está doente? O que foi? — Andrew estava ansioso.

— Fique tranquilo, irmão! Sua mãe está bem e até está namorando um professor de dança!

— Verdade? — Linda ficou surpresa.

— Sim. Margareth é uma nova mulher.

— O que ela queria com você, Juan? — Andrew indagou.

— Na verdade, não era comigo que ela queria falar. Mas, como eu disse a ela que o havia encontrado em Compostela, ela me implorou para que eu lhe trouxesse uma carta.

— Que carta é essa, Juan?

— Leia você mesmo.

Desconfiado, Andrew pegou o envelope da mão de Juan.

— Está endereçada a mim. Será que são os credores querendo me cobrar? O que será isso, afinal? Será que é uma carta da polícia dizendo que encontraram o desgraçado do Alex e que recuperaram meu dinheiro?

— Nada disso, Andrew. Leia — Juan respondeu.

— Ela está aberta?

— Sim. Sua mãe abriu e pediu que eu a lesse também.

— Você leu?

— Desculpe-me, Andrew, mas ela pediu!

— O que está escrito?

— Não é uma notícia boa! É de uma pessoa conhecida. Leia por favor.

Andrew abriu o envelope e leu o conteúdo em voz alta:

Querido Andrew, espero que esteja bem. Estamos com saudades de você.

A pedido do papai, gostaria de solicitar sua presença na Ilha da Madeira. Ele está em seus últimos instantes de vida e deseja muito falar com você. Já faz quase oito anos que você partiu e não tivemos mais notícias suas.

Papai está com 97 anos e suas forças estão se esvaindo. Ele pede sua presença aqui.

Caso receba esta carta, por favor, entre em contato. Será um prazer recebê-lo em nossa casa.

Saudades,
Olívia.

— Meu Deus, é uma carta da filha do doutor Morgan! Ele está morrendo!

— Sim, Andrew. Por isso mesmo sua mãe me pediu que lhe trouxesse a carta.

— Obrigado, Juan. Mas como irei até lá se nem dinheiro para comprar comida nós temos?

— Eu vim buscá-lo, amigo. Na verdade, vim buscar todos vocês.

— Todos nós?

— Sim. Você, Linda e as crianças.

— Por quê?

— Eu os levarei até a Ilha da Madeira para que reveja seu amigo.

— E Linda e as crianças?

— Linda virá conosco, e as crianças podem ficar com sua mãe. Ela se prontificou a tomar conta deles por alguns dias.

— Como iremos até a ilha?

— De avião. Já comprei as passagens para amanhã cedo. Vamos partir do Aeroporto de Vigo direto para a ilha.

— Por que está fazendo isso por mim, Juan?

— Porque sou seu amigo, não sou?

— Acho que é. — Andrew sorriu.

— Arrumem suas coisas e vamos embora. A viagem será longa, e temos que aprontar tudo para embarcarmos.

Linda não entendia o que estava acontecendo, pois não conhecia o doutor Morgan e também não se lembrava do pouco que Andrew lhe contara sobre os momentos difíceis na ilha.

— Obrigado, Juan!

— Não se preocupe. Não é um sacrifício fazer isso por você.

— Se o doutor Morgan está querendo falar comigo, isso significa que é algo importante. Ele me ajudou muito quando fiquei desamparado na ilha, adoeci e quase morri de febre. No entanto, nunca imaginei que ele se lembraria de mim e me chamaria em seus últimos momentos de vida. Sou grato a ele e à filha dele, Olívia. Obrigado por estar fazendo isso por nós, Juan.

— Como lhe disse, não é um sacrifício fazer isso por você, irmão!

— Não sei como pagarei os custos que está tendo com as passagens e com tudo mais.

— Não se preocupe com isso agora. Quando tiver dinheiro, você me paga.

327

Capítulo 32
A revelação

O homem pouco sabe sobre a magnitude da vida, mas é chamado a tudo saber.

Andrew, Linda e Juan chegaram ao aeroporto da Ilha da Madeira no horário marcado. O voo foi tranquilo, e não ocorreu nenhum atraso.

Andrew estava com o semblante fechado e pressentia que Morgan não estava bem.

Juan mostrava-se apressado:

— Vamos pegar as malas na esteira. Combinei com a senhora Olívia de nos encontrarmos às 13h30.

— Por que está com tanta pressa, Juan? Tenha calma. O aeroporto está vazio, e nós chegaremos a tempo ao encontro — Linda disse.

— Desculpe, Linda. Acho que estou um pouco nervoso com tudo isso.

— Você nem ao menos conhece o doutor Morgan. Por que está tão nervoso?

— Também não sei. Vocês devem estar com fome.

Linda olhou para Andrew e respondeu que sim.

— Eu pago um lanche para vocês na lanchonete — Juan disse.

— Venha, Andrew. Não fique com essa cara. Vamos comer algo — Linda pediu.

— Desculpe, querida, mas não suporto ver os outros pagando as coisas para nós. É muita humilhação. Estou vindo aqui para encontrar uma pessoa que acreditava na minha vitória e, após todos esses anos, ele me verá fracassado. Tudo isso é muito triste!

— Isso o quê, Andrew?

— Olhe para mim, Linda! Sou um homem de 33 anos de idade, pobre, miserável e fracassado. Nunca imaginei que chegaria a esta situação. Desculpe, mas é humilhante pedir para outras pessoas pagarem um sanduíche para você. Entende?

Linda abraçou Andrew no meio do saguão e acariciou a nuca do marido:

— Deus é providente, Andrew. Sei que Ele ainda não se esqueceu de nós. Eu sinto isso.

— Deus? Ele se esqueceu completamente de nós, Linda. Ele nos abandonou. Essa é a grande verdade. Não tenho mais ilusões em relação a isso.

Andrew pegou a mochila, colocou-a nas costas e seguiu até a esteira para pegar o restante da bagagem.

Pouco tempo depois, o grupo encontrou-se com Olívia:

— Olá, Olívia, como está? Chegamos no horário marcado? — Juan perguntou.

— Sim! Sejam bem-vindos à Ilha da Madeira. Olá, Andrew! Há quanto tempo não nos vemos!

— Olá, Olívia!

— Esta deve ser a sua esposa.

— Sim, esta é Linda Di Stéfano.

— Você é linda mesmo! Muito prazer. Espero que tenham feito uma boa viagem.

— O prazer é todo meu, senhora Olívia. O voo foi tranquilo. Somente a aterrissagem me deu um pouco de medo, pois pensei que o piloto não conseguiria pousar com o vento forte. Que adrenalina!

— Realmente, o pouso na ilha não é muito suave.

— Diga, Olívia, como está Morgan? — Andrew perguntou angustiado, querendo saber notícias do amigo.

O semblante de Olívia não era dos melhores.

— O que aconteceu, Olívia?

Olívia calou-se e não conseguiu conter a emoção. Discretamente, ela pegou um lenço na bolsa para enxugar as lágrimas.

— Infelizmente, papai não aguentou e faleceu ontem de manhã.

— O quê? — Andrew não podia acreditar.

— Infelizmente, papai se foi, Andrew. Não deu tempo de vocês chegarem.

— Isso não pode ser verdade, Olívia! Nós viemos aqui para vê-lo. Meu Deus! — Andrew entrou em desespero.

— Papai queria muito vê-lo, Andrew. De verdade!

Conhecendo o marido, Linda percebeu que Andrew ficara atordoado com a notícia.

Todos ficaram em silêncio, e Juan retornou do guichê com as passagens para a volta. Imediatamente, ele percebeu que algo ruim acontecera.

— Por que estão chorando?

Linda explicou:

— O doutor Morgan faleceu na manhã passada, Juan. Olívia acabou de dizer que o enterro foi hoje cedo.

— Meu Deus! Meus pêsames, senhora Olívia.

— Estou feliz que tenham vindo. Papai estava esperando vocês, mas...

Olívia restabeleceu-se e foi amparada por Linda.

— Papai gostava muito do Andrew e queria muito falar com ele antes de partir. Antes de morrer, papai disse que, caso vocês não chegassem a tempo, gostaria que fôssemos até seu túmulo para fazermos uma despedida formal.

— Ele estava consciente quando se foi, Olívia? — Linda perguntou.

— Sim. Ele morreu lúcido e consciente. Papai sempre foi uma pessoa muito lúcida.

— Tem razão, Olívia. Ele sempre foi uma pessoa de extrema lucidez — Andrew completou.

— Vamos colocar as malas no carro e seguir até minha casa. Vocês ficarão na ilha por dois dias, não é?

— Sim, respondeu Juan. Voltaremos na quarta-feira.

— Vocês ficarão hospedados lá em casa. Juan pode dormir na sala, e Andrew e Linda podem ficar no quarto de hóspedes. No mesmo local onde você dormiu durante dois anos, Andrew. Lembra-se?

— Claro que sim! Será bom relembrar os velhos tempos — Andrew respondeu de forma nostálgica.

— Amanhã, os levarei para ver o túmulo do papai. Quando chegarmos lá, farei tudo conforme ele me pediu.

— Qual foi o pedido dele, Olívia? Algum ritual de despedida?

— Não exatamente. Papai me pediu para comprar uma garrafa de vinho italiano e que brindássemos ao lado do túmulo dele, pois a morte deve ser motivo de comemoração, não de tristeza.

— O que mais ele disse? — Andrew perguntou.

— Disse que estará nos esperando e que, mesmo que não consigamos vê-lo, ele estará conosco.

— É típico de Morgan dizer essas coisas. Ele sempre foi um homem misterioso — Andrew enfatizou.

— Já comprei o vinho. Está guardado na geladeira.

— Onde ele está enterrado, Olívia? No cemitério central da ilha?

— Não, Andrew. Ele me pediu para ser enterrado naquele cemitério perto de casa, na ponta da praia. Lembra-se do antigo cemitério?

— Aquele do qual eu morria de medo de chegar perto?

— Exatamente!

Andrew olhou para Linda demonstrando receio.

— Não se preocupe, Andrew. Não precisa ficar com medo. Tudo tem uma razão. Você compreenderá muitas coisas amanhã cedo — disse Olívia.

— Tudo bem. Se Morgan pediu que as coisas fossem feitas dessa forma, é porque há um motivo. Ele não faria isso sem razão.

— Tem razão, Andrew. Papai não fazia nada sem uma justificativa. Ele sempre foi uma pessoa pragmática e racional, mesmo trabalhando com coisas subjetivas e complexas como a mente humana.

— A senhora era muito apegada a ele, não era?

— Eu amava papai. Sempre o amei, desde pequena.

***

No dia seguinte pela manhã.

— Bom dia. Passaram bem a noite?

— Sim, Olívia. Foi maravilhoso relembrar a época em que eu dormia naquele quarto e pintava os quadros para vendê-los na praça central. Bons tempos aqueles!

— Tem razão, Andrew — Olívia respondeu emocionada, mas sentia a falta de Morgan andando pela casa e lhe pedindo que fizesse deliciosos chás de ervas naturais.

De repente, Juan surgiu na cozinha ansioso:

— Senhora Olívia, seria possível usar o telefone? Preciso muito falar com uma pessoa em Madri. Por acaso, a senhora tem um fax no escritório? Essa pessoa precisa me passar um documento importante.

Linda olhou para Andrew com ar bravo e sussurrou:

— O que Juan está tramando? Ele não parou um minuto com esse negócio de fechar contratos de shows! Ele não tem respeito pelas pessoas? Será que não dá para esperar até quarta-feira?

Andrew estava se sentindo meio estranho naquela manhã, então ele respondeu levantando os ombros e demonstrando que Juan, às vezes, era inconveniente.

Olívia aproximou-se:

— Queridos, está na hora de descermos à praia para visitar o túmulo de papai. Vamos?

— Sim, Olívia. Você não vem, Juan? — Linda perguntou.

— Acho melhor vocês irem primeiro. Vou esperar o fax chegar e em seguida irei até o cemitério. Antes, quero ir até o estábulo do senhor Morgan para ver os cavalos que ele tanto adorava. Eu adoro cavalos.

— Tudo bem, mas não demore, Juan.

***

A manhã estava nublada e Andrew caminhava de mãos dadas com Linda em direção ao cemitério. De repente, Andrew começou a se sentir mal.

— Não está se sentindo bem, querido? — Linda perguntou.

— Estou me sentindo exatamente como no dia em que estive aqui e minhas pernas fraquejaram sem explicação. Eu fiquei paralisado. Foi uma sensação muito ruim.

— Está sentindo a mesma coisa neste momento, Andrew? — Olívia perguntou.

— Sim, senhora.

— Não tenha medo, você não está sozinho. Estamos ao seu lado — Olívia disse.

— Estou sentindo muita dor no peito. Não sei se quero ir até o cemitério!

— Vamos, querido. Você precisa fazer isso por Morgan. Segure meu braço.

Andrew nunca imaginou que entraria um dia no temido cemitério, principalmente para visitar o túmulo de Morgan.

— Aqui estamos. Este é o local onde papai foi enterrado.

Olívia ficou emocionada, e Linda perguntou:

— O túmulo é esse?

— Sim, Linda. Este com o epitáfio: "Eu não estou aqui".
— Frase interessante. Quem escolheu?
— Ele mesmo.
— Doutor Morgan falou alguma coisa especial sobre a morte?
— Papai me disse que, 72 horas após o enterro, ele partiria para o mundo pós-morte.

Andrew não conseguia olhar para o túmulo. Estava se sentindo estranho e com vontade de chorar. Ele mantinha a cabeça baixa o tempo todo.

Olívia disse:
— Linda, enquanto Juan não chega, me ajude a abrir a garrafa de vinho. Por favor.
— Sim, senhora.
— Por favor, coloque essa manta no chão e as taças sobre ela.
— Tudo bem.
— Onde está Juan? — Andrew perguntou. — Gostaria que ele estivesse conosco neste momento. Estou me sentindo inseguro.
— Daqui a pouco ele aparece — Olívia respondeu. — De qualquer forma, daremos andamento ao que papai pediu para ser feito.

Andrew não compreendia o que estava se passando e manteve a cabeça baixa, evitando olhar diretamente para as lápides dos mais de 70 túmulos do cemitério.

De repente, Olívia postou-se atrás do túmulo do pai:
— Andrew, olhe para mim, por favor.

Com muito esforço, ele levantou a cabeça e olhou diretamente nos olhos de Olívia, que estava com um vestido branco até os pés e um chapéu inglês típico da década de 1950.
— O que a senhora quer que eu faça agora?
— Segure isso, por gentileza.
— O que é isso? Uma agenda?
— Apenas segure. Morgan pediu para lhe entregar.

Andrew pegou a agenda, e Olívia continuou:
— Segure isso por alguns instantes, Andrew.

Como não estava entendendo o que acontecia, Linda preferiu não interferir. Apenas observava a cena. Olívia estava ciente dos planos do pai e manteve-se diante de Andrew, enquanto segurava a garrafa de vinho e duas taças.

Ela disse:
— Andrew, pegue uma taça. Linda, pegue uma taça também.

333

— Sim, senhora.

— Obrigada.

— O que faremos agora, senhora Olívia?

— Eu servirei o vinho, e nós faremos um brinde pela passagem de papai ao outro mundo. Por gentileza, Andrew, depois de beber o vinho, feche os olhos por alguns instantes.

— Tudo bem, Olívia! — Andrew estava apreensivo e tremia.

Olívia fez as honras elevando sua taça, e o casal a acompanhou.

— Que os deuses de Valhalla protejam meu querido pai Morgan! — Olívia disse em voz baixa em nome dos três.

Todos beberam um pouco do vinho e Andrew começou a tossir sem parar.

— O que foi, querido? — Linda colocou sua taça sobre o pano branco para socorrê-lo.

Andrew estava engasgando, quase sufocando. Mas como ele engasgara de forma tão abrupta com apenas um gole de vinho?

— O que foi, querido?! O que foi?! — Linda gritou em desespero, achando que Andrew estivesse sufocando de verdade. Ele poderia desmaiar se continuasse tossindo daquela maneira.

Andrew ajoelhou-se no chão em frente ao túmulo de Morgan.

— Querido, o que está acontecendo?! Você precisa reagir, Andrew! Levante-se!

— Deixe-o, Linda! — Olívia ordenou.

— Por quê?!

— Ele está tendo um resgate de alma neste momento.

— Resgate do quê?

— Um resgate de alma. Tenha calma. Não será fácil para ele.

De repente, Juan chegou correndo e aproximou-se segurando um envelope pardo.

— O que está acontecendo com ele? Por que ele está tossindo dessa forma? — Juan perguntou.

— Calma, Juan! Ele passará mal por alguns minutos, mas logo retornará à consciência — Olívia respondeu.

— O que ele está segurando? — Juan estava espantado e ao mesmo tempo curioso.

— Algo que Morgan pediu para lhe entregar. Papai disse que isso sempre pertenceu a Andrew.

— Parece que terá uma visão! — Juan falou.

— Sim. Ele terá uma visão e um resgate.

— Está tossindo muito. Não é perigoso ele sufocar, Olívia? — Linda estava nitidamente abalada vendo o marido agonizar em desespero.

— Não se preocupe, Linda. Ele ficará bem.

Poucos minutos depois, Olívia chamou a atenção de Linda.

— Veja, Linda! Ele está parando de tossir.

— Ele ainda está muito mal, Olívia!

— Está voltando à consciência. Tenhamos calma, por favor.

Linda aproximou-se para amparar o marido:

— Querido, você está bem?

— Não muito, querida. Onde está Juan?

— Estou aqui ao seu lado, Andrew.

— Que bom que você está aqui, irmão.

— O que aconteceu com você? — Juan perguntou.

— Eu tive uma visão, irmão! Igual àquela que tive na sua casa. Lembra-se?

— Claro! O que você viu?

— Eu vi tudo. Eu vi tudo com clareza.

Andrew arrastou-se pelo chão, tentando aproximar-se do túmulo de Morgan. Enquanto isso, Juan abaixou-se tentando ajudá-lo, mas Andrew recusou o auxílio.

Ele apoiou-se na lápide e sem querer esbarrou nas taças de vinho. No ímpeto, tentando impedir a queda, Andrew segurou uma das taças, mas, devido à força com que a segurou, ela estilhaçou-se, cortando-lhe a palma da mão profundamente. Ele soltou um grito ensurdecedor, e Linda correu para ajudá-lo, mas foi impedida por Olívia, que a segurou pelo braço.

— Deixe-o, Linda. Deixe-o fazer tudo sozinho.

O vinho tinto esparramou-se no pano branco e pingou no chão. Era tão espesso e escuro que parecia sangue gotejando na terra batida.

Andrew olhou para sua mão cortada, e Juan aproximou-se.

— Você está bem, irmão? O que está acontecendo?

— É a visão, irmão! A exata cena que vi na sua casa. Exatamente igual. — Andrew olhou no fundo dos olhos do amigo e começou a chorar.

Juan não se conteve e também começou a chorar, abraçando o amigo. Emocionado, Andrew disse:

— O velho da visão era você, Juan.

— O quê?

335

— Sim, era você. Agora você já está com 54 anos de idade e com os cabelos brancos. E a senhora que vi é a própria Olívia.

— Calma, Andrew — Linda disse.

— Está tudo bem, querida. Fique tranquila.

Ele continuou:

— Olívia, isto que estou segurando é um diário.

— Exatamente, Andrew. Abra e veja o que está escrito na primeira página.

Andrew colocou o velho diário sobre o túmulo e virou a primeira página. Ainda estava confuso e não entendia o que estava acontecendo. No entanto, ele leu em voz alta as palavras escritas na primeira página:

— *ImmRam – O viajante solitário.*

— Exatamente, Andrew! — ela respondeu.

— O que é isso, senhora Olívia? — Andrew perguntou, enquanto segurava o diário com as mãos cheias de sangue.

— Fique calmo! — Olívia disse.

— Era para brindarmos a passagem de Morgan! O que, afinal, está acontecendo, Olívia? — Andrew estava confuso e com medo.

— Papai disse que esse diário sempre foi seu.

Andrew olhou para Juan, e, de repente, os personagens se conectaram como se fizessem parte da mesma história.

— Estou confuso, senhora Olívia, por favor, estou confuso!

— Olhe com calma, Andrew!

— Oh, meu Deus! É o diário de Paul Ervin, o autor do livro que Juan me emprestou quando eu tinha 16 anos de idade.

— Exatamente.

— Não estou entendendo. Oh, meu Deus!

— Tem outra coisa que Morgan pediu para lhe entregar.

Olívia colocou uma caixinha de madeira entalhada com algumas insígnias.

— O que é isso?

— Abra. É um presente que papai deixou para você.

De repente, uma borboleta azul pousou calmamente sobre a lápide, e Andrew abriu a caixinha.

Era uma placa da Primeira Guerra Mundial com o nome *Paul Ervin* entalhado em latão. Andrew começou a sentir suas pernas fraquejarem e ajoelhou-se no chão.

— Olívia, como isso pode ser possível? É a placa de Paul Ervin, exatamente como está descrita no livro. Eu me lembro da passagem em que ele diz ter entregado a placa com seu nome para seu melhor amigo M. Mark antes de fugir do O Grande Temido e se refugiar em Vigo. Depois disso, ele conheceu Marina no bar, e eles acabaram se casando. Paul entregou essa placa para M. Mark e disse que era um presente para a filha do amigo.

Andrew olhou para Olívia, que começou a chorar ao lado do túmulo do pai.

Emocionada, ela disse:

— Andrew, desembrulhe o pano vermelho que está no fundo da caixinha. É uma coisa que Morgan deixou para você. Ele gostaria que você presenteasse seu filho com isso.

Andrew desembrulhou o pano vermelho, e Linda e Juan aproximaram-se para ver o que era. Era outra placa de latão com a inscrição M. Mark.

— O que é isso, Olívia? É a placa de M. Mark? — Andrew perguntou assustado.

— Olhe para mim, Andrew. — Olívia estava muito emocionada.

— Sim, senhora.

— Eu sou a filha de M. Mark.

— O quê?! — Andrew quase caiu no chão de tanta surpresa.

— Sim, M. Mark era meu pai. O nome completo de papai é Morgan Mark.

Andrew olhou assustado para Juan, não acreditando no que estava ouvindo.

Olívia prosseguiu:

— Preste atenção no que vou lhe dizer agora, Andrew.

— Sim senhora — Andrew respondeu emocionado e confuso.

— Quando papai voltou da guerra, ele me pediu para guardar algo muito precioso. No meu aniversário de 10 anos, ele me deu a placa de Paul Ervin e contou a história de um soldado corajoso que havia fugido da guerra em busca dos seus sonhos. A partir daí, a cada aniversário, ele me contava um pouco mais sobre a história desse grande homem. Papai sempre me dizia que Paul Ervin era seu melhor amigo e que a pedido dele eu deveria guardar este presente. Eu guardei a placa até hoje dentro desta caixinha.

Andrew não conseguia falar. Era uma mistura de emoção e medo. Ela continuou:

— Andrew, agora quero que tome coragem e olhe para o túmulo ao lado do túmulo de papai.

Ele tomou coragem e leu a velha inscrição na lápide do túmulo ao lado: "Aqui jaz Paul Ervin, um guerreiro".

De repente, Andrew foi tomado por uma emoção inexplicável.

— Estou com tontura, e minhas pernas estão bambas! Isso não pode ser possível! — ele falou e fechou os olhos chorando.

— Andrew, escute o que vou lhe dizer.

— Sim, senhora. Estou ouvindo.

— Você foi Paul Ervin e papai era Morgan Mark, o amigo e enfermeiro que cuidou de você até que morresse de pneumonia dentro daquele navio.

— Não pode ser! Não pode ser! — Andrew disse.

— Sim. Papai era o enfermeiro-chefe no navio-hospital em que você ficou internado quando voltou da batalha na Itália. Infelizmente, você não suportou a pneumonia e morreu em alto-mar, enquanto o navio atravessava o estreito de Gibraltar rumo a Vigo. Quando eu era jovem, ele me contou com detalhes tudo o que aconteceu naquela época. Ele salvou muitos soldados, mas também viu muitos deles morrerem.

— Mas... — Andrew não conseguia falar.

— Andrew, além de você, morreram mais 65 soldados naquele navio. Como o exército não podia levar os mortos para a Inglaterra, a mando do comandante, o navio atracou na Ilha da Madeira para reabastecer antes de seguir para Vigo. Quando aqui chegaram, o comandante determinou que os soldados cavassem valas e construíssem este cemitério. Sim, este cemitério foi construído para enterrar grandes guerreiros.

Em um relance, Andrew olhou para os demais túmulos e começou a se lembrar de todos os combatentes do pelotão que Paul Ervin descrevera no livro: primeiro ele viu a inscrição de B. George, J. Clint, W. Willian, Smith, Richard Fox, Clark e muitos outros. Só não encontrou o nome do irmão de Paul, John Ervin.

Em um instante, em numa espécie de *déjà-vu*, ele viu-se deitado em uma maca e tossindo muito. Pouco depois, a imagem de um jovem com um envelope nas mãos apresentou-se ao seu lado. Era a imagem de John, o irmão de Paul Ervin.

Como isso era possível?

Andrew ficou confuso, mas, antes que pudesse compreender o que estava acontecendo, a última lembrança que lhe veio à mente foi a de John Ervin segurando a última carta que Paul escrevera para Marina.

Olívia, Linda e Juan desesperaram-se quando viram Andrew apoiado em um pequeno arbusto ao lado do túmulo de Morgan. E, antes que alguém pudesse romper o silêncio funesto, Andrew olhou para Juan e disse:

— Não se preocupem comigo, Juan. Tive uma visão reveladora.

Olívia aproximou-se:

— Papai havia me orientado sobre o que poderia acontecer quando você acessasse seus registros espirituais.

Andrew sorriu e aparentemente não sentia mais medo.

— Doutor Morgan sempre foi muito preocupado com as pessoas. Mesmo em seus últimos dias de vida, ele cuidou de todos os detalhes, não foi, Olívia?

— Tem razão. Ele não deixou passar nenhum detalhe! — Ela mostrou-se orgulhosa do pai.

Andrew aproximou-se de Juan:

— Durante a visão, eu o reconheci, Juan. Preciso lhe contar.

— Fale, Andrew.

Linda estava estupefata e observava tudo, sem compreender direito o que estava acontecendo.

— Quer que eu conte ou a senhora prefere contar, Olívia?

— Eu conto a Juan. Não se preocupe.

— Não estou entendendo! — Juan exclamou.

— Juan, você foi irmão de Paul Ervin — Olívia revelou.

— O quê?!

— Você era John. Você salvou Paul e o carregou nos ombros durante cinco dias até chegar ao navio-hospital.

Juan olhou assustado para Andrew.

— Nós éramos irmãos em outra vida, Juan. Entendeu agora por que eu o chamo de irmão e por que você me chama assim também?

— Eu já desconfiava disso! — Juan estava emocionado.

— Como você sabia, Juan?

— Eu tive essa revelação dois meses atrás, quando me encontrei com o doutor Morgan aqui na ilha.

— Você conhecia o doutor Morgan?

339

— Sim, o conheci quando vim fazer um show durante um festival de música galega no centro de Funchal. Nós ficamos muito amigos, e em junho, antes de encontrar você em Santiago de Compostela, vim até a ilha fazer um show e ele me abordou dizendo que precisava falar comigo. Morgan sentia que eu estava precisando de ajuda, o que de fato estava acontecendo. Eu estava depressivo e sentindo um vazio existencial muito grande.

— O que aconteceu?

Linda aproximou-se de Andrew e segurou a mão do marido.

— Ele me trouxe até seu consultório e fez uma sessão de hipnose comigo. Ele não me escondeu nada. Disse que eu tinha sido seu irmão em outra vida e que participamos da Primeira Guerra Mundial. Morgan também me revelou que você tinha morrido de pneumonia no navio junto com outros 65 soldados.

— Mas e você? Você sobreviveu?

— Eu não morri. Pior que isso. Morgan me disse que Paul Ervin, meu irmão, havia me implorado para entregar este diário e uma carta de amor que ele tinha escrito para a moça.

— O que aconteceu? Você entregou a carta e o diário?

— John Ervin preferiu entregar tudo para M. Mark. Ele ficou com o diário e, meses depois, levou pessoalmente para Thomas Moore, o editor em Vigo. Thomas gostou da história, mas publicou apenas cem exemplares de *ImmRam*.

— E a carta que deveria ser entregue para Marina? O que aconteceu com ela?

— Este é o grande problema, Andrew.

— Problema?

— Sim. Quando o navio parou em Vigo, John Ervin desceu para procurar Marina e...

Juan ficou emocionado e não conseguia continuar.

— John Ervin a encontrou? Responda, Juan! — Andrew estava alterado.

Juan restabeleceu-se e respondeu:

— Sim, ele a encontrou. Mas como John Ervin sempre quis ser igual ao irmão e queria tudo o que ele possuía, assim que John se aproximou de Marina para entregar a carta e dizer o quanto Paul Ervin a amava, ele subitamente recuou e com a mão esquerda colocou a carta no bolso. Em seguida, ele estendeu a mão direita, segurou a mão de Marina e disse...

Juan começou a soluçar.

— Desculpa, Andrew. É muito difícil, mas preciso lhe contar o que aconteceu.

— O que foi, Juan? — Andrew insistiu.

— John Ervin disse para Marina que Paul havia morrido vítima de uma doença muito grave. Depois, mentiu dizendo que, antes de morrer, Paul tinha pedido a John para se casar com ela, pois confiava muito no irmão. Dessa forma, Marina estaria protegida pelo resto da vida ao seu lado. John Ervin mentiu e ludibriou a moça. Foi isso que aconteceu, Andrew.

Andrew olhou para Linda assustado e depois olhou para Juan em sinal de questionamento.

— Está dizendo que Linda era...?

Juan ficou envergonhado diante de Linda.

— Sim, Andrew. Linda era Marina, e John Ervin se casou com Marina.

— O que isso significa?

— Significa que a carta que Paul Ervin implorou para ser entregue para sua amada nunca chegou às mãos dela.

— Meu Deus! — Andrew suspirou inconformado.

— Desculpe, Andrew. Eu o traí, irmão! Foi por isso que Deus me tirou a mão esquerda quando nasci. Madame T. costumava me dizer que a cobiça havia tirado minha mão. Sim, eu cobicei sua mulher e ainda por cima me casei com ela.

— Oh, meu Deus!

— Entende agora, Andrew? Os deuses me fizeram renascer sem a mão para me redimir do mal que causei a vocês dois.

— Achei que tinha perdido a mão durante a guerra, Juan.

— Não foi na guerra. Foi por causa da cobiça. Lembre-se do décimo mandamento de Moisés que diz: "Não cobiçar a mulher do próximo".

Juan acalmou-se ao se redimir diante de Andrew:

— Irmão, quando fiz a hipnose com Morgan, ele me disse que eu teria uma segunda chance. A chance de me redimir com você e Linda. Mas, para isso, eu precisava de muita coragem para purificar meu coração e dissolver todo o mal que causei a vocês.

— O que você fez depois da sessão de hipnose? — Andrew perguntou atordoado com a revelação.

— Não fiz nada. Apenas saí da casa do Morgan, desci até esta praia e tomei uma decisão.

— Que decisão?

— Decidi partir para a França e fazer o caminho de Santiago de Compostela. Caminhei mais de 600 quilômetros sozinho para me redimir. Após trinta e dois dias caminhando, cheguei à imensa catedral e encontrei-o sentado no chão da praça, maltrapilho e mendigando.

— Isso foi há poucos dias, Juan.

— Você estava passando mal, e eu o ajudei. Nós conversamos durante alguns minutos, e eu fiquei muito triste ao vê-lo naquela situação.

— Pois é. Eu estava com muita raiva de você.

— Depois que você me bateu, fui embora, e uma coisa muito estranha aconteceu.

— O quê?

— Algo inexplicável que se concluiu incrivelmente hoje.

— Como assim hoje? Não estou entendendo, Juan.

Linda olhou para Olívia, e as duas mulheres arregalaram os olhos, curiosas para saber o que havia acontecido.

— O que foi, Juan? — Linda de repente ficou empolgada com a história.

De repente, a tristeza anterior desapareceu, e a energia do local transformou-se radicalmente. A mesma borboleta que antes estava pousada sobre a lápide de Morgan, voou e acomodou-se no ombro de Linda.

— O que aconteceu? — Linda perguntou com ansiedade.

— Está vendo este envelope que estou segurando? — Juan perguntou.

— O que é?

— Calma. Primeiro vou explicar o que aconteceu; depois, você lê o que está escrito.

— Tudo bem.

— Andrew, você se lembra daquele envelope cheio de papéis que me entregou em Santiago de Compostela?

— Claro! Foram algumas coisas que escrevi enquanto dormia na catedral de Santiago.

— Sim. Mas você me enganou, irmão!

— Por quê?

— Porque não eram apenas papéis com algumas frases escritas, mas sim um livro completo. A incrível história de vida de Andrew e Linda. Uma belíssima história de amor, na qual você colocou todos os seus sentimentos. Você ficou quase dois meses dormindo debaixo dos pilares daquela catedral e escrevendo uma linda história de amor e superação. Não se lembra disso?

— Não lembro direito o que escrevi. As noites eram solitárias, e a saudade da família era grande. Escrever minhas lembranças foi a única maneira que encontrei de suportar o imenso vazio que sentia.

— Você foi um verdadeiro guerreiro, irmão! Não sei se eu aguentaria tudo o que você passou! Pois bem, Andrew, no mesmo dia em que você me entregou o envelope, conheci uma pessoa e entreguei a ela o manuscrito.

— Você fez o quê? Entregou meu manuscrito para um desconhecido?! — Andrew protestou, mas tentou controlar-se para não ofender Juan.

— Calma, irmão! Li algumas páginas enquanto tomava um café e me emocionei. Senti que precisava fazer algo por você, e algo me dizia que deveria entregar o envelope para a tal pessoa que conheci.

— E agora? Como conseguirei minha história de volta? — Andrew estava indignado.

— Eu precisava fazer aquilo, irmão. Morgan me disse que eu teria de fazer o possível para limpar os erros do passado.

— E agora, Juan?

— Deixe-me explicar. Não entreguei seu manuscrito para uma pessoa qualquer. Entreguei a Vincent Moore, o neto de Thomas Moore, o homem que imprimiu a primeira edição de *ImmRam*.

— O que esse tal de Vincent Moore faz?

— O que ele faz? Ele é simplesmente o proprietário da maior editora de romances da Europa, com filiais em Nova Iorque, Inglaterra, Frankfurt, Tóquio e Buenos Aires.

— Não acredito! Verdade?

— Sim. Eu o encontrei naquele mesmo dia em Compostela. Depois que deixei você sentado no chão da praça, andei cerca de 200 metros para olhar algumas vitrines e acabei parando para tomar um café. Um senhor sentou-se do meu lado. Era bem apessoado e muito simpático. Ele começou a conversar comigo e disse que trabalhava no ramo de publicação de livros. Sem querer, começou a se abrir e disse que estava se sentindo muito triste, pois a esposa dele estava querendo pedir o divórcio. Ficamos conversando durante um bom tempo até que decidi entregar o envelope com o manuscrito para ele.

— E o que aconteceu? Ele gostou do livro?

— Para ser sincero, achei que ele colocaria o envelope dentro de um armário e que nunca mais o leria, contudo, antes de embarcarmos para a ilha, recebi uma carta de Vincent. Nela, ele dizia que estava interessado em publicar seu livro.

— Jura? O que o deixou tão entusiasmado?

— Eu liguei para o escritório de Vincent em Madri, e ele me explicou tudo com detalhes. Disse que havia lido o manuscrito e que o achou muito interessante, porém, um detalhe crucial o fez dar uma atenção especial ao livro!

— Qual?

Àquela altura, todos estavam sentados à sombra do arbusto ao lado do túmulo, ouvindo atentamente a história.

Juan continuou:

— Ele disse que, quando leu o último capítulo do livro, em que você relata que estava moribundo e vivendo debaixo da catedral de São Tiago, sentiu um arrepio na nuca e ficou emocionado ao saber que você tinha perdido a vontade de viver e que a última esperança que lhe restara fora vender a última concha para, assim, conseguir cumprir a promessa que fizera ao seu filho. Quando ele leu sobre a concha e a mensagem, não acreditou que você era a pessoa que escrevera o manuscrito.

— Espere aí, esse homem é o tal...

— Exatamente. No dia em que nos conhecemos na cafeteria, Vincent estava em Compostela a trabalho. Ele iria se encontrar com uma agente literária americana que lhe apresentaria um novo escritor. No entanto, estava triste, pois sua esposa estava prestes a lhe pedir o divórcio. A reunião com a tal agente não aconteceu, e ele ficou perambulando pela cidade e pensando como seria sua vida se sua esposa realmente lhe pedisse o divórcio.

Andrew ficou boquiaberto, e Juan prosseguiu:

— Antes de partir, Vincent resolveu dar uma volta na praça com a intenção de achar algo especial para presenteá-la, afinal, aquela seria sua última chance de tocar o coração da esposa.

— O que isso tem a ver com o livro, Juan? Não estou entendendo — Linda perguntou.

— Eu me lembro desse senhor. Ele é meio gordinho, barbudo e estava vestindo um terno preto e sapatos brilhantes?

— Exatamente! — Juan respondeu.

— Eu me lembro dele. Não dá para esquecer aquele senhor. Lembro-me dos seus sapatos lustrados e brilhantes. Eu estava sentado no chão quando o vi.

— Isso mesmo. O nome dele é Vincent Moore.
— Não há como esquecer o rosto daquele homem.
— Por quê?
— Porque a concha que ele comprou foi a última que me restou. Naquela manhã, eu havia prometido a mim mesmo que, assim que conseguisse vender a última concha, voltaria para casa. Já estava desanimado quando aquele homem bem apessoado surgiu e me abordou querendo comprar a peça.
— Isso é verdade? Foi sua última venda? Eu não sabia.
— Nem eu — replicou Linda.
— Sim. Ele comprou a última concha. Quando você partiu, Juan, eu entrei na catedral e fiz uma oração pedindo a São Tiago que iluminasse minha vida.
— Pois saiba que aquela última concha balançou a vida do senhor Vincent. A mensagem que você escreveu para a senhora Cíntia W. Moore a fez repensar sobre o futuro do seu casamento. Depois que ela leu a mensagem, decidiu dar uma segunda chance ao marido. Eles reataram o casamento e viajaram para a Turquia para uma segunda lua de mel.
— Verdade?! — Andrew ficou extasiado.
— Sim! Quando falei com Vincent ao telefone, ele estava pulando de alegria.
— Que incrível! Eu me lembro exatamente do que escrevi na mensagem.
— O quê você escreveu, Andrew? — os três perguntaram ao mesmo tempo.
Olívia estava interessada em saber, apesar de sentir em seu íntimo a ausência do pai, daquele homem que adorava ouvir histórias.
— Eu escrevi: "Amar não é olhar um para o outro; é olhar juntos na mesma direção"[7].
— Só isso? — Juan indagou esperando que fosse uma longa mensagem de amor.
— Sim, somente isso — Andrew respondeu sem rodeios.
— Pode ter sido uma mensagem breve, mas foi certeira, amigo. O suficiente para transformar a vida do casal que estava prestes a se divorciar.
— Tem razão, Juan. Quem diria que aquelas breves palavras poderiam salvar um casamento de anos?! — Andrew completou orgulhoso.

---

7   Frase de Antoine de Saint-Exupéry.

— O que isso tem a ver com esse envelope que está em sua mão, Juan? — Linda perguntou angustiada para saber o que era aquilo.

— Pois bem, Linda. Vou explicar. Essa é a parte que me redimirá perante vocês.

— Por quê?

— Porque estou tendo uma segunda chance esta manhã. Deus me tirou uma mão, mas me deixou a outra para reparar o mal que causei a vocês.

Juan estendeu a mão direita e entregou o envelope para Linda:

— Pegue, Linda. Abra e leia em voz alta para todos ouvirem, por favor.

Linda abriu o envelope e retirou dele um papel dobrado. Era um memorando timbrado com a logomarca da editora de Vincent Moore.

— É um fax, Juan?

— Sim.

— Era isso que você estava esperando chegar? Foi por isso que demorou a vir ao cemitério?

— Justamente. Por favor, leia o que está escrito, Linda.

— Vou ler.

Linda postou-se ao lado de Andrew e leu em voz alta:

Querido Juan, quero parabenizá-lo pelo feito. O livro de Andrew O'Brain Fernandez foi aprovado pela nossa equipe editorial e será publicado em dois meses. Já entramos em contato com nossas editoras parceiras em Nova Iorque, Los Angeles, Londres e Paris, e a obra será publicada em vários idiomas, simultaneamente.

Quero dizer-lhe que a mensagem de amor de Andrew e Linda precisa ser lida pelos quatro cantos do mundo. Eu e minha equipe faremos o possível para que tudo aconteça da melhor maneira. Há muito tempo estávamos esperando um livro como este. Obrigado.

Por favor, entre em contato com o senhor Andrew e avise-lhe que, dentro de uma semana, providenciaremos um adiantamento de 100 mil dólares para ele. Por gentileza, peça a Andrew e a Linda que venham ao meu escritório em Madri dentro de duas semanas para acertarmos os detalhes do contrato. Quero que eles aprovem um roteiro de um diretor espanhol. Certamente, esse projeto renderá alguns milhões de dólares ao autor. Será um grande sucesso.

P.S.: Diga ao senhor Andrew que gostei muito do título que ele colocou na primeira página do livro e que resolvemos mantê-lo. O título da obra será Passageiros da eternidade.
Sem mais. Que a luz esteja com todos vocês.

Vincent W. Moore

Andrew não acreditava no que acabara de ouvir. Ele apenas abraçou Linda e beijou-a apaixonadamente.

Olívia aproximou-se de Juan, abraçou-o e parabenizou-o pelo feito.

— Como papai costumava dizer: "O amor sempre vence! Sempre!".

Os quatro se abraçaram em comunhão e reverenciaram Morgan em frente ao seu túmulo.

Andrew sussurrou o nome de todos e repetiu a frase que seu amigo Morgan lhe dissera um dia: "É preciso ter fé, pois nada está acabado enquanto existir uma grande história para ser contada".

Andrew finalizou:

— Gratidão, meu grande amigo M. Mark.

Capítulo 33
Valhalla

Sempre que praticamos o bem a alguém, no fundo estamos praticando o bem a nós mesmos.

Algum tempo depois, recuperados de tantas emoções, Juan iniciou uma conversa com Andrew:

— Talvez você não tenha percebido, Andrew, mas ao lado deste cemitério, que foi construído durante a Primeira Guerra Mundial, há outro cemitério mais antigo.

— É verdade. Está escondido no meio da mata.

— Andrew, esse cemitério era da época medieval. Ele foi construído para enterrar os maiores guerreiros *vikings* da história, os primeiros desbravadores do Atlântico.

— Como sabe disso?

— Eu já vi este lugar em meus sonhos várias vezes.

— Verdade?

— Andrew, nós somos viajantes do tempo, irmão! Viajamos no tempo para estar onde um dia já estivemos. Não sei quanto tempo ainda viverei, mas, após esta vida, me sentarei ao lado dos deuses anciões e juntos trabalharemos pela paz no mundo.

— Não diga isso, Juan. Você ainda viverá muito tempo.

— Isso não importa, pois agora estou em paz com meu espírito. Hoje é o dia da minha redenção, irmão! O dia em que cavalgarei com os deuses e me transformarei em um mensageiro da paz, do amor e da juventude. E você também é um mensageiro, Andrew. Não somos irmãos de sangue nesta vida, mas somos irmãos espirituais e já tivemos muitas existências juntos.

— Ainda estou meio confuso com tudo isso.

— Estou me sentindo mais jovem do que nunca neste momento. Agora consigo compreender o sentimento de plenitude que experimentei quando segurei o *ImmRam* pela primeira vez, aos 18 anos de idade. Somos guerreiros do tempo e estamos fadados a viver a eterna juventude. O doutor Morgan disse que seríamos iniciados esta manhã. Assim aconteceu, e, a partir de hoje, teremos o poder de enxergar além do tempo. Todo iniciado tem a autorização de ver o próprio passado, presente e futuro. Não há mais limites para nós, irmão.

Linda aproximou-se de Andrew e abraçou-o, enquanto Olívia, em silêncio, se despedia do pai.

Juan continuou:

— Andrew e Linda, quero lhes dizer uma coisa.

— Diga, Juan!

— Faz muito tempo que somos jovens. Muito tempo mesmo. Na verdade, nunca envelheceremos. Sempre seremos jovens. Nossos corpos podem envelhecer e padecer, mas nossos espíritos permanecerão jovens para sempre. O lema dos iniciados é um só: "Espírito eternamente jovem, mente confiante e coração eternamente grato".

Juan aproximou-se de Andrew e colocou uma de suas mãos no ombro do amigo:

— Irmão, por meio do amor você teve a oportunidade de ver simultaneamente o passado, o presente e o futuro. Portanto, a partir de hoje, você começará a ver o mundo de outra maneira. Seus olhos brilharão como nunca, e seu coração será comandado não mais pelo orgulho, mas sim pela gratidão. Quando sentir a gratidão vibrando em seu coração, isso é sinal de que os deuses estarão ao seu lado. Nunca mais você se sentirá desamparado.

— Já estou sentindo isso, Juan — Andrew ficou emocionado.

— A partir de hoje, você não precisa mais sobreviver, Andrew. Seu presente celeste chegou. A partir de agora, você e Linda viverão a vida e não apenas sobreviverão a ela. Seus tesouros se precipitarão sobre a Terra, porque assim os deuses determinaram.

— Obrigado, Juan Cavallora. — Andrew curvou-se diante do amigo em sinal de gratidão.

Juan arqueou o corpo como um cavaleiro medieval e também agradeceu. Em seguida, olhou para Linda, que estava com olhos marejados, e abraçou-a como um pai abraça uma filha. Em seguida, segurou a mão dela e colocou-a sobre a mão de Andrew:

— Que os deuses abençoem o amor de vocês!

Linda desabou em lágrimas de felicidade, e Andrew compreendeu o ato de redenção do amigo.

Juan virou-se de costas e caminhou até a beira do oceano. Olhou para o horizonte e começou a tirar os colares do pescoço, as sandálias e a camisa de algodão, mostrando seu corpo forte e queimado de sol.

Descalço e usando somente uma calça de algodão cru, Juan fez um sinal de agradecimento e olhou para as ondas que quebravam com força nos rochedos. Talvez Juan estivesse fazendo algum tipo de reverência aos deuses nórdicos que ele tanto amava.

Linda sussurrou para Andrew:

— O que ele está fazendo, querido?

— Não sei, Linda. Juan tem muita ligação com o passado *viking*.

Juan soltou os cabelos compridos e caminhou cerca de 50 metros até o canto da praia, desaparecendo no meio da mata.

— Aonde ele foi?

— Não sei.

De repente, Juan surgiu do meio da mata montado em um lindo cavalo branco que Morgan criava no estábulo.

— Ele está montado no Lux, o nosso cavalo! — Olívia sorriu surpresa.

Juan aproximou-se e, antes de sair a galope pela praia, sorriu e gritou para Andrew e Linda:

— Estão vendo essa praia e essas montanhas gigantes? Estão vendo esse lugar maravilhoso?

— Sim, estamos vendo, Juan! — Andrew e Linda responderam.

— Este lugar é Valhalla na Terra, irmãos. A morada dos guerreiros! Que os deuses salvem Valhalla!

Juan ajeitou-se no lombo de Lux e saiu cavalgando sem camisa e com os cabelos balançando ao sabor do vento pela praia.

Andrew sorriu para Linda:

— Quero lhe dizer uma coisa, querida...

— Pode dizer, querido.

— Olhe no fundo dos meus olhos.

— Estou olhando.

— Querida, amo você e a amarei por toda a eternidade. Estaremos juntos para sempre.

Calmamente, Linda fechou os olhos e abraçou o marido com amor e gratidão.

A verdadeira força não é a do mar em fúria
que tudo destrói, mas do rochedo, impassível, que a tudo resiste.
Henrique José de Souza

Grandes sucessos de
Zibia Gasparetto

Com 18 milhões de títulos vendidos, a autora tem contribuído para o fortalecimento da literatura espiritualista no mercado editorial e para a popularização da espiritualidade. Conheça os sucessos da escritora.

Romances
pelo espírito Lucius

- A verdade de cada um
- A vida sabe o que faz
- Ela confiou na vida
- Entre o amor e a guerra
- Esmeralda
- Espinhos do tempo
- Laços eternos
- Nada é por acaso
- Ninguém é de ninguém
- O advogado de Deus
- O amanhã a Deus pertence
- O amor venceu
- O encontro inesperado
- O fio do destino
- O poder da escolha
- O matuto
- O morro das ilusões
- Onde está Teresa?
- Pelas portas do coração
- Quando a vida escolhe
- Quando chega a hora
- Quando é preciso voltar
- Se abrindo pra vida
- Sem medo de viver
- Só o amor consegue
- Somos todos inocentes
- Tudo tem seu preço
- Tudo valeu a pena
- Um amor de verdade
- Vencendo o passado

Rua Agostinho Gomes, 2.312 — SP
55 11 3577-3200

contato@vidaeconsciencia.com.br
www.vidaeconsciencia.com.br